フランソワ・チェン

ティエンイの物語

辻 由美訳

みすず書房

LE DIT DE TIAN-YI

by

François Cheng

De l'Académie française

First published by Les Éditions Albin Michel, Paris, 1998

Japanese translation rights arranged with
Les Éditions Albin Michel, through
Le Bureau des Copyrights Français, Tokyo

目次

まえがき

一九五〇年代の前半、わたしはティエンイと幾度も顔を合わせていた。彼の「不安げにうちとけた」表情と、その絵画に強い印象をうけていた。その作品は、濃密な量感と、気流のような軽やかさとを調和させた、ふしぎな魔術をおもわせた。がらんとした彼のアトリエで、ヴェロニクとも知り合った。一九五六年末、ティエンイがとつぜん中国に帰ったことを知らせてくれたのは、ヴェロニクだった。彼の帰国を残念だとは思ったが、とくに驚きはしなかった。ほかにも大勢の留学生たちが、学業を終えた後、自分の意思で、もしくは滞在費がなくてやむをえず、同じ行動をとった。

わたしのほうもまた、それから十年、二十年は、亡命者として生きるための異なった可能性を模索するというぎりぎりの苦闘のなかにあって、ティエンイにせよ、ヴェロニクにせよ、フランスに来たばかりのころに接していた人たちのほとんどを忘れてしまっていた。偶然に撮った写真が引き出しの奥に紛れこむように、彼らのことはわたしの頭から消え去っていた。

それから四半世紀ちかく過ぎた一九七九年、まったく思いもよらず、ティエンイからの短い手紙がいきなり舞いこんできた。旧交をあたためたい、とりわけヴェロニクの消息を知らせてほしい。中国は文化大革命から抜け出したばかりで、その傷口をぎこちなく手当てしていた。「悔恨」と「開放」

の時代を目の当たりにしていた。開きかけた扉や窓から風が通りぬけて、何百万という人びとのそれぞれの悲劇と、国全体の惨劇とが渾然一体となって、白日のもとに曝けだされた。

ヴェロニクと連絡を取るべく手をつくしたあげく、わたしが知ったことは、十数年前に自動車事故で亡くなっていたことであった。なにか漠としたためらいにとらわれ、この悲しい知らせをすぐにはティエンイに伝えなかった。その住所から、彼が救護施設のようなところに収容されていることが分ったし、その急きこんでいるみたいな文面は精神的不安定を物語っているように感じられたからだ。だが、わたしは心に誓った。直接本人に会いに行こう。彼のほうからわたしにサインを送ってきたのだ。訴えかけてきた声にこたえたい、何があったのか知りたいという欲求にどうして抗することができるだろう。

けれど、その旅を実行にうつすには、一九八二年まで待たなければならなかった。中国のある大学からの招待という「公的」口実のチャンスをとらえて、中国滞在を延長することができた。この職業的義務から解放された後、夏、東北部のS市にでかけた。その救護施設は見つかったが、雑多な人たちがいっしょくたに押し込まれているようなところで、身寄りのない人たちや、からだに障害を負った人たち、精神的に「異常」だが、暴力には走らないと見なされている人たちが生活していた。ほこりっぽい待合室は息苦しいほど暑かった。わたしにあたえられた長椅子の置かれた廊下は、広い中庭に面していて、そこは、世に見捨てられたありとあらゆるたぐいの人間がうごめく場所であった。しばらくして、廊下のもういっぽうの奥から、頭の白い男がおぼつかない足取りでやってくるのが目に入った。こちらに向かって歩きながら、男は目を大きく見開いてじっとわたしを見つめていて、やや飛び出したその眼球は、肉のそげ落ちた顔と不釣合いな感じがした。ヴェロニクがもはや会うことのできない人になったことを、ついに告げたとき、彼がうけた衝撃は、とうていわたしの心痛どころではなかった。驚愕の瞬間が過ぎると、彼はいっそう背中を曲げて、わたしを狭い自分の部屋に引っぱっていった。みすぼらしいテーブルの上に、紙が山をなして積まれていた。わたしに見せるために、彼がその一枚を抜きだしたとき、それが、粗末な紙を糊で貼り合わせてつなぎ、アコーディオンのように折りたたんだものであることを知った。ひとめ見て、紙の山は四十くらいあるとふんだ。ティエンイにとって、どの文もまだ粗稿で、完成されたものではないのだが、すべてはヴェロニクに宛てたものだった。だが、名宛人はもういない。中国においておけば、ゴミ箱に捨てられるか、燃料になるのが関の山だ、彼はそう言って、それをそっくりそのままわたしに託した。

だが、なまの声が語りうるものとくらべたら、これらの文章にどれほどの重みがあるだろう？　長い年月のあいだ彼自身の奥底に埋めこまれていたその声が、耳を傾ける遠来者の前で、どっと噴出したのも当然ではなかったか。そんなふうにしてはじまったのが、わたしの人生におけるもっとも密度の濃い日々であった。何時間も何時間も、ティエンイはとめどなく語りつづけた。そのあいだじゅう、わたしは自分の耳がとらえたものすべてを書きとめた。粗末なテープレコーダーは持参していたが、録音がうまくゆくとはかぎらず、中国を出るときに押収されてしまう危険性もあった。夜になると、へとへとだったが、それでも休息する気にはなれなかった。ティエンイからあずかった文章をけんめいに読んだ。彼の人生を語る――体験なのか想像なのか？――文章は、その息づかいの激しさと、無秩序と、多数の削除個所ゆえに、きわめて解読が困難であった。欠落や一貫性に欠ける個所も少なくなかった。けれど、堰を切ったような流れのなかに、ときおりきらりと光る砂州があった。ともかくも、ティエンイ自身にとって、これらの文章は「下絵」にすぎず、それをもとにして導きの糸をさぐりだし、道しるべをみつけだそうとしていたのだ。ありうる欠落を埋めたいので、つっこんだ質問をしてほしい、彼はわたしにそう迫った。わたしという話し相手を得て、可能なかぎりすべてを語り尽くしたいという、燃えるような欲求にかられていた。

その話を聞きながらも、わたしはじっくりティエンイを観察した。心のなかで問いを発しないではいられなかった。「人が言うように、彼はほんとうに頭がおかしいのだろうか？」この施設に彼が入れられた理由を知らないわけではなかった。腸の重い疾患の治療をうけていた病院からしじゅう逃げ出していたし、その途で馬糞をひろっては、ポケットいっぱいに詰めこみ、馬糞は自分が絵を描くのに使っていた画用紙を思いおこさせると、言い訳していた。実際、画用紙は「馬糞紙《マフェンチ》」の名で呼ばれる。そうした奇癖にくわえて、彼の描く絵や話す言葉には、あきらかな倒錯がみてとれた。この場所に送られてくるに足る理由である。彼自身が言っていたことだが、興奮と脱力の状態を交互にくり返していた。「ほんとうに頭がおかしいのだろうか？」この分野についてはなんの知識もなかったので、わたしは彼の二面性にとまどうばかりだった。いっぽうでは、自己抑制できない部分を自覚しながらも、もういっぽうでは、自分の人生を語っているとき、彼は聡明だった。わたしは耳を傾けながら、ときおり彼が手でなにかをせわしなくさわったり、その視線が幻覚にとらわれたような輝きを放つのに気づいた。といっても、話の筋道を失うことはけっしてなく、辛抱づよく細部へとたちいってゆく。

日がたつにつれて、話し方もしっかりしたものになった。動詞の時制についてはいくぶん混乱していたが――彼の語ったことを書くにあたって、その混乱は尊重することにした。過去のことにふれながらも、ある場面や出来事になると、彼はとつぜん現在形で話しはじめる。おそらくは、心のなかにとくに深く刻みつけられたものなのだろう。とりわけ、中国に帰還してからの時代に話がおよぶと、あたかもいまこの時点で進行している出来事であるかのように、一挙にすべてが現在形になった。彼はもはや、人の耳を頼りに、過去の断片をひろいあつめる哀れな男ではなかった。のしかかる疲労と肉体的苦痛を凌駕し、尊厳をとりもどした一個の人間になり、安らぎとも言えるものを得て、変貌を遂げた。彼の口から生まれた至高の力がそこにあり、こんどは、その力が運命を新しく生まれかわらせたのであった。薄暗い部屋のなかで、無垢と情熱をただよわせた彼の顔は、ドイツで見た若きヘルダーリンの肖像画を思いおこさせた。

フランスに帰ると、こんどはわたしが病の試練に直面しなければならなかった。ほとんど動くことのできないありさまで、あの疲れはてた男の死が告げられたとき、中国に行く状況にはなかった。遺骨の一部をロアール河の水に流してほしいと言い残したという……。それから、肉体と精神の苦痛の長い日々が、砂のようにわたしの指のあいだからこぼれていった。ティエンイのことを忘れたことはなかった。目に浮かぶその姿は、わたしを勇気づけるとともに、彼のために何ひとつできないという抑えがたい後悔の念をひきおこした。一九九三年、手術の後、自分がまだ……生きていることを知り、驚いていた。負債は返済しようと、わたしは、フランス語で綴ることを約束した物語をかたちあるものにするという困難な仕事にとりかかった。それが、この物語である。

すべてが消し去られる前に、この世紀が終わりを告げる前に、はてしない地の底にありながらも、ひとりの人間が、言葉の力だけで、「憤怒とふかい味わい」に満ちた人生のなかでかきあつめた宝物を贈ってくれたのである。

第一部　旅立ちの叙事詩

1

ことのはじまりは、深夜のあの叫び声だった。

一九三〇年、秋。五千年の歴史をもつ中国で、生まれたのが一九二五年一月だったわたしの地上での人生は、やっと六年になろうとしていた。あいかわらずうだるような暑気がつづき、公開の死刑執行で騒然としていた南昌をのがれ、両親につれられてはじめて農村地帯にやってきた。家族の寝室にあてがわれた部屋にわたしは妹とふたりでいて、父と母はもう夜も遅いというのに、隣室で、わたしたちを迎えてくれた伯母と話しこんでいた。たった一台の大きなベッドのわきの粗末な置物をおもちゃにして、妹と遊んでいたとき、突然、長く尾をひくような叫び声が聞こえてきた。はじめは、遠い悲しげな声、それからどんどん近づき、かんだかくなり、ついには、同じ言葉を反復する単調な旋律になった。しつこくせまってくるのに、かぎりなく心をなごませてくれる旋律。女の声は、太古のこだまのようにひびき、彼女の臓腑から、いや、地の臓腑からほとばしるかのようだった。いまや、言葉がはっきり聞きとれる。「さまよう魂よ、どこにいるの?……。さまよう魂よ、こっちにおいで、こっちにおいで……。さまよう魂よ……」。その声、その言葉にすっかり心を奪われ、それに、たぶん、怖さで声を失った妹を安心させたいという気持もてつだって、わたしはつとめて快活に答えた。

「はい、行きます、はい、行きます」。そとの声が大きくなるにつれて、さらに声をはりあげて答えた。と、そのとき、ものすごい物音がして、大人たちが部屋にとびこんできた。まず、伯母、つづいて父と母。そろってわたしをどなりつけた。「黙りなさい！　黙りなさい！」そして、追い討ちをかけるように、「すぐ寝なさい！　もうベッドのなかだとばかり思っていたのに！」なんの説明もなく、血相をかえて発したこの唐突で乱暴な命令に、わたしは衝撃のあまり、息をのんだ。ろうそくが消されて、真っ暗になっても、眠気はやってこなかった。大人たちの交わす言葉を断片的にとらえることができたおかげで、いったいなんのことなのか、おおよそ把握するにいたった。叫んでいた女は夫を亡くしたところだった。この夜、死者の魂が迷わないように、女は魂を呼んでいた。しきたりによれば、死者たちのために紙幣を燃やして、三日目の夜のきっかりきまった時刻に、寡婦は呼びはじめる。かりに生者のだれかが、その呼び声に「はい」と答えるようなことをすれば、その人は自分のからだを失って、そのなかに、さまよう死者の魂が入りこみ、死者はふたたび生者の世界に戻ってくる。かわりに自分のからだを失った人の魂がさまよう。もうひとつのからだを見つけて、そこに宿るまで、さまよいつづける。少しして、大人たちがお互いに気持を落ち着け合う声が聞こえてきた。「でも、なにも知らない子どもの返事は、関係ないでしょう！」わたしは心のなかでつぶやいた。「そんなことがどうして断言できるのだろう」。わたしはもう自分がからだを失って、もう死んだみたいな気がしていた。

死とはなにかを、わたしは知っていた。無頓着な使用人につれられて、「悪党革命家」の処刑を目の当たりにしたことがあったからだ。使用人の肩にのせられ、興奮する群集のあいだから、なにがおこっているのか、はっきり見とどけた。そこにも、叫び声があった。地面に膝をついている死刑囚のうしろに立った執行人の叫び声。乾いた、短い叫び声、ほとんど同時に、高くあげられていた剣がきらりと空を切り、囚人の首から血が噴きだし、からだはくずおれて、頭が砂の上にころがった。群集のあいだから賞賛のどよめきがおこった。死というものはつまり、鍛えぬかれたくるいのない技術で、人間が人間に対して科すものなのだ。そのときすでに、斬られたばかりの首に絶対に嚙みつかれちゃだめだ、そうおしえられた。嚙みつかれた者は、死者の身代わりになる。その人は死に、死者は生き返るのだという……。

いまや自分は女の呼びかけに答えたのだから、さまよう魂にとりつかれてしまった、そう信じて疑わなかった。運命から逃れることなど、どうしてできるだろう。そんな思いを反芻しながら眠りにおちたのだったが、それは恐ろしい悪夢のような映像がうごめく眠りだった。両親がなにか怯えたような様子をしていたのも、もっともだった。ひと晩じゅう、わたしは高熱と幻覚にうなされた。翌朝おそく目が覚めたとき、消耗しきって、血の気がなくなっていた。びしょ濡れのシーツから、屍衣《しい》を脱ぐみたいに抜けだして、まだ生きている自分を見いだした。だが、ふいに別人になったように感じた。自分のもとのからだは誰かに占拠されていて、ここにぐったりと横たわるこのからだは、自分の手でなでまわすことができても、ほかの人のもので、自分の魂はそこにようやくしがみついているだけなんだ、そんな意識にとらわれた。

となると、人間とは魂を有するからだであるという常識とは逆に、自分の場合は、借り物のからだにかろうじて居場所をもつ、さまよう魂なんだ、という考えをどうして振りはらうことができるだろう。それ以来、わたしには、いつも行き違いがおこるようになる。ものごとが、うまくかみ合うことがなくなるのだ。これこそが、自分の人生の真髄、いや人生そのものの真髄だ、そう確信していた。

2

叫び声の夜から二年半がすぎ、その後の歳月を両親とともに、江西省北端、揚子江からあまり遠くない廬山《ろざん》のふもとの粗末なわらぶき家で過ごした。その間に、妹は、はやり病の髄膜炎にかかって死んだ。遊びの相棒で、よく気が合い、毎晩わたしのそばで眠っていた妹が、ある朝、目を開けず、ほほ笑みかけず、答えなかった。突然、妹はいなくなり、永久にいなくなり、家の中にも外にもぽっかりと大きな空《くう》ができた。両親は悲嘆にくれ、わたしは胸がはりさけそうだったが、それでも、妹はどこかにいて、自分とかくれんぼうをしているんだ、と信じた。家具がかたんと鳴ったり、小道で木の葉がかさこそ鳴るたびに、なんど振り返ったことだろうか……。

父は健康状態が悪化してゆく——ずっと前から喘息と気管支炎をわずらっていたが、ついに結核にかかってしまった——のを感じて、ある日、都会を離れて、緑に潤う自然のまっただなかの辺地の村に避難する決心をした。茶の栽培がさかんなところである。ちいさな家族が住むわらぶき家に隣接して、荒れはてた村の寺があり、父はそこを整備して、村とその周辺の子どもたちに初歩的な教育をほどこしていた。そのほかにも、代書人の仕事をしていて、この役割は「教師」と同じくらい重宝がられた。手紙や契約書の代筆にくわえて、生活の種々様々な行事——祭、婚礼、葬儀、記念日、新築、開店――において人びとのために、ありとあらゆる文言、格言、詩文、祈りの言葉、碑文、看板の文字を書くのに筆をふるうことになった。わたしが驚きの目で発見したことだが、人びとは、たとえ文字が読めなくても、漢字に対するなみたいていではない崇拝の念をいだいていて、書かれた文字によって、無意識のうちに、ふかい内的影響をうけていた。だから、漢字の象徴的な力も、その造形美も敏感にうけとめていた。ときには、父は、殺到する依頼に応じきれず、喘息の発作がおこるととくにそうだが、わたしが手助けをしなければならなかった。筆さばきはかなり得意だったので、本腰を入れて書道をまなんだ。父からおそわったのは、往時の大家たちがのこしたさまざまな書体を範として筆写することはもちろんだが、それだけでなく、果てしなくひろがる自然が提供する生きた模範を観察することだった。草や樹木、そしてやがて茶の段々畑。わたしは茶畑を飽かずに眺めつづけ、いつのまにかその輪郭を頭のなかで描くことができるようになっていた。じつによく考えぬかれた形状だ。一見人間が勝手につくったような整然とした律動感のある作物の列は、たえまなく変化する土地のかたちとしっくり調和していて、深いところでこれらすべてをつかさどる「龍の血流」をおもわせた。こうした視覚が内面化して、書道の学習の糧となったため、わたしは風景と血のかよった一体感をおぼえはじめた。

徐々に、目に見えるかたちをこえたところで、茶畑の濃密な茂みが発散するいろいろな香気や色彩が、なじみぶかいものになり、仲間意識にも似た親密感をいだくようになった。

そうした色やにおいは、季節により、日により、いや時間によって微細な変化や濃淡をみせて、いささか孤独なわたしの生活（村の子どもたちの大半は親の労働の手助けをしなければならず、学校にくるのは少しばかり暇な、ほんの数ヶ月だけだった）の単調さを打ち破ってくれた。気温や陽光がはげしく変動する地方ではあったが、茶畑のにおいや色彩を変えていたのは、それだけではなかった。盧山と一体化した周辺の雲霞《うんか》のなせるわざでもあった。屏風や衝立に描かれ、彫刻された絵に見るように、雲霞により、風景はときには半透明の青い空気に、ときには濃く厚い空気につつまれる。「盧山の雲霞」、それはあまりにも名高く、捉えようのない神秘、心を惑わさずにはおかない隠れた美を表現する格言にまでなった。気まぐれで予測不可能なそのうごきでもって、そして薔薇色、緋色、透明な緑、銀の輝きをもつ灰色と、くるくるかわるその色調でもって、雲霞は、山を魔術師に変身させてしまう。雲霞は、盧山の鋭鋒から鋭鋒へ、丘から丘へと移動し、谷間にとどまったかとおもえば、上空にのぼり、どこまでも謎めいた様相をみせつづける。ときには、ふいに姿を消し、盧山の壮大な全景を人びとの眼前にうかびあがらせる。しなやかな柔らかさと、濡れた白檀の香気をそなえた雲霞は、生身のからだのようにも、非現実的存在のようにもみえる。どこかべつの世界からやってきて、大地と対話するのだが、それがほんの一瞬なのか、長時間なのかは、そのときの気分しだいだ。ときによっては、晴れた朝、戸口から人家にしのびこみ、人びとをそっと撫でて、その親密なやさしさでつつみこむ。ちょっとでもつかまえようとすれば、あいかわらず静かに、手のとどかないところに逃げてしまう。夕方、濃い霧がたちのぼり、移動する雲とぶつかって雨となり、どしゃぶりをもたらすことがあるが、そんなとき、村人たちが塀の下におく壺や容器に清らかな雨水をたっぷりそそいでくれる。この土地のいちばん上質な茶を入れるのに村人たちが使うのが、この水である。にわか雨が通り過ぎた後、雲が割れて、快晴のときがおとずれ、高峰が姿をあらわす。周囲の山々を見おろし、幻のように鋭くきりたつ峰は、同じく幻のような植生の輝きにつつまれ、おごそかな美をたたえて、夕暮れのにぶい光を発散しつづける。そのあいだにも、雲は西の空に集結して、穏やかな大海をかたちづくり、沈みゆく太陽をのせたさざなみは、まるで、色とりどりの何百という火がきらめく夢の船だ。その一瞬がすぎると、高峰は紫の霞《かすみ》におおわれ、ふたたび視界から消える。もっとも、それが廬山の日課なのだ。この時間、廬山は西方にでかけてゆき、道士たちの西王母を表敬訪問したり、仏陀に挨拶したりするからだ。そんなとき、宇宙は、隠れた現実のなかに姿をあらわすかのようだ。すべては絶えまない変貌のなかにあるという現実。見かけは静止しているものも、運動のなかに根をおろしている。有限にみえるものも、無限のなかに没している。不動の状態も、終局の状態も存在しない。これほどたしかなことがあるだろうか。生きとし生けるものは「息吹の凝縮」にすぎないではないか。

そのころから、まだおぼろげながらではあるが、雲はわたしをかたちづくる要素だと本能的に感じていた——物質性がないようでいながら実質があって、空気のようなのに、ほとんど触知可能な雲というもの。時がたてば、理解できる年頃になれば、なぜ中国人がこれほどまでに雲を好むのか、なぜ性行為や陶酔のことを「雲雨《うんう》」というのか、なぜ詩人や道士たちが「雲霞を食べる」だの、「雲霞をなでる」だの、「雲霞のなかで眠る」だのといった表現をつかうのか、分かるようになるだろう。それにしても、雲とはいったいなんだろう。どこから来るのか。どこに行くのか。しじゅう雲を観察していたわたしには、雲は谷間で霞のかたちでうまれ、それから上へ上へとのぼって空に達し、天候や風におうじて、気のむくままにおよぎ、ありとあらゆるかたちをとっていくのが見えていた。ときおり、まるで自分の起源を忘れないためであるかのように、雨のかたちでこころよく地上におりてきて、循環の輪をしめくくるのだ。だから雲はいつもどこかにいるのだが、どこからやってきたわけでもない。じゃあ、雲ってなんだろう。なんでもない。けれど、雲がなければ、空も大地もさびしすぎるにちがいない。

母は勘がよかった。わたしがぼんやりした様子をしていると、よく言ったものだ。「また雲のなかでぶらぶらしているんでしょう」、そして、わたしを空中の乗り物から降りてこさせるのだった。母が知らなかったのは、わたしは雲の乗り物のなかにいたわけではなく、わたし自身が雲なのだということである。消えゆくものを自分と一体化することで、わたしがまたしても予感したのは、すべての埒外で、さまよう自分の運命だった。つかまえようがなく接近もできないあの山裾にいるみたいに。自分はここの者でもなければ、向こうの者でもない、たぶん、地上の者でさえない。そうおもうと、心の奥底の悲しみがうごめくのを感じた。唐突に妹を奪われたことや、自分のからだのおぼつかなさという考えや、ながながとつづく母の読経とそれにまじって聞こえてくる父の激しい咳き込み、そうしたものがわたしの悲しみをいっそうふかいものにしていた。線香のにおいや、終日ことこと煮ている薬草のにおいが充満した部屋の片隅にうずくまって、わたしは自問していた。自分はいつか父や母のもとを去るのだろうか。父や母は自分から去っていくのだろうか。

けれども、透明な軽やかさが頭をよぎることもあった。どうせそうなのなら、この地上が提供してくれるものを、せめて通りすがりに掴まえておくべきではないか！　草の上にころがっている大きな南瓜《かぼちゃ》でも、表面をなで、手で質をみきわめるに値するではないか。ささやかな生命《いのち》でも、地上がくりひろげ、見せてくれるものを探索しないという法があるだろうか。そうだ、見たもの、予感したもの、そのすべては、たとえいっときのものでも、奇跡のようではないか。そんなふうに気持が高揚するとき、漠然とした歓喜が自分のなかにわきあがってくるのを感じ、息苦しくなるほどふくれあがってくる。ある日、はっと気づいた。そとの世界がつきつけてくるものすべてを、結局自分の手のとどく範囲内の手段で表現できるではないか。それは墨だ。実際、書道の稽古のために墨の準備をするのがわたしの日課だったが、大きな石のすずりに水をはって、墨をまわしながら、とろっとした黒い液体になるまで、じっくり時間をかけて磨りあげる。この液体のあじわいをわたしは知っていた。できあがると、それはけっして飽きない瞬間なのだが、濃さのぐあいをみるために、墨をいっぱい染みこませた筆を、おもいのまま半透明な上質の紙の上にのせる。紙はたちまち墨を吸いこむが、わずかばかりの「水分」をのこす。それから、何分間も、墨はきらきらした新鮮さをとどめ、あたかも、こころよく受けいれた紙が味わってくれることに、満足の意を表しているかのようだ。墨を受けいれる紙のこの魔術を、古代人たちは、若竹のかるく粉をふいたような表皮が露のしずくを受けいれるのになぞらえていた。わたしがたとえるとすれば、上等な米粉の菓子を口にふくむ人の舌が、消えたがらない味わいをのこして塊が溶けてゆくのを堪能している様子だろうか。

その日、ちょっぴり虹色に輝くふかい光沢をもつ液体に、視線をそそぎつづけているうちに、朝はやく自分の目が捉えた、雲にかこまれた山の姿が眼前にうかびあがってきた。ただちにデッサンをしはじめ、その確実な部分をも、つかのまの部分をも紙のうえに表現しようとした。結果は、悲しいかな！　期待したものとは、ほど遠いものだった。だが、筆と墨の魔力はわたしを魅了した。それは自分の武器になると予感した。おそらくは外部の圧迫から自分を守ってくれる、ただひとつの武器に。

3

この新しい環境のなかで、生活をたてなおす厳しい時期が過ぎてゆき、母はちょっと生き生きしたみたいだった。実際、この小さな家族の日常生活を精一杯ささえていたのは、母だった。いかにも存在感がうすく、文字を読むことさえほとんどできない女が、強固な意志の力と、庶民の精神に内在する聡明さを発揮した。父の見識は、古典に由来する数々の格言や、唐代の詩というかたちをとり、父はそうしたものを好んで諳んじていた。母の知恵は、豊富なことわざの貯蔵庫からくるもので、ごく日常的な状況に応じて、あれこれ引き合いに出していた。たとえば、「山があれば、木には困らない」、「白菜の種をまいても、南瓜《かぼちゃ》はとれない」、「良薬口に苦し」。仏教に対する母の信仰心に依拠するものもあった。「十の寺院の建立よりも、ひとつの善行」、「人間はよく目を塞ぐが、天はつねに目を開けている」、「仏陀のろうそくは風を怖れない」。仏教由来の表現のなかには、「何も失われず、すべてはあたえられる」、「すべては無、無はすべて」といったような、やや神秘的で、母自身その意味がよくわからないままに口にしていたものもあった。くじけない粘り強さでもって、母は素朴な幸福のかたちをつくりあげた。菜食主義者だったので、わたしに手伝わせて、菜園で自分の好きな野菜を栽培していた。母からおそわったもうひとつは、食べられる野草や野生の果実を探しだすことと、その毒性を除去する方法だった。それが実際の役に立つのは、ずっとあとのことで（一九六〇年代初頭）、強制労働のさなか、「人災」がもとで中国全土を襲った過酷な飢饉の時期に直面したときなのだが。

寺のすぐそばに住んでいたので、母は仏教のおしえにしたがって施しをしていた。通りすがりの人たちから乞われると、いつもだれかれなく飲み物や食物をあたえていた。何年かすると、母はこの地域一帯で評判になった。こんな片田舎を多種多様な人びとが通過していたのは、おどろくべきことだった。巡礼者、出稼ぎ、脱走兵、かけおちした恋人たち、「自然のなかで」英気をやしなう盗賊、孤独を求める文人、放浪する僧……。ここには、古い中国がそっくりそのまま存続しているようであった。これらの「通行人」のなかでも、わたしの記憶からけっして消えたことのない人物がふたりいる。ひとりは負傷した盗賊、もうひとりは放浪の道士。

夏のある日、午後の遅い時間にやってきたのが盗賊だった。しゃがれてはいるが、よくとおる声で、来訪をつげるやいなや、男は寺の中に入っていった。母のうしろについて、わたしが入ったとき、がっちりした大男が、薄暗がりの中にすわっていた。頭髪はさかだち、目は血走っていた。皮膚は日焼けしているのに血の気がなかった。けれど、有無を言わせぬ態度で、子どもを遠ざけるようにと母に命じた。わたしは出ていくしかなかったが、それでも、戸口から、出来事をつぶさに見とどけた。機敏な動作で、男が幅の広いベルトから、きらりと光る短剣を取りだすと、母はあとずさりした。「怖がるな、おれはなにもしない。だがな、もしおれを裏切ったら、ただじゃおかねえ。おまえの家族になにがおこるかしらないぞ。さあ、おれに手を貸してくれ！」そう言うと、盗賊は黒地のズボンの裾をまくりあげ、ふくらはぎの負傷をあらわにした。ぽっかり開いた傷口からはみ出した肉はすでに腐りかけている。それを見た母は叫び声をもらして、とびのいた。だが、男には一刻の猶予もない。ふたたび命じる。「この短刀を火であぶってから、桶と一緒に持ってこい。その前に、高粱酒《こうりゃん》をどんぶり一杯もってこい。おれは寺の裏の木の下にいる。だれも来ないよう見張ってくれ」

母はなんとかしてわたしを家に帰そうとし、わたしは母にしっかりしがみついて離れず、母は「阿弥陀さまお慈悲を、阿弥陀さまお慈悲を……」と口のなかで唱えつづけた。母の手のふるえと、心臓の高鳴りをわたしは感じていた。わたしたちは遠くから恐るべき光景を目撃していたからだ。古木の根もとで、盗賊はこちらに背を向け、なかば酔っぱらって、上半身を前にかがめ、傷口の腐った部分を短剣で切除していた。手の動きにともなって、押し殺したうめき声が激しさを増す。このうらぶれた土地で、男はたったひとりで、生命が自分に科した残酷と対峙していた。

遠くのほうでツバメが数羽とびかっているのを除けば、すべてが不動だった。おこっている出来事を眼前にして、宇宙が動きを止めてしまったかのようであった。地平線で、真っ赤な円をえがいて沈みゆく太陽もまた、血に染まった巨大な傷口だった。あるいは、逆に、血に飢えた口を大きくひらいて、負傷した獣が息絶えるのを待ちかまえているのか。苦痛と逆境にうちひしがれた獣、それが盗賊だった。母が唱える祈りの文句のように、男は哀れみをおこさせた。けれど、わたしの目には、夕暮れの光に照らしだされたその黒いシルエットは、玉座で儀式を遂行する王のような威厳をかもしだしていた。そのシルエットは、周囲の世界に厳粛な怖れをひきおこす。そう、まぎれもない王者。恐るべき仕事を終えると、男は膏薬をぬり、包帯をした。油紙でできた包帯で、傷口を保護するとともに、容易にはがすこともでき、盗賊の名にあたいする者なら、だれでも携帯している。残された力をふりしぼって、男は寺の内部に入りこんだ。そこに十数日とどまり、そのあいだ母が食べ物を運んだ。そして、ある朝、男は姿を消した。村じゅうに知れわたっていたが、貧民に味方する盗賊であることが分かっていて、通報する人はひとりもいなかった。二ヶ月ほどして、中秋節の少し前、母は寺の祭壇の上に高価な宝石がどっさり置かれているのを見つけた。だれからかは見当がついた。母は宝石をすぐに売却して、大量の供物《くもつ》を購入した。供物は祭壇のまわりに置かれ、村人はだれでも必要なだけ持ってゆくことができた。そんなふうにして、長いこと放置されていた寺が、信仰の場にかわった。奇跡の治癒が語られ、つぎつぎに巡礼がやってきた。中秋節になると、劇団がやってきて、何日間も滞在した。出し物は、まさしく、不当に有罪を宣告され、無頼漢にならざるをえなかった男の遍歴を語るものであった。生まれてはじめて観る芝居で、役者はなんて自由に時間と空間をわたりあるくんだ、とわたしは感嘆した。片足を上げただけで、もう家の外に出ている。鞭の一振りで、馬上の人となり、旅の途にある。背をまげると、すでに二十年の歳月が流れている。つまり、時間も空間も存在せず、立ちまわる生きた人間がいて、その人間とともに時空が生ずるのだ。だから、たかだか数メートル四方の場所さえあれば、人間のどんな夢も、どんな情熱も表現できる。

芝居を観ながら、みんなで黒瓜子《ヘイクワズ》や蓮の実の砂糖漬をほおばり、油であげた果物を食べた。芝居がはねると、月は上空で輝いていた。みんな、やもたてもたまらず、きらきらした銀色の川に向かった。ウナギやエビを網で捕まえ、夜食のスープにした。村の子どもたち全員とともに、わたしは人生最高の中秋節を過ごしたのであった。

もうひとりの忘れがたい人物は、放浪の道士、大きな編み笠とひらひらする僧衣から、道の遠くからでも見分けがついた。春と秋、定期的に通過していた。この地にやってくると、寺の石段に腰かけて、母がほかほかのご飯に野菜をたっぷりのせて持ってくるのを待っていた。道士は静かにゆっくり食べる。自分が噛む音にひとりで聞き入り、一口一口を味わっていた。わたしが毎日のように食べて飽きがきていた、このごくありふれた料理が、そのとき、とてつもなく美味なものに見えてきて、口の中に唾が出てきてしかたがなかった。食べおわると、からになったどんぶりを、道士は供物でも捧げるように両手で母に差しだすが、お礼の言葉は口にしなかった。上品な顎ひげをなでつけ、きびすを返した。ただ、最後のときだけは、母にどんぶりを返しながら、こう言った。「ご親切に感謝します。きっと報われるでしょう」。そして、隠れている山の頂上を指さして、つけくわえた。「あのてっぺんに参ります。もう二度と戻ってきません」。そんなふうに語ると、背を向けて遠ざかっていった。あるきながら、くったくのない声で歌をくちずさんだ。「けがれない洞穴に仙人がすむ。わきだす清水は、涸れることを知らず！……」。

遠くのほうで、僧衣がゆらゆらして、空を飛ぶ鶴のように軽やかに、靄の中に姿を消した。

のちに、大人になってから、とくにヨーロッパに滞在していたとき、いやでも考えざるをえなかったのは、自分が偶然に生を受けた中国という国についてであり、そして、みんなが自分のことを「中国人」と呼んでいたので、中国に住む人びとについてであった。自分は中国人の欠点をわきまえているものの、そこではある種の偉大さが認められていた。人口の多さによるのか、古さや永続性によるのか？ だが、それにもまして、中国人が、生きている宇宙と信頼関係をむすび、意思をかよわせているためではないだろうか。律動する息吹の力が循環し、あらゆるものを結びつけている、中国人はそう信じているからだ。ほかのどこにもない中国人固有の生存のあり方は、ここからきているのかもしれない。わたしが中国人という民族の輪郭をとらえようとするとき、いつもぶつかるのは、あの盗賊とあの道士という、対極をなすふたつの象徴的な姿だ。両者は、一見正反対のようでありながら、わたしの目には、補完し合う以上のもの、不可分に結合しているもののように見えてくる。

盗賊は、そのからだをあずけていた、深く根を張る古木のように、大地にしっかり足をつっこんでいる。つめの先まで現世的で、自分をささえている大地と同じように、どこまでも忍耐強く、活力にあふれている。どんな災難が襲いかかろうと、あとにひかない。というのも、生きたいという自分の願望を宇宙の願望と同一視し、それをまったく素朴に、あるいは、素朴な本性から信じきっている。状況しだいで、生来の細やかな優しさをしめしたかとおもえば、しぶとい激しさをあらわにし、それでいながら、何千年にもわたって伝達されてきた本能的な知恵を、いつも行動の範にしようとしている。動作は緩慢にして律動的だ。自分のからだが重圧に押しつぶされそうなときでさえ、威厳を失うまいとする。世に対して「体面」をたもたなければならない。けれど、まちがわないでほしいが、この「体面」の価値観とは、うわべのことではない。年ごとに土地を耕してきたことで、結局のところ、表面とは深部であり、深部とは表面であるという確信をいだくにいたったのだ。過去において、数多くの専制君主たちが、一見つつましく従順で、反乱する気配などまったく感じさせなかった人に、痛い目にあわされてきた。あまり「体面」をもてあそばれると、その人物は憤然として立ちあがる。天子と対等だなどとは思わなくても、すべての人と同様に、自分も天の委任の一端を担っていると信じて疑わないので、なおさらだ。地に這うように生きていても、この世の命は、普遍的な転生の過程にふくまれていることを忘れていない。易経にはそう書いてあり、その文言のいくつかを知っている。ただ、頭を高くあげ、はるか遠くに視線を向け、雲の中に迷いこみ、未知の世界にやみくもに飛びこんでゆくような必要を感じていないだけである。雷鳴がとどろき、風が吹き、霞がひろがり、雨が降り、満月がちりぢりの断片を合体させる、これだけあれば、いつもあの世と交信できるではないか。つまり現世的であり、あくまでも現世的でありつづける。川が運ぶ黄土も、自分のからだも同じ物質からできていて、自分の運命は大地によって左右され、また逆に、大地の運命は自分によって左右されると信じている。自分も輪廻の不可欠な輪のひとつで、大地の転生に寄与している。そして、大地が転生するとともに、こんどは自分と自分の子孫が転生することになる。なにに？　分からない、だが、信じている。いまのところ、大切なのは自分の任務をきちんと果たすことだ。任務をまっとうしないうちに取りあげられれば、反逆し、暴力に訴える。捕らえられて、死刑の宣告をうければ、正面からたちむかう。至高の瞬間に、威厳をもって臨み、最期まで体面をたもつ！　運命の指示にしたがって、この壮大な帰還の陶酔に身をゆだねるのだ。

この対極をゆくもうひとりの人物は、ほとんど生まれおちると同時に、天空への郷愁にとりつかれている。生涯をかけて、超俗の精神をつちかい、身を軽やかにし、原初の夢に向かうかのように、天空の領域を志向する。この人物の日常の振る舞いは、中国式の屋根になぞらえることができるだろう。尖って、そりあがっている四角《よつかど》は、羽をひろげて飛び立つ体勢にある巨大な鳥のようではないか。いまのところ地上にとどまってはいるが、すべてを足げにするような無頓着と、穏やかな超脱をそなえている。そのおかげで、唇に笑みをうかべて、運命の過酷に直面し、専制的な抑圧にたちむかうことができる。この超脱の精神こそが、現在を存分に生き、大地があたえる素朴なしあわせを味わうことを可能にしているのだ。ともかくも、草と水を糧とし、ほんの僅かなこと、とるに足らないことに喜びを感じている。この世にいながら、宇宙と一体化しているのである。

4

道士が去ってからというもの、わたしは盧山《ろざん》の高峰を夢みるようになった。風が霧のベールを引き裂くとき、一瞬、そのまばゆい美しさがあらわれる。父がその峰の話をし、いつか薬草を採りに登頂する予定だと言うのを聞くにおよんで、わたしの夢はますます熱をおびた。

　まずはじめに、山腹のさまざまな場所、なかでも、山塊の中心をしめる牯嶺《これい》と親しんだ。爽やかな谷間にかこまれた、なだらかな山肌なので、アプローチが簡単で、居住地に適している。だから、古くから、文人や芸術家や宗教家たちに好まれ、十九世紀以降、西洋の宣教師たちにとって理想的な避暑地となった。彼らは、揚子江沿岸の酷暑の都市を離れて、清涼と休息をこの地に求めたのであった。やがて、山荘や山小屋や別荘が点々と散りばめられ、牯嶺の中心部は、中国式の家と西洋ふうの店舗とが渾然一体となって立ち並ぶ色彩ゆたかな町となった。買い物をしたり、書道の作品を届けたりするために、町に赴く父についてゆくたびに、わたしはお祭り気分になったものだった。毎回わざわざ異なる小道を選び、そのたびに新しい眺めがたのしめた。岩にじかに刻まれた四文字の格言が称える場所を通りぬけ、巨大な松がやさしく枝をのばす小道を踏み分け、蟬の声が拍子をとる泉や滝の音のなかを進んでゆく。

尖峰に登る日がいよいよやってきた。途中で薬草さがしに手まどり、頂上にたどり着いたのは夕方近くだった。山頂が目と鼻の先に迫っても、鬱蒼とした草木のため、すべてが隠されていた。だが、さらに一歩前に踏みだしたとき、突如として雄大な風景が眼前にひろがった。切り立った岩や、ふしぎな姿をした樹齢不明の木々がからまりあう風景の向こうに、波のように連なる丘が遠くの平原まで斜線をえがいてのびていた。平原の彼方は激しいにわか雨に洗われたばかりで、銀色の細長い筋が夕暮れの光のなかできらきらと輝いていた。揚子江だ。大人たちから何度も聞かされていた河、その河をこんなに早く見ることができるとは考えていなかったし、ましてや、このたぐいまれな風景のなかで目にするなど、思いもよらないことだった。無限の誘いのように、そして乗り越えがたい障壁のように、河はそこにあり、航行する微細な船をのんびりと運んでいた。河の名を叫ばずにはいられなかった。「長江《チャンチアン》！　長江《チャンチアン》！　長江《チャンチアン》！」、たしかに見た、けっして忘れない、そう自分に言い聞かせるように、三度くりかえして呼んだ。この河が、自分の人生における想像の世界においてどれほど大きな役割を演じるのか、予感していたのだろうか。ゆく船の動きに視線がくぎづけになっていたとき、見えない手が河の上にみごとな虹をえがきだした。虹のてっぺんは、もくもくとした雲の群にとどかんばかりだ。だが、つぎの瞬間、目に入ったのは、残念なことに雲が移動を開始し、虹の弧線をおどろくほどの正確さでつぎつぎに解体してゆくさまであった。その軽やかさは、古典劇の巧みな曲芸師たちが、危うい均衡を保ちながら舞台に積まれた道具類を、一つひとつ取り去っていく姿をおもわせる。いまや、沈みかけた太陽だけが地平線にのこされ、それは、生まれてはじめて聞いた歌声の終わりを告げる巨大な鐘の音であった。父とともに山の高みにいて、われを忘れ、霧のなかに没してゆくふしぎな光景の前に立ちつくしていた。

下山の途、近道をしているつもりで、道に迷ってしまった。霧が急速にのぼってきて、これ以上迷いこまないため、山中で一夜を過ごさなければならなくなった。小さな展望台に向かった。柱の上に屋根がのっている、壁のない小屋みたいなところだ。獣に襲われる危険もないわけではないので、父とふたりで大急ぎで木の枝や幹を集めて、柱と柱の間を塞いだ。月は煌々としていた。夜の鳥たちは不気味な鳴き声をあげていたが、ほんとうに怖いとは感じなかった。月光に照らされた透明な夏の夜と意思を通わせているかのような思いにとらわれた。星空はかつてないほど近くにあり、完璧な屋根のようにわたしを包みこみ、同時にわたしを吸いこんでゆく。ふいに光を発したかとおもうと銀河に消えてゆく流れ星のひとつひとつを、自分になぞらえて楽しんだ。

この夜、冷え冷えした空気が迫ってきたころ、父はいきなりわたしに腕をまわして、しっかりと抱きしめ、むせび泣きはじめた。頬に父の息と涙を感じ、嫌がりでもするように、からだを引いた。苛立ちすらおぼえた。引いたのは、いつも心のどこかで、父の胸の病をうつされるのを懸念していたからだ。苛立ちをおぼえたのは、父とも母とも、身体的に接触する習慣がほとんどなかったせいだ。中国では、子どもが少し大きくなると、必要なとき以外は、からだに触れなくなり、ましてや、抱きしめることなどめったにない。それればかりか、ほかの中国の子どもたちと同じように、わたしは、大人の男は泣かないもので、父親というものは、節度と力と尊厳に満ちた、思慮分別の模範なのだと信じこんでいた。同時に、ずっと忘れていたある光景の記憶がよみがえった。南昌の街の歩道のない通りを父と一緒にあるいていた。進行方向から人力車がやってきた。車夫はいかにも急いでいるふうで、さかんに鐘を鳴らしながら疾走している。けれど、父は何か考えにふけっているようで、注意をはらおうとも、よけようともしない。といっても、よけなければならないという道理はない。通りはすべての人のものであって、いかなる乗り物であれ、専用の車線など存在しない。車夫は急停止しなければならなかった。人力車に乗っていた恰幅のいい男がとびおりた。おそらくは、あらゆる権限を手にしているつもりの名士なのだろう。男はまっしぐらに父に向かってゆき、襟首をつかんで揺さぶり、暴言をはきつづけた。父がもそもそ詫びの言葉を口にし、男はようやく手を放した。やじ馬の視線が集中するなか、父は眼鏡をかけなおし、わたしの手をとって、その場を離れた。わたしはその粗暴な男に憤怒していたが、もういっぽうでは、父にもしっくりしない気持をいだいた。どんな感情だったのだろうか。恥？　父の気弱さに対する反発？　ふかく考えたことはなかった。ただ、そのとき、かすかに震えている湿った父の手をふりほどこうとしたことだけは覚えている……。

その夜、そんなわけで、用を足したくなったことを口実に、わたしは父の抱擁からさっさとのがれた。この本能的な嫌悪の反応について、わたしは、のちにどれほど自分を責めたことか！　それは自分自身がつくった傷口で、時間によって癒されることのないものだった。明け方近くになって、父が自分自身風邪をひきかねないのに、上着を脱いで、わたしの背中にかけてくれたことを、いまでも忘れることができない。ともかく、その冒険の夜以来、父の健康状態の悪化は決定的となった。それから一年半たった一九三五年初頭、父は他界した。

父は、たしかに口数が少なかった。その全エネルギーが、いくつもの病気や、その病気がつきつける養生によって吸い取られているかのようであった。けれど、父が、「たぶん……したほうがいいだろう」、「いつか分かるだろうが……」――父が好んだ表現――などと言うとき、あるいは、自分の気持を単刀直入に言うかわりに、唐代の詩を引き合いに出したりするとき、父なりの仕方で理解と愛情を求めていたのではないだろうか。とはいえ、父―息子の関係は、伝統的な教育がとなえるように、つねに父親の主導によって成り立つものなのだろうか。息子として、わたしのほうから、率直に、たわいもない言葉を発したり、たとえ礼儀に反したとしても、父が閉じこもっていた遠慮がちな沈黙を破ることはできなかったのだろうか。

父は、自分自身の家族をも含めて、あらゆるものの埒外に追いやられて、屈辱と未完成を運命づけられ、欠落の刻印が押された人生を生きることに、どれほど苦しんだことか。のちにわたしは、母の話をつうじてそのことを知ったのだった。

5

父は大家族のなかに生をうけた。わたしたち親子が廬山の麓で生活していた時代、父は年に一度、晩春か秋に、「先祖の墓を清掃するため」実家に帰ることを義務としていた。この大家族は、中国の家族によくあるように、四世代が同じ屋根の下で暮らしていて、大きな中庭を囲むようにして建てられた家屋を分かち合っていたが、ぜんぶふさがっていたときには、五十人くらいになった。そのなかで父はさんざん辛酸をなめさせられたが、それでも、父にとって、家族はあくまでも神聖な拠り所であった。わたしは、中国社会が激変し、徐々に解放されてゆく時代に成長したので、これほど重々しく窮屈な制度がどうして何世紀にもわたって存続しえたのか、つねにふしぎに思っていた。中国式家族は、旧社会の土台をなしていて、もちろん、そのすぐれた伝統における長所もあった。家族そのものが、生きた完璧な結合体で、その成員に対し、人間社会が提起する根本的問題について、子どものころから手ほどきをする。どんなときも誰かが見捨てられるような危機におちいらないため、人間の系譜の価値や、助け合いと分かち合いにもとづく相互関係の大切さを分からせる。愛情面でのほどよい親密さとほどよい距離、個人や集団のレベルでの道義的な責任感、神聖なしきたりとしての祭や儀式の実施、こうしたことがらを家族はその成員に教えるのである。家族内にはじつにいろいろな性格や振る舞いが対峙していて、そのおかげで、古代の理想を範とした人間形成のための坩堝《るつぼ》がしめされ、かたちづくられる。だが、家族の土台が蝕まれ、凋落と解体の時代に直面するとき、その坩堝そのものが変質して悪の温床と化し、偽善、利己主義、権力争い、卑俗な計算、悪習への執着、策略の連鎖などが増長する。わたしの家族がまさにそうだった。父と同じように、わたしはそのことに苦しめられた。とはいえ、自分が育った環境にいた人たち、退廃的な人や無能な人もいれば、風変わりな人物も尊敬に値する人物もいたが、そういった人たちすべてに対して、結局わたしは感謝の念を抱くにいたった。彼らのおかげで、人間のなかに秘められている真実も無益なものも、かなりはやくから見抜くすべを知った。

あの祖父は、旧体制時代の博学な高級官吏で、出身地方のいろいろな行政部門の長官を務めた。中華民国が成立してからは、尊大な沈黙のなかに閉じこもり、同世代のひとにぎりの生存者たちとしか接触しなかった。唯一の気晴らしは、きつい線香の匂いがたちこめるなかで古典を朗誦すること、そして、ある一室に置かれた自分用のみごとな棺をときどき手で撫でまわすことだった。その棺を毎年塗りかえさせていた。

あの二番目の伯父は、貪欲で怒りっぽく、上の伯父が亡くなると、伯母と結託して家計を牛耳り、家族に厳しい秩序を強いていた。伯母はいつも水パイプを手にし、ティーポットをぶらさげて、うわべは穏やかな笑顔を絶やすことなしに、あちこちに不和の種を撒き散らしていた。広い中庭を、伯母が、中国の芝居に出てくる役者のように足音をたてずに歩き、ときおり咳払いや目配せをしながら横切るのを目にするとき、なにかよからぬことを企み、策略をはかっているところだと、誰にでも読みとれた。それは、伯母にとって毎日の麻薬みたいなもので、このうえない快楽をもたらしていた。麻薬がきれると、その矛先が向けられるのは、巧妙な残酷さの格好の餌食となる嫁であった。けれど、伯母には伯母の苦悩があった。彼女の夫は道徳的原則には厳格だったが、自分のことは棚にあげていて、ある日、まだ十六歳にもならない小間使の女を弄んでいるところを目撃された。伯母は激怒したものの、結局、夫のために妾を見つけるしかなかったが、といっても、あくまでも自分の手で選んだ女でなければ、気がすまなかった。その小間使だけはだめだ。幼いころに安い値段で買われ、つらい目に合わされてきた女なので、夫の妾にでもなったら、復讐にでるかもしれないし、少なくとも、おとなしくしてはいないだろう。あわれな小間使は、その後、娼家に売りとばされた。

あの四番目の伯父は、エキゾチックな植物を栽培したり、小鳥だの、蜘蛛だの、亀だの、兎だのといった小動物をかたっぱしから飼育したりしていた。勝負事に夢中で、将棋や麻雀にかけては、誰にもひけをとらなかった。地方の官吏としての職務のとき以外は、いつも対局の相手を探しまわっていた。麻雀の牌が入っている彫刻がほどこされたきれいな象牙の箱を腕にかかえ、あるいは、将棋の駒の入ったちいさな箱を持って、あっちの部屋、こっちの部屋にいっては勝負に熱中した。友人宅や茶屋にもよく足をはこんだ。来訪を前もって知らせる必要はまったくなかった。伯父が来たことは、そのゆったりした足音と、うたうように言う「賢者と勇者がつどうなり」、「八人の仙人が玉帝を拝す」といった口ぐせで、すぐに分かった。歴史物や活劇物のたいへんな愛読者だったので、そうしたものがすっかり染みついて、過去の時代に生き、自分を、人びとに愛された有名無名の英雄たちと同一視してしまうほどだった。これらの豪傑たちの活躍にふさわしい古い言葉のきれあじのよいリズムを、伯父はみごとに真似てみせた。実際、この酔狂な伯父にあっては、優雅にして的確な動作と言葉がきわだっていた。そんな伯父らしさを実感させてくれるのは、麻雀の対局で、選んだ牌を自分の前に並べたり、そのひとつを取りあげて指のあいだに挟んで鳴らしたり、「花咲く四季!」だの、「栄光の星三つ!」だの、イメージに富んだうまい文句を唱えながら、身振りを交えて盤に戻したりするときだった。対局を終えて、牌をがちゃがちゃ崩すときでさえ、本能的に調和とリズムにこだわっていた。わたしの家で対局が夜遅くまでつづくこともあった。そんなときわたしは、その賑やかな音に揺すられて、ここちよく眠りにおちたものだった。

四番目の伯父は、とてつもなく器用な手の持ち主で、その妙技はみんなをうならせた。ごく平凡なものが、その手にかかると、あっという間に貴重なものに変身を遂げるのだ! 世代から世代へと受け継がれて、磨り減ってしまった磁器の台所用品が、伯父の指のあいだでかろやかな音と新しい輝きを得る。さらには、質のよくない中国製バイオリンから甘美な音色を引きだし、粗末な木の切れはしでミニチュアの花の彫刻をつくり、古ぼけた箱に彩りをくわえる。そうしたことがらを、手品師のようにやってのけるのだ! 旅に出る前の荷づくりにも、頼りにされた。ふつうなら、旅行かばんが三つか四つ必要なところを、伯父の手にかかると、たったひとつに収まってしまう。完璧に調和のとれた荷づくりがされるので、いったん荷を解くと、全体のまとまりがくずれ、ふたたび元にもどすことができなくなりそうで、手を触れるのもためらわれた。その生まれながらの美的感覚や、手先の器用さを、多くの人たちは天分とみなしていた。些細なことがら、無用なことにしか使われない天分。凋落しつつあるこの家族のように。

凋落？　あの七番目の伯父は、ずばり堕落者、放蕩者と言われていて、二番目の伯父に嫌われていた。アヘンを吸うばかりか、家族のみんなに好かれる非の打ち所のない妻がいながら、しじゅう色恋沙汰のとりこになっていた。女形の役者に熱をあげたかとおもうと、琵琶《びわ》ひきの女に夢中になり、美貌で名高い知的な高級娼婦に入れあげたりもした。大人たちは、あからさまに禁じないまでも、子どもたちを伯父のところに行かせないようにしていた。わたしは、その伯父のひととなりにも、カーテンを閉めた広い部屋が発するアヘンのにおいにも惹かれていた。そこには魔術の空気がただよっていた。ほの暗い部屋のなかで、光を放つ長いパイプ、目くばせするみたいにきらめく灯火、伯父がパイプを吸い込むときのうまそうな音や、煙のなかにうかびあがる安らぎと喜悦の表情……。家族のなかでは孤立していたので、伯父にとってわたしは、打ち明け話の臨時の相手としてうってつけだった。アヘンを吸い終わり、喉に残った咳をすっかり出してしまうと、うめくような溜息をつく。

「ああ……人生とは苦いもんだ！　じつに苦い！」

「どうして苦いの？」、わたしは一度おもいきって訊いたことがあった。

「おまえにはまだ分からんよ。だがな、これだけは頭にたたきこんでおけ。人生とはな、自分がしたいことはあまりせずに、したくないことをするものなんだ。したいことをしないということは、このパイプと同じだ。存在しているだけで、生きていない。したいことを始めたとたん、ただの炎になる。やがて灰になってしまう。ほら、この灰だよ。灰ってのは苦いもんだ、そうだろう？」

この灰のたとえが、どれほど的を射ていたか、伯父は知らずにいた。その伯父自身の灰が、のちにこの土地の肥やしになるのだ。噛んでいるうちに甘味がでてきて、味わいぶかくなる野菜を、伯父はこのんで「苦い野菜」と呼んでいたが、同様に、苦いといいながらも、この土地ですごした人生を伯父は伯父なりに満喫していた。日中戦争の時期に、伯父は重い病気にかかった。助かる見込みはない、医師たちは口を揃えて断言した。修道院に運ばれて、修道女たちの介護をうけ、一命をとりとめた。伯父は修道院にとどまって、雑役夫として働く決心をした。一九五〇年代はじめ、共産党政権は、修道女たちが人びとの財産を奪い、赤子を殺害していたなどとして、裁判を組織した。伯父には、釈放と引き換えに、修道女たちを告発することが要求された。伯父はそれを拒否したばかりでなく、修道女の善行まで証言してのけた。彼女たちと共に収容所に送られ、きわめて過酷な規律を強いられ、その直後に死亡した。荼毘に付されたあと、彼が望んだとおり、その灰は収容所の野菜畑に使う肥料に混ぜられた。

もうひとり、あの十番目の伯父。父といちばん近しく、忘れることのできない人物である。外国物であれ、中国の作品であれ、現代小説を読むのが好きで、よく父に本を貸していた。わたしの教育に関わって、アンデルセンやグリムの童話を発見させ、初歩の英語の手ほどきをし、よく散歩に連れていってくれた。ある銀行であまりぱっとしないポストに就き、その後建築学を学ぶために、まず上海に、ついで日本に渡った。旅立つ前に、わたしの思い出ノートに、英語で、ロングフェローの詩から借用して、「芸術は長く、人生は去ってゆく」としるした。

6

父は祖父の妾の子として生まれ、十一人の男きょうだいの末子だった。このため、いつも低い地位におかれていた。母は良家の出ではなく、この家族に長年尽くした乳母の娘だったので、なおさらだ。そんなわけで、当然ながら、広大な屋敷のなかでもいちばん寒くてじめじめした場所をあてがわれていた。もっとも、居住場所についても、ほかの問題についても、父は病弱、母は控えめとあっては、二番目の伯父夫妻の片棒をかつぐ人たちが、意図的であろうと否と、仕掛けてくる不当な仕打ちや悪意のこもった行為から身を守ることは難しかった。

母は仏教の信者で、謙虚と憐憫の徳行を実践していた。その辛抱強さでもって、ひとりならずの人の好感をえて、家族内での生活を耐えうるものにしていた。特徴的な場面を思いだす。母は家の裏口から外に出て、何日も前からあたりをこっそりうろついている女に近づいていく。女は三歳になる自分の息子を、この家族のひとりに――ほかでもない遊び好きの四番目の伯父に――売ったばかりだった。伯父夫妻には女の子が三人いるだけなので、男の子を買う決心をしたのだった。女は、たぶん扉の隙間から息子をひとめでも見たいというおもいからだろうが、憔悴した顔で何時間もそこから立ち去ろうとしない。きっと何かの贈り物かお金をつつんだのだろう、母は女の手にハンカチを握らせ、子どもは家族の子どもとして大切にされるのよ、そう言って女を慰める。哀れな女は泣きながら帰っていったが、少し落ち着きをとりもどしたようだった。その日から、わたしにいわば弟ができた。母がほんとうにせっせとその子の面倒をみたからだ。かの四番目の伯母が、長時間の麻雀によくひっぱりだされて、子どもを母にまかせっきりにしたので、なおさらである。

どんなときも、父と母の味方になってくれる女がひとりいた。未婚で家を出なかった伯母である。意気さかんで、たぐいまれな話術を有し、醜女《しこめ》の迫力がかもしだすふしぎな美の輝きがあり、相手が二番目の伯父であれ、だれであれ、毅然とした態度をとり、よく響く低い声で彼らの偽善をあばいてのけた。

この独身の伯母のおかげで、こうした大家族の女たちのなかには、極度に束縛された生活条件のもとで抑圧され、怨念をうえつけられて、狭量で意地が悪くなり、少しでも権力を手にしたとたんにそれを乱用するような女もいれば、まったく逆に、このうえなく魅力的な女もいることを、わたしは知った。女たちの多くは、男たちよりもはるかに威厳と度量があって、勇敢だった。たとえば、もうひとりの伯母は、不幸な結婚をしたあと、夫と別れて、どちらの家族にも物議をかもした。二番目の伯父や他の親族たちは、彼女が実家に戻ることを長いあいだ認めようとしなかった。だが、彼女はこの人たちに尊敬の念をおこさせずにはおかなかった。女友だちとふたりで、捨てられた子どもや孤児たちのために学校を設立した。この地方で学校はたちまち名声を得た。この伯母は、幼少期や少女時代には快活で、ときにはたいへんな跳ねっかえりだったという。人生の辛酸をなめてから、重厚で考えぶかくなり、自分に好意をしめす人たちに対しても多くを語らなかった。けれど、昼間この伯母と顔を合わせることがあると、伯母はいつもわたしの肩に手をおいて、あいさつがわりに、愛情に満ちた無言の微笑みをなげかけるのだった。そのときはまだ知るよしもなかったが、のちに、わたしの歩むことになる道程で、人生の決定的な転機において、この伯母と出会うことになる。彼女の態度と笑顔が、わたしをどん底から脱出させてくれるのだ。

もうひとり伯母がいた。遠縁の義理の伯母で、短い出会いだったが、その存在はわたしのなかにしっかり刻み込まれた。彼女はすでにとても自由で、みっちり歴史の勉強をしてから、フランスに二年間滞在した。それ以前は、彼女のことを知らずにいた。ある日の昼食時、二番目の伯父が腹に据えかねるといったふうに、取り巻きたちにこう言っているのが耳に入った。「わしがだれと出会ったか知ってるか？　チアン家（伯母のひとりの義理の家族）の娘だよ、フランスから帰ってきたそうだ。その女がなにをしたと思う？　こっちに向かって、手を差し出したんだ、こんなふうに。どうしろって言うんだ？　こっちも手を差し出したが、指をちょっと触っただけで、すぐ引っ込めたよ！」たしかに、中国では伝統的に両手を組み合わせ、相手の手には触れずに挨拶する習慣がある。婚約したあとでなければ、若い娘の手を取ることはできなかった。その直後、家族は、かの「チアン家の娘」の訪問をうけた。フランスから持ち帰ったと言って、彼女が見せてくれた雑多なもののなかで、わたしの目を釘づけにしたのは、ルーヴル美術館の作品を用いた絵葉書だった。ギリシアのヴィーナス像、裸体の人物画、とくに背中から見た裸の女をえがいた絵だった。居合わせた大人たちは仰天し、憤慨して、大急ぎで絵葉書をしまいこんだ。けれど、衝撃は、もはや消し去ることのできないものだった。わたしが見たのは、鮮烈な画像で、それはわたしの想像の世界に痕跡を刻むほどに強い感動をおこさせたのだった。裸の女を見たのは生まれてはじめてで、そのまばゆいほど美しい裸体はきわめてふしぎなものに映ったが、それでいながら、瞬時にわたしの血を奥底からゆさぶった。どうしてそれを忘れることができようか。もっとふしぎなのは、正面から見る裸体は、その完璧な姿かたちと、ふくよかな乳房でもって、磁石のようにわたしを引きつけはしたが、さほどの「違和感」はひきおこさなかった。中国では、母親や乳母が赤ん坊に授乳するとき、公衆の面前でこともなげに乳房を露出させるからだろう。けれど、背を向けた裸体画では、女は意図せずに自分をさらけだしている。その脈動する肉づきのよい背中や、くっきりした窪みによって、女のからだ全体が一挙にあらわにされ、しかも、彼女自身も知らずにいるその謎めいた美は保たれているのだ。

わたしの心を捉えていたもうひとりの女は、この世に存在しない女だった。わが家に隣接した居住空間は、いつも閉められていて、だれであれ、なかに入ることは禁じられていた。そこには「首をつった女」の部屋があるといわれていた。首つり女のイメージは必然的に恐怖心をかきたてるものだが、逆にわたしの好奇心を目ざめさせた。どんな大家族にも陰の部分があって、そこには、大人たちが語ろうとしない秘密が徘徊していることを、知らずにはいられなかった。年上のいとこたちのあいだでは、物事があからさまに語られていて、彼らと接してゆくうちに、「あってはならない」事柄を観察することを知った。あの人は義理の妹とあやしい関係にあるだの、この人は自分の父親の若い妾とできているだの。むかしなら、厳格な家族では、そういった関係におちいった者は、家族会議の決定で死に追いやられた、という話も聞かされた。

わたしの家族はそこまで厳しくはなかった。「首をつった女」は、酒飲みで、手に負えないという評判の伯父の妻だったが、彼女はその不幸な結婚を嘆いて自殺したのだろうか、それとも何かの過失のせいか？　ともかくも、彼女はこの家族のなかでそれ以上生きることを望まなかった。女の死後、家のなかでその亡霊が何かの復讐をはたそうとして、その場所にとりついているかもしれない、人びとはそんな怖れを抱いた。首つり女がとりついているという話は、当然ながら、ただでさえ幽霊の話が大好きないとこたちの興味に拍車をかけた。身の毛もよだつ話を手をかえ品をかえてあみだしていた。そのために彼らが選んでいたのは、風の強い夜だった。小さい子どもたちは、彼らの唇の動きをくいいるように見つめ、その身振りに圧倒されて、うしろを振り返ることもできなくなる。ついには、背中と背中をくっつけ合わせて座りこみ、みんなでかたまってしまう。ほかの子たちと同じように、わたしもむさぼるように話に聞きいった。恐怖心をかきたてるようなくだりになると、わたしも身震いした。けれど、根本のところでは、われながら驚いていたが、ほんとうに怖いという気持にはなれなかった。夜は幽霊に満ちている、それはまちがいないだろう。自分の体験から、そんなことは知っていた。それは望ましいことだとさえ思った。でなければ、夜はつまらないものになってしまう。そうなると、昼もつまらなくなる。昼とは、夜から出てくるものではないか。幽霊たちのなかに迷いこんだら、自分は彼らの言うことが分かるかもしれない。もしも、幽霊のひとりが自分を捕まえるのなら、それでもいい、からだをもう一度とりかえるだけのことだ！　わたしがひそかに抱いていたこの考えを、ほかの子たちについうっかり言ってしまった。たちまちにして、怖さ知らずを証明しなければならないはめになった。首つり女の部屋にひとりで行って、しばらくそこにとどまっていなければならないのだ。そして、挑戦に応じた。ある日、かんぬきを外して、胸をどきどきさせながら、わたしは例の部屋のなかに入った。最初の恐怖の瞬間がすぎると、かびと埃の重苦しいにおいに少しずつ慣れてゆき、落ち着きをとりもどした。簡素な家具が置かれているだけの部屋だった。幾つかのタンス以外に、ベッドと、色あせたサテンの布がかかったテーブルがあった。テーブルの上に置かれている写真は、おそらく二十世紀初頭のものだろう。感受性ゆたかな、夢みるような視線を投げかけている、品のよい顔立ちをした若い女の写真。けれど、その瞳には強靭な意志のかがやきがあった。口に出して言うことができなかったすべてを秘めたその眼差しは、時代を超越していた。地上で愛の対象にめぐり合うことができず、まっすぐに宇宙の無限に向かって視線を投げつづけ、未来における転生に唯一の希望を託しているかのようだ。広大な屋敷では、ほかのどこに行っても、いつもだれかがいて物音がしていたが、この静まりかえった部屋のなかで、これまで味わったことのない穏やかな安らぎにつつまれてゆくのを感じた。これほど深い心の交わりを、生きている人間に対して抱いたことはなかった。いつまでもこの部屋にいたい気持になったが、いかんせん、いとこたちが本気で心配しはじめて、叫び声をあげた。部屋から出ると、彼らは不安げに質問をしてきたが、わたしは秘密めかしてただこう答えた。「へんな感じがしたけれど、すごくよかったよ！」ふしぎなことに、この快挙以来、内気で青白い子だったわたしが、ほかの子たちの目には、なかば超自然的な威光につつまれているかのような存在になった。天と地を仲介する役割を果たしてくれ、そう頼まれかねないほどだった——とりわけ七月七日の祭りに際して。その夜、天の川（銀河）から幾つもの銀の綱が降りてくるという。これらの綱の一本を摑みとることのできる有能な仲介者がいれば、願いごとがかなえられるという。ともかくも、例の女の叫び声を聞いた夜以来、そして、いま、「首つり女」と出会って以来、自分には死者の世界と繋がるものがあると信じて疑わなかった。

その世界が、いまや父を迎えようとしていた。家族の屋敷、父が生まれた屋根の下に戻ってきたとき、呼吸困難におちいって亡くなった。死の床にあって、父の顔は心を和ませるような微笑に輝いていて、そのあまりの穏やかさに、母にもわたしにも、悲しみの涙に交じって漠然とした感謝の気持がわきあがってきたのだった。この世を去って、父の魂は、肉体から解き放たれると、地上に遺した人たちを護るのにいっそう力を発揮するかのようだった。母は親族との共同生活をこれ以上つづけることを望まず、葬儀に参加するためにはるばる南京からやってきた父の幼なじみの友人に、このことを打ち明けた。友人はすぐさま、自分の家の住み込みの養育係の仕事を提案してくれた。秋、母と息子は、当時中国の首都だった南京への移住に、新しい運命を託したのだった。

7

一九三七年、わたしが十三歳をむかえようとしていたとき、日中戦争が勃発した。軍備もお粗末で、ほとんど無政府状態の疲弊しきった国民を数ヶ月もあれば征服できるつもりでいた侵略者たちは、予想外の抵抗にぶつかって驚き、苛立ちをつのらせ、とくに戦闘の初期において、大規模な殺戮行為にうってでた。南京だけをとっても、占領するやいなや、興奮した兵士たちは、数週間のうちに三十万人の人びとを殺害した。刀にかけられた人たち、集団で生き埋めにされた人たち、機関銃で無差別に射殺された人たち。すさまじい光景に、中国人たちは胸をえぐられ、言葉を失った。これらの光景を写真に撮ったのは、しばしば日本人自身だった。集団的場面にかんする公的な写真として、あるいは、多くの場合、兵士たちが自分の「功績」をしめし、その手柄を自慢したり、または、たんに思い出として残しておくために。これらの写真に見るのは、生きた標的に向かって銃剣突撃の訓練をしているさまや、地面に散らばる死体のなかで、剣を手にしている兵士の姿だ。ごく少数だが、同じくらい悲惨な写真はほかにもある。衣服をはがされた女が、生きていても死んでいても、強姦されている光景だ。そのうちの何枚かでは、犠牲者の女が軍服を着けた加害者のそばで立つことを強いられている。

これらの女たちは、白日のもとで容赦ない視線に裸体を曝しているが、おそらくそれは人生においてはじめて――夫の前でさえ、女たちはそんな姿をみせることはあまりなかった――であり、そしてまた最後でもあったのだろう。この苦難のあと、その多くはみずから命を絶ったからだ。体面を奪われた無謀な世界にそんな姿だけをのこしながらも、彼女たちは、体面を保ち、気高くあろうとして、どれほど悲壮な努力をしたことだろうか。

雑誌に載せられたこれらの写真を、わたしは切り取って秘密の場所に隠していたが、目にするたびにぞっとした。それでいながら、わたしを惹きつけ、とりこにし、錯綜した欲求を内部にはぐくんだ。不可避的に、これらの写真は、むかし伯母がルーヴル美術館から持ち帰った絵葉書と重なり合った。わたしがそれまでに見た裸体の女はこれらだけだった。この二種類はいかに類似していて、そしていかに対極的だったことか！　両者とも立ち姿で、ふくよかな完璧な線をえがき、かぎりない欲求をかきたてる。だが、いっぽうは、理想の姿として称えられ、生涯をかけて追求するのにふさわしい無限の謎を秘めている。もういっぽうは、汚されて、極限まで貶められ、欲望という考えさえ、不可能で恥ずべきものにしてしまう。

わたしが十二、三歳のとき、ちょうど性に目覚める年頃に、ひとつの疑問が刃物のようにわたしの肉に突き刺さった。同じ美しさが、もっとも崇高な感情を生みだし、そして、もっとも卑劣な残忍さをも生みだす。となると、悪というものは、美の中心部に棲みつくものなのか？　美とは？　悪とは？　わたしはそうしたものとかかわることになるのだろう。だが当時こうした問いを深めるにはまだ幼すぎた。とはいえ、これらの恐怖の光景を描写するのに、「血と涙の物語」、「彼女たちは涙以外に自分を洗い清める手段をもたない」といった、よく使われた表現を耳にしながら、自分なりに考えたことは、いまでも覚えている。人間のからだには、血液ほどの大量の涙は存在しない。だとすれば、人間の涙をぜんぶもってしても、流された血のすべてを洗うことはできないではないか。

　何もかもが激変したこの時期、母とわたしはクォ家のあとに従って、集団疎開する中国人の長い列のなかにいた。山腹の小道に分け入り、粗末な船中にぎゅうぎゅうづめにされ、揚子江をさかのぼり、難攻不落の評判を誇る峡谷を渡って、西部の広大な地方、四川省にたどりついた。上流に位置する重《じゅう》慶《けい》は、揚子江とその支流の嘉陵江《かりょうこう》を見下ろす街で、そこで少しばかり平穏をえたが、それも長くはつづかなかった。人口過密で、急場にしのぎに建てられた、ひしめき合う新しい家は、空からの攻撃には——岩にじかに掘られた防空壕は別として——ほとんど無防備で、街はまもなく日本軍の集中攻撃によって破壊された。再び農村へ農村へと大移動がはじまり、筆舌に尽しがたいその混乱ぶりは、敵の空襲による大量の犠牲者の数をさらに増大させる結果をまねいた。クォ氏が勤めていた公共機関——教育法・教育資料研究所——は、重慶から徒歩で二日以上かかる奥地へと避難しなければならなかった。

　住民たちの貧しさとは対照的な、緑ゆたかな農村をへとへとになりながら旅して、一九四〇年のはじめ、研究所の職員の二十世帯ほどの家族は、ようやく目的地に到着した。ルー家の所有する広大な領地である。こんな奥地にこれほどの領地が存在すること自体、新参者たちの目には、ほとんど信じがたい、常軌を逸することのようにみえた。まず大きな庭園があり、そのうしろに構えているどっしりした表屋敷は古いつくりで、構造はわたしの親族の家と同じだが、はるかに広くて、幾つもの家屋が中庭をぐるりとかこんで繋げられたものである。新参者たちが寝泊りするのはこの屋敷だ。ルー家の人びとが住んでいるのは、もっと近代的な様式の広々とした家で、旧屋敷の後方に、山を背にして建っている。政府がこの屋敷を確保できたのは、ルー老爺《ラオイエ》とのかけひきのおかげだった。ルー老爺《ラオイエ》に対して、当時禁止されていたアヘンの服用や、この地域での専制的な権力の行使に、政府は目をつぶることを約束したのだった。

だいいち、さほどの時間を要さなくても見てとれることだが、この家の総領息子は、武器を手にした十数人の仲間にガードされ、配下の者たちに手伝わせて、賭博場を牛耳り、ときにはゆすりや婦女暴行さえもいとわないといったありさまで、近隣の町や村の人びとに一種の恐怖心をうえつけていた。商いにたずさわっている息子ふたりと、まだ家にいる小さな子どもひとりを別にすれば、ほかの息子たちは学業のために地元を離れていた。娘たちもみんな嫁いでしまい、のこされた末娘は婚約したばかりだった。

この地にやってきた直後、わたしたち新参者は、婚約した娘が、婚礼がおこなわれる家に向かって出発する儀式に参列した。先祖の祭壇と両親の前になんども跪いてから、人形のように着飾った娘は、顔を隠しながら、輿《こし》に乗った。鮮やかな色に塗られ、とくに血を思わせる真紅がきわだつ輿。行列がうごきはじめたとき、わたしが驚かされたことは、人びとが発した声が、喜びではなく悲しみに満ちていたことだった。母親が泣き、花嫁が泣き、家族のみんながその悲痛な叫びに同調した。花嫁は自分がこれから未知の運命に直面することを承知していた。まったく知らない、顔さえ見たことのない男と一緒に生活することになるのだ。行列に伴う騒々しい音楽は、実際のところ、葬儀の際に奏でられるものと変わりなかった。

一九四〇年秋、わたしは、この地域の中心をなす町に新しく建設された高校に入学した。ルー家の屋敷から徒歩で半日かかるところだ。わたしは寄宿生になり、週末になると家に帰ってきた。翌年二月のある日曜日の朝、屋敷の庭園をひとりで散歩していたとき、小道の曲がり角から、見知らぬ少女がふいに姿をあらわした。もの思いにふけっている様子で、おぼつかない足取りであるいていた。すれちがったとき、少女は憂いをふくんだ瞳を向け、それから微笑をうかべ、ごく自然な口調で言った。「あのサクラソウを見て、春がきたのね！」少女自身、春の到来とともに新しく生まれかわっていた。というのも、そのほんの少し後で知ったことだが、彼女は、ときどき人の口の端にのぼっていたルー家の三女、ユーメイ（玉梅）だったからだ。十六歳のとき、姉の住むF市で出会った若い航空士官と恋におちたが、そのときすでに、近隣の地主の息子が将来の結婚相手として決められていた。総領息子はもともと妹の独立心をひどく嫌い、嫉妬心を燃やしていて、父親の命令にしたがい、彼女を裏山に面した離れの中に一年半のあいだ閉じ込めていたのだった。

彼女とはじめて出会ったとたん、わたしは心の奥底で、ユーメイのことを「戀人《ラマント》」と呼んだ。彼女はずっと前から自分と一緒にいて、自分自身のからだよりも緊密な存在であるかのような、不思議な感覚にとらわれた。彼女はわたしの願望が生んだのだと信じてしまいそうだった。彼女の姿かたちが、わたしがずっと前から夢みていた女と重なった、さもなくば——こんな考えにわれながらびっくりしたが——わたしの記憶に焼きついて離れない、あの自殺した女が、ユーメイの姿で蘇ったのかもしれない。

そんなわけで、彼女との出会いがわたしのなかにひきおこしたのは、人を無防備にする突然の衝撃ではなく、むしろ、奥底の強い振動であり、そこに埋もれていた何かが、ひとつの層からもうひとつの層へとゆっくりわきあがり表面に達したのだった。ちょうど、冬の木々が、春の到来を信じて疑わなかったのに、いざ春風が吹くと、はっと驚くみたいに、わたしは、深いところで、穏やかともいえるような身震いをおぼえた。

戀人《ラマント》の前では、自分の思いをおもてに出さないようにしていた。ときおり彼女のまわりに集まってくる若者たちのなかで、わたしは目立たない存在だった。彼らを惹きつけていたのは、彼女の輝くような美しさ、優美で品のいい物腰、華やいだしぐさ、自分の地方の伝説を話してきかせたり、四川劇の旋律を歌ったりする声の艶《つや》、そして、とくに控えめと率直さとをあわせもつことからくる名状しがたい魅力だった。他の若者たちと一緒にいるとき、彼女は黙って人の言うことに注意ぶかく耳をかたむけるすべを心得ていたし、かとおもえば、想像もしなかった物事の側面に、とつぜん驚嘆の声をあげ、潑剌とした、あけっぴろげな性分をのぞかせることもあった。ユーメイと一緒にいると、世界をはじめて見るような思いにとらわれ、それでいながら、太古から存在する中国というなじみぶかい地における、もっとも純粋で繊細で真実なものと心を通わせている気持になるのであった。

8

ユーメイの提案で、わたしたちは六月のある日、村から遠くない川づたいにあるいて、水源まで行くことにした。一日がかりの遠足だが、といっても、さほどの準備は必要なかった。食糧として、熱湯を入れた何本かの魔法瓶とともに、「五香」で味付けをした茶で茹でた玉子、焼き豚のスライス、ゴマ入りの焼餅《シャオピン》、もちろん、オレンジやグレープフルーツを入れたカゴも。どれも素朴な食べ物で、脂っこすぎたり、疑りすぎたりする家庭料理に疲れている若者たちの好物だった。遠出に参加したのは、十五人ほどであった。夜明けの白々としたあかりのなか、まだ靄《もや》につつまれている川に沿ってくねくねとした細い道を、わたしたちは列をつくってゆく。そよ風の爽やかさに元気づけられ、あらゆるものから解放された気分で、この小さな集団は言葉に尽くせない歓喜につつまれていた。粗末な布靴や藁靴をはいた足は、朝露におおわれた草でたちまちにして濡れてしまったが、わたしたちの意気込みは、そんなことくらいで挫かれなかった。

淡い青の旗袍《チーパオ》を身につけ、ボタンホールに蘭の花をさし、晴れやかさをすっかりとりもどしたユーメイが先頭をあるく。

彼女をエスコートする大きい少年たちのいたずらに目もくれず、颯爽として足をはこび、行進にしっかりしたリズムを刻んでいた。この忘れられない一日において、以前からおぼろげながら感じていた彼女の性格の一端をはっきりと見とどけた。穏やかな優しさの奥に秘められている、野性的ともいえる粘り強い力である。彼女はまちがいなく、さまざまな対照的な色彩が光り輝くこの土地の娘だった。ツツジやムクゲの花に彩られ、黄金色のオレンジや赤いトウガラシがゆたかに実る土地。この地が生みだしたのは自由にして高邁な精神の才人たち、とりわけ、詩人の李白と蘇東坡《そとうば》だった。

彼女はときおり足を止めては、うしろに続く、わたしのような年少の子たちに声をかけた。顔をこちらに向けるたびに、黒髪が横になびいて、うなじを飾るほくろが一瞬あらわれ、わたしたちをうっとりさせた。それをたちまちかき消してしまうのは、そのきらきらした瞳と、陽気な声だった。「ほら見えた、みんなも見た?」、「あっ、聞こえている、みんなも聞いた?」そのたびに自分たちがまったく気づかなかったことを、またしても発見したようなおもいがした。彼女は対岸と同じ高さの一角を指さして、色あざやかな蝶たちが人間の存在を怖れもせずに飛びかうさまに目を向けさせる。彼女にうながされて耳を傾けると、鳥たちが呼び合う鳴き声がしていて、そして、遠くの丘陵からこだまが聞こえてくる。その荒々しい歌声のこだまは、若い農夫が反対側の丘陵に向かって発したものだが、そこにはたぶん意中の女が住んでいるのだろう。さらには、彼女はふさふさした木の葉や密生する草をかき分けて――それは母のしぐさと重なってみえたが――野生の果実の房をもぎ、芳香をはなつ草を摘みとる。若者たちをこの生に溢れる世界の発見へいざなうことは、じつのところ、彼女自身にとっての再発見にほかならなかった。長期にわたる自由の剥奪の後、そこにどれほどの渇望と熱情が込められていたことか。

前を行く彼女の淡青色のシルエットは、青みを帯びた空気に溶けこみ、まるで、この大自然の魂と声が彼女自身で、その姿をあらすために彼女だけを待ちつづけていたかのようであった。

わたしたちは、数少ない村を通りぬけた。ユーメイがいることで、どこでも歓迎された。「三番目のお嬢さんだね!」、「ほら、三番目のお嬢さんよ!」。この地域では、彼女に対する好感は、その兄に対する憎悪と対照的だった。その日、彼女が農民たちに提供できたのは、オレンジとグレープフルーツだけだった。若者たちを驚かせたのは、これら地元で採れるごくふつうの果物が、農民たちにとっては贅沢な食べ物だったことだ。もっとも貧しい農民たち、土地を所有せず、わずかばかりの生産物の半分を「老爺《ラオイエ》たち」に納めなければならない人たちが、どれほど困窮のなかで生活しているかを知るには、彼らはまだ幼すぎた。果物を受けとった農民の多くは、すぐには食べず、家族全員が揃う日のために、テーブルや祭壇の上にそなえた。すぐに食べたいという欲求に屈してしまう人たちもいた。そのごつごつした手で果物を大切そうに撫でてから、どれほどの慎重さをもって皮をむき、ひとかけらひとかけらをどれほどゆっくり味わっていたことか。これらの果物は、若者たちが思いもしなかった気高さをえたのであった。果物を詰めこんだ幾つかのかごは、少しずつ空になっていった。農民たちは誇り高く、受けとると、かならずお返しをした。彼らがお礼として遠足の若者たちにあたえたのは、サツマイモ、そして、土中になる「地の瓜」と呼ばれる果実だった。白っぽい実で、種はなく、こりこりしていて、口に含むと、はじめはやや癖のある土の味がするが、嚙んでゆくうちに、爽やかでみずみずしい、とろりとした液が出てくる。食べれば食べるほど、またほしくなってくる。若者たちは、歩きながらずっとこの果実を食べつづけた。

午後の遅い時間に、わたしたちは水源に到着した。村の中心まで流れをみちびくための粗造りの水路に仕切られていた。速い流れの澄みきった水。わたしたちはその水を飲み、水を浴びた。みんなはしゃぎまわっていた。驚異の体験を成し遂げたこと、川という謎めいた生き物を追いかけて、その源《みなもと》に自分の手で触れたことに有頂天だった。慈愛にみちた水に育まれて、あたりには豊穣な自然がひろがっている。この村は「屈《くつ》」という氏の名を持ち、地方ではめったに見られないほど清潔で裕福な様子をしていた。大詩人、屈原《くつげん》を奉る寺院があって、住民たちはこの詩人の末裔を自称していた。だいいち彼らには、昔のしきたりどおりに外来者をもてなす習慣があった。遠距離をあるいて、喉が渇き、お腹をすかせた若者たちに、ナツメの実やハスの実の砂糖漬けが添えられた菊花茶がふるまわれた。

寺院のわきの柳の木の下に腰をおろすと、目の前にあるのは優美な緑にきらきら光る川、自分たちがまるでこの世のそと、時間のそとにいるような、いやむしろ、太古の昔にいて、固定したものがまだなにもなく、人間の役割は、物、そよ風、雲、草、水、崇拝する聖者、愛する女にまず名をあたえ、そして、まさしく屈原がしたように、原初のリズムを歌のかたちにしはじめることだ、そう信じたくなってくる。

水源を去る前に、わたしたちは寺院に入った。ユーメイは屈原の小像の前で、線香に火をともした。小像をかこむ二枚の書字板には、この詩人がつくった詩が一行ずつしるされていた。寺院が建立されたのは明《みん》代のことで、唐代につくられた墓碑があった場所だそうだ。住民たちの話によると、寺院が建てられてから、線香の火が絶えたことは一度もないという。絶えたことがないという小さな火を前にして、わたしたちは、時代錯誤とまでは言わなくとも、奇異な感覚にとらわれた。文字の読めない農民たちが住む名もない奥地で、二千年前に生き、追放の身となって入水自殺をした詩人——中国文学で知られている最初の詩人——に敬意を表して火がともされているのだ。

帰路、道のりの半ばに達する前に、日が暮れた。帰宅しても夕食にありつけるはずはなく、そもそも帰ることを少しも急いでいなかったので、若者たちは食事をとるために川のほとりで休憩することにした。火をおこし、農民がくれたサツマイモを、道すがら摘みとったケシの茎や香味野菜とまぜあわせて煮込んだ。

ああ、わが生涯をつうじて、その夜料理したサツマイモほど高貴な妙味をあじわったことはなかった。どこにいても、わたしはあの煙のにおいをかいでみたくなる。アヘンを吸った伯父の悲しげな声や、戀人《ラマント》が火をおこしながらあげる澄んだ笑い声をおもいおこさせる、あの煙のにおいを。

9

この遠出から数日がすぎていた。夕方になっても暑さはあいかわらずで、みんな家の外に出ていた。団扇《うちわ》を手にして、星空のしたで、空想にふけったり、昔話を語り合ったり、おしゃべりをしたりしていた。わたしは蛍を何匹もつかまえ、ガーゼの袋に入れて、おもしろがっていた。それを携帯ランプにした。ふと、ユーメイに見せてあげたくなった。

彼女の部屋が面している中庭に足をふみいれたとき、想像さえしなかった姿が目にとびこんできて、われとわが目を疑った。戀人《ラマント》は、全裸で木のたらいのなかに立って沐浴をしている。若い小間使がちいさな桶で、彼女の肩からかける水が、そのなめらかな引き締まったからだをつたって流れ、そのあいだにも、彼女は笑ったり、小間使に話しかけたりしている。そこにいてはいけないことは分かっていても、思い切れない。わたしは胸をどきどきさせながら、立ちすくんでいた。なまみの女のからだを、眼前にしたのは、生まれてはじめてである。わたしのいる角度では、裸体は横から見えている。濡れて輝きをました背中の一部分と、そりあがった乳房が、月明かりにくっきりうかびあがっている。沐浴を終えると、彼女はからだを拭き、寝巻きを身につけ、無造作に前を半開きにしている。涼をとるため、扉のそばにおかれたベッドに身をよこたえる。藁の団扇で涼みながら、小間使にあいかわらず声をかけ、小間使は庭のなかでちょっとのあいだ動きまわっている。そして声がやむ、たぶん、うとうとしはじめたのだろう。わたしも無言で、土に足を釘づけにされたように、陰のなかに立ったままだ。どのくらいの時間、そこにいたのだろう。一瞬か、一生涯か、わからない。夢遊病者みたいに、あるいは、こそどろみたいに、やっと自分の家に帰った。

それから数日間は、恥ずかしさのあまり、ユーメイに会いにゆくのをみずから禁じていた。とはいえ、自分が見たあの場面はほんとうに現実だったのかと、心のなかで問いつづけた。むしろ、あの夜夢をみていたのではないのか。少なくとも、自分にそう言い聞かせようとした。そうにちがいないと、半ば信じた。わたしの視覚の領域に刻みこまれた、あの輝くからだの映像は、自分の想像力がつくりあげ、しあげたといえるほどに、自然なものにおもえた。その映像は、わたしのあらゆる感覚に光をなげかけ、まるで戀人《ラマント》そのひとが自分の目の前にいるみたいに、いっそう鮮明になり、手でふれることができるかのようだ。もう考えまいとしても、その映像はますます執拗に、ますます圧迫するようにくり返しあらわれ、強迫観念にまでなった。夜、こっそり彼女に近づいて、彼女が衣服を脱ぎ、横になり、眠りにつくのをみつめている自分の姿がなんど頭に去来したことか。手で彼女に触れて、顔のまわりをそっと撫でようとした途端、彼女は目を開き、じっとわたしに視線をそそぐ。その無垢な微笑がわたしを慌てさせる。

ある朝、目をさましたとき、ひとつの欲求がわたしを捉えた。頭から離れないその映像を紙にえがきだせと、未知の力がわたしの手をかりたてる。硬い鉛筆と太めの鉛筆とでもって、戀人《ラマント》の肖像をデッサンしはじめる。熱にうかされたみたいに、自分の内部にひめた輪郭の線を一つひとつ紙にうつす。

硬玉のように透明なその楕円形の顔に影がわずかに掠るだけだ。くっきりとした感性ゆたかな唇は控えめな官能をただよわせ、奥に光をたたえた瞳は、驚嘆をふくんだ率直さにあふれていて、そのためいっそう謎めいてみえる……。絵を生みだしてゆくにつれて、わたしは、自分を圧迫していた重圧から解放されていった。自分の手で成し遂げられてゆく奇跡を見ながら、心臓がはげしく鼓動するのを感じる。ある瞬間、髪の毛をえがきながら、一気に鉛筆を走らせるのに成功したとき、わたしの動作は、ユーメイがさっと髪をうしろにやって、その顔全体がきらりと光に照らされるときの彼女の手の動きと、ぴったり一致した。その線を引いてしまうと、絵は未完成だったが、もうエネルギーは尽きた、ここでとめておくべきだ、これ以上少しでもつけくわえるとすべてがだいなしになる、そう感じた。わたしは怖くなった。神聖な像を冒瀆しようとしている人のように。鉛筆をおくと、やっと解放されたという気分にひたった。

そのデッサンを手に、おだやかな気持になって、ユーメイにまた会いにいこうという勇気がわいた。彼女はデッサンを見て目をまるくし、それから、自分の顔や内面の表情をこれほど「そらでおぼえてくれた」人間がいるのかと大喜びした。顔をあげると、一瞬いかにもふしぎそうに、わたしの目を凝視した。彼女がはじめてわたしを「見た」ことを知った。

それからというもの、彼女は、写生にでかけるわたしにしばしば同行した。わたしたちの好みの場所は森のなかの池で、そこに行くのに、いろいろちがった道をとおった。奇跡はくり返されて、午後の長い時間、彼女がすぐそこに、わたしのそばに、目の前にいて、いっしょに話し、いっしょに笑っているのだから、そのたびに言葉にできない感謝でいっぱいにならずにはいられなかった。一九四一年夏のことだった。中国は四年前から戦時下にあった。わたしはもうじき十七歳、彼女は十八歳になろうとしていた。世界に忘れられたこの片田舎で、宙に浮いた時間が、永遠の味わいを発散させていた。それは、すべてをただの出来事にすぎないかのように映しだしている池にも似ていた。枝がポキンと鳴る音、流れる雲、水面をかすめるトンボ、水中にもぐるカワセミ、まいあがる水しぶき、突然おこる急をつげるかのようなヒバリの鳴き声……。

そのときそのとき思いうかぶことが、わたしたちの話題で、それはあくまでも控えめだった。ユーメイが読書に没頭したり、手紙を書いたり、ものおもいにふけるとき、会話はとぎれる。打ち明け話や、彼女に対して無遠慮におもえる質問にまでふみこむ気にはなれなかった。ある日、やや空想的な風景をバックに遠くの木立を描いているとき、彼女が尋ねる。

「夢はよくみるの？」

「うん、よくみる」

「どんな夢？」

「うーん、たいてい悪い夢」

「悪い夢……。しあわせじゃないの？」

「いまはしあわせだ。いつもはそうじゃない」

「お母さんといっしょにいて、しあわせじゃないの？」

「そんなことはない。でも、ぼくには母しかいないし、母にはぼくしかいない。母はぼくになにかがおこるのをいつも怖れている。ぼくも母になにかがおこるのをいつも怖れている。だから気が重い」

　彼女はちょっと口をつぐみ、それから言う。「ねえ、わたしには父も母もいるし、兄弟も姉妹もいるけれど、わたしに実際なにがおこるか、だれも気にかけていないわ。それだって、ひどく気が重いことよ」。それから、にがい笑みをうかべて、つけくわえた。「この点では、わたしたちはあいこじゃない？」

　わたしは答えようとして言葉をさがすが、彼女はさらにつづける。「人間の命って説明ができない。自分の人生をもっている人なんかだれもいない。みんなだれかのために生きている。あの名前さえない草花をごらん。あの花はほんとうに自分自身よ。花をめでるなんて言いながら、わたしは花を摘んで、その運命を終わらせてしまう。そんなふうに、この地上の、この空の下では、なんの罪もなく自分の人生を生きている人がいて、その人に対して権限を行使できる人が、こともなげにおこなう行為で、その人は生活を中断させられ、そして、彼ら自身もある日消えてゆく。だれも、なぜそうなのか分からない。そう、なぜそうなのか……」

　そんな言葉を交わしてから、ユーメイが無言でいることが多くなったことに気づいていた。彼女の瞳の奥には、雨の前の池のように、陰鬱の影がただよっていた。彼女がなににもまして家族の束縛から脱出しようとしていることを、そのときわたしは思いだしていた。

　つぎの休暇がきて、金曜日の夕方ちかく、高校からの帰途にユーメイの家に立ち寄った。ルー家の大広間の扉が半開きになっていて、そこからわたしが他の数人といっしょに目撃したのは、驚愕と憤激を禁じえない光景だった。総領息子がまたしても自分の専横的な掟を妹に強要しようとしていた。

片手に短い鎖を持って、もういっぽうの手で若い娘の右手をがっちり捕まえ、娘のほうは必死にもがいて逃れようとしていた。息をはあはあさせ、目をぎょろつかせ、男は獲物を見おろしている。強姦するときの顔も、たぶんこれとかわらないだろう。この「地域ボス」の残忍さはそこに歓びを見いだしているにちがいないとさえ思った。私自身いちど不純な歓びを味わったことがあるからだ。中央の中庭で女の子と遊んでいたとき、いきなりその肩をつかまえ強く胸にだきしめた。女の子はあばれて、うめき声をあげ、わたしの腕に嚙みついたが、徐々にわたしの下で力を失っていった。

総領息子はふいに目撃者がいることに気づき、手下どもに対して、扉を閉めて、目ざわりな奴らを追い払えと命じた。夜になると、ルー家の三番目の娘がまた監禁されたことが、領地の住人ぜんたいに知れわたっていた。数日のあいだに、裏山が立ち入り厳禁となったことがつたわった。総領息子の私兵たちがパトロールをしていた。ユーメイがかの航空士官とふたたび接触し、その男が近辺にいることが分かったからだ。彼のほうも、武装した男たちを伴っていた。流血をみるかもしれない衝突が準備されつつあった。

犬がほえる声と人間の叫び声とが入りまじった、あの大騒動の夜のことをどうして忘れることができるだろう。住人たちはみんな興奮していた。「三番目のお嬢さんがつれだされた！」、「三番目のお嬢さんが逃走した！」。そのあいだ、研究所員の家々では、みんな息をころしていた。女たちは目に涙をうかべて、逃亡者が捕らえられず、怪我を負わないことを祈った。数発の銃弾の音が、実際、遠くのほうでしていた。わたしは闇のなかへ駆けだした。無我夢中だった。わたしも叫びたかった。喉から出るのは、声にならない嗚咽だけだった。ころがっている木の幹にぶつかって、地面に倒れた。

天空には幾千もの星が輝いていた。地上では、地平線のむこうで、ちょうちんと松明《たいまつ》がごちゃごちゃになって揺れ動いていた。

そんなわけで、わたしにとって、戀人《ラマント》の存在は、わたしたちが出会った庭に咲く花と同じ期間のものにすぎなかった。春に花をつけ、夏に満開になり、晩秋にしおれていった。あるいは、もしかしたら、まさしくこれらの花と同時に彼女は姿を消すことになっていたのかもしれない。その姿かたちがいまや時間と空間をこえて、わたしの心のなかに、わたしの願望の核心に、永久に戀人《ラマント》としてとどまるために。

10

戦争はいっこうに終わらず、生活費はますます高騰して、母はわたしの学費を払うことができなくなった。かなり遠く離れた町にある、いわゆる国立の高校に入らざるをえなくなった。その校舎はもともとは、出身地を離れたり、家族を失ったりして、中国のあちこちを放浪し、集団移住した若者たちをまとめて受け入れるために建てられた施設だった。それが高等学校もどき――以前にわたしがかよっていた学校とは似ても似つかない――に変身し、政府のわずかばかりの補助をうけ、教育とは言えないような教育がほどこされ、そして、たちまちにして、貧しい生徒たちや、学力や規律に欠け他校から追放された生徒たちがいりまじる巣窟になった。

母のもとを去り、比較的おだやかな環境から離れたのは、はじめてだった。わたしは過酷な現実のなかに投げこまれていた。惨めな物質的条件。編んだ竹に土を塗りつけた建物。窓にはガラスのかわりに半透明の紙。四川の厳しい大陸性気候の遮蔽にはほとんどなりえない！　夏、教室のなかは、猛暑のため椅子や机が焼けつくほど熱くなる。冬になると、寒さで、生徒たちの指はしもやけにおおわれて腫れあがり、鉛筆が握れなくなるほどだった。宿舎は過密で騒々しく、劣悪な衛生状態のため、ベッドには蚤《のみ》や南京虫や虱《しらみ》がはびこっていた。定期的に集団で退治作戦をおこなっても、これら恐るべき小動物は連隊全員を意気消沈させるほどの威力をもち、ますます勢いよく増殖し、人間のふかいひだのなかまで入りこみ、その血を吸い、昼となく夜となく肉体と精神をむしばみ、絶望にちかい苛立ちのなかにおとしいれていた。

食事は五分づき米と、おうおうにして傷んでいる野菜だけで、立ったまま大急ぎでかきこまなければならない。いつも量が足りず、つねに腹をすかせていた。とくに裕福な者は、高校の周辺にならびはじめた屋台に足をはこんでいた。屋台からたちのぼる、焼き豚や牛の煮込みをのせたスープ麺のにおいは、そういう贅沢ができない人たちの鼻孔には涅槃《ニルヴァーナ》そのものだった。彼らはせいぜい茶碗の底にちいさなラードを入れ、溶けたラードでごはんにわずかにとろみがつくだけで、ちょっぴり至福の気分になったものだった。または、「ごはんをのみこむ」ために、食べながらニンニクやトウガラシをかじったりしていた。

そうした全員が体力低下におちいっている状況では、結核、赤痢、チフス、マラリア、虫垂炎などが蔓延しても、おどろくことはない。あらがいがたく、災いはわたしの頭上にふってきた。まず赤痢で、わたしは生死の境をさまよった。治癒した、というよりは治癒したものと信じた。というのも、その後の人生をつうじて、まったく思ってもいない時期に、胃や腸に激痛の発作をおこし、ベッドの上をころげまわり、医師たちも病名を特定することができずにいた。つぎに襲ってきたのはマラリアで、わたしの弱りきったからだは抵抗力をもちえなかった。この病は、とくに悪質で、患者の体内にひどい高熱とひどい悪寒を同時にふきこんで、からだを二分してしまう。病人は布で息がつまりそうなほどぐるぐる巻きにされて、生きているミイラみたいに寝返りをうちつづける。

この病に苦しんでいたとき、わたしは自分のからだがほんとうに怖ろしくなった。このからだは、わたしの所有物ではなく、最悪の裏切りをやってのけるかもしれないのだ。外部から敵意にみちた力がわたしのなかに潜入しても、このからだは知らん顔をしている。その力が、警戒心をおこさせるまもなく、わたしの「親密な」部分になっても、放っておく。こうして、熱と悪寒にとりつかれ、自分のからだが内部から引き裂かれて、まったく手におえなくなるのを感じた。まるで過激な夫婦喧嘩を目の当たりにしていて、手も足もだせずにいるみたいなのだ。陰気な寝室は日中はがらんとしていて、湯の入ったおんぼろ魔法瓶と、ベッドの脚を齧っている何匹かのネズミを同伴者に、たったひとりでいると、いやでも自分がみえてきて、過ぎ去った日々が眼前にうかんでくる。閉じ込められ、ベッドに釘づけにされている自分にできることは、所詮それがすべてだった。そのとき、こんなものがみえていた。マラリアは自分のなかにどっかり居座っていて、いまや発作がおこるのは定刻、午前十一時ころで、わたしはおののきながら、そのずっと前から「到来」を待ちうけていた。おどろいたことに、それは訪問者のすがたであらわれた。みただけで動揺をおぼえるような顔をした訪問者。まちがいなく久しい以前から知っている顔のようにみえるのに、同時に、自分が知っている顔とは本質的に違うことがみてとれた。訪問者がひきおこす錯綜した困惑の感情は、群集のなかで知っている人を見たと思いこんだときの感情と類似していていた。近づいてゆこうとしたとき、ほんの細部から、まったくの別人であることに気づくのだ。そう、わずかな相違だけで、なじみぶかいものが異質なものになり、「ほとんど事実」が「まったくの虚偽」となる。

まず、「訪問者」はいかにも愛想のよさそうな顔をみせた。こちらにじっとそそがれているきらきらした視線に、わたしは眩暈《めまい》をおぼえた。熱が高くなるにつれて、わたしは黒い穴にはまっていった。穴の底からみえているのは、上方の薄明かりのみ。訪問者の視線である。息が詰まって死んでしまうのを覚悟で、薄明かりに向かってはいのぼった。のぼりながら、手や腕や胸や脚で、穴のごつごつした壁にしがみつき、いたるところに突き出している尖った竹で肉をひきちぎられた。そんなふうにして、あの盗賊が自分の傷口を短剣で切除していたときの耐え難い苦痛を、わたしは自分自身の肉体でもって再現していた。この苦痛に少しでも打ち勝つため、せめて一度でも「英雄的」でありたいという思いに執着した。せめて一度でも、あの伝説的な盗賊がなしえたことを、自分で体験し、ひとりの人間が自己に科しうる苦しみ、そして当然、他の人たちにも科しうる苦しみを体験しようとした。勇気をふりしぼって穴の縁に近づいてゆくと、上方の視線はますます輝いて、わたしを元気づけた。視線はいまや抑えがたい笑みをうかべている。ようやく相手が自分をつかまえる身振りをしめした。

悲しいかな、その身振りは正確さに欠けていた、あるいは、決意に欠けていた。わたしの指は、差し出された手からするりと抜けて、傷だらけのからだは、ふたたび暗い穴に転落した。光がまた上から誘いかけてこなければ、地獄のような行程をやりなおす意欲はおこらなかっただろう。

翌日、からだを傷だらけにして、わたしはいっそう恐怖におののきながら、発作の時間を待った。だから訪問者の到来を感謝の気持でうけとめた。そのきらめく視線に注意を集中することで、ふたたび穴をよじのぼるのに必要な力を自分のなかから汲みあげることに成功した。だが、またしても、訪問者は、好意をしめしながらも、救出の動作には的確さがほとんどなく、わたしは想像を絶する苦痛をあじわって、同じ行程をくり返しただけだった。

この紛れもない地獄への転落の日々の後、重傷のからだはもはや、ぼろ布のような肉をわずかばかりぶらさげた骸骨も同然だった。戦闘をすべて終えてぼろぼろになった軍旗とおなじくらい滑稽な姿だ。もう重要なものはなにもなく、すべてを受けいれようが、すべてを破壊しようが、なにも変わらないような惨めな状態におちいっていた。そのとき、わたしははっとした。自分はからかわれていた！　だれに？　もちろん、訪問者！　この三日間、あいつはわたしの苦痛を楽しんでいた。毎日わたしを「救う」そぶりをしたのは、翌日また楽しむためだったんだ。そこで、その日は穴の底にとどまる決心をした。そのまま窒息してしまってもかまわないし、もし少しでも余力があるのなら、一か八かの勝負にでるんだ。わたしは暗闇のなかで待った。長いあいだ待ち、そしてついに……、なんとおどろくべきことか、上方のあいつは靄のなかに姿を消した。

いったいだれだったのだろう。自分の知らない悪者だろう、きっと。遠いところから、無限の外界からやってきた者。けれど、わたしは気づいていた。それは、一度もさぐったことのない自分自身のからだの隠れた部分からきた者でもあることを。となれば、わたしはだれだろう。自分はほんとうに自分自身なのか。この地上になにをしにきたのか。

困窮のどん底にあって、だれからも見放されて、つぶした南京虫のにおいにさえ親しみを感じていたこれらの日々、はじめて自分自身に問いかけた。それまでは、考えるいとまもなく、父の死、戦争、集団避難といった出来事にかりたてられていた。学校に行かなければならないのは、みんながそうしているからで、母が血のにじむような苦労をして学費を工面し、それだけが窮状を脱する道だと言いつづけているからだ。その学業が、これらの出来事で、遅れていた。十八歳になろうとしているのに、この高校まがいのみすぼらしい施設でぐずぐずしている。ほんとうに興味がもてるものといえば、古典文学と近代文学の一部、それからもちろんデッサン、それだけだ。自分の得意分野だとおもっているデッサンについてさえ、教師はわたしの「確かな才能」と「非常に個性的な視覚」をみとめながらも、「バランスと遠近の感覚の欠如」を批判し、わたしの目になにか異常があるかもしれないと首をかしげていた。そんなわけだから、はたして自分に才能があるのかどうか疑わずにいられなかった。そもそもデッサンを職業にするわけにはゆかない。地平線にうかびあがる自分の運命がみえていた。自分はきっと「なんの役にも立たない」人間になり、かりに生きながらえるとすれば、すべての埒外で人生をおくることになるのだろう。最近おぼえたばかりの杜甫《とほ》の詩が二行うかんできた。

声をあげて歌えば鬼神がそばにいるようだ
このまま飢えて死に谷に埋もれてもどうということはない

確かにいえることは、こんな体験をしたのは、わたしもまたどん底と過酷を身をもって知らなければならなかったからだ。過酷という考えに、ふかい怨念と激憤がわきあがってきた。では、耐えがたい苦しみの脅しに屈服しなければならないのか。けれど、死とともに、どんな苦悩もおわる。それに、わたしは、死と通じ合っている、いやむしろ、死者と通じ合っている。だれでもそうであるように、死を考えると、からだがこわばるのを感じるが、それと同時に、自分は死者によって守られていると、心から信じていた。

ふしぎでならないのだが、自分が「なんの役にも立たない」人間であることをみとめ、「なんの役にも立たない」ことに対する代償を払うことをうけいれてしまうと、戀人《ラマント》が姿を消してからずっと密かにつきまとっていた、死にたいという気持からふいに解放されたような気がした。熱がさがり、悪寒がとまった。もうひとつの欲求がわたしをとらえ、この世にとどまるんだ、そして「見る」んだ、そう耳元でささやいた。

11

一部の生徒たちは、ある期間、蛇の肉や犬の肉にねらいをつけて、食事を少しましなものにし、そして薬としても使用していた。古くからの伝承によれば、蛇や犬の肉は「陽《ヤン》」の性質が強く、つまり「熱」をふくんでいて、結核やマラリアといった「冷たい」病を治すのに適している。

それが禁止され、野良犬が、捕まえようにもいなくなってしまうと、多くの者が暴力の矛先を人間にむけた。生徒たちはもう何ヶ月も前から所持品の紛失に悩まされていた。おおげさに「高価」とよばれていた物である。このぎりぎりの窮乏の時代には、一足の革靴、一着のウールのニットやフランネルのズボン、一冊の辞書や地図帳がこのたぐいに入った。急場しのぎで建てられた宿舎は、外部の者による窃盗を防げるようなものではなかった。ある日、ぬすみの現場が目撃された。警報が鳴ると、それはもう人間狩りだった。なにがあったのか知らない人の目に映ったのは、異様とも滑稽ともいえる光景だった。水田に沿った狭い小道を、ひとりの男が全力で疾走していて、そのかなりうしろから、彗星が長い尾をひくみたいに、五十人くらいが列をなして、同じように息を切らして走っている。農村の地平線を、この龍はかなりのあいだ身をくねらせながら這いつづけた。尾のほうを動かしているエネルギーはたえず補給されているのに対し、頭部をささえるエネルギーは枯渇していった。やがて、頭部は、うかつにも自分で生みだしてしまった長々とした尾に呑みこまれて、没した。

学校当局の目にふれないように、夜陰に乗じて盗人《ぬすっと》をさばくための裁判が組織された。ぴりぴりした空気のなかで、威嚇的な視線にかこまれ、捕まったときにすでにかなり痛い目にあわされていた盗人は、すぐ白状し、盗みの張本人はひとりではありえないのに、すべての罪状を言われるとおり認めた。小刻みにふるえる声で、彼らに合わせるように、いつ、どのように行動にでたかを説明した。盗品はずっと前に売却してしまい、返還が不可能な状況にあるということで、体罰が科されることになった。手首に縄を縛りつけ、梁を使って宙吊りにした。わざわざ下に台を置いて、罪人のつま先がようやくとどくほどにしておいた。大急ぎで見張りのためのチームを結成した。夜遅く、哀れな野郎はしだいに息を詰まらせてゆき、彼らは、死にいたらせることを怖れて、釈放してやることにした。だが、当人またはその仲間がふたたび罪をおかすという悪しき考えをもとうものなら、「最高刑」を覚悟しろ、と言うのを忘れなかった。この裁判は、ある意味では、それから十年ほどして中国が体験することになる「人民裁判」を予示するもので、草の根裁判官を自称する人たちの一群が顔をのぞかせていた。「強者」が「弱者」に権限を行使する徒党やならず者集団はそれ以前から存在していたが、そこにさらにこの現象がくわわったのだった。後日わたしを苦しめることになる現象。

ときおり爆発するこの暴力的本能のほかに、もうひとつのことが一部の生徒たちのはけ口になっていた。性行為である。ここでも、上級生や「経験者」は、「未経験者」や下級生たちを驚嘆させ、そこにつけこんでいい気になっていた。まず言葉から。共同寝室の薄暗い片隅に輪になってすわり、年長の者たちがとくとくとしゃべり、自分たちの性体験を微に入り細を穿って話して聞かせる。どんなふうに娼家にかよったか。夏どんなふうに外で逢引して、墓石のうえでセックスをしたか。そしてさらに、少しざらざらした熱い石の表面が快感をたかめるので、女はそれが好きなんだ、と説明する。彼ら自身しだいに興奮してきて、ことこまかな話が生みだすイメージに酔いしれ、下級生たちが自分たちの唇に釘づけになり、熱に目を光らせ、荒い息をはきはじめると、いっそう調子をあげるのだった。夜中、興奮がおさまらない下級生が弄ばれることも稀ではなかったと思う。

　このたぐいの「不品行」にかかわったのは、もちろん、ほんの一握りの生徒だった。奇妙なことに、それが全体として卑俗な雰囲気をつくりだす要因となった。だれもが、何かにつけて、「下品な」言葉をつかい、自分の悪癖をみせびらかし、たいていは作り話にすぎない冒険談を自慢せずにはいられなかった。栄養不良による体力の低下は、多くの生徒たちの性的めざめを遅れさせ、年長の者たちの性欲を減退させた。とはいえ、漠とした興奮はたしかにあり、それをしばしば人工的につちかっていたのは、想像力によってつねに増幅される代替物の欲求であった。何人かの若い女性教師は、授業ちゅうにこころゆくまで眺めることができ、肉欲の夢の門を大きく開かせていた。英語を教えていた校長の妻がそうだった。顔はごくふつうだったが、肉づきのいいひきしまったからだをしていて、突出した部分は、全体のプロポーションをそこなうどころか、いっそう際立たせていた。彼女の姿ときわめて直情的な性格が、ひかえめな官能を発散させていたが、彼女自身はおそらくその影響に気づいていなかっただろう。だいいち、謹厳でむっつりした彼女の夫にどれほど妻の隠れた魅力を堪能できるのか疑問視する人たちもいた。口の悪い連中がこの夫妻について、「牛の糞のうえに咲いた牡丹」という、よく使われる表現を引き合いに出して悦に入るほどだった！　夏の日、彼女が袖なしの中国ドレスを身につけて授業をするときなど、熱心に勉強するふうをよそおい、ずうずうしく最前列に席をとり、彼女が自然な動作で、もしくは思いがけない身振りでその魅力を発揮する瞬間を待ちうける生徒たちもいた。もういっぽうでは、あきらかにひそかな快感にふけっている長身痩軀の男がいて、そちらのほうは、いちばんうしろに座って、思いのままに魅力を味わっていた。ある日、先生は、彼が熱にうかされたようにうわの空でいるのをみつけて、勉強中の文章についていきなり質問した。彼は口をもぐもぐさせながら、「えーと、えーと」と言うばかりだった。教室じゅうが笑いをおしころしていた。けれど、先生が「雲のなかをうろついているの？」とたたみかけて訊き、彼が反射的に「そ、そうです。ぼくは雲のなかにいます！」と答えると、どっと爆笑がおこった。みんなの頭にうかんだのは、「雲雨《うんう》」という表現で、それは中国語で「セックスする」ことを隠喩的にあらわす言葉だったからだ。笑いが渦まいているのに、その表現を知らずにいる先生は、ぴったりした答えだと、その生徒をほめあげた。実際、ちょうどワーズワースの「水仙」という詩の「わたしは雲のように、ひとりさまよう」の個所を勉強していたところだった。

性にかんして、わたしはひどく錯綜していた。自分のからだに他者がいて、欲求はかならずしも自分のものではないという意識にくわえて、人が言うような、女の解剖学的な形状やその「動物性」といった見方になじむことができなかった。あくまでも他者である女が、通りすがりにひろってこられるような凡庸な存在でありうるだろうか。それは、時間をかけて探求する対象で、しだいに遠ざかってさえゆく。以前に目にした裸体の女にこんなに精神的影響をうけているのかと、われながら思った。ルーヴル美術館の裸体はあんなに肉感的で現実味があるのに、あんなに遠くて、接近不可能だ。戀人《ラマント》、わたしが親しく接したあの人の裸体は、近くで見たようでも、遠くから見たようでもあり、しかも唐突に奪いさられて、痕跡らしいものはどこにもない。

それに、あの辱めをうけている女の姿がたびたび頭に付きまとった。いろいろなかたちでの暴行と、男がそこからえる快感を想像せずにはいられなかった。けれど、そんな思いにふけっていると、屈辱にうちひしがれた女たちの苦痛にみちた視線が放つ無言の非難がひりひりと感じられ、自己嫌悪がいりまじってくるのだった。

性行為にかんしても、そんなふうに、自分は部外者でありつづけ、女のなかに「挿入する」ことはありえないと予感していた。ほかの人と同じように、官能の感覚に襲われて波のようにおしよせる欲求に呑みこまれなかったわけでもなければ、自分の湿った夜を恥ずべき病のように感じとったわけでもない。しかし、ときおり、自分のからだと自分自身とのあいだに一種の苛立ちが入りこんでくるのだ。そんなとき、自分の勃起を、意に反してひとごとのように皮肉な目で眺めていた。頭にうかんできたのは、鉛色の空の下の野原に、たった一頭でいたあの痩せ馬だった。ぶらさがっている性器は、役立たずの脚のようで、滑稽にして悲壮であり、満たしてくれるものがどこにもない、無力な宇宙そのものを象徴していた。

ある日、孤独をまぎらわすためにこのんで足をはこんでいた、高校からあまり遠くない小さな集落で、市《いち》がひけたあと、気がついたら、ひとりの農婦のうしろを歩いている。女がかついでいる天秤棒の両端につるされた大きな空の籠は、売ったばかりの鶏の羽がいっぱいついている。女の腰はリズミカルにゆれうごき、日焼けした脚はきらきらしていて、くるぶしの窪みは一足ごとにうしろに微笑みかけているようで、わたしの目はその姿に釘づけになっている。催眠術にでもかかったみたいに、わたしは彼女についてゆく。丘にむかう道が二又に分かれている曲がり角のところにくると、右手に竹とアカシアの木立があった。ふいに女が足をとめ、振り返って叫ぶ。「恥ずかしくないの？　恥ずかしくないの？」恥ずかしくないの、恥ずかしいことは確かだ。わたしは一言も発せず、ただ女を見つめていた。犬みたいにこそこそ逃げだそうとしたとき、女の呼ぶ声が耳に入る。「おいで、さあ。おいで！」そう言いながら木立の後ろに回ると、そこは砂地の土手のほうに下っている。草で覆われた、ひと目につかない窪みのなかで、女は、すばやい手つきで、幅のひろい布一枚でできているズボンを解く。同じくらい俊敏に布を地面に敷き、そのうえに体を横たえる。目の前にくりひろげられたその光景は、醜悪どころか、ただまばゆいばかりだ。色のあせた青のまんなかで象牙色のぽってりしたからだは、いっぱいにひろがる葉にかこまれた満開の蓮の花のようだ。わたしは、さしだされたからだの招きに屈する。だが女の飾りけのなさの前で、わたしの所作は——どうしたらいいのかということに気をとられて身がすくみ——不器用で乱暴だった。気が急くばかりで、あれほど空想をはせた行為は、結局まったくうまくゆかなかった。女はさっさと服を身につける。立ち去りながら彼女がうしろに投げかけた意味ありげな笑みは、わたしをいっそう恥ずかしい思いにさせた。わたしは、まぬけづらで突っ立っている。ところが、つぎの市でも、また女に出会う。同じ場所で、体験をくり返す。少しずつ、わたしは女のリズムになじんでゆき、女はうめき声をあげ、このうえなく無邪気で卑猥な言葉を口ばしる。そうした言葉がわたしの血をはげしくかきたてて、快感へといざなう。

ある日、市で女の姿を見かけなくなった。夫の病気が回復したのだと結論づけた。夫が病に臥せっているあいだ、その代理をするために、彼女は自由に外出することができたのである。

12

わたしのクラスでは、四川省の地元の生徒たちが、ちょっとした悪党集団をつくっていた。裕福な土地所有者の息子たちである。怠け者の一団で、名ばかりの卒業資格を得るまでの時間つぶしに、学校にかよっているだけだった。興味があるのは、権力欲を充足させてくれる格闘技。少しばかりおめでたい兎唇の生徒が、彼らの格好の餌食にされた。その生徒は、知らずに犯してしまった悪事がもとで、彼らの権力に従わざるをえなくなった。上級生の何人かが試験問題を知るために、担当者を買収した。試験用紙を兎唇に取りにいかせることを、彼らは思いついた。兎唇はただのお使いだとおもって、りっぱにその役割を果たした。残念ながら、漏洩は学校当局にばれてしまい、試験問題は変更されたが、犯人は見つからなかった。それ以来、この哀れな使い走りは、告げ口されるのを怖れるあまり、しじゅう恐喝の標的にされた。悪党どもの気まぐれに屈服して、「王の従者」の役割を演じた。あるとき、悪党どもは面白半分に、授業が終わると兎唇のズボンとパンツを脱がせて、教室のなかで半裸の状態にしておいた。夕方までそのままでいなければならないところだったが、わたしは勇気をふりしぼって、彼にズボンを持っていった。それが、加害者たちの気分を害さないはずはなかった。ふつう、あまり注目されないわたしが、彼らの敵意に満ちた視線を集める資格を得たのだった。後悔はしなかった。わたしがハオランと出会い、ついに孤独から脱することができたのは、この集団的な喧嘩騒ぎのおかげだったからだ。

満州里の出身で、十九歳にして、すでにハオランはいちにん前の人生を生きていた。母親を亡くし、ついで父親を亡くし、おじの手で育てられた。戦争がはじまる二年前、天津《てんしん》の金属機器の製造工場に入れられた。現場監督と喧嘩して、工場をとびだしたが、どこか行くあてがあったわけではない。あれやこれやの下働きを転々としたあげく、不良集団に片足をつっこんでいた。当時、十六歳の思春期の少年だったハオランは、それでも、腕力だけが自分の人生ではないことを知り、自己満足とは無縁の炎が内部から燃えあがるのを感じとるだけの聡明さをもちあわせていた。貼り紙の宣伝をたよりに、無名の進歩的知識人が組織する夜間の講義を聴きにいった。そこで、奇跡的に、戦争が彼を迎えいれた。芸術家たちの「抗日救国」の戦闘集団にくみいれられ、行軍と前線での生活を体験した。「年少者」に属してはいたが、経験豊かな芸術家たちにかこまれて、詩というものを発見し、自分自身のなかに詩人を見いだした。残念ながら、共産党の影響下にあったこの集団は、政府にしだいに警戒心をおこさせ、それからわずか二年足らずで解体させられた。そんなわけで、彼はこの高校に舞いこんだのであった。北方の男で、ふつうより長身だった。ブロンズを鋳型にしたかのようにやや浅黒く、物憂げで、落ち着き払っていて、そこにいるだけで存在感があった。戦後、アメリカ映画を見たとき、ハオランが俳優マーロン・ブランドに似ているのにびっくりしたものだ。かの喧嘩騒ぎのとき、わたしは、執拗に腹部をねらって攻撃をしかけてくる悪党どもをかわすために背中をかがめ、肩と頭にこぶしの雨をうけていた。通りがかったハオランが割って入り、わたしを救いだしてくれた。乱闘の最中に彼のポケットから本がとびだし、雑草の生い茂った地面にころげ落ちた。「救出者」とともにその場から抜けだす前に、わたしは本を拾いあげた。「草の葉」というタイトルの詩集だった（ホイットマンの作品）。詩集が落ちていた場所とそのタイトルがぴったり一致していたことが愉快で、わたしたちは心から笑った。

そしてはじまったのが、新しい友との熱のこもった交歓だった。その交歓を、ふたりとも、ふいに現われたオアシスを眼前にした砂漠の旅人のように、うけとめた。最初のころ、失われた時間を取り戻すかのように、孤独の亡霊をいっきょに追放するかのように、時間さえあれば、ふたりは一緒にいた。授業をさぼり、宿題も睡眠も、ときには食事さえ忘れて――ハオランはわざわざ落第までして、わたしと同じクラスに入った――何時間も何時間もそれぞれが生きた経験を突き合わせ、胸の奥深くに秘めた渇望を語り合った。心底詩人で、文学に没頭していたハオランは、読書をつうじてすでに身につけていた幅広い教養を、語り合いのなかで、わたしにもたらしてくれた。彼にみちびかれて足を踏み入れた壮大な王国に、わたしは驚嘆し、はげしい衝撃をうけた。知識のうえではるかに劣っていたが、わたしも自分なりの知的寄与をしたように思える。もっと内に秘められた、もっと「かぼそい」感受性から、そしてまた絵描きとしての経験から、わたしが自分に感じていた資質は、さまざまな物ごとに入りこむ間隙や割れ目を、その外見を越えて見とおす力だった。

熱く生きたこの友情がわたしにおしえてくれたことは、たぐいまれな状況のなかで体験した友への愛は、恋愛と同じくらい濃いということだった。ハオランとの出会いを、ユーメイとの出会いと比較せずにはいられなかった。彼女がわたしという人間の深奥にはる根の先端までゆりうごかしたのは、彼女によって生みだされた郷愁と感謝の涙が、揺るぎないやさしさに満ちた故郷の地から湧きだす泉と同じだったからだ。戀人《ラマント》の眼差しをとおして、宇宙を構成するあらゆる要素が、感知できるものとなった。これらの要素をつなぐ光は、おぼろげではあるが唯一であり、すべてを結びあわせる力をそなえている。これに対して、友との出会いは、まさしく突然の出現で、わたしのなかに激震をひきおこし、未知のものへと、絶えまない超越へとわたしをいざなったのだった。肉体的魅力も漠然と感じてはいたが、飢えと渇きの緊急時において、それは本質的な吸引力ではなかった。友がわたしの眼前に開いてくれたのは、思いもよらなかった、汲みつくすことのできない宇宙、精神の宇宙だった。人跡未踏の自然とはべつに、もうひとつの現実があったんだ、言語記号という現実が。この若い詩人の熱気をおびた言葉、そしてその文がおしえてくれたのは、思考し創造する人間は閉ざされているのではなく、どこまでも開かれているということだった。友の傍らにいて、わたしは文字通り自分の殻を突き破り、いまや、これもまた殻からとび出した地平線に向かってあるきはじめていた。

ハオランは中国の古典文学にも近代文学にも通じていた。そればかりか、若い詩人集団と接触していた。『七月』誌のつぎの世代に属し、胡風《こふう》によって才能を見いだされ、抜擢された詩人たち。彼らが頭角をあらわしたのは、いくつもの名声の高い大学が移転していた雲南省の省都、昆明《こんめい》であった。親交のある詩人たちのなかでも、ハオランはとくに穆旦《ムーダン》を評価していた。わたしは、魯迅をはじめとする大作家たちの作品を読んでいたので、近代文学というものを知ってはいた。友のおかげで、それほど名前が知られていない他の作家の作品に触れるようになった。それらの作品は、中国の現実を、夢と悲劇がまさに無限に埋蔵されている鉱山をさぐるかのように探索していた。とはいえ、わたしは、もっと根源的な問いというか、もっと「手に負えない」現象に関心をむけていたので、正義が犯され、運命が踏みにじられた事実を、これでもかこれでもかと言わんばかりにくり返す作風には、物足りないものを感じていた。わたしがすでに知っていた、人間の魂にひそむ残酷な情念に対して、これまで文学の言葉はあまりにも臆病すぎた。

いっぽう、ハオランの興味は、わたしが出会ったころ、外に向かっていた。西洋文学に関するものならなんでもむさぼり読んだ。格好の時代だったこともある。中国でまったく西洋文化が知られていなかったわけではない。一九二〇年代にはじまり、そして一九三〇年代をつうじて、大量の翻訳書が出まわっていた。秩序も系統性もいっさいなしに、いわば「かたっぱしから」翻訳された。というのも、原典からではなく、英訳や日本語訳から重訳する人が多かったからだ。ともかくも、うねりははじまっていた。一九二五年、魯迅がある若い読者に対して、是が非でも「中国の書物はできるだけ少なく、外国の書物はできるだけ多く」読むようにと薦めたことは、権威ある作家の発言だっただけにずっしりと重みがあった。一九四〇年代、混乱が渦まき、目を外に向けようとする強い欲求が生じた時代、外国からきた文学を受け入れるための好条件はもっと揃っていた。戦時下にあって、知識人や出版社が南西部の大都市に大挙して移住してきた。重慶《じゅうけい》、昆明《こんめい》、貴陽《きよう》、桂林《けいりん》といった都市だ。さらに、政治的な面で検閲がどんどん厳しくなって、作家たちの多くが創作エネルギーを一時的に消耗させてしまい、翻訳活動に没入した。その手助けをしたのは、在留していた同盟国のロシアや英国の人たち、ついで、大量の機材や食糧品にくわえて、ペーパーバックスの豊富な叢書をたずさえてやってきたアメリカ人だった。

わたしたちは、詩や小説であれ、戯曲や随筆であれ、どんな作家も見逃さず、出版されるものには何でもとびついた。北部ヨーロッパ、中央ヨーロッパの作品も。のちに自分がフランスと特殊な関係をもつことになるとは、つゆほども思っていなかった。けれど、この世紀の二人のフランス人作家が、わたしたちにも、中国の若者全体にも、決定的な影響をあたえようとしていた。ロマン・ロランとジッドである。この二人が中国で名声を得たのは、卓越した翻訳家、傅雷《フーレイ》と盛澄華《ションチョンファ》のおかげで、両方ともフランスに留学し、これらの作家と親交をむすんでいた。ああ、人類の言語の謎！　異なった文化は互いに相容れないと主張する人たちには思いもよらないだろうが、ある特定の場所から生まれた特殊な言葉が、なにはともあれ障害を乗り越え、反対側の地の果てに到着して、理解されるのだ。その言葉が人間の真実を担うものであればあるほど、容易に理解される。その反対側の地の果てで、粗末な紙に印刷された書物の一冊をひもときさえすれば、即座に別の宇宙にひたることができ、それはやがて親しみぶかいものになる。当時、わたしたちは極貧のどん底にいた。病気が蔓延していた。爆撃のさなかだった。わたしたちの生活はひとすじの糸にすがっていた。そんな生活が、想像力のおかげで、どれほど味わいに満ちていたことか。快晴の日は、かならず、空襲警報をまねき寄せた。首都に向かって突入する敵機は、死をばら撒いて通り過ぎる。わたしたちはどうでもよかった。授業はすべて中止となり、山腹に掘られた防空壕に避難した。わたしたちにとっては、もっけのさいわいだった。何時間も何時間も、腐植土と樹脂のにおいのなかで、手にしている本を微風が繰ってゆく。わたしたちの同伴者は、ジャン＝クリストフであり、プロメテウスであり、放蕩息子だった。わたしたちは『地の糧』を糧とした。これらの作品は文学の最高峰だろうか？　そんな問いはとるに足らないものだった。作品はわたしたちに直接話しかけてきた。ドイツ、フランス、イタリアという三つの文化をとおして自己形成をこころみるジャン＝クリストフの波乱に満ちた物語は、そこで生じるさまざまな出来事とともに、わたしたちすべてが変身を渇望していた時代に、わたしたちを鼓舞したのである。インドやイスラムとの長い対話の後に中国文化がたどり着いた時点において、西洋は基本的という以上に大切な、かけがえのない対話者であることを、わたしたちは知っていた。ジッドはといえば、帰ってきた放蕩息子が弟に心を打ち明けるように、中国人に語りかけてくる。自己の可能性を自分自身のなかから汲みあげ、情熱を再発見し、願望の領域をひろげ、家族と社会の伝統がつくりあげた拘束から抜け出す勇気をもて、そう励ましてくれる。退廃したこの古い国において、理想に燃える中国人のすべてを苦しめているのが、この拘束なのだ。

この古い国が、そこから脱却するのに、悲しいかな、幾多の激動と苦難を通過することになる。この二人の名翻訳家のどちらも、「わたしはしあわせに生きる決心をした」と言い切った人物の年齢、または、「英雄の遅ればせの平安」を説いた人物の年齢まで生きることができなかった。わずか四半世紀後、文化大革命において、西洋のブルジョア的傾向に対する容赦ないキャンペーンが猛威をふるっていたとき、傅雷は、自分の草稿と訳書がばら撒かれ、火に焼かれるのを目の当たりにすることになる。家を押収されて、彼とその妻は狭い一室で生活することを強いられる。「人民の敵」となり、傅雷は昼も夜も紅衛兵の前にひきずり出され、際限のない尋問と肉体的虐待を科せられる。ついに、夫妻は、相手を遺さないために、心中を決意した。盛澄華のほうは、強制労働の収容所に送られた。健康状態が思わしくなかったにもかかわらず、ありとあらゆる労働を強いられた。まず、収容所の建設そのものにかりだされ、つぎに課された農作業では、一日じゅう水田の泥に足をつっこんでいなければならず、いきなりさらけだされた六十歳のからだを攻撃してくる害虫に対する防御策はなにひとつなかった。ある日、焼けつくような太陽のもと、水田の真ん中でくずおれ、頭が水に没した。ひとことも発しなかった。

13

西洋の呼び声。もっと正確に言えば、ヨーロッパの呼び声。ヨーロッパでは残虐な惨劇が進行していたが、それでも理想化し、そこに「神に祝福された」地を見ないではいられなかった。ライン、ドナウ、アルプス、ピレネー、すべてが親しみぶかいものになっていた。地中海という名だけで、多彩な神話や伝説がうかびあがって共振した。そう、ボードレールの「エキゾチックな香り」が想起させたのは、熱帯のどこかの島ではなく、古いユーラシア大陸の西の果てであった。この言葉の魔力は、わたしの記憶に幼年期の感覚をどっと蘇らせた。西洋の宣教師たちによって「植民地化」された、あの廬山に住んでいた子ども時代の感覚である。浮上してきた過去は、限りなく現在だった。

あらゆるにおいのなかで、いわば開幕を告げるものは、本のにおいだった。英国の宣教師が、黒っぽい木箱を開けたときのにおいが脳に刻みこまれていた。壁際を縁どっていた、細長く低い箱で、平たいふたの上にクッションが置かれていて、ソファーの役を兼ねていた。本のにおいをひきたてていたのは、白檀の木箱のにおい、それに、はるばる海を越えてきた、時を経て変色し、ちょっとかび臭かった紙の束のにおいであった。その日、父は、宣教師の要請に応じて、教区の祭りに合うような格言の書を届けに行ったのだった。提案した表現を父がながながと説明し解説しているあいだ、わたしは、魅惑的な本の世界に心ゆくまで浸ることができた。横の線で連なった文には、鮮やかな色の挿画が散りばめられていた。幾つかは人物像だったが、その「魔的な」写実性にほとんどぞっとさせられた——中国の絵画がむかしから拒絶しつづけていた写実性。本から飛びだしてきそうで、そうした人物画は指で触れるのもためらわれた。

けれど、本の内容はまったく理解できないもので、目にした途端、衝撃をうけたのは、本の物質的な側面そのものだった。そのじつに多種多様なサイズの書物は、手にのせるとずっしりと重く、この物体の硬質さを感じさせてくれた。中国の書物はそれと好対照で、半透明と言えるほど薄い紙でできていて、とても軽くて、しなやかで、古い墨は虹色の光沢にかがやき、青草と枯れ枝をミックスしたような名状しがたいにおいを、なお発散していた。中国の書物が植物界に属するとすれば、西洋の書物は、わたしにとっては、鉱物界もしくは動物界に属する。なかには、厚紙や硬い紙の表紙がかかったものもあり、ときおり表紙の純白を遮る古いしみが、茶色がかった層をなしてひろがっていた。見ていて頭にうかんできたのは、「夢の石」（大理石や翡翠の石で、内部をはしるくねくねした線が、架空の風景を想起させる）、表面を一枚ずつはがしてゆける一種の魔法の石だった。革表紙のものは、比較的弾力性があったが、それでもがっしりしていて、ごわごわした感触さえあった。鹿や猪のような麝香《じゃこう》を発する動物の毛皮をなでているような感じがした。

ちなみに、当然のことながら、わたしの記憶のなかでは、本のにおいは、西洋人の体臭と重なり合っていた。中国の都市の狭い路地で、西洋人の集団や個人とすれちがうとき、鼻をつくにおいである。言葉では表現しにくいが（西洋人自身はそのにおいを感じないだろうし、西洋人のなかで生活すると、すぐに感じなくなってしまう）、そのにおいはとくに乳製品からきている。「ミルクのにおい」と表現する中国人もいるが、それは必ずしも否定的なニュアンスを含むものではなく、なによりも生理的な感覚である。農業と養豚や養鶏とをなりわいとしてきたこの古い民族は、むかしから動物の乳というものを知らずにいた。中国の子どもが母乳以外に味わったことがあるのは、豆乳だけだ。だから、中国人ははじめて牛や山羊の乳を口にしたとき、胸のむかつきをおぼえ、吐き気をもよおすことさえある。わたしについていえば、ミルクのにおいと重なる西洋人の体臭は、いやな感じがするどころか、暗黙の了解のようなものを呼びおこした。そのにおいをはじめてかいだのは、光り輝く夏の朝、盧山の小道で肩をあらわにした若い女性たち――生きたルーヴルの裸体像――とすれちがったときだった。彼女たちは滝の下にある小さな湖に水浴にでかけるところだった。

同じころ、父は、自分が採取した薬草を売って、他の薬草を買い求めるために、よく牯嶺《これい》にわたしを連れていってくれた。そのゆるやかな斜面の丘は、盧山の中心をなし、きちんと整備され、庭園や別荘にかこまれていた。大通りには、官庁の建物、ホテル、中国式や洋式のレストランや商店がぎっしりたちならんでいた。ある日、ある店の前を通りかかったとき、通気孔から流れてくる、うっとりさせるようなにおいに、わたしは文字どおり「圧倒された」。当時、その方面については何も知らなかったので、バターとバニラのにおいも、クリームとチョコレートのムースも区別できなかった。ただ、においの流れなかにかぎとったベースをなすものに、わたしはまたしても胸をときめかせた。ミルクのにおいである。明るくてきらきらした門構えが、それを裏づけてくれた。新しく開店したばかりの洋菓子店だったのだ。それからというもの、父が薬剤師たちと交渉しているあいだじゅう、わたしはきまって通気孔の前に陣取った。まさしく至福のとき！　またも、ほかほかのにおいに囲まれ、ショウケースに並べられたきらきらしたものを前にして、顔じゅうを目にしていた。異国情緒をかきたてられずにいられようか。慣れ親しんでいるものと、欲求をひきおこす見慣れないものとの相違をさぐらずにいられようか。たとえば色彩。穀類や野菜を素材にした中国菓子は、淡い色をしていて透明感はない。蒸した菓子の場合、粉の色をそのままとどめている。ゴマ油やラードで揚げた菓子やせんべいは、こりこりしていて、表面は醬油を塗って焼いたように濃い茶色をしている。ショウケースに並べられた洋菓子のなかには、淡い色のものあるにはあったが、とくに印象深かったのは、その金色の輝きであった。ときに豪華さを感じさせるその色合いは、まちがいなく、ミルクとバターとクリームを焼くことによってのみ、生みだされるものだ。鮮やかな色の果物におおわれた菓子もあった。丸みのある柔らかい果物と、それらをのせている、くっきりかたどられた、もしくは切り分けられたパイとは、絶妙なコントラストをなしていた。そう、洋菓子のかたちそのものが、別のものを連想させる。まるで自然に生えたように、しなやかで、ふっくりした中国菓子とは対照的で、洋菓子はかちっとした幾何学的な輪郭をもち、なにかの彫刻や建造物のミニチュア型である。そして、店内で菓子を売る若い女たちの胸元がえがく微妙な谷間は、真ん中に細い割れ目が入っているブロンドのプチ・パンをおもわせる。なるほど、これらの菓子は彼女たちのからだ、その髪や目の色、少しバラ色をおび、静脈がかすかに透けてみえる乳白色の肌と共通点を持っている、わたしはそう結論したものだった。西洋人のがっちりした角ばった骨格さえ、これらのうまそうな食べ物に反映されている。洋菓子をつくりだした西洋の人たちは、そこに自分たちをしっかり刻みこみ、自分たちの姿を正確に反映させようとしたかのようではないか。いわば自分たち自身の姿を、絶え間なく食べ、味わいつづけているのだ。

　食べてみたい、そんな欲求がおこらないわけがない。この期間をつうじて、わたしの頭にこびりついて離れなかったのは、「乳」という語で、中国語の「乳房《ルーファン》」、クリームを意味する「乳肪《ルーチ》」といった表現と重なり合っていた。ちょうど、子ども向けの雑誌で、透明人間の話を読んだところだった。かりに自分が透明人間になれたとすれば、してみたいことはたったひとつ、夜中にこっそり洋菓子店にしのびこむことだけだった。明かりのついた厨房で、あの若い女たちのふくらんだ乳房から、間断なくミルクが発射されて、クリスタルのカップに入りこむのを、心ゆくまで眺める。つぎに、彼女たちがそのミルクを使って新しい菓子を製造しているあいだ、店内に行って、そこに並んでいるありとあらゆる種類の菓子を一つひとつ、たっぷり時間をかけて味わうのだ……。わたしがそんな欲求に悩まされていることを、父が長いこと気づかずにいるはずはなかった。いつもみすぼらしい身なりをして、「しゃれた」店にはけっして入らない父だったが、薬草がよく売れたある日、いちばん安価な洋菓子のひとつを、息子のために買う決心をした。円錐形のコーンのなかにカスタードクリームを詰めたものだった。どれほど感謝の気持で、うけとったことだろうか。どれほど慎重な貪欲さで、唇がコーンの丸みに合わさり、歯がもろい殻を砕き、そしてついに、あれほど夢みたやわらかいクリームのなかに舌が没していったことか！　堪能したこのエキゾチックな味わいは、それを予見していなかったわたしの母語では表現しえなかっただろう。とはいえ、実際の味わいが、空想のなかで夢中で味わっていたものと合致したことに満足感をおぼえた。つまるところ、どんな欲求の充足も、欲求そのもののなかにあるのだ。いま、十九歳をむかえたわたしには、もう子どもの魂のみずみずしさはないが、西洋とのはじめての接触の、このささやかな体験は、遠くからやってくるものを受容する下地となったのであった。

将来、自分を育んだ地をえがきだすために、画家になろう。きっと、西洋の絵画と出会うにちがいない。ゴーギャン、モネ、レンブラント、フェルメール、ジョルジョーネ、ティントレットといった、色彩によって形を称揚した巨匠たちの作品に入りこむことができるだろう。東の果ての地は、そぎ落としを繰り返すことで、自己の深奥と宇宙の深奥とが合体する簡素な本質に到達しようとする。西の果ての地は、肉体の豊饒によって、物質を称え、目に見えるものを称揚し、自己の奥底に秘めたとてつもない夢を賛美する。そうしたことを、自分は理解することになるだろう――ふしぎなことに、ずっと前からすでに理解していた気がしたが。

14

『ジャン・クリストフ』、『ベートーベンの生涯』、『田園交響楽』……、ロマン・ロランやジッドの作品は、西洋のクラシック音楽を聴きたいという欲求を、わたしたちの心にかきたてた。文学や絵画は、複製画や翻訳書をつうじて多少なりとも接近できたが、音楽のほうは、アメリカ映画や古いレコードでときたま偶然耳にすることはあっても、ほとんど未知のものだった。オーケストラのコンサートを告げる一枚の平凡なポスターを目にしたとき、胸を熱くした。

――そこにしるされていたのは、まさしくベートーベンの「交響曲　田園」。

――その国立音楽学院の所在地は、三十キロ以上離れていた。わたしたちはまる一日かけて歩き、目的地にたどり着いた。夕方に到着し、学院に一夜の宿を請うた。コンサートは翌日曜日の午後おこなわれることになっていて、わたしたちは教室の机の上で寝ることがゆるされた。

この生まれてはじめてのコンサートは、外部からの思いがけない――あるいは奇跡的なほど状況にぴったりの――邪魔者が入ったことも手伝って、生涯忘れられないものとなった。交響曲の第四楽章のなかばにきたとき、嵐を表現するティンパニーの音に重なって、空襲警報が鳴り響いた。指揮者は演奏を中止しなかった。というのも、最初の警報があり、つぎの二度目の警報で、日本軍機の接近が告げられることになっていたからだ。結局、このふたつの警報のあいだに、聴衆は第四楽章を最後まで聴くことができ、それから秩序ただしく防空壕に避難した。二時間後、コンサートが再開されたとき、だれもが、歓喜の笑みをうかべながらも、ふかく精神を集中して、第五楽章の穏やかな歌声に浸ったのであった。

コンサートが終わると、ランプを携えて一晩じゅう歩き、学校に戻ってきた。ともかくも、眠気など、もののかずではなく、ふたりとも興奮しきっていた。控えめで、内省的で、しばしば悲しげな中国音楽に慣れ親しんできた者にとって、これほど壮大で威信に満ちた音調の歌声はまったく別物だった。それは自然とともにあるのではなく、自然の皮膚を破って肉のなかに食いこみ、自然の脈動そのものとなる。この交響曲があらわしているのは、遠いヨーロッパの麦畑や牧場であることは確かだ。けれど、それは、この中国の夜の闇にまぎれこんだ二人の胸の鼓動にどれほど近いものだったことか！　わたしたちの刻む歩調に合わせて、階段状の水田が、騒々しい蛙の声とともに月光のなかに浮かびあがり、みごとなリズムを展開しながら外へ外へと輪をひろげてゆくかのようであった。目覚めてしまった人間にとって、いかに古い大地も、永久に無垢のままではありえないではないか。

何ヶ月も待って、やっとつぎのコンサートが告げられた。アメリカのオーケストラで、ソリストは中国人だった。なにがおころうと、逃すわけにはゆかない機会。演目はドヴォルザークの二曲、チェロ協奏曲と交響曲第九番「新世界より」。協奏曲の最初の旋律が流れはじめたとたん、オーケストラからにじみでる魔力がきいてきた。前回、わたしはつよい衝撃をうけ、ベートーベンの音楽にすっかり身をゆだねていた。こんどは、「臓腑の深奥」までゆさぶられた。ゆるやかな楽章がはじまると、やさしい手がわたしを旋律のなかにみちびきいれ、メロディーは調子をあげて高揚してゆき、そしてもとに戻ってゆくのだが、そのたびごとに異なった回り道をする。ふしぎなことに、これほど遠く「異質な」音楽なのに、耳にしたとたん身近なものに感じられた。中国古来の音楽のある部分と変わらないくらい身近に感じられるのだ。もし相違があるとすれば、主題に戻ってゆくたびごとに、そこには過酷な離別、癒されることのない嘆きがあることだ。この離別と帰還という発想に、長い不在のあとに帰郷する旅人の姿を、わたしは思いうかべた。中国の詩で何度も何度も描かれた場面である。故郷の村に近づくにつれて、旅人の足どりは重くなる。なにが自分を待ちうけているのか分からないという不安感がおしよせてくる。自分のいないあいだになにかの事故があったのではないか、だれかが急逝したのでは……。途中、村人と出くわし、ごく自然に口をついて出てきた村人の言葉を耳にしたとたん、安堵の胸をなでおろし、旅人の足どりは羽が生えたように軽くなる。旅人は至高の権限を担っているような気持になる。自分は待ち望まれている、自分が遭遇した冒険を知らずに、村にとどまっていた人びとに慰めをあたえるのは、自分のほうなのだ……。メロディーがつづいているあいだ、故郷がすぐそばにあるようだった。耳を傾けながら、わたしは感動の波に身をゆだねていた。そのうちにきっと、自分を待っている大切な人たちと再会するんだ、母、妹、戀人《ラマント》……。

コンサートのあいだじゅう、わたしはソリストとその楽器に魅了されていた。チェロというものを見たのは生まれてはじめてだった。まず、衝撃的だったのは、楽器と奏者とのアンバランス。ずっしりとした大きな楽器を独奏しているのは、痩せて顔色のよくない――当時のすべての中国の若者同様、栄養不足で――若い中国人で、その楽器を制することのできる身の丈には見えなかった。弓を引きはじめたとたん、演奏にこめられた力強さが、そこにあるはずの不調和を消し去った。霊媒にとりつかれた魔術師のように、その不恰好なしぐさまでが、自然な動作に、いや、必要不可欠な動作のように見えてくる。

両足をふんばり、膨らんだ楽器の胴体に右手をまわして、悲壮な格闘に身をゆだね、時には攻撃的にときには愛撫するように演奏してゆくうちに、奏者自身が、この魅力的にして不可解なチェロという楽器と一体化してゆく。もう奏者を楽器から切り離すことができないのではないかと怖れを抱かせるほどだった。主旋律が常にくり返されているだけに、その怖れはますます強いものになる。いっとき、ひょっとして、奏者は楽譜を忘れて、自分の演奏のとりこになり、いつまでもつづけざるをえなくなったのではないか、とおもわれた。だが、演奏はつつがなく進行し、ほっとさせられた。この午後の終わりの金色の光のなかで、わたしは、幻覚にとらわれたように、舞台のうえの生きた合体物を見つめていた。その連帯し対立しあう二者の合体物は、悲惨と高揚、苦痛と恍惚とがぶつかり混淆する行き来のなかに引き込まれていた。

決定的と言わんばかりに、もう一度主旋律に戻ったとき、突然わたしは、もうそれは止まることがなく、女たちをひとつに統合する母体のなかに、自分が引きこまれてゆくような幻覚に襲われた。だが、音楽はすでに終わっていた。突然の離脱、それは、戀人《ラマント》が別れの言葉もなく去っていったときと似ていた。涙と灰のあの同じ味がわたしの心を締めつけたが、ただ、今はあのときほどの孤独感はなかった。わたしのそばに友がいて、そして新しい確信が心に芽ばえていたからだ。少しずつ自分から遠ざかっていった大切な人たちに向かって、いつのまにか、わたしはささやいていた。「すべては失われ、すべてはふたたび出会う。わたしはあなたたちにじかに触れることができないが、わたしたちは別の仕方であいまじわる。別の仕方でともにいる。そうだよ、この夜に交わした約束、一九四三年五月三十日の約束を、わたしは決して忘れない」

その夜、帰途にあって、わたしは戀人《ラマント》のことをはじめて長々と友に語った。あまりにも力を込めて話したので、まるで彼女がいまそこにいて、わたしたちと肩を並べて歩をすすめているかのようであった。ハオランと出会ってから、友情と発見の情熱がすべてだったので、女性のことに触れる余裕はなかった。わたしが知っていたことは、この方面にかんして、ハオランが込み入った経験をもっていることだった。とりわけ、抗日救国闘争の芸術家集団では、若者たちは自由に振舞っていた。この高校に入ってからは、二、三度、容易で、期待はずれの体験をした。わたしのほうは、逆に、経験には乏しかったが、豊かな想像の世界があった。夜の暗闇のなかを歩いていたおかげで、胸中をとことん打ち明けることができた。わたしの話に聞き入りながら彼が言ったことのなかで、つぎの言葉が記憶のなかに刻みつけられている。「老いぼれて退化したこの国が、まだ彼女のような人間を生みだすことができるとは！　ダンテやゲーテのような人たちもきっと同じ考えだったのだろうな。われわれは女性によって救われるんだ」

15

中央ヨーロッパ出身のドヴォルザークの音楽のおかげで、西の果てのヨーロッパがさほど遠いものでなくなり、ロシアの大地がほとんど身近に感じられるようになった。いまや決戦はその地で展開されていて、かつてなかったほどの存在感があった。一九二〇年代、三〇年代の翻訳書をとおして少しばかり知っていたロシア文学を、わたしたちはふたたび無我夢中で読みあさった。この一九四〇年代には、さらに質の高い新しい翻訳がつぎつぎに出版された。そうした作品を読んでいくうちに、解放の願望とくびき、苦悩と夢をかくまで背負ったこの国の運命が、自分たちとかさなりあった。厳寒と灼熱の季節がきざみこまれたこの茫漠とした大地に愛着をいだくことを知った。流刑の地、シベリアさえ愛した。それこそ、トルストイという作家が蘇りを託した地だった。今、わたしたちがいる場所、中国の奥地の熱い粘土のうえで、愛すべき人たちが住むその極北の地に、どれほどの郷愁をもって思いをはせたことか。のちに、その地の川ひとつ隔てただけのところが、自分たちの居場所になろうとは、知るよしもなかった。

目下のところ、ドストエフスキーが好んで用いた「ロシアの魂」、「スラブの魂」といった表現に刺激されて、さまざまな問いが噴出しては、わたしたちの心をかすめていった。「われわれは誰なのか?

老いぼれて息も絶え絶えの、この中国とよばれる国はなんなのか？ その魂はどこにあるのか？ その運命は？ われわれ独自の創造とはなにか？ 外にばかり目を向けていると、自己を見失ってしまうのではないか？ あるいは、すでに見失っていて、そして、内なる声、真の価値のすべてを、自分自身とともに失ってしまっているのでは？」

そうした問いに、わたしは友ほど頭を悩ますことはなかった。孤独な魂の冒険や放浪というものを信じる傾向があったからだ。詩の言葉を一新するという問題意識をもっていた彼にとっては、より切実だった。何日か考えこんでいたが、きっぱりした口調で、自分の立場をつげた。「いや、ああだこうだと言っている余裕などない。ぼくは断固として魯迅の側につく。魂はあるかもしれないし、ないかもしれない。もしあるとしたら、失うはずはない。あるいは、魂は、さがそうとしたとたん、失われてしまうだろう。もしわれわれが蘇るべきものなら、蘇るだろう。消滅すべきものなら、灰と化すことを受け入れようではないか。その灰のなかから、たぶんわれわれの知らない何かが生まれるだろう。いまのところ、救いは外から、外国からくる。まずは西洋から。創造をめぐる問いと成果がはっきり表現されたのは、西洋においてだ。われわれはまだそれを達成していないが、避けては通れないものだ。誤解しないでくれ、いまの西洋をそのまま理想像として受け入れようというわけじゃない。その合理主義の行き過ぎと、その権力志向は極端なかたちをとって、西洋人を、生き物の世界からも他の世界からも切り離した。西洋のそとの世界はただの征服の対象となり、この百年あまり絶え間なくのしかかった幾多の悲惨な戦争と重苦しい占領に、われわれは身をもって苦悩を味わわせられた。そして、全世界を支配下におさめ、もはや征服の対象がなくなってしまうと、あるいは、自分たち自身の利益が危機に晒されると、彼らは狂ったように互いに攻撃しあっている。見ろ、あの美しいヨーロッパがいま瓦解の場と化しているじゃないか！　ぼくが言っているのは、真の創造者、まさしく真実を暴きだそうとしている人たちのことだ。勝ち取られた自由のなかのその叫び、その歌声は、われわれにとってはじめて耳にするもので、われわれの地平線を引き裂いた。そうだ、われわれを奮起させ、根っこから退化し腐りきった部分を切り離すのに必要なのは、この対極にいる他者だ。新しい血と新しい光を注入せずに、真の生命にたどり着けるだろうか？　それだけが、われわれが受け継いだがらくた遺産のなかに、守らなければならない価値を的確に見きわめるのに実際に役立つものだ。しかも、ふしぎなことに、西洋の作品をこれだけ読んではじめて、ぼくはそこにわれわれの固有の文化をはっきり見ることができるようになった。そのなかに、なにものにも変えがたく、不可欠で、けっして放棄できない創造者を百人くらい見つけた。五千年の歴史をもつ文化などさほどのものじゃない、きみはそう言うかもしれない。それだけあれば、魂をつくりあげるのに十分だ。もし魂というものがあればだが」。そして、あまりにも生真面目な自分の言説をあたかも打ち破るかのように、彼は笑みをうかべ、腕で空を切るしぐさをしてから、言った。「太極拳を毎日してさえいれば、自分を見失うことなどないさ。師が言うように、《空白のなかで、われわれは天と地、此方と彼方を結ぶ息吹をつかみとる。ならば、過去と未来をつなぐ息吹がつかみとれないはずはない》」

決意を口にして、詩興がわいたのか、翌日友はつくったばかりの詩を見せてくれた。

望郷がきみを襲ってきたら

地平の果てまで追い払え
野鴨は雲を引き裂く
きみは厳冬を背負う
葦は凍てつき、木は枯れはて
強風に枝をたわめる
野鴨はすみかから解き放たれ
飛び立つも死にゆくも、いまや自由
生まれた地と、迎える空とのはざまで
きみの王国はただひとつ、きみ自身の叫び

この詩は即座にわたしの頭にきざみこまれた。友が自分のあゆむ道を心に決めたことを、この詩から、わたしは悟ったのだった。

わたしにとっても、選択のときが迫っていることを知った。ひらめきを得たのは、中国に届いたばかりのアメリカの『ライフ』誌に載っていた印象派の絵画を目にしたときだった。すでにわたしは、モネやセザンヌやゴーギャンの作品のすばらしさに限りない感銘をうけていた。だが、とくに身近に感じたのはゴッホだった。その断片化されたさまざまな形の表現法、その大胆な色彩の錬金術、自分が生きている時間のまっただなかで捉えた独自の視覚だった！　ゴッホの作品は、友情の呼び声のように、わたしの内部に響きわたった。現世は、たとえ仮の世であるとしても、表現されることを求めている。極貧の自分だが、絵画を表現の手段にしよう。それ以外は考えられない。天職？　いや運命なのだ。

16

わたしたちがそれぞれの創作に心血をそそいでいたとき、国内の情勢は日に日に悪化していた。戦争は終わりを知らず、貧困はいたるところを蝕み、だがもういっぽうでは、とくに権力を握っている人たちを中心とし、事態に便乗する者たちが恥知らずな蓄財をしていた。あらゆる階層で腐敗が大手を振っていた。戦乱のさなか、中国が外部との接触を保つために、巨大な犠牲を払って建設された、インドやビルマに通じる道路を利用し、一部の者たちが生活必需品を輸入しては、闇市で売って暴利をむさぼっていた。ダンスホールでシャンパンがあふれんばかりに振舞われ、そのあいだにも、貧しい人びと、戦時下の首都にあらたに押し寄せた難民たちが、飢えて死んでいった。人びとのあいだに渦巻く不満に直面して、政府は警察による弾圧のいっそうの強化をもって対応するだけだった。秩序の解体に権力の濫用がくわわって、さらにさまざまな便乗が生じ、理不尽と悲劇を生んだ。言語道断な行為の摘発が新聞紙上をにぎわした。わたしが住んでいるところで、見るに堪えない光景を何度か目撃した。たとえば、温泉の名所に近いある町で、土地の名士、強大な権力をもつ財務大臣が、莫大な富をわがものにして、アメリカの銀行に預け、別荘地も所有していた。別荘地に付設された建造物には警備のための部隊が常駐していて、士官の指揮下におかれていた。上官の行為をまねて、警備兵たちの住民にたいする略奪はしだいに目に余るものになっていった。暴動の危険性を感じとった指揮官は、兵士のひとりに見せしめの罰を科さなければならなくなった。公衆の面前での笞刑《ちけい》である。兵士たちは二列に隊を組み、その真ん中で、「受刑者」は地面に腹ばいにさせられる。それぞれの列からひとりずつ出てきて、苦力《クーリー》が荷物を運ぶのに用いる棒でもって、尻のところを打ちすえる。指揮官の「もっと強く、もっと強く」の命令にしたがってなされる。仲間のひとりを打つのだから、はじめ、彼らは手加減しようとしていたからだ。何度か打つと、二人の執行者は列に戻り、別の二人と入れかわる。当初、「スケープゴート」は、覚悟して笞刑に耐え、うめき声を必死で押し殺していた。口からもれる低いあえぎ声が聞こえてくるだけだった。笞刑が終わる気配はなく、受刑者はふいに、指揮官は自分を殺そうとしているのだと悟る。男は悲鳴をあげながら哀願する。「どうかお許しを！　指揮官、助けてください！」まもなく、声はかぼそくなり、ほとんど失神状態におちいる。受刑者はだきおこされて、地面を引きずり回される。意識をとりもどすと、ふたたび笞がおそいかかる。最後に、無数の血の筋と、おそらくは破裂している腸がへばりつく残骸を、兵士たちがムシロにくるんで運び去った。

公衆の面前で執行されたこの処刑は、世論を鎮めるどころか、人びとの抗議運動を触発し、学生たちも加わった。指揮官の「封建的な蛮行」にもひとしい違法行為に対する訴追を要求した。大臣が取った措置は、その別荘地を閉鎖し、警備兵の配置換えをおこなっただけであった。別荘が使えなくなっても、大臣は痛くも痒くもなかった。特権階級のために造成されたばかりの温泉地に、あらたな別荘地を入手したからである。

またしても、目覚めたのは中国の若者たち、こんな状況にあっても理想に燃え、自国の運命を憂う若者たちだった。彼らは、二十世紀のはじめから、国が圧迫や滅亡の危機に瀕するたびに、先頭にたった。この戦争の当初、あらゆる抵抗運動に大挙して参加することをためらわなかった。若者の多くは、革命思想に共鳴し、延安など、共産党の支配下にある地域に合流するため、境界線を越えた。いまや、先の見えない時代にあって、革命のマグマがふたたび地中から噴出し、その流れはひそかにしかし確実に、彼らの心を燃えあがらせていた。

わたしたちの高校やすぐそばの大学のちかくにある町々でも、茶屋や街頭で、若い共産党員たちや、その思想にくみしたばかりの若者たちの存在をみとめることができた。彼らを目立たせていた――秘密警察が目をつける指標となっていたことだが――のは、飾り気のない毅然とした態度、その視線から発せられる曇りのない信念だった。彼らの言説や立ち居振る舞いは、卑俗で頽廃した周囲の空気と好対照だった。その明瞭なコントラストという印象を、のちになって思い出させたのは、終戦後に見たイエス・キリストの生涯をえがいたアメリカ映画だった。映画そのものはさほどの出来ばえではなかったものの、ひとつのシーンにはっとした。初期に出現したキリスト教徒たちの顔は純粋さにあふれ、みだらで脂ぎった他のローマ人たちときわだった相違をなしていた。さらにその後、十九世紀末の中国のキリスト教徒たちを写した古い写真を見る機会をえたが、そのまなざしと、彼らをとりまく人たちとのコントラストは、いっそう強烈なものであった。

正義に飢え、自己を犠牲にする覚悟でいる若者たち――それはのちに現実になるのだが――のあいだに禁書が回し読みされていた。そうした書物が、まもなくハオランのところに回ってきた。モスクワで刊行されたマルクス、エンゲルス、レーニンの著作、また、劉少奇《りゅうしょうき》や毛沢東、党公認の思想家艾思奇《がいしき》のもの、さらには文芸誌。ハオランはそうしたものを読みはじめ、わたしにも読むようにすすめた。ある日、ハオランは、戦争がはじまったばかりのころ集団活動に参加した経験をおもいおこしながら、言った。「われわれは革命家になるんだ。共産党の側について活動するんだ。必要ならば、彼らの隊列に加わってもいい。彼らの主義——ある種の歴史分析だけは別で、それは正当だと思うが——に同調しているわけじゃない、でも、選択の余地はない。現時点では、物事を根底から変えるのに有効な勢力は、それしかない。これほどの貧困と不正義が蔓延するなかで、中国をそこから脱却させなければならない時にあって、個人的成就に専念するだけでいいものだろうか？」わたしは、不正義に対するたたかいについてはまったく同感で、参加する心構えはできていたが、絶対的服従と個人的思考の放棄を要求する有無を言わせぬ規律のなかに身を投じる気にはとうていなれなかった。そのうえ、ここでもまた、人類のゆくすえについてあらかじめ明確な輪郭をえがくことが可能だとも、この地球のゆくすえに最終的な到達点を設定できるとも信じていなかった。わたしの想像の世界には、どうしても追放できない悪がつねに存在していた。となると、どんなに大勢でも、人間の集団が「理想の」社会を、自分たちのために、しかも他の人びとに代わって、そこまで合理的に築きあげることができるだろうか。わたしは、本能的に道教の精神に近いものをもっていて、どちらかといえば、宇宙は絶え間ない創造や変容をつづけており、そのなかで地上は仮の休息地にすぎないという考えをうけいれていた。ハオランの考えでは、いまなすべきは、古い秩序を崩壊させる一翼を担うことだった。くびきから解放されさえすれば、状況は一変するのだから、開花の道をあらたに模索できるではないか。だが、わたしは意見をさしはさんだ。革命家たちの強力な組織は、ずっと前からすでにしっかり根をおろし、あちこちに枝をのばしている。もし権力を獲得したとすれば、みずからそれを手放すことなどありえない。わたしの論拠はある程度までハオランの心をゆさぶった。とはいえ、いざというときには、革命家たちの傘下に加わるための精神的準備をしていた。拷問をも含む肉体的な苦痛に備えるために、虫垂炎の手術を受けたとき、麻酔は抜きにするか最小限にするかにしてほしいと、医師に要求したほどだった。

一九四四年夏、戦争で学業はそうとう遅れをとったが、ハオランもわたしもようやく中等教育を終えた。これから何をしようか、どこに行こうかと考えていたとき、運命が扉をたたいた。ユーメイからの便りが母のもとに届き、わたしにぜひ会いたいと言ってきたのだ。劇的な逃亡をなしとげ、ユーメイはいっとき重慶でかの航空士官と暮らしていたが、その後別れた。いま、港湾都市、N市に住んでいて、四川劇団に属している。広大な四川省を徒歩で横断して彼女に合流することを、少しもためらわずわたしたちは決心した。そのことで、わたしたちがあらがいがたく、文字通りの人生の冒険へとふみだしたことは、知るよしもなかった。

17

だいいち、大都市が呼ぶ声に、抗することができようか。じつに長きにわたって都会から遠ざけられていた。重慶（重なる慶び）、その名ははやり歌のようにわたしたちのなかに響きわたった。歌詞はうろ覚えでも、暇さえあれば、おもわず口ずさんでしまうような歌。ありとあらゆる乗り物と群集でごったがえすこの街に、わたしたちは熱に浮かされ、無我夢中でとびこんでいった。窮屈なはずのものにも、動じなかった。その騒々しさと埃っぽさ、八月の終わりの焼けつくような暑気、通りのまったただなかの屋台からたちのぼるピリ辛料理のきつい匂い、そうしたものすべてを、わたしたちは満喫していた。糞尿汲み取り車が発する臭気さえ懐かしかった。

二つの大河に挟まれた、すばらしい風景——北部に嘉陵江《かりょうこう》、南部に揚子江。これらの大河を見おろす重慶は、なだらかな丘の連なる半島のようなかたちをとり、その先端の合流点には巨大な岩山。岸壁の上や斜面には、平屋の農家や高いビルが、岩にしっかりと嵌め込まれた無数の貝のように、幾重もの層をなして絡みあっている。

高地を縦横にはしる道路は、地形に応じて広くなり狭くなりしながら交差点に向かう。商店や、レストランや、劇場や、映画館や、ダンスホールや、茶屋や、アメリカふうのバーがひしめきあう地点だ。

小石で覆われた樹木の生い茂る場所のいくつかは、公園として造成され、その高台から一望できるのは、中国式の長い絵巻物でしか描きだせないような壮大な風景である。

岬をはさむ二つの河は、両方とも西から東へと流れる。嘉陵江はエメラルド色、急流にもかかわらず、より優雅で女性的な様相をみせ、揚子江のほうは広大で、遠いチベットの台地から運んできた泥土で褐色に染められている。ふたつの流れが半島の突端で出会うと、音をたてて色とりどりの渦をなし、そして、堂々たるひとつの河に合体し、腕のひとふりで段々畑を引き離し、肩をひょいとあげて山脈に割りこみ、川下へ川下へと果てしなく流れてゆく。

もっと近いところでは、とくに夜の暑い光が沈むとき、躍動する色あざやかな風景がくりひろげられて、散歩者の足をそこにとどめて離さない。北であれ南であれ、二つの河の対岸のどの方角を見ても、目が惹きつけられるのは、幾重にも連なる多種多様のかたちをした丘が、その美しさを互いに競いながらも、流れを見下ろして呼応し合い、自分たちのコントラストそのものから大胆な調和のパノラマを意図してつくりだしているさまだ。北部の丘がまとっている黒ずんだ樹木は、ところどころ峰の岩肌に阻まれ、接近しがたい寺院がそこに貼りつくように建っている。南部の丘たちはもっと陽気で、柔らかな緑はバラ色の靄につつまれていっそう優しく、そこには、花が咲き乱れる庭園や、色とりどりの家が点在している。こうした風景は全体として静的になりがちだが、それを打ち破っているのは、流れてやまないふたつの大河、そして、河が生みだす旺盛な人間活動だ。こちらの岸からあちらの岸へ、あるいは、はるか遠方から、ありとあらゆるかたちをした大小さまざまな無数の船が航行する。自信満々の強力な蒸気船、波と格闘する小舟、それらが交錯し、懸命に避けあいながら、目ざす地点にぴったりたどりつこうとしている。港は、半島の突端からさほど離れていない。つねに大勢の人びとでごったがえしていた。荷物や商品を背負った人たちがひっきりなしに下船し乗船する。夜がおとずれると、この高みからは、波の音に混ざって、人が叫ぶ声が聞こえてくるだけだ。河の両岸に点々と灯る明かりにかこまれていると、銀河から下界を見おろしている、どこかの神になったような気がしてくる。

戦争がはじまってから七年を経た、この一九四四年、重慶の街は、異常な大きさに膨れ上がった突起物のように成長を遂げていた。七年もつづく戦争が貧困を生みだし、難民の群があふれているとはいえ、幾度となく破壊され、幾度となく再建されたこの都市は、なお繁栄の外観を保っていて、成金たちがそれに便乗していた。長びく戦争の終結を待ちながら、街は帝国の末期のにおいを吸い込んでいた。焼けただれた廃墟で、掘りだされなかった遺体が発する臭気にも似たにおい。

歓楽街では、レストランや茶屋は昼も夜も満員だった。聞くにたえない卑俗で甘ったるい音楽のなかで、酒で赤らんだ顔の肥った客たちが、いっときの忘却をもとめて、テーブルいっぱいにならんだ料理にとびついていた。群集のなかにはバーからバーへと渡りあるく休暇中のアメリカ兵の姿があった。人びとの群から頭ひとつ抜け出し、ジープガールたちを同伴していた。

わたしたちをまず惹きつけたのは、まさしくアメリカ映画であった。映画館が立ち並ぶ中心街を、熱にうかされたように彷徨した。長蛇の列にもめげず、映画館から映画館へと走りまわった。いったん中に入ると、一足飛びに別の世界、異国にいざなわれる。別の空間、別の生活のリズム、人間や自然から発せられる旺盛な力。わたしたちが驚嘆を禁じえなかったのは、試練を前にしたときの彼らのバイタリティ、生命をみすえるときや、横溢するエネルギーを爆発させるときの、率直で単刀直入な態度、屈託のない信頼感、戦時下の中国人にはほとんど我慢ならない物質的豊かさであった。わたしたちは、環境も建造物の様式も異なる別世界に入りこんでいた。その世界の住民は、別の仕方で風景とかかわり、相互の人間関係をつくりあげる。彼らは抑制のきかない永続的な運動のなかにとりこまれて、異なった欲求や充足、戦慄や快楽をあじわう。人気俳優たちは、男も女も華美な装いと過度な化粧で、現実のものには見えなかった。地球ではない、別の惑星からきた人たちのようだった。

違和感は、空間の相違ばかりでなく、時間的なずれからもきていた。中国人はある世紀を生き、アメリカ人は別の世紀を生きていた。時代をとびこえることも、生活習慣を変えることも、そう容易にできるものではない。あからさまに魅力をむきだしにする女たちや、長々としたキスをともなうラブシーンは、中国人の羞恥心の限界をこえてつきささり、苦痛さえひきおこす。暗がりのなかで、観客たちはまずぎょっとして、とまどい、仰天するが、ついで恍惚感におそわれる。血管のなかで血がたぎり、想像のなかに埋めこまれていた欲情がわきあがってくる。映画はしばしば活劇物だったりメロドラマだったりした。わたしたちには、それはどうでもよかった。映画の風景や登場人物をとおして、ホーソンやジャック・ロンドンやスタインベックなど、わたしたちが読んだアメリカの小説を、想像のなかで再構築することができた。

中心街には、たちならぶ映画館に隣接して、たくさんの劇場があった。ユーメイや、伝統劇の世界の人びととの出会いにそなえて、わたしたちは、演劇というものの発見に夢中になった。それは、

「話し言葉の劇」、つまり西洋の劇で、中国の古典劇は、せりふのほかに、歌やパントマイムや曲芸をふくむ点で、これと異なっていた。現代劇には、仮面も装飾品もなく、役者が象徴的な身振りで、空っぽの舞台に時間と空間をつくりだし操るということもない。劇はリアルな舞台装置のなかで、決まった時間の枠内で進行する。筋は濃密で、あつかわれるテーマはより身近で現実的だ。アングロ・サクソン系やロシアなどの外国の劇作家の作品が上演されることもあったが、主として中国人作家のものだった。観客たちの熱意にあとおしされた劇作家たちの世代が、創作意欲に燃えていた。さまざまな才能が限られた空間におどろくほど集中し、かつてない好機がおとずれていたからだ。戦争は、大勢の作家や芸術家や舞台俳優たちを、昆明、貴陽、そしてとりわけ重慶といった後方の都市にどっと追いやった。全員とまでは言わずとも、その大半は左翼または「進歩的」傾向の人たちだった。彼らが意図していたのは、楽しませることではなかった。現代の問題に直接とりくむ人もいれば、本質的なテーマにアプローチする人もいて、だれもが、中国文化の再生を準備する、またとない機会に参加しているという自覚をもっていた。

そうした芸術的な熱狂と奇妙な対照をなしていたのが、検閲によるきびしい規制と、秘密警察が組織する監視と抑圧の膨大な組織網であった。ふしぎな状況、ふしぎな時代！　重慶は戦時下における国民党政府、中国の公認された政権の首都だった。国民党政権は抗日戦争をたたかいながらも、その軍隊の一部を、共産党員たちが長征の後に拠点とした延安の周辺に集結させていた。戦争がはじまったばかりのころ、外国の侵略者を眼前にし、国家的統一の名のもとに、国民党と共産党はいっとき団結していた。ひと息つくことができたおかげで、共産党は、日本軍が占領した地方の農村地帯に勢力をひろげた。危険を嗅ぎとって、国家元首は国共合作の外見だけは維持しながらも、決裂にふみきった。そんなわけで、おかしな話だが、政府の容認のもとに、共産党は首都に委員会を設置し、これらの歳月をつうじて精力的な活動を展開していた。機関紙を刊行し、書店を開き、地下細胞の組織網をめぐらせた。知識人や芸術家の世界と深い関係をもち、アメリカのジャーナリストたちとの繋がりも親密で、彼らの多くに好感をいだかせた。そうしたジャーナリストたちの共感のおかげで、共産党は国際的な威信をえて、ある程度まで保護されていた。ちぐはぐな状況が生まれていた。絶対的な権力を握っているはずの政府が、共産党を弾圧するのには、姑息な策略にうったえざるをえなかった。秘密警察に膨大な予算が投入された。秘密警察は、尋問所や、収容所や、きわめて精巧な武器を有し、大勢の諜報員をかかえていた。諜報員たちは、不審者に対して昼も夜も監視と尾行をつづけ、機に乗じて逮捕して、収容所に送るか、あるいは、消してしまう。そういった作戦も、変化と刷新を夢みる人びとの渇望を抑えこむには無力だった。ひそかな恐怖政治が支配するなかにあっても、革命家たちの主義主張に共鳴する人たちは、辛抱づよく、じりじりする気持をおさえて、こっそりと他の人たちの共鳴をさがしもとめる。はじめて会った人でも、それと分かる明確なしるしがあった。視線と視線の交わり、示し合わせの微笑、それはいつも「ああ、きみもぼくらの仲間なんだね」と語っているようであった。そして、それぞれが、地下の巨大な運動のなかに引きこまれていった。長い歳月がすぎたのちになってから、終戦の前のその短い年月が、かけがえのない自由の時代だったことを、わたしは知るのである。中国の歴史、専制的な秩序が支配したこの国の歴史には、もういっぽうでは、ところどころでこうした自由の時代があった。相対的な自由にはちがいないが、ひとつの王朝が終焉し、もうひとつの新しい秩序が樹立される前にみなぎる自由である。これらの転換期において、才能豊かな人物やたぐいまれな英雄たちがあちこちから出現する。彼らは広大な帝国を彷徨し、同様の資質をもつ他の人たちと出会い、確固としたこころざしを共にし、すべてを分かち合う。古代の大衆文学を彩る大勢の英雄たちと同じように、一九四〇年代の革命家たちは、あらゆる危険を冒して地下生活をあじわっていた。秘密の出会いの数々、電光石火の伝言、無言の抱擁。そして、彼らの感動は、弾圧そのものによって、いっそう強固なものとなる。禁じられた愛を生きる恋人たちのように。彼らをおびやかす刑罰の怖れは、歓喜の身震いをたかめるだけなのだ。

恐怖のなかで生きる身震い、わたしたちなりにその体験をした。共産党が経営している「進歩的」な新華書店に足をはこんだときのことだった。この種の書店の向かい側の建物はきまって秘密警察が借りていた。店内では、私服の諜報員たちが客に紛れこんでいて、外に出る人を尾行していた。うわの空で本をめくっている様子や、さぐるような視線から、諜報員は容易に見分けがついた。客たちは危険を十分承知していた。それでもやってくるのは、読書と出会いへの渇望がそれほど大きいからであった。立ち読みするだけなら、さほどの危険はなかった。購入すれば、危機は増す。秘密警察にとっては、「赤」の本一冊だけで、動かぬ証拠として十分だったからだ。危険を負っていることを覚悟で、ふたりとも、それぞれ本を一冊ずつポケットに入れて、新華書店を出た。

外に出ると、わたしたちは足ばやに歩いた。「うしろを振りむくなよ」、ハオランが小声でささやく。賑やかな大通りに出たとき、ちょっと立ち止まり、映画のポスターに目をやりながら、まちがいなく一人の特務《トゥウ》（諜報員）が自分たちを尾行していることを確認した。一定の距離は保っているものの、姿はほとんど隠していない。

「ぼくにまかせろ、かたづけてやる」、ハオランは歩きながら言う。

「気をつけろ、きっと武器をもってる」

「へまはしないよ」、そして、愉快そうにつけ加えた。「ああ、芸術家グループにいたころのことを思いだすなあ。やつらと渡り合ったものだよ」

「この路地に入ろう」、向こうみずな彼は言う。「ここがいい。ぼくはあの大きな扉の陰に隠れるから、きみはそのまま歩いて行け。もっと速くあるくんだ、知らん顔をして」

さからう余地はなく、きゅうに背中がこわばり、足がふらついたが、それでも足を速めた。もともと日陰になっている路地は、九月はじめからあらわれる重慶のかの名高い霧のために、いっそう薄暗かった。

ほんの少しして、押し殺したような叫び声と、人が倒れる音が聞こえてきた。わたしが振り向いたときには、友はもうこちらに向かって走っていた。わたしたち二人はすばやく路地を抜け、幾つか階段をおり、別の大通りに出て、人ごみのなかに紛れこんだ。遅きに失した銃声が二発、霧と乗り物の騒音にかき消され、われらが逃亡の成功に敬意を表したのであった。

「こぶしは腰に一発、あごに一発、蹴りは下腹に一発、それだけだ」、ハオランはからから笑いながら、俳句でも読みあげるように、格闘技の基本を朗誦した。

翌日わたしたちは、賑やかにして忌まわしいこの大都会をあとにしたのであった。

18

重慶を過ぎてから、四川省の奥へ奥へと入りこんでいった。旅は一ヶ月あまりかかるだろう。残金は——国から支給される奨学金は高校終了とともに打ち切られた——わずかで、わたしたちはしばしば旅を中断して、宿と食事とひきかえに、あれやこれやの労働をしなければならなかった。やむをえずバスや船を使う以外は、ひどく過酷な条件において徒歩で旅した。けれど、わたしたちの意欲をくじくものは、何ひとつなかった。まもなくユーメイに会えるのだという期待、歩を進めるリズムに呼応して、繰りひろげられるこの広大な地方の発見。それは、まさしく人生の門出における唯一無二の体験であった。重慶と同じように、ここでもまた理不尽きわまりない伝統の重圧や体制による統制が跋扈していたが、結局のところ、それが中国にとっても、自分たち自身にとっても、もっとも不確かで、もっとも躍動していた時代だったことを、その後のわたしたちの人生をつうじて、何度も思いだし噛みしめることになるのだ。

子ども時代の廬山《ろざん》を別にすれば、わたしは、大都市周辺以外の中国の農村を知らなかった。逆に、友のほうは、中国のあちこちを渡り歩いていた。北部の黄土の平野も、水路が筋のように走り、湖が点在する揚子江下流の地域もよく知っていた。けれど、きわだった対照をなす風景がかたちづくる大陸性気候の内陸では、その堂々たる様相と、輝く美しさに、さすがのハオランも目をみはった。峨眉山《エーメイシャン》や二郎山《アーランシャン》といった名所まで足をはこぶ必要などない。この地のちょっとした一角が、その官能的な存在感を惜しげもなくみせてくれる。赤い血のような柔らかな粘土の谷間は、深い窪みをなし、幾つもの小道が交錯して、原初の土の臓腑を想起させる。くねくねした小道が、両側の斜面を走り、段々畑の真ん中を這いずり、連なる峰へとよじ登ってゆく。うっそうとした草木におおわれた峰があるかとおもえば、巨大な岩を空中につきだしている峰もある。岩のうえから見おろすと、深々とした樹木の陰をとおして、色彩あふれる突出した峡谷のパノラマを、容易にたのしむことができた。それは、しばしば煌めく水田からたちのぼる蒸気につつまれていた。

　この地方は、つねに「天の恵み」を受けていると言われていたが、長い戦争の歳月のあいだ、国内の避難民の半分を養っていた。この寛大な地が提供する産物は、その種類の多さの点でも、豊富さの点でも、外部からやってきた人々を驚かせた。オレンジ、グレープフルーツ、みかん、柿、あんず、なつめ、砂糖きびなどの、水分たっぷりの果物があるかと思えば、きついにおいの色あざやかな野菜類もある。これらの野菜はしばしば大胆な官能をあらわにする。外皮をはがしたたけのこや、側根をあちこちに出した大かぶは、勃起した性器に似ている。白菜の表面をおおう、長いすべすべした白や緑の葉は、裕福な女のまるまるとした腕を思わせ、かたや、ナスやカボチャは、その光沢のある丸いかたちが、河の瀬で出会う、しゃがんで仕事をしている洗濯女の日焼けした太腿を、どうしても思いださせる。

　自然が豊かなだけに、不公正な土地制度のせいで貧困にあえぐ大部分の農民の生活苦は、見るに堪えないものだった。それでも、中国の他の地域よりはましだったが。戦争は、ある意味では、農民を有利な立場においた。農作物がきわめて貴重な物資となったからだ。しかし、彼らのなかでとくに「恵まれた」人たちでも、ほんのわずかな余裕がある程度だった。暮らし向きの良し悪しにかかわらず、農民たちは、例外なく、外来者をもてなす伝統を尊重していた。自分たちの扉をたたく善良な旅人たちと、気軽に食事を分かちあった。とくに収穫期には、農作業の手助けを申し出る者には、寝る場所を提供していた。

たっぷりとした豊かな産物を糧とする人びとが、いかにその産物によって人間形成をしてきたかを、わたしはまたしても実感したのだった。下卑た農民はほとんどいなかった。忍耐力と綿密さを要する田植えの作業は、勤勉で細やかな心づかいの人びとを生みだしていた。彼らの話し方は、ゆったりとしていてリズム感があり、その説得力のある抑揚が、彼らが使う言葉に味わいをあたえていた。その言葉にちりばめられた比喩は、彼らの食事につきものの焼いた唐辛子のように、ピリッとしていた。

とりわけ忘れられないのは、わたしたちが貧しい昼食とともに飲む湯を所望したあの家族のことである。扉をたたく音を聞いて、開けてくれたのは、長いパイプを手にした年配の農夫だった。

「老父《ラオフ》、お湯を少しばかりいただけないでしょうか?」、ハオランが頼んだ。安心感をあたえようとしたのか、たった一本の木の根元におろしたバッグの方を指さして、「あの木陰で、ひと休みしています」とつけ加えた。

実際、くたびれ果てながらも、微笑を浮かべた二人の旅人の表情に安心した様子で、農夫は親しげに言った。「息子と嫁は畑に出ている。孫に湯を用意させて、持ってゆかせましょう」。そして、なかに向かって声をかけた。「おねえちゃん、ちょっとばかり湯を沸かしてくれ」孫娘——十五、六歳の少女——を従えて、老人が湯を入れた壺を持ってきたとき、わたしたちがバックから昼食を取り出しているのを見た。ごく自然に、「でも、ここじゃ暑いだろう。なかに入って食べなさい。わしらは食事をすませた。テーブルを使えばいい」

家に入り、食事をしようとしたとき、わたしたちの食料が、冷えた蒸しパン《マントウ》と焼餅《シャオピン》だけなのを見て、少女は大急ぎで台所にゆき、すばやくタマゴ入り炒飯《チャオファン》をつくってきてくれた。えんどう豆と刻みねぎまで加えられていた。黄色いタマゴと緑の野菜をちりばめた飯のうまそうな匂いは、色彩のみごとなハーモニーのおかげで、ますます食欲をそそった。御飯をむさぼるように食べる二人の外来者の旺盛な食欲に心を動かされて、少女はふたたび姿を消すと、こんどは、かの名高い四川の漬物「泡菜《パオツァイ》」を皿にのせて持ってきた。塩と唐辛子を入れた水に漬けこんだものである。特殊な手法でつくられるこの漬物は野菜本来の色と新鮮さを保っていて、その陶製の壺に描かれたブルーのモチーフが野菜の色をいっそう引き立てている。炒飯の一口ひとくちが、ちょうどよいこりこり感のある白菜や蕪の漬物とともに、またとない土地の味をおしえてくれた。食事の最後をかざったのは、豆腐スープだった。ありあわせのものでつくられたその食事は、つつましかったが、生涯忘れがたいものとなった。

食べているとき、遠慮をすてて、家の主がわたしたちに尋ねた。「きみたちは何をしているのかね？」

「学生です。高校を卒業したところです」

「じゃあ、きみたちは読書人《トゥシュレン》なんだね。よしよし。《本のなかに黄金の家がある》」

それから、からかうような笑みを浮かべて、つけ加えた。「本のなかに玉のような美女がいる」。民衆の知恵の基礎をなす豊富なことわざの貯蔵庫からとってきた文句だった。農夫が引き合いに出したふたつのことわざは、学問をまっとうした者は、財産と美しい妻を得る、ということを意味していた。

「当てになりませんよ！　ごらんください。わたしたちは浮浪者みたいな生活をしているじゃないですか」

「これからだよ。わしらの家では、誰かひとりに学問をさせたいと、ずっと前から考えてきた。けれど、暮らしは楽じゃない、仕事は山ほどある。金をつくるには、どうすればいいか？　わしの祖父は読み書きを知らなかった、父親もそうだったし、わしも、わしの息子もそうだ」

老人の目のなかに、別の生活の可能性をくやむ仄かな光がただよった。

少し間をおいてから尋ねた。「どこに行くのかね？」

わたしは、詳しい説明は抜きにして、劇団の仕事をしている人に会うために、N市に行くつもりだと答えた。

「だが、ずいぶん遠いな。よしよし。《一万里を歩きまわることは、一万冊の本を読むのにひとしい》。ああ、劇団か！　そんなに前のことじゃないがね、大雨のあと、わしらの村で、旅回りの劇団を呼んだことがあった。二年前ひどい日照りつづきで、納屋は空っぽになるし、飢え死にしかけたよ。今年も日照りで、また同じだ。坊さんに祈願してもらった。雨乞いはなんどやったかしれん。みんな、おてんとうさまの下で、何時間もひれ伏して、バッタの死骸だらけのひび割れた地面に頭をこすりつけ、声をあわせて天にむかって祈願した。尖った葦《あし》の葉で、血が出るまで上半身を打ちつづけたよ。

とうとう雨がきた、いい雨だった、たっぷり降ったよ。それから、旅回りの劇団に来てもらった。雨の神さまにお礼を言うのには、これがいちばんだ。そうだろう、おねえちゃん？」

少女はとつぜん声をかけられて、顔を赤らめ、うなずいた。けれど、さらに話しつづける。「つぎの日、彼らは舞台をさっさと解体して、去っていった。あのひとたちは特別なひとたちで、ふつうとは違う生活をしている。でも、村をとてもたのしませてくれる」

老人の目にまた、ありえたかもしれない別の人生を選ぶことができなかった悔恨の光がただよった。けれど、彼はずっと以前からそんなノスタルジーを抑制してきた。土から生まれたのだから、祖先たちが世代から世代へと受け渡してきたこの土地に忠実でありつづけるのだろう。どんな代償を払っても、人間の存在を継続させるために。まさしく、酷暑の夏の日に、通りすがりの旅人にお湯と炒飯をあたえることができるように。

家族に好感をもたれて、わたしたちはそこに数日とどまることにした。秋がはじまろうとしていて、仕事はいくらでもあった。ハオランにはわけのないことだった。肉体労働に臆するような男ではなかった。上半身はだかで、らくらくと共同作業に打ち込んでいた。彼のかたわらで、わたしはふうふういっていた。きつい労働への参加はそうそうにきりあげるしかなく、残りの時間は、少女やその弟たちと一緒に、豚の餌にする草を刈るのに費やした。夜、夕食がすんで、一日が終わると、ふたりの新参者をふくむ家族全員が、足を洗うために、湯を満たした巨大なたらいのまわりに座って、しゃべったり、ふざけたりする。わたしたちはなかなか腰をあげなかったが、それでも、ときどき湯をたらいにそそぎこむことは忘れなかった。

ゆきずりの「季節労働者」ふたりの寝室は、豚小屋に隣接する小部屋だった。豚小屋が発散するむっとする悪臭に慣れるのに苦労した。さいわいにして、その部屋は裏庭に面していて、外で干している野菜や果物の爽やかな匂いが、ときおり風にのって流れてくる。これらの野菜や果物は、少女の手で大きな平たい籠のなかに並べられていた。なす、とうもろこし、れんこん、なつめ、あんず……。種々さまざまな形や色調が寄せ集められて、まるで花壇のような様相を呈していた。その裏庭は、少女の秘密の庭園でもあり、よく豚の世話をしにきていた。わたしたちの部屋はやりきれないほど鬱陶しく、ベッドにはノミがうようよしていたので、まもなく、夜は屋外に出て、庭のなかで眠ることにした。

ふたたび旅の途につく日がやってきた。家族の人びとは、わたしたちの旅立ちをほとんど嘆かんばかりだった。丘をめぐる道を一時間ほど歩いたところで、山歌《シャンクー》をうたうかん高い女の声が聞こえてきた。長い歳月の奥底から湧きあがってくるような、その声をとおして、わたしたちの耳に響いてきたのは、中国の女たち、閉ざされた峡谷で生涯をすごす運命を負う農村の女や、頑丈な扉にまもられた家の中での生活を強いられる都会の女たちの、あらゆる満たされない感情、あらゆる押し込められた感受性であった。しだいに鋭さをましてゆく歌声はそれだけでも、強く心を揺さぶるものがあったが、顔をあげて、丘の頂上にあの少女の姿をみとめたとき、衝撃はいっそう大きなものになった。自分たち「他所者《よそもの》」の存在が、少女のなかに遠い彼方のノスタルジーを触発したのだということを、わたしたちは知ったのだった。

19

農民の家で一夜をすごすほうがはるかに気に入っていたが、かといって、町を避けてとおることはできない。たいていの旅館は薄汚れてみすぼらしく、わたしたちはできるかぎり学校や寺院に泊まった。防水布でくるんだ毛布をひろげ、テーブルを寄せたり、ときには戸をはずしたりして、板のうえにじかに寝るしかなかった。お金はほとんど使わなかった。夕食には、できるだけ腹にたまる大きな焼餅《シャオピン》を買い、レストランの片隅で、ラストオーダーの時間を待った。その時刻になるとボーイは暇になるので、チップをあたえれば、調理に使ったフライパンに沸騰した湯をそそいで、刻んだねぎや季節の野菜をちらしただけのスープを、こころよくサービスしてくれるからだ。夜遅くなると、天秤棒を担いであるきまわる、かの名高い担担麵《タンタンメン》売りを当てにすることができた。細い麵の一種で、客の目の前であっという間にゆであげ、おいしい味つけが十種ほどあって、客の好みに合わせてくれる。ときには、ひとの家に招待されるという嬉しい驚きがあった。というのも、茶屋に入ると、わたしはよく周囲の人たちをクロッキーしたものだが、ときには、近寄ってくる人もいて、すると、ハオランの話術がすぐさま打ち解けた雰囲気をつくるのだった。

茶屋にはできるだけ長くとどまることにしていた。おかげで、休息することができた。とりわけ、最大の問題を解決するのに役立った。喉の渇きである。水源の付近でもなければ、どこにいっても、飲めるような水はなかった。そんなわけだから、旅人はつねに沸かした湯をさがし求める。茶屋のいところは、茶を一杯注文するだけで、気兼ねなく何時間でも長椅子に座っていることができるところだ。大きなやかんを手にしたボーイがテーブルからテーブルへと歩きまわり、土瓶が空になっていると見るや、いくらでも湯をそそいでくれる。熟練したみごとな手さばきで、ボーイは客の肩ごしに、土瓶にまたは直接湯のみ茶碗に、噴射をするように熱湯をそそぎこみ、しぶきを散らすことも、溢れさせることもない。

人里離れた自然のまっただなかにいるとき、喉の渇きは、旅人にとって過酷な試練だ。この大陸性気候の内陸の地方では、夏の太陽は情け容赦なく、あらゆるものを焼けつくほどに熱くする。そんな気候に、地理的条件が追い討ちをかけてくる。道は気まぐれで、高みにのぼったかと思えば、谷間の深みにくだってゆく（ひとつの村からもうひとつの村までの距離を農民にたずねると、いつも、行きは何里、帰りは何里、という答えが返ってくる。というのも、計算のなかに地形の要素を入れるからだ。のぼり坂の一里は二里に相当する！）砂漠ならば、喉の渇きは当然あらかじめ予想できるが、ここでは、渇きはいきなりどっと襲ってくる。汗でぐっしょり濡れ、それが乾き、そしてまた汗をかき、そうこうしているうちに、ふいに、体内の水分が空っぽになり、自分が赤い粘土のなかに溶けてしまうような気がしてくる。この地方では、すべてが極限にむかう。だらだらの汗、そして、からからの渇き。

だが、最高の満足感もあたえてくれる。まるで自然が疲れ果てた旅人に目配せでもするように、山のあらゆる高度の場所に、黄桷樹《ガジュマル》の木がふさふさした葉をつけた枝をせいいっぱいひろげ、心地よい大きな陰をつくっていた。これらの木の下で、涼風に吹かれて生気を取り戻すと、その付近に、オレンジやスイカやサトウキビなど豊富な果物を売る商人がかならずいた。なによりもうれしいのは熱い菊花茶で、まず大量の汗を噴きださせ、それから喉の渇きをすっかり癒してくれる。

とはいえ、季節の変わり目のこの時期は、天候がくるくる変る。旅人にはすばらしい感動の瞬間が準備されている。なんの予兆もなく、灼熱の太陽が輝く大空がふいに雲におおわれる。空には目もくらむほど眩い光があり、もういっぽうでは、空気は重くなり、自然の豊かな緑はしだいに軽やかに透明になってゆく。そして、一瞬間、あらゆるものが待機の態勢をとったまま、動きをとめる。峡谷は息をとめて、杜鵑《ホトトギス》の歌に聞き入り、その声は山野いっぱいに響きわたる。そして、にわか雨の到来だ。惜しみなく、すべてに等しくあたえられる雨。旅人たちは、感謝しながら、頭のてっぺんから足の先まで洗われる。野山もたっぷり水を浴び、瑞々しく映える緑のなかで、赤や紫の無数の花を開花させる。その花は、鳥と同じ杜鵑《ホトトギス》という名をもつ。というのも、伝説によれば、杜鵑は、古代中国の帝王、望帝《ぼうてい》の霊魂の化身であり、亡き恋人を永遠に追いもとめ、目にしみるような鮮やかな色をした花は、この鳥が啼くときに吐き出す血なのだという。伝説を宿すこの地方全体が、名残と待機とに引き裂かれたこの季節のなかで、超自然のこだまを響かせるのである。

当時、わたしたちはジッドの作品にふかく影響されていた。この作家が好んで用いていた「癒された渇き」という表現を、自分たちのからだでもって実感していた。のちにわたしは、ランボーを読むことになる。わたしの心をたちまち捉えたのは、有名な詩ではなく、「渇きのコメディー」だった。

ランボーを読みながら、四川の峡谷で考えたことを思いだした。人間はつねに「喉が渇いている」動物だが、自然は水をもたらし、人間の欲求を満たす。創造は、充足できない欲求をけっして生みださない、そう信じていいだろう。つまり、人間が渇きをおぼえるのは、水があるからなのだ。人間は、何を望もうともちろん自由だが、人間が望みうるものは、知らないうちに現実がもともと内在させているものにすぎない。人間が無限を欲する場合ですら、無限はそこにあり、人間のために準備されている。人間がもっとも強く望むものが、あらかじめ願望そのもののなかに含まれているかのように、すべてははこぶ。でなければ、望むということができるだろうか？　またしても、子どものころ味わったあの洋菓子のように、人間の願望の充足は、願望そのもののなかにすでに含まれていると、わたしは確信したのだった。

願望のそうした制約された自由は、人間の存在を低めたり狭めたりするどころか、高め拡張する。そのおかげで、人間の生は広大な謎の核心におかれる。人間の冒険はさほどの妄想ではなくなる。ユーメイに向かって、友と一緒に歩をすすめながら、子どもっぽいかもしれないが、そんな確信に意を強くして、かりにこの地上における自分の運命が錯誤だったとしても、せめてそれを探求の情熱に変えよう、何を目的とする探求かはある日きっと分かるだろう、そう自分に言い聞かせていた。

ハオランのほうは、喉の渇きが、高校時代にはまどろんでいた、かつての強い欲求を目覚めさせた。酒である。旅の道程には、かなり奥に入ったところではあるが、米だのモロコシだのを原料にした酒造工場が点在し、醱酵の匂いを十里四方に発散させて、酒好きたちを磁石のように引き寄せていた。ぐいと一杯を楽しみにしているハオランに付き合って、わたしもこの苦い飲み物を味わってみた。

ある日、そうした工場から出たとき、胃と腸に激痛がはしった。一歩もすすむことができなくなって、一本の木の根もとにうずくまった。そんな様子を見て、ハオランは近くの町までとんでゆき、駕籠を呼んできた。わたしは、宿屋があるいちばん大きな町に運ばれた。古い様式の、やかましい宿だった。壁が木でできていて、精巧な彫刻がほどされ、ガラス窓がはめられた部屋では、広間や隣室からくるざわめきや音楽はほとんど遮断されなかった。まずだいいちに、各階のボーイが、善意からではあるが、何度もやってきては、熱いタオルだの、茶だの、ちょっとした料理や菓子だのをすすめ、ついでに娼婦の斡旋までしようとするのを阻止しなければならなかった。だが、部屋の戸は閉めることができ、部屋としての条件を満たしていた。わたしは運ばれてゆく途中でも、ベッドに寝かされてからも苦しみつづけた。けれど、医者は呼ばなかった。経験から、この痛みは自分自身の奥深くからくるもので、医療はなすすべを知らず、ただ辛抱と忍耐でのりきるしかないことを知っていたからだ。ハオランはわたしの手を握っていた、長いあいだ、何も言わずに。それから、彼もまた疲れはてて、わたしのわきにからだを横たえた。そのがっちりとした筋肉と穏やかな呼吸をすぐそばに感じて、少しずつ楽になっていった。わたしの横で眠っているこの人物は、土地のからだの持ち主だった。中国の農民たちと同じように、水田の水を飲んでも、からだをこわすことがなく、南京虫や蚊に刺されても、びくともしない。この強健にしてしなやかなからだが、病んでいるわたしのからだから、悪い血も苦い分泌物も抜き去り、酒が生みだした酔い、純化された酔いだけを残してくれたようだ。午前零時を過ぎ、眠っている友のからだに守られて、救われたという気持と、それまでめったに味わったことのない安らぎを感じたのであった。

20

酒が飲めない、なんたる弱点か！　それだけで、中国の現実から遠ざけられてしまう。わたしはそれを認めざるをえなかった。中国の現実には酒がしみこんでいるではないか。温めて飲む黄色の液体で、その蒸気が飲む人を徐々に別の世界にはこんでゆく。モロコシ酒もそうだ。この強い酒が五臓六腑を通過するとき、全身が激しい銅鑼《どら》の音となって鳴り響く。陶酔をもたらす酒は、日常生活のあらゆる行程をうるおす。遠い昔から、何千という詩人のなかで、酒を称え、その恩恵を謳わなかった者がいただろうか。さいわいにして、この旅の途《と》、わたしのそばにいつも友がいたおかげで、礼を失することなく、どんな予想外の出会いをも受けとめることができた。

ある日、ある町の酒場の薄暗い片隅でテーブルについていたとき、見るからに威圧的でうさんくさい風貌の人物が入ってきた。地域の権力を誇示する秘密結社の小ボスのひとりであることは、一目瞭然であった。いちばん真ん中のテーブルを選んで、腰をおろした。ボーイは他の客たちをそっちのけにして、男のもとに馳せ、男は注文のかわりに、ふたことみこと発した。ボーイはいくつもの酒器、それに、料理を盛りつけた数々の小皿を持ってきた。砂肝のカリカリ焼き、漬けた臓物、炒った落花生、ピータンなどなど。

酒場のざわめきはぴたりと止んだ。聞こえてくるのは、男がコップに酒をつぐ音、「うむ、うむ」と満足そうな声を発しながら、厚い唇で酒をすする音だけだった。

「おい、おれに付き合うやつはいないのか?」

だれも身動きひとつしない。男がどれほどの酒豪で、自分と太刀打ちできない者をどれほど愚弄するかを、知らない者はいない。

「おまえらは、みんなふぬけか!」、そしてまた酒を口にはこんだ。

「どいつもこいつも、ふにゃふにゃのキンタマしかねえのか!」声高に笑うと、こんどはテーブルを叩いて、怒声をあげた。「おれを怒らせるつもりか!」

わたしたちの座っている一角に視線を向け、他所者だと知って、言い足した。「そこのおまえらは、なんだ?」

ハオランは立ち上がって、男に近づいていった。あきらかに土地の者ではない若者の高い背丈にちょっとびっくりした様子で、男は尋ねた。

「どこから来た?」

「長城の向こうからです」

その遠方の出身地が、満州里を別世界だと思っている人物には、挑戦と感じられたのだろうか。さもなくば、自分のなわばりに君臨しなければ気のすまない小ボスの自尊心をむずむずさせたのだろうか。ともかくも、男はコップになみなみと酒をついで、ハオランに差し出した。「飲め!」

ハオランはぐいと飲みほした。その飲みっぷりに相手は思わず、「よし」と言ったが、空になるたびにコップに酒をつぎ、自分自身も飲みつづけた。

対決はいっこうに終わらない。ハオランは音を上げることもなく、顔色ひとつ変えない。中国人は酒が大好きだが、簡単に酔ってしまうので、むかしから、酔わずに大酒が飲めることを男らしさのしるしとして、あがめていた。男は、この満州人が相手として不足がないことを納得しはじめた。だしぬけに尋ねた。

「おまえ、仕事はなんだ？」

「高校を卒業したばかりです」

「これからは？」

「詩人になります」

この突飛な答えに、男はいささかたじろいだ。おれも知っているぞ、とひけらかすために、中国人なら誰でも知っている唐代の四行詩をたどたどしく朗誦しはじめた。ついで、「さあ、何かやってみろ」

こんどは、詩人のほうがあわてた。準備をしていなかった。いっしゅん躊躇したが、二千年あまり前に屈原《くつげん》が書いた長い詩文に挑んだ。酔いも手伝って、朗誦は徐々に熱を帯び、そのつよい北部なまりが、聞いている人びとに強烈な印象をあたえた。そして、つぎのくだりまできた。

わが目ははるか遠くをさまよう
待ち焦がれる帰還は　いつの日か

鳥は飛んでねぐらに帰り
瀕死のきつねさえ古巣に頭を向けて臥す
罪なくして国を追われ
日夜どうして故郷が忘れられよう

「好《ハオ》!」。同席していた男も、ついに大声で叫んだ。ハオランの肩に腕をまわしながら、ポケットから呪文のような記号がしるされた紙切れを取りだして、言った。「これはパオ老爺《ラオイエ》からだ。おまえを守ってくれるだろう」

パオ老爺の署名の入った、そのくしゃくしゃの紙に何やらぞんざいに記されたお守り。われら受益者が最初に考えたことは、あっさり捨ててしまうことであった……。旅の途でそれが身元保証の役割をはたすときがくるなど、思いもよらなかった。警官が二人の手下をしたがえて、わたしたちを捕まえにきたときだった。特にいかがわしい地域を統制するそのちんぴら警官に、不運にも睨まれてしまったのだ。わたしたちの風貌や、言葉のなまりに目をつけ、きびしく訊問した。「なにをしているんだ、そこのふたり?」「見たらわかるでしょう。なにもしていません。あるいているだけです」。偽りのない単純な返答が、尋問者の耳には、ひどく傲慢に響いたのだろう。その時点では、警官はなにも言わなかった。ただ、地面につばを吐き、ついでに、罵倒の言葉を吐きすてた。「じゃあ、歩け、歩け、売女《ばいた》のせがれ!」。だが、こんどは、手下二人をしたがえて、道端の二人の「浮浪者」を追跡してきた。武器を手にして、公安部隊の三人の代表者たちは、わたしたちの頭を即座に丸刈りにする気でいた。例のお守りをタイミングよく見せつけなければ、わたしたちは首に縄をつけられて軍隊に送られていたところだろう。この腐りきった軍隊を構成しているのは、いまや強制的に徴用された貧民だった。

そんなわけで、頭では分かっていたことを、身をもって知ることになった。農民たちがこつこつと働いて開拓したこの田畑、光輝く豊かな自然が、暗黒の権力によって分断され支配されているという事実だ。ただでさえ残酷な官吏たちの背後でうごめいているのは見えない権力、秘密警察、秘密結社……。かれらの網にひっかからないようにするため、善良な人びとはあちこちすり抜けて通らなければならない。よく言われることだが、「虎のひげをひねる」ような真似はけっしてすべきではない。だが、土地の神さまの小さな寺院の前、あるいは、橋の渡り口で、地域の民兵のならず者集団が、銀行も金庫も他の隠し場所も知らず、わずかばかりの貯えを着古した衣服に縫い付けている孤独な老婆の身ぐるみ剝ごうとしたとき、なにができるだろう。ハオランは割ってはいったが、男たちにとりかこまれ、彼らの振りかざすナイフに顔を傷つけられそうになった。またしても、かの魔力の名を引き合いに出して叫ぶしかなかった。「気をつけろ! おれがパオ老爺に話したら、ただじゃすまされんぞ!」

ことなきをえたものの、この残忍で陰惨な世界に闖入したわたしたち二人にとって、少しも自慢になるようなものではなかった。顔に傷を負わなかったのは、パオ老爺のおかげにはちがいないが、この人物もまた、眉ひとつうごかさずに、一度ならず無実の人たちに傷を負わせ、陵辱し、めった打ちにして死に追いやったにちがいない。では、罪のない者などいるのだろうか。感染をまぬがれている人がまだ残っているのだろうか。あのもうひとりの大酒飲みはどうだろう。うらぶれた酒場で、酒を注文したとき、いくつかのテーブルを隔てて、薄暗がりのなかに中年の男がひとりいるのに気づいた。かなりの長身だが、ひどく痩せているのが目立っていた。なにかを凝視しているような鋭い目が、酔っている風貌をきわだたせていた。ハオランはこともなげに瓶を空にして、もう一本持ってきてくれとボーイに頼んだ。同時に、男ももう一本注文する。「またか、競争だ！」、わたしは不安になった。二本目の瓶を飲みながら、友と男が示し合わせたような笑みを交わしたとき、わたしはほっと胸をなでおろした。ちょうどそのとき、ボーイが臓物の煮物を持ってきたので、ハオランは男に向かって手まねきをした。それは、ごくあたりまえの礼節で、相手方は受けいれなくてもかまわない。ところが、男はあっさり応じて、テーブルを立って、わたしたちのところにやってきた。あきらかに、会話をもとめていたのだ。

男がそばにきたとき、一瞥しただけで、わたしたちの人間性について安心感を覚えたようだった。即座に、わたしのおんぼろ袋に入っている画帳に目をとめたようだった。それ以上に、ハオランの袋に入っている、エセーニンの詩集、チェーホフの短編集などの本に注意を惹きつけられたようだった。何杯かコップを空けると、酔った勢いで、男は身のうえ話にまで踏みこんだ。

小学校の教師だった。戦争がはじまったばかりのころ、革命思想に共鳴して、延安を目指して旅立ったが、目的地に到着する前に逮捕され、収容所に入れられた。三年間の禁錮と人間改造教育をうけたのち、他の人たちほど重罪ではないと判断され、釈放された。重慶に戻って、商店のレジで働いた。自分の所在や行動について、秘密警察に定期的に報告する義務を負わされた。いろいろな人脈のおかげで、警察の監視から逃れることに成功した。田舎に身を潜めて、昔のわたしの父のように、書道を教えるなどの仕事でほそぼそと生活していたが、みつかる危険とつねに隣り合わせだった。

ある日、盲腸炎になって、僻地にありがちな粗末な病院にはこばれた。手術はうまくゆかず、死んだものと見なされた。だが、霊安室で、かぼそいうめき声を発して、奇跡的に助けられた。医師たちは彼を病院の一員としてむかえいれた。それ以来、そこで看護士として働いている。

貧しい人びとの肉体的苦痛、あるいは困窮そのものと向き合いながら、毎日を過ごしている。壊疽《えそ》にむしばまれた肉に包帯をあて、汚物を処理し、狂犬に噛まれた農夫たちを救護し、強姦されて膣炎症をおこしている少女の治療をし、鋭い叫びや声にならないうめきに耐えながら過ごす日々。

精神的苦痛や孤独とたたかうための、彼にとって唯一の手段、それは飲むこと。「酒のおかげで、病気から身を守れるし、眠ることもできる」。少し咳きこみ、もっと熱っぽい目になって、彼はつけ加えた。「おれは結核にかかりはじめていると思う」

落ち着きを取り戻し、ふたりの話し相手をじっと見つめながら、男はきっぱりと言った。「闘いはきびしいだろう。だが、解放は近い。ほかのことは大した問題じゃない。すべてを一掃するんだ。すべては新しくなる、かならず」

別れぎわに、詩人は自分の袋から例の二冊の本を取り出して、この奇跡的に一命をとりとめ、もはや死を怖れない男のために、贈り物をした。

わたし自身にとっては、最大のよろこびは、老いた隠者画家との出会いであった。黄桷樹《ガジュマル》の木の下に座って風景のデッサンをしていたとき、背中で澄んだ声がした。「そこの若いの、おまえさん、画家なんだね。二人とも、もしよかったら、わしのところに茶を飲みにこないか」。振り返ったとき、子ども時代の道士に再会したような錯覚をおぼえた。同じおだやかで超然とした顔だが、違っているのは、かすかに皮肉を含んだ、気のよさそうな笑みの輝きだった。老人のあとについて、家まで行った。藁ぶきの家で、まわりは雑草に守られ、裏庭は野菜畑だった。老人は、中国の伝統絵画の目をみはるほど素晴らしいコレクションを、わたしたちに見せてくれた。なかには彼自身の作品もあった。かろやかな作品もあれば、力強い濃密な作品もあり、いずれも墨と筆のみごとなわざで、完璧に伝統を踏襲していながらも、ふしぎな新しさがある。老人が語るには、若い時分——二十世紀はじめに遡るが——家族の資産のおかげで、日本とヨーロッパを長期間旅することができた。一九二〇年代、三〇年代、揚子江流域の地方では画家としてある程度の名声を得た。同世代の偉大な芸術家たちすべてと面識があった。けれど、十数年前から、世俗を捨て、人里離れた奥地にひきこもって、自分の芸術のためにすべてをささげるようになった。

21

旅のしめくくりは船で、わたしたちはN市に到着した。揚子江の大きな支流にのぞむ港町である。ありとあらゆる商取引がおこなわれ、商品が往来し、活力にみちた豊かな都市であった。港には無数のはしけや小船が群がっていて、船がそれらをかき分けて進むのに一時間もかかり、ようやく接岸した。港通りは、大声で叫ぶ人たちや、きびきびとたちまわる人たちであふれかえっていて、そんな熱気につつまれながらも、ゆったりした無邪気な雰囲気をただよわせていた。商人も、運送業者も、船乗りも、おもしろおかしい表現を競い合い、人びとを笑わせていた。いたるところに茶屋や、屋台や、レストランや、商店がひしめき、大量の商品が道路にまではみだしている。酒、油、塩、米、漬物、種々様々なスパイス、それらのにおいが空気中に充満していた。

港通りを抜けると、街らしい街に入ってゆく。通りが縦横無尽にはしり、大通りは地方都市にしてはめずらしく幅が広い。古色蒼然とした家と近代的な建物とが、これらの通りに軒を連ねている。劇場は中心街の交差点付近にあると、ふたりの新参者はおしえられた。もう夕方ちかかったので、まず宿を見つけることが先決であった。探しまわっていると、嬉しいことに、YMCA経営の宿舎にゆきあたった。ひと月あまりの過酷な旅を終えて、この清潔で落ち着いた場所は、予期せざる楽園のようで、よき前ぶれであった。部屋にはなにもなく、簡素なベッドがふたつ、ナイトテーブルを挟んで並べられていて、その上には、中国語の聖書が二冊置かれていた。白いシーツを目にしたとたん、すぐにも入浴しなければならないことを悟った。

風呂を浴び、いわば清潔さを取り戻すと、わたしたちは劇場に足をはこんだ。大きな立て看板で夜の演目を読み、ユーメイが「白蛇」の主役を演じることを知った。準備中に彼女の気持を乱さないように上演が終わってから、会うことにした。そのあいだ、わたしたちは、劇場のそばの茶館で時間を過ごすことにした。予想にたがわず、そこは役者と演劇通との出会いの場であり、自然な和やかさと興奮とが入り混じった独特な雰囲気がみなぎっていた。ざわめきにつつまれるなか、こちらでは、楽しげな笑い声、あちらでは耳慣れた節まわしの文句、向こうでは、二胡《アルフー》の弦がかなでるメロディー。

人びとの顔が見分けられるようになったとき、目を向けずにいられなかったのは、広いホールの片隅の木の柱の近くで、ひときわ目立っている、みごとな恰幅の男だった。籐椅子にどっしりとからだをあずけ、そのうえにのっかっている大きな四角い顔は、二重あごのせいで、下のほうだけが少しばかり丸みをおびている。男はそこに座っていた、身動きもせず、ほとんど不動の姿勢で。それなのに男は、きわめて動きにとんだ雰囲気をただよわせていたが、それは表現力ゆたかな顔のなせるわざだった。造作のひとつひとつがくっきりとしていて、目をひきつけずにはおかない。はじめは、長い昼寝から覚めたみたいに、ちょっとうとうとしているようだったが、ボーイが蒸しタオルを持ってくると、からだが動きだした。顔をあお向けにして、タオルをかぶせ、蒸気をよく浸透させるために、太い指でもって顔のおうとつ部をまんべんなく押した。タオルを取りのぞくと、またもとの姿勢に戻った。ボーイは男の習慣を心得ていて、酒と料理をはこんでくる。男は、皿からとりあげたものを口全体でしっかりと咀嚼する。ゆっくりと、あわてずに、ひと粒ひと粒を存分に味わうかのように目を細めながら、あたかもそこに永遠の時間が横たわっているかのように。男のそんな様子にすっかり目を奪われてしまった。なみなみとつがれた酒瓶は、ついに空になった。しばらくして、注文したわけでもないのに、ボーイは、果物と菓子をそえて茶をはこんできた。男はりんごを一個とると、片手で包みこみ、鼻先にもっていって、これ見よがしに匂いをかいだ。頰にあて、いとおしく愛撫するように擦りつづけ、ついにりんごを齧ることが絶対的必然となる。決然として、ひとくち齧り、ゆっくりと、うまそうに咀嚼し、そして、呑みこんだ。つぎに、もうひとくち……。そのあいだじゅう、あごを精いっぱい活躍させ、大きく見開いたまんまるな目に、名状しがたい驚嘆をたたえて、うなるような声に交えて、ときおり「へい！　へい！……、ほほう！　ふむ」と発する。まるで男のなかに二人の共演者がいて、いっぽうは歓びにひたり、もういっぽうはそれを眺めながら共感の声を発しているかのようだ。りんごをたいらげてしまうと、男は茶をひとくちすすった。ふーっと息をする。沈黙。

そのときになって、人びとは男のところに寄ってきて、声をかけた。とっつきは、とりとめもない会話だったようだ。たちまちにして、顔ぜんたいが活動を開始した。瞳は眼窩のなかを丸い玉のようにくるくるまわり、顔を上にむけると、白目の部分しか見えなくなり、ふとい鼻は平べったくなったり、もりあがったりする。声にならない押しころした笑いで、あごをぶるぶる震わせ、それから、くっくっと不規則な音をたてる。両方の耳まで、小さな団扇のように自在にうごいて、その表情ぜんたいに加わる。低音で発せられる言葉は、離れたところからは聞きとれないが、驚き、仰天、憐れみ、悲しみ、喜び、同情、そうした感情は読みとることができた。喜びの感情については、眉毛がさがっていて、口角もまたさがっているので、それはけっしてあっけらかんとしたものではなかった。彼の顔に斜めに刻みつけられたこの四本のラインは、深い失意と抑えがたい嘲弄のようなものをあらわしていた。このため、表現力に富んだしぐさで、なにごとにも生き生きと反応をしめしながらも、もういっぽうでは、「ぶたれた犬」の風貌をつねにただよわせていた。このコントラストが滑稽さを生みだしていることは確かだ。この人物が口を開くたびに、その意図に反して、自然に笑いがおこる。あきらかに、芝居のなかで「攻撃をくらう」役を演じ、それによって、人間生活のあらゆる嘲弄を背負う喜劇役者の役割をはたしているにちがいない。舞台の外でも、その演技力を発揮せずにはいられない。その四川方言の独特なまわりくどさや説得力だけでも、聴衆が息を殺して耳をかたむけるのに十分だった……。

フロアのもういっぽうの隅には、きわだった品格をもつひとりの人物をかこんで、たくさんの人たちが席につき、そのなかには何人かの美女の顔があった。藍色のローブに、肩からたらした白いストールというだけの身なりだった。顔立ちは優雅で気品があり、アーモンド型の美しい目はときおり微笑みにかがやき、男性と女性とを併せ持つような名状しがたい魅力を発散させていた。けっして声をはりあげず、おだやかに話していた。いっとき、リズムをとりながら、テーブルの上を指でたたき、それから、あるメロディーを口ずさむ姿が目に入った。ある戯曲の説明をしているのが見てとれた。一休止すると、カップに茶をそそいで、唇にもってゆく。そのすべての動作が美しく優雅だった。そのしぐさが、なじみぶかく感じられて、わたしははっとした。そうだ、四番目の伯父の器用な手だ！

伯父が茶をそそいだり、カップを手にしたりするときも、あんなふうだったではないか。「世のなかではすべてが変る。けれど、太古の時代から、とぎれることのない一筋の水の流れのように、伝えられてきた動作がまだ残されているんだ」、わたしは心のなかでそう呟いた。

茶館のなかはますます賑やかになって、劇場さながらの様相をしめし、わたしたちは、つぎつぎにやってくる人たちに、芝居の役どころを想定してはおもしろがっていた。役者たちにも芝居通たちにもタイプがあった。芝居通のほうはいちばん好きな役者に自分を重ねあわせるので、立ち居振る舞いから見分けがついた。役をあたえるまでもない人がひとりいた。髪もあご髭も真っ白な七十歳くらいの男だった。おのずと人の目をひいていた。茶館の前で、なかに入る前に、靴紐がほどけているのに気づいた。結ぶために腰をかがめるかわりに、男は足を手の高さまであげ、鶴のように片足だけで立って、それからおもむろに紐をゆわえた。所作を終えると、おどろくべき軽やかさでぴょんと宙返りをした。地面に足をつけたときには、銃を片手にしたしぐさで、一騎打ちに入ろうとしている将軍のような体勢をとっていた。男のまわりにどっと人が押し寄せて、われんばかりの拍手をおくる。男は両手を組み合わせて、周囲にあいさつする。かつて武生《ウーション》(武芸のなかで立ち回りをする者)を演じていた者で、若いときの居場所だったこの地に足しげくやってきては、後輩たちを励ましていた。この老人が茶館に足を踏み入れて、いっきょに高まった興奮は、すぐ隣の劇場でまもなくはじまろうとしている劇のプレリュードであった。

短いオーケストラの演奏を合図に、主演女優がゆっくりした足取りで舞台にあらわれたとき、それは感極まる瞬間だった。「戀人《ラマント》のことはすべて奇跡だ、でなければ、すべて幻影だ」、そう自分に言い聞かせた。

劇場の熱気あふれる雰囲気と、たくみに構成された照明のなかで、あらゆるものが現実以上に現実的で、それでいながら非現実的にみえた。自分たちはほんとうにこの場にいるのだろうか？　それとも、別の場にいるのか？　人間が夢みた、どこか架空の空間にいるのか？　涙も、苦悩さえも、空《くう》への道に興を添える素材にすぎず、そして、最後はすべてが眠りの忘却にしずんでゆくのか。

奇跡。この瞬間、わたしの血をたぎらせている息吹がささやきかけるのは、ともかくもこの一語だけだった。奇跡、むかしあの庭園の小道の曲がり角でユーメイに出会ったこと。奇跡、この再会。幾多の難関にぶつかりながら友とあゆんだ長い旅路、それが終結したとき、すべてがふいに容易にみえてきた。まるで、なにもかもがあらかじめ周到に準備されていたかのように。到着したその日の夜に、この上演が用意されていた。彼女はそこにいる、まちがいなく、そこにいる。すぐそばに、けれど、手の届かないところに。あくまでも彼女自身で、あくまでも別人！

ふだんはひどく騒々しい観客たちも、シーンとして聞き入っていた。元来清らかではありえない蛇を演じるヒロインの姿に、あたかも洗い清められたかのように。

白蛇は愛を知る。紛れもない人間の愛であり、その大きな愛は、あらゆる専横とあらゆる悪の力を圧倒する。

悪のひとりは、魔力をもつ法海で、白蛇の恋人、許仙までその支配下におかれる。すべてに裏切られ、恋人にまで捨てられ、白蛇は不滅の愛が生みだす信じがたい力でもって、地上の自分の運命をあゆみつづける。地を這い、踏みつけられる運命にある卑しい生き物が、尊厳にみちた存在となって、その魂の気高さが、人間の魂を凌駕するのを見ていると、胸に迫るものを感じないではいられない。劇は、自然を超え、この世のものとはおもえない輝きを発していた。白蛇の前にあるのは、自分の願望の力だけにつきうごかされる空間であり、もはやどんな人間もその空間を満たすことができない。

ユーメイは舞台化粧をしていて、髪を豪華に飾りたてていた。中国女性の理想美を表現するためのメイクで、まったくの無人格な顔につくりあげられていたが、彼女の不在の長い歳月なんどなんども頭のなかに描いてきた目鼻立ちを、そこに見ないでいられようか。完璧な楕円形の輪郭、すっきりした鼻筋、デリケートな線をえがく官能的な唇、澄んだ深いまなざし。成熟した声と、堂々とした姿勢だけが、むかしと比べて、変化した点だった。かつて、さまざまな問いにゆさぶられていたあの人間が、あくなき追究をかさねた結果、あらゆる技法を獲得して、秘められた情熱をみごとに表現しうる芸術家に成長したのだった。

役になりきっているユーメイが、わたしの存在に気づくはずはなかった。陰になった席でよかったと思った。おかげで、わたしもまた我を忘れて物語にひたることができた。劇が結末にさしかかったとき、はじめてハオランのほうを向くと、まるで催眠術にでもかかったみたいに、感動で身動きもせずに見入っていた。

上演が終わると、わたしたちは舞台裏に行った。離れたところから目に入ったのは、楽屋に引きあげる前に誰かと話しこんでいる女優の横顔だった。

「ユーメイ!」

こちらを振り向くと、彼女は少しびっくりした風を見せたが、待っていたと言わんばかりに、「いらっしゃい！」それから、同伴者に目を移して、「ハオランでしょう。ああ、ティエンイ、画家の腕がすごくあがったのね。あなたが送ってくれたデッサンとそっくりよ！」

三人の出会いの最初のひとときは、陽気な笑い声につつまれた。

ユーメイが化粧を落としているあいだ、わたしたちは茶館で待っていた。自由で威厳にあふれたユーメイそのひとと再会させてくれた運命に感謝の気持で胸がいっぱいになり、わたしはひとことも発することができずにいた。戀人《ラマント》との再会、それは、わたしにとって、故郷の土をふたたび見いだし、腐植土と苔の香りがするあの懐かしい、なまあたたかい粘土をまた素足で踏みしめることであった。

いまや、彼女はふたたびそこにいる、わたしの目の前にすわっている。二十三歳くらいだろうか、成熟した若い女性になっていた。長いまつげにふちどられた美しい瞳にただよう微笑と驚嘆にまじっているのは、もはや哀感ではなく、彼女が演じたヒロインのような真剣さと意志の力だった。演劇によって磨きあげられて、そのしぐさはいっそう優雅だった。むかしよりふっくらしている手には、えくぼのような窪みがあった。

「今夜、どこに泊まるの?」、ユーメイが尋ねた。

「YMCAの宿舎をみつけたよ」

「あそこは、とてもいいところよ。宿舎を運営しているのは、若いグループで、とってもいい人たちよ。新年の祝賀のとき、彼らのために歌ったの。いつ着いたの?」

「今日の午後」

「どうしてすぐ会いにきてくれなかったの?」

「迷惑をかけたくなかったんだ。待っているあいだ、この茶館にいたんだよ」

こんどは、わたしのほうから、上演の前に目にした、いろいろな人物について話した。例のふとっちょの喜劇役者にふれると、ユーメイの口からこんな話がとびだした。「なみのひとではないわ。文句ばっかり言っているように見えるけれど、とっても温かくて、思いやりのあるひとよ。それに、わたしの保護者になってくださった。彼は恋人と一緒に高所から飛び降りて、心中をはかったことがあるの。最初に飛び降りたのは彼で、地面にたたきつけられて片脚を折ったけれど、相手の女性はおじけづいて、その場に立ちつくしてしまった。そこで、ふたりの愛は終わって、彼は不自由なからだになってしまった。この悲劇から抜けだしたとき、もう自分自身の不幸を気にかけるのはよそう、あるがままの人生を楽しもう、って心に誓ったの。役者になりたてのころ、舞台の上でおそろしく足を引きずっている彼を見て、誰もが道化師だと思ったのね。でも、その人間性と特別な才能のおかげで、トップレベルの喜劇役者としてみとめられるまでになった。いまはもうほとんど出演していないけれど、いざ舞台にあがるとなると、喝采しようと、遠方から人びとがおしよせてくるのよ」

お互いに話したいことが山ほどあって、わたしたちは夢中になってしゃべった。深夜をすぎると、ユーメイが疲れたようすを見せ、わたしたちはいとまを告げた。

「しばらくは、ここにいらっしゃるんでしょう?」

「こちらには、これといった予定はない。きみが、ぼくたちにうんざりするまで、ここにいるつもりだよ」、わたしはそう答えた。

「そうね、うんざりしてきたら、追い立てるわ」。そして、いたずらっぽい笑みを浮かべて、こうつけ加えた。「狩人みたいに、追い立てる。それから捕まえるまで、追いかけてゆくわ」

22

その日から、演劇の世界に没入した。この芸術に全身全霊をうちこんでいる演劇人たちのなかで、わたしたちは、たちまちにして水を得た魚のような気持になった。そもそも、わたしたちは、彼らと同じ部類の人間だった。ふたりとも、それぞれの才能に見合ったかたちで、すべてに全力で協力した。わたしは、演目をしるした大型のポスターの美的価値をたかめるために奮闘した。舞台装置にかんする種々の問題にもとりくんだ。ハオランのほうは、新しい演目がきまるたびに、解説を書くことを申しでた。劇のアウトラインをしめすだけにとどまらず、毎回、それを歴史的文脈に位置づけるのを忘れなかった。ときには、内容とともに主要な登場人物の分析にまでおよんだ。さらに踏みこんで、旋律のとくに重要な部分の歌詞をしるした縦長の看板を舞台の端に設置するというアイディアを思いついた。そうすれば、観客たちは旋律の内容をよりよく把握し、一文一文、一語一語をより深くあじわうことができる。この新機軸は、劇を知りつくしている通たちを不快な思いにさせたものの、新しい観客、とりわけ若い世代を獲得するのに一役かった。

新参者だっただけに、わたしたちに求められたことは、この演劇を改革するための提案で、「革新」という形容詞がつけられたものだった。劇場の支配人は、この地域の名家の出だった。塩と油の取引で、資産をきずいた家柄である。若いころから演劇に熱中し、一九三〇年代には上海に住み、あらゆるかたちの演劇、なかでも北京や上海の京劇にとりくんだ。戦争は、逆説的にも、格好な状況をうみだした。彼が生まれた港湾都市が、外部に開かれた街として、人口の増大も手伝って、一大商業都市となったからだ。それはまた、この都市周辺に演劇人が集中したことで、演劇の文字通りの再生がすすんだ時代でもあった。そんなわけで、演劇に情熱を燃やす男は、四川劇の改革という目的をかかげて、自分の生地に劇場をつくる決心をした。改革のためにとったおもな方策は、舞台装置や役者たちの動きをやたらに複雑にするような無用な部分を切り捨てて、内容の浄化をはかること、個々の劇の所要時間を短縮し、より密度の濃い、波乱にとんだものにすることだった。演劇のプロでもあるこの篤志家は、きわめてスケールが大きく、全財産を演劇に投入した。新しい劇場を建設して、広大な私有地を劇団員のために提供した。知名度にはとらわれず、無名の役者でも、才能がはっきり見てとれる者は採用した。女役は女性に演じさせた。重慶のささやかな舞台でユーメイに目をとめて、抜擢したのには、そんな事情があった。純粋主義者たちのひんしゅくを買うことを恐れず、新しい発想をどんどんとりいれ、ついにたいへんな名声を博すにいたった。重慶の芸術家たちが手本にするためにやってきたし、大勢の観客がおしよせた。

生まれてはじめて、わたしはある期間ひとつの集団に属することになった。才能あふれる多種多様な人びとからなり、生き生きとして色彩に富み、あらゆる点で例外的な集団。思うに、かつての中国社会では、演劇人、さらには隠者－文人たちは、もっとも自由にして、もっとも貧しい人びとに数えられる。筆一本で、詩－書道－絵画という三つの芸術を実践する隠者－文人と同じように、演劇人は自分自身のからだと、その芸術を披露するのに必要なわずかばかりの付属品を持っているだけだ。けれど、全身を表現手段として用いるのである。そのからだは、歌い、踊り、パントマイムやアクロバットをする技能をもっている。からだが全財産で、それをのぞけば、資産もなければ、定住できる家もない。彼らは貧しければ貧しいほど自由であり、支えあい、分かち合う心をもっている。

この人たちこそ、隠者－文人とならんで、ほんとうの中国文化の真髄をなす存在である。彼らの表現の場は舞台だが、それだけではなく、日常生活や、ちょっとした言葉や身振りにおいても、その表現力が発揮される。こうした芸術家たちにとって、演劇と生活とのあいだに断絶はない。直感力と訓練をつうじて、舞台での振る舞いに欠かせないことも、日常的な行動に要求されることも、彼らは体得している。あらゆる面で彼らがしめす正確さ、優雅さ、無駄のなさは、プロ根性のたまものだ。彼らがあるくと、そのまわりに、しなやかなエネルギーの波がひろがる。

彼らの大多数は、教育をまったくうけていない、または、ほとんど受けていない。言葉づかいは庶民的だが、卑俗ではなく、それどころか、ときには教養の深さをうかがわせる。というのも、古典的な言葉を基礎にしている豊富な演目のおかげで、的確な言葉や表現、現代の中国人が失ってしまった形式とリズムをともなう言いまわしを知っているからである。

彼らのもっとも日常的な動作全体が、同じリズムと様式の感覚にしたがっているようにみえた。彼らがあるき、挨拶を交わし、すわり、飲み食いする姿、さらには、荷物を持ち上げるさまさえ、見ていて楽しかった。まるで目に見えないオーケストラ、自己の内部にかかえこんだオーケストラに常にみちびかれているみたいに。だから、彼らの手が触れたとたん、ものは存在感を獲得する。それまで知られていなかった味わいを発揮する。衣服のボタンをはめたり、リボンを結んだり、パイプに火をつけたりする仕草にいたるまで、儀礼めいたものがあり、あたかも、人生にはないがしろにできるものは何ひとつなく、どんなささいなことでも、それなりの重要性をもっているようにみえてくる。

その活発な精神が、すべてのものに尊厳をあたえ、より大きな勇気をもって不幸に立ち向かうことを可能にしている。そんななかに浸っていて、わたしは、悲観的になりがちな自分の性向を、ときおり恥ずかしく思った。舞台裏に置かれた大きな鏡のなかに、ふいに自分自身が目に入るとき、それは額に筋を刻んで陰鬱な表情をしている、やや背中をまるめた内に閉じこもった姿であった。

23

ユーメイは敷地の奥のほうに、庭に面したかなり広い部屋をもっていて、屛風でふたつに分けていた。休演の日には、ふたりして彼女の部屋をたずねた。ときおり、劇場の食堂には行かず、彼女が共同炊事場で何か料理をつくってくれ、部屋でいっしょに食事をすることもあった。

部屋——自分だけの場所。放浪生活にあって、わたしはそんな場所をほんとうに得たことがあっただろうか？　将来、ありうるだろうか？　もちろん、かりに天国が存在するとすれば、たぶん、仕切などないだろう。けれど、ここ地上では、人間は避難場所を必要とし、運よく、四つの壁に守られた自分の場所を得ることもあるが、そうすれば、神々の住まいなど羨むこともない。ユーメイの部屋は、そんな自分の場所である。そこでは、ごくあたり前のように、内部にあるものはすべて期待を託された存在となり、外部から来るものはすべて思いがけない贈りものとなる。あの銀色で縁どられた楕円形の鏡も、あの透かし模様の磁器も、黄色の雨傘と緑の日傘のペアも、香炉のそばに雑然と置かれた劇の台本も……。人生において偶然にそこにあるものが、それらをひとつにまとめる女がいるおかげで、実在するものとなる。それらのものは、相互にひきつけ合い、どれひとつとして欠かせない磁場をかたちづくるのである。そうしたものの静けさ、というより、わきあがる悲しみや喜びの歌にひそかに応えるさざめきに、彼女は身をゆだねる。待ちわびる歌。迎え入れる歌。一日じゅう訪れるものを迎え入れる。つかの間の朝の光は、さざめきにまじって、無垢な世をくり返し語る。午後のゆったりした陽射しは、もつれた糸玉から引っぱり出した絹糸のようにまのびしていて、茶をすすり、黒瓜子《ヘイクワズ》をかじりながら、人間の限りない記憶をたぐる人たちのたわいのない会話が、廊下や中庭から聞こえてくるのにも似ている。そして、気がつくと、いつのまにか黄昏がそっと迫っている。部屋のなかで人はまたしても、約束されたやさしさへの信頼と、過ぎてゆく時間を前にした絶望とに引き裂かれている。そのとき、薄暗がりのなかで、いとしい声が響きわたる。「でも、まだ遅くないわ、もっと何かしましょうよ……」

晴れた日には、わたしたちは近隣でハイキングをした。しばしば、わたしはユーメイがよく知っている風景を素材にして写生した。そのあいだ、ふたりの友人は散歩していた。ある夜、上演のあと、ユーメイは疲れていないからといって、ふいに提案した。「今夜、月がすごくきれいね。森にゆきましょう!」彼女が何度も話した森だったが、それまでわたしたちを連れてゆく気になったことはなかった。森は、街を出て数里いったところにある。一時間あるくと、もう森にきていた。小道を通り抜けると、葦と樹木に縁どられた小さな湖にたどりついた。見たとたん、その場所は、もうひとつの森の一角とかさなった。戀人《ラマント》の家族の所有地のそばの森で、かつて彼女とともに忘れがたい時をすごしたところだった。ハオランが水に飛び込んで泳いでいたとき、ユーメイが語りはじめた。「人生って、わたしたちの知力をこえた謎だと思わない? わたしたちは、すべてを拒絶されて、真っ暗闇のなかにいた。無分別な運命にみちびかれて、なぜ自分たちがあるいているのかも、どこに行こうとしているのかも知らずにいた。でもいま、明るい月夜のなかにいて、すべてがわたしたちにあたえられている。わたしがここにいて、あなたがここにいて、わたしたちはここにいる。だから、失ったものは何もなくて、すべてがまた見つかった。そうよ、わたしたちは再会したのよ、こんどこそは、もうお互いに見失うことはない、そうでしょう?」

問いかけられて、わたしの全身が「そうだ」と叫んでいた。それこそ、彼女の口から聞きたかったこと、私自身が言いたかったことだからだ。感動のあまり、わたしの喉はまったく音を発することができなかった。だが、全身のうごきが、はるかに雄弁に同意を語った。

戀人《ラマント》は、さらにつづけた。「重慶でたったひとりになって、孤独と絶望のどん底にいた。小さな劇場に雇われて、端役として歌うことになった。夜になると沈みこんでしまわないために、自分が演じる人物たちに話しかけていたわ。自分と同じような人物にね」

「ある日、L氏がきて、わたしに目をとめてくれた。職業訓練といえるようなものは何ひとつ受けていなかったのに、わたしを信頼してくれた。少しずつ、彼の劇団の忍耐と熱意のおかげで、わたしは自己訓練をして、このかたちの芸術のなかに充実感をみつけた」

「わたしは自分の家族を失った、知ってるでしょ。この劇団で、わたしは新しい家族の一員になった。ほんとうの家族をもつことは、誰にとってもしあわせなことよ。あたたかい温室のなかにいて、けっしてひとりじゃない。ただ、家族というのは、同族たち、自分の同類たちが集まっているところよね。同族のなかに永遠に生きつづけることができないことは、だれでも知っている。わたしはふかい郷愁にとりつかれていた。なにか別のもの、いえ、外から来た誰かが、自分を呼んでいるのを、心の奥底で感じていた。ある日、はっきり思った、その誰かというのは、ティエンイ、あなたのことだって。あなたは誰なの？　空から堕ちた天使？　わたしと同じ原初の土からできているひと？　ともかくも、かぎりなくわたし自身で、かぎりなく他者なのね。とりわけ、あなたは、それまでわたしが知っていた誰とも似ていない顔と視線と声と感受性をもって、わたしの人生のあの時期に、家族の土地にあらわれた。わたしたちのあいだに同盟が、血の同盟がむすばれたと、お互いに感じていたけれど、それは自分たち自身にも説明できず、ましてや、ほかのひとに説明できるはずはなかった。わたしは矢も盾もたまらず、あなたを呼びたくなった。もしかしたらと思って、あなたのお母さんに手紙を書いたけれど、届くという確信はなかった。奇跡的に、わたしの呼びかけは、あなたの耳に届いた。そして、ハオランと一緒に来てくれた」

「わたしたちにこれから何がおこるかは分からない。でも、おたがいの人生の決定的な時点に生まれたこの同盟は、もうしっかり結ばれてしまっている……」

彼女はそれ以上言葉をつづけることができなかった。けれど、言うべきことはすべて言った。これらの言葉は、この夜、この湖でしか口にすることのできないものであった。心の内を明かして、解放されたのか、彼女はふいに安堵したようにみえた。木々の枝のあいだからもれる光のなかで、この瞬間は結晶して玉《ぎょく》となり、きらきらとした露がその上に筋をひいていた。

24

わたしたちが到着してから、秋が去り、冬もすぎた。陰暦二月、春は、木々の枝さきにちょっぴり顔を出し、おずおずした薄緑のサイン、芽吹きのわずかなしるしを見せていた。わたしたち三人は一体となり、相互の完璧な共鳴を生きていた。そんなことができたのは、まちがいなく、特殊な状況のおかげだった。演劇の世界という格好な環境、それに、格好な時期でもあった。重慶で、そして、四川省横断の旅の途で実感したように、古い体制がどんなにやっきになっても、その秩序をゆきわたらせることはできず、一種の無政府的状況に乗じて、ありとあらゆる自由が可能だった時期を、わたしたちは生きていた。戦争が終わりかけている気配が感じられただけに、なおさらだ。人びとは、これから先のことについて、思いをはせていた。内戦か、それとも国民的和解か？ 早春という季節にも似て、それは、死と、未知の誕生の約束を背負った時期だった。一国の規模で進行していたことを、わたしたち三人は、内的生活のなかで体験していた。

二月のある日——その日をどうして忘れることができるだろう——町から十キロほど離れた林にハイキングにでかけた。午後は、磁器製造所の見学についやした。職人たちが足でろくろをまわしながら、手でもって、軟らかい従順な粘土にかたちをあたえてゆくさまに見入っていた。かぎりなく繊細にして正確で、優しく巧みな手のうごきに感嘆しながら、午後の時間をすごした。世代から世代へと太古から伝達されてきた動作だ。この土地に住み着いた中国人は、素材をかたちあるものにして焼き、人間特有の道具に変える魔力を発見したのだ。そして、わたしたちは、ある日の午後の時間をめいっぱい使って、陶土や銅を加工する人たちを観察したのだった。口数は少なく、動作は忍耐強く、弁舌にはほとんど向いていないこの人びとの才能は、手と足にやどっている。粘土が生みだした、粘土色の手足。

何千回何万回とくり返す動作によって、つづけられてきた循環する運動は、宇宙の回転運動に忠実にしたがっている。一見単調なようでいて、毎回あらたになり、微妙に異なっている。それ自体の必然によって突き動かされている宇宙そのものは、そんなふうにして始まったのだろう。そして、おそらくは、そんなふうにして終わるのであろう。

彼らの手は、ろくろの上に置かれた粘土と心をかよわせ、非の打ち所のない、みごとな螺旋の輪を生みだしていた。だが、それ以上に、もうひとつの目に見えない循環が、突然のひらめきのように、わたしの心をつよく揺さぶった。原初の粘土から生まれたその手は、粘土以外の何物でもないが、それが、ある日、その同じ粘土をこねて加工し、それまで存在しなかったもの、生命そのもののしるしをつくりあげたのだ。この不可思議はどこからくるのか？　命のない粘土が、どうしてこれほど熟練した手を生みだし、さらには、その手をみちびいて、粘土を超越した驚異の状態へとむかわせたのだろう？　あるいは、粘土はただの粘土ではなく、知らないうちに、潜在的な願望を秘めた原初の養分を内部に含んでいて、それが絶えずかたちあるものになろうとしていたのだろうか？

その手、つまり、粘土から生まれた人間の手は、粘土を道具として使っているが、粘土のほうも人間の手を道具にしていることを知らずにいる。この謎にみちた循環、魔術のような循環は、それ自体を軸にして、絶えまなくまわっている。まわっているうちに、かたちがあらわれ、はじめは、ためらいがちに震えているが、ついで、一個の存在となろうと決心したかのように、明瞭な意志をもって、はっきりしたかたちをとる。というのも、最初の瞬間から、母体の子宮のなかの胎児のように、すべてはすでにそこにあるからだ。いろいろな要素が徐々に加わってゆくのではなく、はじめからかたちをもっているのだ。日の光をとらえ、優雅と強固とのつりあいを模索してゆき、そしてついに、恐れと歓びをまじえながら、最終的なかたちをとる決心をする。粘土のかたまりから、そのかたちがあらわれるのを見るとき、地上における生命の出現、あるいは人類の出現の奇跡的な瞬間を目の当たりにしているような気持になる。中国の神話は、まさしく、創造主が水と粘土を混ぜて男と女をつくったと語っているではないか。

帰り道、三人とも、少し疲れていたが、ともにすごした充実感に満ちた時間に感激して、ゆっくりしたリズムで歩をすすめていた。谷をよこぎる道にさしかかったとき、磁器の花瓶を手にして、わたしは先頭を歩いていた。その途中、花瓶を両手でかかえて、そのかたちを確かめ、やわらかな輝きを味わいたいという抗しがたい思いにとらわれた。供物をもって行列の先頭をゆく司祭のようなわたしの仕草は、後ろを歩いている同伴者たちの笑いを誘った。自分自身も笑ってしまい、それから、口をつぐんで、ユーメイの部屋のどこに置けばいいか考えた。花瓶にさす花はときどき取り替えよう。まずは、もちろん、この季節に満開になる梅の花だ。梅は寒気のなかで開花し、その高貴な姿と、雪がひきたてる控えめな色合いは、おかしがたい純粋を象徴している。まさしくユーメイそのものだ。ユーメイは、「玉梅」と書くではないか。今年は雪が降らなかった。二月になっても、風が吹くと、寒さが肌をさす。けれど、この峡谷は外部から守られていて、空気は透明で微動だにしない。周囲の丘や樹木、さらには土までが、まるはだかで、驚くほどくっきりとして、なめらかで、きらきら輝いている。磁器みたいだ！　わたしは心なかでつぶやいた。そう、この峡谷ぜんたいが、ささげものを入れる器《うつわ》なのだ。みごとに焼きあがった器。どこかの神さまが通りすがりに、身をかがめて、ささげものをうけとるのを待っているみたいに。

ちょうどそのとき、高いところから鳥の鳴き声が聞こえた。このうえなく鮮明で力づよく、怖ろしいほど決然とした声。鳥は、ありったけのエネルギーをふりしぼって、そのたったひとつの叫びを発するために、生涯待ちつづけたかのようではないか。鳴き声は空の高みで響き、稲妻のようにわたしの頭を直撃した。とっさに、わたしは友のほうを振り向き、「聞いた、あの……」。言葉を終える前に、わたしは見てしまった。目に入ったものが一瞬わたしをその場に釘づけにし、容赦なく打ちのめした。たったいま頭にうけた稲妻が頭蓋骨を貫通したように、目がとらえたものが心臓を引き裂いた。わたしは何を見たのか？　ほとんど取るに足らないもの。一瞬の動作。滅びの天使の一撃とは、おそらく、そんなひそかな動作なのだろう。ハオランはユーメイの手を取っていて、ふたりの指はしっかりと絡みあっていた。わたしが視線を向けたとたん、手と手はさっと離れたが、ふたりの顔から笑みが消えることはなかった。そのまま手を離さずにいてくれたなら、ふたりの友が屈託なく歩きつづけてくれたなら、どんなによかったことか。だが、ふたつの手はいきなり離れ、わたしは、秘め事をぶち壊したような気持にとらわれた。ふいに、自分が余計なものに感じられた。わたしは除外されている、自分の夢をかたちづくっていたすべてから除外されている。この疎外感をいっそうつよめたのは、「何の音を聞いたの?」というふたりの反応だった。

夜、動悸と震えが全身をおそい、一秒たりとも休息がとれず、気を静めることができなかった。自分の周囲の世界が崩れおち、自分の内部で、わたしという存在の基盤となっていたものが去っていった、ただそう感じていた。万有引力が崩壊し、天体はどこまでも落下し、それとともに、わたしのからだも落ちてゆく。すさまじい落下。一瞬、ベッドの縁にしがみつき、それから、意識を失った。

翌日も、それに続く日も、ふたりの友はわたしの変化にそれでも気づかなかった。頭のなかで血が渦巻き、眼球がとびだしていたが、それが顔色の悪さをいくぶん目立たなくしていた。自分を苦しめている感情に、自分自身ぞっとしていた。純粋と無垢に執着するあまり、わたしたち三人は存在しなかったのであり、三人の出会いはなかったのだと、思いたかった。けれど、明白な事実を否定することはできないので、ふたりが自分の前から姿を消すことを願うまでになった。それが自分自身にどんな結果をもたらそうと、自分自身の崩壊にいたろうと。ひとことで言えば、抗しがたい殺人願望にとりつかれていた。ある日の午後、自分自身の恐ろしさにとびあがった。気がついたら、刃物やハサミを売る店の前に立っていて、切れあじのよさそうな、ありとあらゆる道具をじっと眺めていた。虚無の香気を吸いこんでいるような鋼鉄のくすんだ色、刃物のぴかぴかした光、そうしたものに心を奪われていた……。激しい憎しみの万力にしめつけられ、取り返しのつかないことに走らないために、のこされた唯一の手段は、自分自身が逃亡することであることを悟った。だが、本能がわたしをひきとめていた。ふたりの友の関係を確信してはいたものの、まだどこかに疑問がのこされていて、すべてをはっきり知りたかった。

それから数日間、わたしはいったい何にささえられて、生活しているふうを装い、起床し、ふつうの動作をくり返し、食事をし、ほかの人たちが笑うときは笑うふりさえしたのだろうか？　わからない。自己を分析し、自分のほんとうの姿を見たいという自己満足からくるエネルギーのようなものだったのかもしれない。本能的に、もしくは、実体験から、「ふたり」というのは自分の運命ではないと、いつも感じていた。ふたりでの生活は、自分にはあたえられないだろうと。だれかひとりと長いあいだ向き合っていることは、自分の性格とは相容れない。逆に、三人のすばらしさを、わたしはどれほど信じていたことか！　信じていただけでなく、三人での生活の充足感をほんとうに体験した。ハオランとユーメイとともにいて、自分が夢みたことことこれほど合致した、これほど充実した生活はありえないように思えた。いまや、同類のいない自分ひとりの存在に、永遠の除外者の運命に追いやられて、周辺部から生命の断片をくすね、他の人びとの情熱によって生きているにすぎないのだ。そう、この過酷な日々において、わたしを苦しめていたのは、むかし盗み見してしまったユーメイのからだが、想像力をはぐくんでくれたのに、いまはそれが恐怖と屈辱の感情しか生みださないことだった。またしても、わたしは、盗人、のぞき魔、永遠の見張りという哀れな役どころになりさがってしまった。

けれど、のぞきみする以外に、わたしに何ができたであろうか。残酷な現実を目撃してしまうことを恐れながらも、その現実をどうしても確認したかった。火に誘われる蛾のように、たとえそれが自分の死を招いたとしても。

そんなふうにして始まったのは、わたしにとって恐ろしい日々であった。自分の不幸の証拠をつかもうとしながらも、そんな自分の卑屈と下劣が腹立たしくてたまらない。

暇なときわたしたちがよく居座っていた茶館で、わたしだけが席をはずさなければならないとき、いったん外に出ると、騒々しい客たちのあいだにいるふたりの友人の様子を窓ガラスごしに観察せずにはいられなかった。すべてが、わたしの胸につきささった。ふたりは、周囲の人びとには目もくれず、無言の合意によって、見つめあい、微笑みあっていた。わたしの目にうつったのは、彼らが自分たち自身の大胆さに驚き、自分たちの無意識を意識しているさまだった。だが、壊れた堤防を越えて押し寄せる官能の波に、彼らは抗することができずにいた。

いつも、わたしたちは上演のずっと前に劇場に足をはこんだものだった。かつては、三人のうちの誰も、他のふたりの振る舞いを気にかけたことはなかった。けれど、その耐えがたい疑念の日々、二度ほど、ふたり一緒にいっとき席をはずすのに気づいた。またしても、どこかの片隅で寄り添っている姿を想像した。心を乱すその映像は、わたしをとらえて離さなかった。

だが、そうしたことだけで、確信が得られたわけではない。ときには、緊張感の頂点で、親しみの感情が心をかすめ、わたしは、ふたりの仲に同意する。そんなとき、わたしの苦悩に、共感のやさしさと密かな歓びが入りまじった。彼らの幸福が自分自身の幸福のようにわたしの内部に入りこんだ。引き裂かれる経験を何度もあじわったわたしは、ふたたび、自分のからだが二つに分離されるのを感じた。いっぽうは、苦悩のなかで反逆し、もういっぽうは、思いやりに満ちた歓びのなかに安住している。

そんな拷問が終わりを告げる日はくるのだろうか？　真実を知る日はくるのだろうか？　とはいえ、ある日、とどめの一撃がふりおろされた。ふたりは、一緒に外出しようとわたしに提案した。同意するしかなかった。取ってくる物があるからYMCAに寄ってゆくという口実をつくって、少しのあいだ二人だけにした。外に出たとたん、大胆にも、わたしはひき返した。わたしはそのシーンを見た。とくに驚くこともなく、わたしが舞台監督で、あとのふたりは従順な役者でしかないかのように。こんなシーンだった。ハオランとユーメイは手と手を取り合い、それから、しっかりと抱き合い、ユーメイはハオランの肩のくぼみに顔をうずめた。その動作には卑俗なものはなにもなく、心を揺さぶる恥じらいがあった。その気品にあふれるシーンは、わたしの記憶に永遠に刻みこまれた。

もはや、ふたりの友に合流する気力はなかった。YMCAの部屋に、友に宛てて、書きおきをしておく余力だけはのこされていた。「ぼくは出てゆく。探さないでほしい。きみに、そしてユーメイに、さようなら」

25

足の向くままにあるき、ある橋のところまで来た。幅は狭いが、けっこう長さのある橋で、欄干はなく、流れのかなり速い川を跨いでいた。この橋を渡りきることはできないだろう、そんな気がした。きらきらとして絶えまなく流れる水面に魅せられていて、悔恨はひとかけらもなかった。水は引きつけているのではなく、その渦によって、わたしを文字どおり吸いこんでいた。人生に立ち向かうのはもうやめて、行き先を心得ているように見えるこの液体の流れるままに、身をゆだねることができたら、どんなにいいだろう！

橋の縁に腰かけ、宙にういた足が、橋げたにぶつかる渦巻きにゆさぶられるのにまかせた。いつのまにか、わたしの目は、絆が切れてしまった、無関心な大地の色あせた地平線をさぐっていた。そのあいだにも、わたしの足の下では、無数の眼光にかがやく川がささやきかけてくるようだった。「一歩ふみだせ。それだけで、恥と恐れの重みが、おまえのからだから抜け落ちる。おまえの魂は、ふたたび自由にさまよう」。自由、ほんとうだろうか？　向こう岸で、歌声があがった。洗濯物をたたきながら歌っている女たちだった。

つめたい、つめたい水
でも、あかるい、あかるい春
つめたい、つめたい水
でも、やわらかい、やわらかい白い布

はっとして、母のことが思いうかんだ。まだ、この世に、この地上にいて、耐え忍び、待ちわびるだけの人生をおくっている母親。信じがたいほどの自分の自覚のなさを、痛感した。N市についてから、母に送った手紙はたったの二通。もしも、わたしがいなくなったら、まちがいなく、母を巻き添えにするにちがいない。そうなったら、父に向き合うことがどうしてできるだろう。

絶望のまっただなかにあって、心のなかでつぶやいた。父があの世から母と自分を見守っているとすれば、この運命的瞬間に、合図を送ったはずだ。そうだ、合図だ。洗濯女たちの歌がそれだったのではないか？　天のみちびきとは、しかるべき時に合図に気づかせてくれることにほかならないのではないか？　おそらく、父はずっと合図を送りつづけていたのだろう。耳の底で、喘息にあえぎながら諭す父の声が響いた。「ばかなまねはよせ。母さんを悲しませるな。母親の嘆きはあの世に行っても、癒されることはないんだよ」

「道ができているところからちょっと離れよう。こっちだ、父さんについて来なさい」、父はわたしのほうを振り向いた。盧山《ろざん》を登っていたときのことだった。「こっちのほうがきつくて、危険だけれど――足をふみはずさないよう用心しろ――最高の薬草が生えているのは、この突き出た岩の下なんだ。盧山で薬草摘みをはじめたばかりのころ、その薬草は見つからなかった。ある日、年老いた山人がふたり、木の根もとに座っていたんだ。薬草の見分けかたを教えてくれたのは、その人たちだよ。孔子は《偶然に出会う三人のうち、すくなくとも一人はあなたの師になりうる》と言ったが、なるほどそのとおりだった」。師という言葉を思いだしたとき、川にかかった橋の上で呆然としながら、わたしは人生においてまだ師に出会ったことがない、と考えた。いや、それは父だ。筆をにぎること、墨に浸すこと、はじめて字を書くことを教えてくれた父に思いをはせた。それこそが、真の意味でのわたしの誕生だったのだ。父を思いだしたとき、もうひとりの人物の姿がそこに重なった。ハオランとともに歩んだ旅の途で出会った老いた書家－画家であった。

中国の歴史で何度も語られた例の場面を、わたしは実際に体験しようとしているのだろうか？　真理を求めるひとりの若者が、ひとけのない道の曲がり角で、または、薄暗い峡谷の奥底で、ひとりの老人に出会う。じつのところ、老人は若者を待っていた。もし、若者に見る目がなければ、道を通りすぎてしまう。見る目があれば、自分の真の人生に入ってゆく。老人は謎のようにあらわれて、謎のように消えるのだが、姿を消す前に、なにかの身振り、あるいは、なにかの言葉で、決定的なメッセージを伝える。そんなふうにして、父の合図は継承されてゆく。中国が何千年という歳月を生きのびてきたのは、こうした合図によってではなかったのか。

何でもないふうをよそおいながら、わたしに合図を送っていた、あの老いた書家以外に、いま、わたしのもうひとりの父になりうる人物がいるだろうか？　きっと、わたしの手を取って、たっぷり墨を含んだ筆をにぎらせ、人生のほんとうのしるしを描く助けになってくれるだろう。それは、自分にできるたったひとつのことだ。一枚の木の板で、溺れている人を助けることができるように、筆一本で人生をやり直すことができる。

まるで放蕩息子が帰るように、わたしは、ユーメイに会うためにハオランとともに来た道を引きかえしたのであった。

26

老画家の住処にいたる道をふたたび見いだすのは、なまやさしいことではなかった。また会うとは思っていなかったので、明確な目印は頭に入れていなかった。苦痛に満ちた道程でもあった。なにもかもが、ハオランと一緒にあゆんだ希望に満ちた旅を思いおこさせるからだ。探しまわっているあいだじゅう、ひとりで歩をすすめながら、自分を弟子として受け入れてもらうために、どんな謙虚で説得力のある文言を、老隠者に語りかけたらよいか、心のなかで反芻していた。ついにある日、隠遁老人の門前にたどりつき、胸をどきどきさせながら、戸をたたいた。まったく予想外のことだったが、戸を開けた師は少しも驚いたようすを見せなかった。「よく来たね。待っていたよ」、そう言った。

少しして、老人はずばりと言った。「おまえに教えておきたいのは、伝統の真髄だ。おまえは若いし、あらゆる影響に開かれた時代に生きている。なかには非常に遠くから来たものもある。しかし、確かな価値をもつ過去の生きた財産を知らずにいるのは惜しい。だから、まず、伝統のなかの最高のものを習得することだ。どのようにだって？　おまえがこれまで辿ってきた道だよ。まず書道からはじめて、それを絵画につなげ、それでもって、線をひく技術を習得する。つぎに墨の芸術に挑戦して、有機的な構図に到達する。そこでは、筆太はものの本質を表現し、空《くう》は生きた息吹の循環を可能にする。天地創造と同じように、そんなふうにして有限と無限がつなげられる」

　その後、線をひく技術と、有機的な構図について、わたしに手ほどきしてからだが、師はこう言った。「中国の芸術は、一見矛盾したものを基本としている。目にみえるものも見えないものも、ひたすら写実的に生命現象を描きだそうとし、同時に、なによりもまず想像性を表現することを目ざす。じつのところ、矛盾などない。ほんとうの現実とは、きらびやかな外面だけじゃなく、想像性でもあるからだ。想像性とは、絵描きの夢や妄想の産物ではなく、宇宙をうごかしている霊の息吹から生じるものだ。霊の息吹によってうごかされているのだから、人間は心の目でしかそれを捉えることができない。むかしの人はそれを第三の目、または、知恵の目と呼んだ。その目をもつにはどうすればいいのか。禅の師たちが定めたもの以外にない。つまり、見ることの四つの段階だ。見る、見るのをやめる、見ないということの奥底に入りこむ、もういちど見る。そんなふうにして、もういちど見たときには、自分の外にあるものじゃなく、自分と一体となったものを見ている。もういちど見ることから生み出される絵画は、かたちを変え豊かになった内部を忠実にうつしだすものとなる。だから、想像性をもたなければならない。おまえはまだ物にとらわれすぎている。物にしがみついている。しかし、生きているものは、固定したものでもなければ、単独で存在するものでもない。それは宇宙の動的な変遷のなかに含まれている。描いているあいだも、そのものは生きつづけている、おまえ自身が生きつづけているのと同じように。描きながら、自分の時間に入りこみ、物の時間に入りこむんだ。おまえの時間と物の時間とが渾然一体となるまで。忍耐づよく、必要なだけの時間をかけるんだ」

　だが、師のもとでの生活はきびしい訓練ばかりではなかった。たびたび散歩や戸外での学習もあって、わたしにとっては、祭の連続みたいだった。目はひらかれ、心ははずみ、自然の無限の豊かさと共鳴していないような時間は、一分たりともなかった。誰も知らない小道をたどって、師が弟子をみちびいたのは、夢のような中国がいまなお生きつづけている奥地だった。多くの場合、それは、峡谷の急斜面の側で、切り立った岩があちこちにあって、耕作にはほとんど適していない。ところが、ほんとうに小さな畑が、まるで宝石をはめこんだように、岩と岩のあいだにつづいていた。これらの畑を耕しているのは、隠者－農夫で、わたしたちは峡谷を通るとき、ときおり彼らの家に立ち寄って、出来立ての酒を試飲したり、採りたての野菜の料理を味わったりしたものだった。それからさらに歩きつづけ、奥へ奥へと進んでゆくと、滝の音がひびきわたり、コウライウグイスやキジバトの鳴き声がこだましている。茨《いばら》や蔦《つた》の障壁をのりこえると、わたしたちを待っている王国に到着する。山の中腹、背の高い樹林の陰に隠され、なめらかな小石におおわれた階段状の円形の土地である。誰にも知られていないその場所に、わたしたちは座って、あたりを眺める。

まるで円錐形の底にいるかのように、さまざまな草や強い芳香を放つ植物、風が通るたびに歌声をあげる樹齢不明の松の木々、そして、とくにたくさんの岩が、わたしたちをとりかこんでいた。いかめしい高貴な姿をし、律動的なひだを表面に刻んでいる岩もあれば、ごつごつした肌やなめらかな肌を露出させ、空中で危うい均衡を保っている岩もあった。さらに遠方には、正面の山が、緑の輝きをどこまでも発散させ、無数の側面を見せながらも、唯一の姿を浮かびあがらせていた。そこで、ようやく絵を描こうという気持になる。筆をつかうこともあったが、葦の葉や、竹を削ったものだけをつかうことの方が多かった。自然をこまやかに表現するというよりも、内部にこもる力、ものをつきうごかしている力をあらわす線を捉えるよう、師はわたしをみちびいていた。いつの世も、中国人は、ものをとおして——岩、樹木、山、流水——その内部の状態を、その血肉の躍動と精神の渇望を描いてきたのではなかったか？　師について学んだことは、ものごとが変化してゆくさまを観察すること、微動だにしない外見の裏で力づよく動いている流れを感じとることだった。稀な瞬間だが、自分の内的な脈動が宇宙の脈動と共鳴していると、わたしは信じた。

毎日、集中的な学習をつづけ、ようやく自分のなかで新しいものが生まれて、成長してゆくのを感じるまでになった。ざっと数えてみたら、わたしがここに来てからまだ三ヶ月しかたっていなかった。時間の感覚をすっかりなくしていて、三年、いや三十年も隠遁所の屋根の下にいたような気がしていたのだが。

ある日、師に呼ばれた。なかば真剣に、なかば楽しげに、師は言った。「わしは知っているよ、ときどきおまえが自問しているのも、何を自問しているのかも。きょうは、なにをすべきか、だろう？　おまえのことはよく分かる。わしも、人生の途で、自分自身に問いかけたものだ。安易な成功をしたあと、もう三十五歳になっていたけれど、稼いだ金でもって、日本とヨーロッパを旅した。二十世紀はじめのことだったよ。当時、有名な大画家といえば、十九世紀に名声を得た人たちだった。ドラクロア、アングル、ミレー、コロー、クールべといった人たち。印象派の画家たちが注目されはじめてはいたが、まだそのインパクトは推測できなかった。あの豊富でみごとな作品に感嘆はしたけれど、西洋の絵画は技法も視覚もちがいすぎて、わしは心の底から動揺と混乱をおぼえた。西洋画はすばらしいけれど、わしにとっては外的な現象だった。もちろん、ルーヴル美術館にも行ったよ。過去の大家たちの作品を鑑賞し、とくに、ルネサンスのイタリアの巨匠の作品にふれた。ルネサンスの芸術は、新しい理想に目覚め、きびしい制約にしたがいながらも、あらゆる可能性を無我夢中で追究した。十四世紀、十五世紀、十六世紀の芸術家たちは、われわれの八世紀、九世紀、十世紀、十一世紀の大家たちを思い起こさせた。そのとき悟ったのだが、無理に融合をはかろうとすれば、模倣やご都合主義におちいってしまうだけだ。われわれの伝統はまだ生きつづけているのだから、その源泉を見つけだし、それを革新しなければならない。言ってみれば、わしの時代には、他の伝統との出会いの時期はまだ来ていなかった。だがな、生きた伝統とは、拘束でもなければ、自己に閉じこもることでもなく、自由のことだよ。他者と真の意味で出会い、自己を失わずに他者と向き合うことを準備するのが、伝統なんだよ。八世紀から十一世紀までの先人たちは、実際、インドの芸術をとりこんだじゃないか。自分たち自身の伝統に確信があったから、自己を否定せずに外部からの影響に同化できた。とくに、自分たちの伝統の最良の部分を知っていたからこそ、他者の最良の部分を見分けることができたんだ。わしが言いたいのは、そこのところだよ。おまえは他の文明と必然的に向き合うことになるだろう。この戦争が終わったら、中国と西洋との深いところでの出会いは不可避だと、わしは思っている。西洋自体が解放されるから、なおさらだ。西洋はアジアの影響さえ受けるだろう。だから、おまえは、もうひとつの偉大な芸術と向き合って、おまえ自身のものが創造できるようになるために準備しなければならない。そのためには、まず、古代の偉人たちがたどった道程を自分の足であるいてみることだ。彼らはインドの芸術を内部にとりこんだうえで、最終的に自分自身のかたちを創造したんだ」

ほとんど若やいだ微笑にいろどられて、師の瞳は輝いていた。そしてこう言った。

「たぶん、おまえに異例の好機がやってくるだろう。それをつかまえられるかどうかは、おまえ次第だ。数日前、わしの友人、C教授から長い手紙がきた。フランスで勉強した画家で、いま美術学校で教えている。手紙のなかには、西南の僻地で——戦争のおかげで開発がすすんでいる西南のはてで——彼が他の人たちにつづいて、敦煌《とんこう》石窟を発見するにいたった経緯が書いてあった。石窟のなかには、たくさんの壁画が完璧に保存されていて、過去の中国絵画の冒険のすべてを具体的なかたちで見せてくれる。今の芸術家たちに着想をあたえ、中国の近代絵画を革新するのに格好の素材だ、友人はそう書いている」

敦煌という名をわたしが耳にしたのは、はじめてであった。無知から目覚めさせるために、師は手短に説明してくれた。敦煌は中国の西端、現在の甘粛省にあり、かつてはシルクロードの要衝であった。五世紀ころから、中国と外部との交流の地点として、また仏教の巡礼たちの休憩地として栄えた。周辺一帯に寺院が建ちならんでいた。そこからあまり遠くない細長い丘を直接掘ってつくられたのが、石窟——三百以上ある——であり、その壁に、インドやペルシアの伝統芸術や仏教から着想をえた芸術家たちが、数世紀にわたって、宗教的な場面や日常生活の風景を、旅人たちに伝えるために描きつづけた。

十五世紀ころ、歴史的事情により、シルクロードは閉鎖され、その一帯は砂漠化が進行して、荒廃してゆき、ついに完全に放置された。ただ、ひとにぎりの僧侶たちがそこに住みつづけた。略奪から守るために、僧侶たちが隠していた写本を、西洋の中国研究者たちが発見したのは、十九世紀の終わりころだった。彼らは膨大な量の写本を持ち去ったが、壁画には手をふれず、それはそっくりそのまま残された。師はさらに言う。現在、戦争のために、中国人は敵によって西方の地域に追いやられたが、そのおかげで、埋もれていたたいへんな宝物を発見することになった。

C教授は、壁画の複製を企画していて、その手助けとなる協力者を募っている。師はわたしを推薦したという。これほどの提案にとびつかずにいられるだろうか。受け入れれば、人生においてはじめて、わたしは、自分をどこかにみちびいてくれる実質的な道に足を踏み出すことになるのだ。

出発の日、道が分かれるところまで、師はわたしを送ってくれた。立ちどまると、こう告げた。「わしが、おまえにあたえられる最良のものは、すべてあたえた。これからは自分の道をゆけ。わしのことは忘れろ。手紙はよこさんでいい。どっちみち、返事はせんからな。それに、わしはもうすぐ逝く」。聞くのがつらい言葉だったが、きびしい口調ではなく、静かなやさしさでもって発せられ、師の顔ははれやかに輝いてみえた。それから、老人は背をむけ、自分の隠遁所に向かって去っていった。僧衣が風にはためき、足どりは軽やかだった。ふいに、わたしは子ども時代にタイムスリップした。道士が最後に立ち去っていくのを見ていたあの自分になっていた。

世を捨てて解脱することは、過酷な道だ。すぐに得られる安易な喜びを断念し、放棄しなければならない。だが、中国の精神世界の松明は、そんなふうにして伝達されてきた。師は弟子をしたがわせ、弟子にすべてをあたえる。それから、弟子が自分自身になるために、師は姿を消す。わたしは、振り返らない師の後姿を長いあいだ見守っていた。その華奢なシルエットはついに完全に視界から消えた。涙がとめどもなくわいてきて、顔を濡らすのを感じた。わたしは、そこに、道の分かれ目に、つったっていた。ふたたび、呆然として、たったひとりで。しばらくしてわれに返り、師がたどるべき道を示してくれたのだから、どうあっても、前に進まなければならないと思った。推薦状をたずさえて、わたしは教授に会うために、重慶に赴いた。すぐさま教授はわたしを採用し、ことは迅速にはこんだ。五月初旬のことで、敦煌への出発は六月のはじめに予定されていた。ということは、たった一ヶ月で、母に会うために、ルー家の所有地斗子壩《トウジバ》に行ってこなければならないのである。

再会の喜びもつかのま、きつい労働と耐え忍んだ悲しみとで年齢より老けこんだ母に対して、自分がまたすぐ家を去ろうとしていることを、説明しなければならなかった。あきらめの気持で受け入れる以外に、母に何ができただろうか？　母の生涯は、同意することと待つことがすべてだった。なかでも、不安定で摑みどころのない一人息子を待つこと。とはいえ、母にとっての慰めは、わたしがようやく仕事らしい仕事に就けたことだった。収入さえ得られるのだ。敦煌は何千里も離れたところにあるのだということは、なかなか言い出せない。仏教を伝道する人たちは、敦煌を通って、はじめて中国にやってきた、はかり知れない価値をもつ経典がいまでも敦煌にある、そういったことを懸命になって母に説明した。庶民の魂をもつ母は、中国仏教の発祥の地に自分の息子が行くと思うだけで、胸をおどらせた。おりしも、母は、むかし空で覚えていた祈りの文句や経文を部分的に度忘れするようになり、文字で記されたものが欲しいと思っていたときだった。親孝行と罪ほろぼしの気持から、母のとなえる経文を筆記し、それをもとにして写経することを申し出た。母のもとで過ごした一ヶ月間、わたしは、最大の敬愛の心をこめて、自分の技能のすべてをそそぎこみ、豪華な装丁の帳面に写経した。

写経しながら気にかかったことは、母のひとりごとを言う癖がだんだんひどくなってきたことだった。記憶力の低下がときおり精神的混乱をひきおこすことに、わたしは危惧の念をいだいた。意識が現在から抜け落ちて、過去のある時点に逆戻りしていた。ある日、わたしが筆をすすめていたとき、母は昔のあの純真なまなざしを向けて、こう話しかけてきた。「シアオメイ（妹）と外で遊んでいらっしゃい。サソリに気をつけるのよ。お母さんは、お父さんの薬を取りに行ってくるからね」。またべつの日、ずっと口をつぐんでいた母が、唐突に言った。「お父さんはまだ帰ってきていないの？」

もうひとつの愛の試練が、わたしを待ち受けていた。ユーメイの家族の所有地に戻ってきて、どうして苦悩をおぼえずにいることができただろうか。ほんのちょっとした片隅が、彼女とともにすごした眩い無垢な時間を思いおこさせる。芸術的な創作にのりだすという決意がなかったとしたら、わたしは失意に打ちのめされていたことだろう。帰還したばかりのころ、ふたたび傷が開いて、心臓の突端から血が流れ出すのが恐ろしくて、所有地の付近をあるきまわる気にほとんどなれなかった。母がいつも傍にいることで、わたしの気持はすこしずつ和らいでいった。ことの成り行きを何も知らない母は、かぎりない愛情をこめて、しばしばユーメイのことを話題にした。母の思い出のなかでは、ユーメイは自分の実の娘とかわりなく、しまいには、わたしまでが思い出の清らかさをかみしめることができるようになった。この地で戀人《ラマント》とともに体験したことは、もはや時間の法則を超越していることを知ったのだった。その思い出は、ただひとつのダイヤモンドのように、永遠にはめこまれていた。その輝きがそこなわれるかどうかは、わたし自身にかかわりなく、ユーメイにさえかかわりないのだ。

27

一九四五年六月。強い陽射しに真っ黒になり、砂埃で髪の毛を黄色に染めて、でこぼこ道を西方へと走るトラックの荷台にへばりついていた。慣れ親しんだ地から遠く離れ、ゴビ砂漠にかこまれた未知の地へと向かうトラック。重慶を出発点とし、わたしたち一行は、成都、西安、蘭州を通り過ぎた。黄河が流れる蘭州は甘粛省の省都、あちこちにモスクが建っていて、歴史に彩られた異郷がすでに顔をのぞかせていた。トラックは約千キロメートルの河西回廊《かせいかいろう》を走行している。回廊はまるで真珠を連ねた糸のように、古い駐屯地をつないでいる。往時の栄光をとどめているのは、天水、酒泉、赤金、玉門などといった名前の美しさのみである。甘粛省を貫くこの回廊の南部を縁どるのは、祁連《きれん》山脈。北部には砂漠が広がっているが、小高い山やオアシスや城や要塞の跡があらわれては、その単調さを断ち切る。C教授が率いるわたしのチームは、芸術家・画家三人、歴史家一人、大衆文学の専門家一人だけである。ふつう夜を過ごすのは、行政機関の中継地で、寝所と食事を提供してくれる。野営することもあった。まだなまあたたかい砂の窪みに寝ころんで、わたしは、広大にして間近で、耐えがたいほど煌々とした星空を眺めていた。こんな夜空は見たことがない。いや、一度だけ、ずっとむかし父と一緒に盧山の山頂で道に迷ったときに見た。あの夜と同じように、わたしは畏怖の念をいだきながらも、宇宙との身体的共鳴を感じていた。解き放たれ尾を引きながら星が流れ、青みがかった闇の奥に吸い込まれてゆくさまを見たとき、わたしは、さまよう自分の魂の特殊なゆくすえに、ふたたび思いをはせた。またしても、言うに言われぬ郷愁が襲ってくる。とくに赤みを帯びた星が投げかける光線を見ると、心が痛み、まだすっかりふさがっていない傷口がまたひびわれる。根づくものが何もない無人の広野のなかで呆然としたまま、暑気がおさまった砂のなかから出てくる虫たちのように、いろいろな人びとの顔がつぎつぎに浮かびあがって、わたしに付きまとう。これら愛する人びとのなかでも、とりわけくっきりと輪郭をえがくのは、どんなに押しのけようとしても押しのけることができない、執拗に迫ってくる友と戀人《ラマント》の顔だった。

一ヶ月近くの強行軍ののち、わたしたちの小さなチームは敦煌に到着した。砂漠のどまんなかで生きながらえてきた中規模の都市である。この地帯は、何百年もむかし大勢の遊牧民や旅人たち、商人や巡礼者たちが行き来していた輝かしい時代を、まどろみながら、反芻しつづけている。わたしたちは現地の役人に迎えられ、二日間滞在し、休憩しながら、実際の作業にかんする調整をおこなった。兵士たちにガードされ、そこから三十キロほど離れた莫高窟《ばっこうくつ》についにやってきたのだった。

砂丘や風化した岩石が散在する砂漠のまんなかに、干からびた川に縁どられて、ほとんど放置状態のオアシスがあり、背後には、壁や屏風を思わせる長い断崖がそびえたっている。断崖の正面には、膨大な数の石窟が、直接岩肌に掘られていて、幾重もの層をなし、そのあいだを小道や階段がくねくねとはしっている。かつては無秩序であったはずのものも、歳月に洗いながされ、いまそれはひとまとまりになって、生命体の外観を呈している。命のなにかの必然から生まれたからだなのか、長い休眠に身をゆだねている年齢不詳の巨大な獣なのか。

いわば孔という孔で呼吸している、この生きたからだに、わたしたちが足を踏み入れたとき、それは、なんという出会いだったことか！ 偶然入り込んだ石窟の真ん中で、わたしたちは驚嘆のあまり、言葉もなく立ちつくした。周囲全体に息づくものに、つつみこまれ、吸いこまれてゆくような気持がした。親密な場面や壮大な場面をえがくありとあらゆる色や形が壁と天井を覆いつくしているのだ。その大部分は千年あまりも昔のものなのに、いましがた描かれたとおもわせるほどの鮮明さを保っていた。

敦煌は、その後、世界じゅうに知れわたることになるのだが、この一九四〇年代なかば、中国人はようやくその存在に気づいたばかりであった。わたしたちほんの数人は、外界から置き去りにされた奥地で、ぎりぎりの物質的欠乏の日々をすごしていた。風が通りすぎると、ときおり砂がヒューとうなりをあげる以外、あたりは完璧な静寂につつまれていた。こだまする自分たちの声と、それぞれが手にしている大きなロウソクの炎の揺らめきだけが、当初、唯一の生のしるしだった。だが、わたしたちの視線に触れて蘇り、目覚めたのは、生命そのものであった。瞬間の奇跡。時間は死んでいた、それがいまや生き返り、記憶と約束にこめられていたものすべてを、誇らしげに、わたしたちの眼前でくりひろげている。この閉じた空間のただなかに、あの世の空間がある。かつてそこに住んでいた魅せられた人びとが、この世を去る前に、自分たちの宝物のすべてをこの隠れ家にたくした。その苦悩も歓びも、体験も夢も、愛も真実も、穏やかにして情熱的な賛歌とともにたくしたのだ。それまで耳にしたことのない歌声がこの空間からわきおこり、来訪者をいざない、みちびき、さらに遠くへ、さらにもうひとつの石窟へと連れてゆく。けれど、三つ、四つと石窟をまわっているうちに、心に受ける衝撃があまりにも大きすぎて、それ以上つづけてゆくことができなくなった。初日の朝はそんなふうにすぎた。自分にとって、それがまちがいなく新しい人生の第一歩をつげる日であることを、わたしは信じて疑わなかった。

来訪者は、石窟の全体に慣れてきて、その全貌をつかみはじめるようになると、壁画から壁画へと、中国の絵画が変容してゆくさまを自分自身の目で見るのである。もちろん、中国絵画の起源まで遡るわけではないが——そんなことはとうていできない——外部からきた芸術と出合ったおかげで、画家たちがみずからの力を自覚し、自分たちの創作を独自の芸術に成し遂げていった時点からだ。それは、紀元四世紀ころから千年ちかくにわたって進行した。どんな政変がおころうと王朝が興亡しようと、街道からほどよい距離にあるこの一角は無傷のまま残った。中国とその周辺のさまざまな小王国との接点をなす地で、中国が輸出する商品も、インドから、そして後にはペルシアからやってくる商品も、ここを通過したのであった。

驚くべき発見。中国のさいはての地において、国境の部族の騎馬団が何度となく駆けぬけたこの半ば砂漠化した長い回廊。その回廊の突端にあって、わたしははじめて、中国という巨大なからだの呼吸を感じとったのであった。この開かれた「西端」は、老いた国の周辺に位置しながらも、二千年の長きにわたって要衝でありつづけたではないか。地にしっかり根をおろした定住民の中国は、扉を閉ざすことができない強迫観念にとりつかれ、ついで、やむなく軍事的冒険にのりだし、さらには冒険そのものにはしった、というだけではないだろう。

砂漠のまっただなかでの残酷な戦闘。埋葬されることなく放置された無数の死者のなかには、渇きに身を焼きつくした人びとや、ぶどう酒に酔いしれた人びともいれば、飢え死にした人びとや、スパイスのきいた焼肉に舌づつみをうった人びともいる……。一枚岩の不動の中国？　とんでもない。中国の内部においてさえ、黄河が流れる北部と揚子江が走る南部とが相互に影響をおよぼしあっていた。それは周知の事実だ。だが、この「西端」にあっては、北は万里の長城、南はヒマラヤ山脈によって護られている中華の帝国も、容赦ない太陽光の矢にさらされ、いつどこからくるともしれない外部からの襲撃に脅かされていた。

帝国が建設されて以来、この国境地帯は、たえまない遠征と駐屯の舞台となり、武術にたけた近隣の恐るべき部族の侵入に対抗していた。一時的な勝利と屈辱的な敗北とが交互した。その後、比較的平和な時代がおとずれると、長い隊商《キャラバン》が、戦闘する軍隊にとってかわった。キャラバンが袋に詰めて運んできたのは、商品だけではなく、自国ではすでに衰退していた宗教、仏教の種子であった。それが中国においてみごとな開花をみることになるのだ。

敦煌では、精神の冒険が比類のない芸術的冒険のかたちをとって表現された。この地の奇跡は、信者や巡礼者たちの情熱が糧となって、ひとつの芸術がゆっくりと熟成し、いくつもの段階を経ながら、開花を遂げていったことだ。すでに自分たち自身の伝統にはぐくまれ、独自の技法を確立していた中国の芸術家たちが、この地で出会ったのは、仏教が実らせたインドの芸術であった。それはエキゾチックで幻想的な形象にとんでいた。仏教絵画は彼らの亜大陸において共鳴をえて、芸術家たちを大胆な形状の創造へといざなった。熱烈な信仰心にかきたてられて、彼らはどんなテーマもみごとに表現した。

この新しい表現手段でもって、彼らは、自分たちの幻想や苦悩、官能的な夢や悔悛の念、慰めや栄光の欲求、そうしたものを自由自在に描いた。その熱気をおびた創造が生みだしたのは、数限りない伝説の風景からなるあふれるほど豊かな宇宙だった。仏陀の人生を描いた絵画、空を飛ぶ天使たちの姿、祭や日常生活の風景、狩や乗馬……。

この宇宙に奥深く分け入り、内部から観察してゆくうちに、わたしが摑みとった特殊な要素は、中国の芸術家たちが、自己の出生地の土壌から脱して、絵画の技法において目も眩むような飛躍を成し遂げる可能性をあたえた要素そのものだった。

それ以前の絵画、漢代の絵画では、「地」の側面が特徴的だが、ここでは、空間が軽やかにひろがっている。それをしめしているのは天女たちだが、しかしそればかりではなく、上昇する目に見えない力に吸い込まれるかのように、立ったり座ったりしている無数の人びとの姿である。物語を綴るこれらの絵画は、時系列にはまったく無頓着で、幾つものエピソードが、ひとつの中心をめぐって展開され、しかも、その中心自体が移動しつづけて、時間―空間の秩序を覆している。農作業をする農民や、道具をつくっている職人の姿といった、ごく日常的な描写でさえ、ゆったりと空間を占めていて、彼らの狭い畑地や小さな仕事場を越えたところで、無限を目の当たりにしているかのようだ。そうした開放的な画面と、その構図の大胆さを可能にしているのは、空《くう》という機軸である。風景の描写をみると、それはいっそう明らかだ。そうしたものはおそらく、中国の古典画に独特な風景描写をつくりあげるのに貢献したにちがいない。

宙に浮いているその巨大な壁画、力と熱がわきだすその世界に浸りきったとき、わたしは、固い殻に覆われた自分自身の存在が分解し、自分の心が無数の断片、創造と生の無数の可能性に砕けてゆくのを感じたのだった。多すぎる可能性なのかもしれないが。自分のなかにもうひとつの重心をみいだすには、さらに長い時間が必要であることを、わたしはまだ知らずにいた。目下のところ、石窟から石窟へと駆けまわりながら、そこに描きだされた姿かたちや色彩を何の抵抗もなくうけいれていた。何もかも一緒くたにしてしまわないために、できるかぎり時系列にしたがうよう心がけた。薄桃色または濃い黄土色で描かれた初期の壁画は、変色して、黒ずんだ輪郭だけを残し、切りこむような鋭さをしめしている。そこに浮かびあがる大胆な筆の線は、冬の終わりの樹木の幹を思わせる。すべてがぎりぎりまでそぎ落とされていて、ほんのわずかな春の息吹さえあれば、芽を出そうと待ち構えている樹木。つぎにくるのは、描写の模範となった唐代の絵画だ。その姿かたちは豪華にして厳密で、当時栄光のしるしだった馬の尻を思わせるようなふくらみを帯びている。さらに時代がすすんで、宋や元の時代に至り、絵画が穏やかになるにつれて、わたしは安らぎを覚えた。繊細なデッサンと色彩の正確な探究にもとづいた絵画。青、緑、紫、茶、色彩のそれぞれの部分がそれ自体として存在している。創造の世界に入りこんでゆくにつれて、わたしはそこに描かれているものを吸いこみ、その色彩の王国の探索に身をゆだねた。壁画に近づいていくと、自分が少しずつそこに溶けこんでゆくように思えた。これらさまざまな色彩には天性の慎み深さのようなものがあって、わたしはその波間でうっとりとした気持になった。色彩たちは競い合うことがなく、それぞれが固有の価値を心得ていて、それでいながら周囲の他の色たちに合わせ、全体の調和をとろうとしている。その絵画に描かれている着飾った女たちや、祈っている信者たちのように。これらの人物はいっちょうらの衣装を身につけながらも、尊厳をたもち、慎みぶかくあるべきことを忘れてはいないようなのだ。神々が通る道を空けるために、いつでも身を退ける準備ができているとでも言おうか。

28

準備期間が終わると、研究チームはいよいよ作業にのりだした。もっぱら壁画を模写するだけのことである。ほどほどのサイズの壁画ならば、大きな布や紙で覆って、上からなぞる。形状をデッサンし終わると、布や紙をはがして、色づけをする。現在カラー写真に慣れている人たちは、原始的で古くさいこの手法を笑うかもしれない。けれど、できあがった模写は、原作の感触となまなましさを再現していた。のちに、模写した作品が中国のいくつかの大都市で展示されたとき、それは紛れもない新発見となった。模写する人間は、その作業において、壁画の空間にすっぽりと入りこんでいて、線と色に命をあたえている流れに浸りきっている。原作者が生きた時間を生き、その動作に共鳴し、迷いや歓喜のさなかでの心臓の鼓動を感じとっていたのだ。ともかくも、忍耐と時間を要するこの作業は、チームの仲間たちにとっても、わたし自身にとっても、実りある体験という以上のもの、かけがえのない体験であった。

一日じゅう石窟の奥で——墓場なのか揺りかごなのか——全身全霊を作品に打ち込んでいるとき、自分自身をすっかり忘れ去っていた。わたしは時間を超えた領域で奮闘していて、そこでは生者と死者とが一体化していた。わたしの視線は群れをなす形と色になり、わたしの手は、多少とも慣れた仕草の連続になりきっていた。完成されたものとあらたな創造とが断絶なく連鎖していた。宇宙は対立物のない連続体だった。生命とはこの液状の流れであり、自分の人生のすべてが、ついに安らぎを得た自分の血の脈動と共鳴しあっていると信じたかったのだろうか。

外に出ると、果てしなく広がる視界と記憶の空間が、人間たちを超脱へといざなっているかのようであった。人間は、この無頓着でゆったりした空間と一体化し、空間を構成するささやかな要素の一部をなしていた。近辺の木々はわずかばかりの日陰をあたえてくれ、流れる水はところどころで涸れ果て、少し向こうの砂丘は風が通過するたびにヒューと音をたて、そして、でこぼこの砂漠は、おだやかに、地平の彼方の雪をいただく山脈までつづいている。そうしたものすべてと、人間は一体化していた。山頂の無機的な白い筋は、嵐のうなり声にも、沈みゆく太陽の火にも、ほとんどびくともしない。

だが、砂漠の夜、わたしが直感したことは、的確だった。ひとはどんなに孤独で孤立していても、まるで自分の意志に反するかのように、紡がれた絆にむすびつけられているのだ。それは運命と呼ばれる。自分はすべての人たちから無視され、忘れ去られていると思っていたのだったが、そのあいだにも——無限の時間が流れたのか、ほんの一瞬だったのか——まるであらかじめ日程が定められていたかのように、さまざまな出来事がたてつづけに起こり、ある事柄は社会に変動をもたらし、またある事柄はわたしの人生をあらがいがたく方向づけることになった。

一九四五年八月十五日、敦煌に到着したわずか二ヶ月後、戦争の終焉。わたしたちがいる場所からは、人びとの歓喜がかすかにこだましているだけだった。翌日、チームは全員そろって街にでかけ、ヒツジの丸焼きを囲んで、みんなで祝い合った。爆竹のはじける音、ウイグル人の歌や踊り、そんななかで、わたしたちは酒をついでは回し、ついでは回した。スパイスのきいた焼肉と、野菜入り焼餅をたいらげると、果汁のしたたる大きな果物にかぶりついて、渇きを癒した。スイカ、メロン、葡萄、ハミウリ……。帰り道、敦煌滞在でいちばん怖れていたこと――胃痛――がおこらなかったんだ、そう自分に言い聞かせていた。結局、極限の渇きをもたらしながらも、その渇きを癒す驚異の水源を提供してくれる土地こそが、もしかしたら自分の体質にあっているのかもしれない。

けれど、歓喜はまもなく不安にとってかわった。戦争ちゅう西方に避難していた大勢の人びとが帰還の災難のなかに投げ込まれた。交通手段がひどく不足し、道路という道路に群集があふれかえって、めちゃめちゃな混乱が蔓延し、唯一の河川の交通路も動きのとれない状況におちいりつつあった。大混乱のなかで数えきれないほどの事故が生じた。金持ちや特権階級の人たちだけが優先され、まずまずの条件で旅立つことができた。そのあいだにも、政府はもうひとつの重大な危機に襲われていた。きわめて深刻な問題が立ちはだかっていた。共産党がつきつけてくる脅威。戦争ちゅう彼らは日本軍に抗戦して、いまや中国北部の全域を支配下におき、「解放区」の名で呼んでいた。どちらの勢力も歩み寄りの意思をしめし、いわゆる和平交渉もなされていたが、もはや衝突は避けがたく、国は内戦へと引きずりこまれていった。

一九四六年、母から手紙がきて、重慶にクオ家とともに住んでいることを知った。クオ氏が働いている研究所は、政府が南京に戻るのを待っているという。母の手紙を開けようとして、封書の表書きを見たとき、わたしはとびあがるほど驚いた。ユーメイの筆跡だった。彼女が母の口述を筆記した手紙だったのだ。けれど、末尾に彼女自身が控えめにつけくわえた数行のなかで、彼女もいま重慶にいること、その劇団は、閉鎖されていた幾つもの劇団を引き継いだこと、ハオランは「向こう」に行ったことを告げていた。「向こう」とは、共産党の「解放区」のことだと、わたしはすぐに悟った。

少しして、母からの二通めの手紙で、これもまたユーメイの手になるものだが、クオ家は重慶を去ったが、母はそこに留まる決心をし、いまはユーメイと生活を共にしていることを知った。この便りは、望外なほど、わたしをほっとさせてくれた。「それは好都合だ」とさえ、思いかけたほどだ。研究チームの作業日程では、一九四八年初頭に作業の終了が予定されていた。そればかりか、C教授は、わたしに二年間のフランス留学の奨学金があたえられるよう手配していると言っていた。

「それは好都合だ」。心の奥底でつぶやいたこの利己的な言葉を、わたしは生涯悔いることになる。なんと卑劣な言葉だったことか。わたしを呼んでいる声やサインに、もう少し注意をはらっていれば、みずからの思慮のなさにこれほど苦しみ、そのあげく後悔にさいまなれることはなかったかもしれない。とはいえ、わたしはわずかばかりの休息を望んでいただけだった。だが、事実は事実だ。人間たちが背中をまるめてこまごまと計算し、ここ数ヶ月、または、ここ数年の計画を立てているあいだにも、運命は、そのうしろで、黙ってあざ笑っている。運命のカレンダーは人間のカレンダーとは別物だ。運命には、独自の展望があり、独自の価値基準がある。その場しのぎの、目に見えるものばかりにとらわれている人間の日程など、ものの数ではない。不確かな小道に分け入った人間たちは、運命によってその途中で進路を阻止されて、距離も方角も分からない予想外の道へと引き入れられるのだ。

一九四七年、夏の酷暑が中国の西部一帯に襲いかかった。重慶は灼熱の地と化した。遅れて届いた電報が、母の重体を告げていた。大急ぎで敦煌を出発して、がたがた揺れ動く車で、幾つもの街を猛スピードで通り抜けた。安西、玉門、赤金、酒泉、かつてわたしを魅了したこれらの町の名は、いまや運命の皮肉を響かせているだけだ。酒泉で、なんとか蘭州に向かう軍用機に乗った。甘粛省の省都蘭州まできて、ようやく重慶に電報を送ることができた。最初の電報を受けとってから、二週間が過ぎていた。返事がきた。「ハハ　シス　ヤスラカダッタ　ゲンキヲダシテ　スベテテハイシタ　ユーメイ」。炎熱と埃のなかでの蘭州から重慶への旅は、わたしにとって地獄へとくだる長い道のりであった。そのあいだじゅう、自分自身の低劣さを責めつづけた。後悔を反芻するばかりで、もはや取り返しはつかない。思いやりに欠けていたことで、わたしはすでに父の死にも負い目を感じていた。母の他界はそれをはるかに越えていた。自分を慈しんでくれた最後の存在――わたしをこの世にひきとめていた最後の存在というべきか！　けれど、苦しみぬいたあげく、母はきっと、ユーメイがあとを引き受けてくれたので、父のもとに行くときがきたと感じたにちがいないと、わたしは思うにいたった。あるいは、仏教の浄土である西方の空に旅立つ決心をしたにちがいない。そこにはすでに父がいて、息子も遠くないところにいる。敦煌はその行程に位置しているではないか。そう考えたとき、敦煌で模写したある画面が浮かびあがってきた。信心のあつい目蓮《ムーリャン》がいかにして地獄にくだって、幾多の試練に立ち向かい、死んだ母親の魂を救いだしたかを、その画面は物語っていた。では、わたしの人生には、残りの人生には、同じ試みをおこなうだけの余裕があるだろうか。

29

重慶でわたしが見いだした母は、遺骨が納められた箱だけであった。あらゆる苦労が刻みこまれ、それでいながら、何にもまして安らぎをあたえてくれた愛しい顔を、もう見ることができない。そんなことがありうるのか。この数年、自分の関心事にかまけて、しばしばわきに追いやっていた母の顔、その目鼻立ちひとつひとつを、いまになって思い浮かべることができるだろうか。もうひとつの箱には、わたしが出した手紙がぜんぶ保管されていて、一瞥しただけで、堪えがたい心苦しさをおぼえた。それらの手紙は時間的に間隔があいていて、たいてい走り書きで、真に愛情がこもった言葉に不可欠な集中力が感じられなかった。もう一度だけでも、母と話をすることができたなら！　せめてもう一度、長々と際限なく、遠慮も無用な気がねも忘れて、ありのままの姿で、清流のように、自分の頭をよぎるもの、心に浮かぶものを語ることができたなら。そうすれば、死そのものがやさしいものになるだろう。人間にとってなぜ話すことはこうも難しく、気まずいのだろう。いるときより、いないときに、多くが語られる。そんなふうに言葉が封じこめられ、究極の不在に直面したときは、もう遅すぎるのだ。母が生きていたときには、薄暗い台所で背をかがめている、あのかぼそい姿に、いつでも会えると信じていたときには、たとえ種々の出来事に揺さぶられていても、自分はどこかにしっかりと根をおろしていると感じていた。妹が逝き、父が逝って、わたしに残されていたこの血の根、もっとも深く、もっとも強靭で、もっとも多くの養分をあたえてくれた根が、いきなり引き抜かれたのだ。眼前には、からっぽになった世界、ぽっかりと空いた不在。宇宙そのものが根を失っていた。あの天体のすべてが、わたしの周囲でせわしなく動きまわっている人間と同じように、目的もなく、休みなく回転している。天体たちの支えとなっているのは、ただ虚しいだけの無差別な重力だ。流れ星の残像が、感知できるただひとつの現実であるかのように、かつてなく脳裏に焼きついて離れなかった。

ユーメイがいてくれたおかげで、心の痛みは少しばかり和らげられたが、とはいえ、彼女の存在も痛々しかった。母の愛から引き裂かれて、彼女もまた孤児になった思いでいた。ハオランとはもう二度と会えない、彼女はすでにそう確信していた。わたしもまた去っていこうとしている、それは彼女を絶望におとしいれた。

ハオランはいつかきっと帰ってくる、わたし自身確信していたわけではないが、懸命になってそう主張した。もういっぽうでは、フランス留学という、あたえられた機会をとらえることが、自分にとってどれほど大切かを説明した。政府が支給する奨学金の期間は二年、たった二年留守にするだけじゃないか。出発をひかえて、重慶滞在を可能なかぎりひきのばした。三ヶ月ちかくの曇りない無二のしあわせ。世の中がまったく先の見えない混乱におちいっていた戦後の時代において、しかも、わたしたちが体験したあの矛盾にみちた悲劇にもかかわらず、いや、それさえも超越したものだった。

一緒にいて、いつまでも話しつづけたり、沈黙のなかで気持を通わせあっているうちに、わたしたちは出会ったばかりの頃の純粋さを取り戻した。ありったけの問いかけと肯定とを背負って、奥深くからわきあがる言葉は、多くの場合、戀人《ラマント》の方から発せられた。「人生ってなんだろう？　地上のこの生命《いのち》ってなんだろう？　生命の贈り物はごく単純なはずなのに、単純であってはいけないのだろうか？　土に種を蒔く、すぐに芽が出る。ほら、窓のそばの、あの木の枝をごらん、なんて単純なんだろう。いつもあそこにあって、いつも一緒にいて、ただそれだけ。そう、わたしたちが望んでいるのは、結局、ごくささいなことなのよ。一緒にいること。でも、それが法外な願いらしいのね。ふしぎね、世の中は。ふしぎね、人間の心は。だから、わたしたちはみんな独り。だれもが独り」

それから、彼女は思い切ったように、一気になにもかも話した。「わたしを信じている？　いつかきっと、信じてくれるわ。わたしがこの世で誰よりも愛しているのは、あなたよ。あなたはわたしの純真、わたしの夢。夜、何度あなたの夢を見たかしれないわ。永遠の子ども時代を夢見るみたいに。わたしはあなたのきょうだい、あなたの恋人。けれど、この人生では、わたしたちは夫婦にならないでしょう。いまこの時には。たぶん、あとで、あとで、きっと。たくさんの人たちに先立たれて、生きながらえたら、わたしはあなたのところに行く、故郷に帰るみたいに……。あなたは、わたしの人生にあらわれたのが早すぎた、いえ、この世にあらわれたのが遅すぎた。わたしたちの最初の別れのあと、あなたはハオランと一緒にわたしのところに来た。ああ、わたしたちの友情がわたしにとってどれほど大切だったか、愛より気高い友情。三人とも友人のままでいることができなかったのだろうか。きっと忍耐力が足りなかったのでしょうね。もしも、時間がわたしたちのものだったら、きっと達成できる。そのあいだにも、ハオランとわたしは、みさかいのない力にかりたてられるように、自分たちの思いに反するかのように、夫婦の行為を成し遂げてしまった。それはあなたを排除することだと知りながら、閉鎖であり、崩壊であることを知りながら。わたしたちは二人ともあなたを必要としている。いわば、あなたはわたしたちを支えている。あなたが去っていったとき、わたしたちはどんなに悲しかったことか。罪悪感に苦しんだだけじゃない。わたしたちの運命は、あなたの運命と結びついていて、あなたなしに、わたしたちは自己実現ができないことを実感した。ほんとうのことを言うわ。わたしは、彼なしでも、あなたなしでも、やってゆけない。選択を迫らないで。わたしは、なんてひどいエゴイスト！」。彼女は涙を浮かべながらも笑わずにはいられなかった。

最後の日々、残された時間はもうわずかなことを知って、戀人《ラマント》は、自分にとりついて離れない感情を、ふたたび率直に語った。「あなたとともに、あなたによって、わたしは真の生命《いのち》を得たのだから、あなたはわたしの生まれた土地。彼ははるか遠くからやってきた異邦人で、そのまったく異なる源泉によって、わたしたちに滋養をあたえ、わたしたちの真の姿をおしえてくれた。あなたと彼は、ふたりとも、わたしにとって無くてはならない存在になった。あなたたちはわたしの運命に入りこんだ。あなたたちはわたしの運命。なぜなのかは分からない。分っているのは、あなたたちなしには、人生は希薄で、拠りどころがなく、付随的になる。でも、あなたたちと一緒だと、すべてが光をおび、すべてが意味をもつ。三人で生きる、三人がひとつになる、結局それは人間には実現不可能な夢……。わたしの言うことは人の道に反している？　わたしは口に出して言い、あなたは聞いた。世の中はどうなるの？　わたしたちはふたたび会えるの？　でも、あなたがどこにいても、わたしがいま言ったことを、わたしたちの共通の宝物として、おぼえていて！」

わたしたちは、同じ血で結ばれた若いきょうだいのように、または、やさしさで結ばれた老夫婦のように、しっかりと抱き合っている。神話に出てくる伏羲《ふっき》と女媧《じょか》にも似ていた。伏羲と女媧はきょうだいにして夫婦であり、最古の伝説によれば、中国民族の起源だという。両方とも、人間の頭とからだ、そして魚の尾びれをもっていた。洪水を生きのびたのは、つねに繋がっていた尾びれのおかげだという。

はじめてユーメイを腕のなかに抱きよせる。じつに見慣れていながら、まったく未知な顔の輪郭を、これほど近くで心ゆくまで眺めるのは、ふしぎな気持だった。青みをおびた光沢の柔らかいこの髪の毛、ほっそりした首筋を飾る黒真珠のようなこの黒子《ほくろ》、驚嘆や嘆きにまばたくこのまつ毛、振り向きざまに斜めに投げかけるこの視線、輝きと驚きが走りぬける視線。すべてが常になく、くっきりと浮かびあがっている。広大な風景をかたちづくるほどに拡大され、それを眺めるわたし自身がその一部になってしまったかのようだ。

戀人《ラマント》とぴったりからだを寄せ合いながら、もう一歩ふみだしさえすれば彼女と一体化できると感じている。手をのばせば、彼女はわたしの愛撫に身をゆだね、何も言わずにからだを開いてわたしを受け入れてくれるだろう。まだ間に合う、これがわたしにとって、あれほど欲していた行為を成し遂げる唯一の機会だろう。その行為のためにこそ、わたしはこの世に生を享けたのではなかったか。けれど、わたしはそうしない、いまは。まだ間に合うからこそ、その行為をいま達成してはならないことを、わたしはちゃんと知っていた。都合のよい時期ではなく、不都合な時期、それがいつもわたしの人生ではないか。目に見える現在や予測可能な時点では、けっして実現を見ない。いつか将来という仮定のもとで、あとへあとへとひきのばされる。仮定？　そうとも言えない。心の奥底でははっきりした確信がある。いつも奪われ、ひきはなされてきたことで、わたしは、確実なものはなにひとつないことをまなんだことはたしかだが、それでも、ゆるぎない素朴な確信をもっている。自分が蒔いたものは、どんなものでも、それが頭のなかだけのものであれ、ただの願望であれ、自分の意志にかかわらず、かならず到達点に至り、そして、近い将来か遠い将来の――もしかしたら別の生においてかもしれないが――予期しなかった瞬間に、開花をみるのだという確信。わたしにとってもっとも大切なことは、むしろその瞬間を見きわめるすべを知ることだ。さもなければ、残念だが、すべては自分とは無関係に進行するだけのことだ。

戀人《ラマント》の髪の毛が発する香りと、そのからだの熱気がゆっくりとわたしのなかに入りこんでゆく。この先のわたしの人生のために、たっぷり蓄えておくかのように。両手で戀人《ラマント》の顔をはさんで、いつまでも力をこめて見つめつづけた。その顔は、苦悩と、十月の金色の光で、透きとおるような輝きを発している。わたしは小声でいう。「ユーメイ、ユーメイ、別れのきびしい試練を受け入れよう。またきっと会える。ぼくたちはすでに再会した。永遠の再会をしたんだ」

30

一九四七年、奨学金を得る試験勉強のために、わたしは南京に赴いた。この専門分野——壁画——では受験生はたったひとりで、選考委員会に属する教授の強力な推薦をうけていたので、試験はただの形式にすぎないことは心得ていた。けれど、心をこめて必須科目を勉強することで、試験に対して敬意を表したかった。

数百キロメートルにわたって蛇行するかの名高い揚子江の峡谷をくだった。九年あまり前、四川に行く途中で、通過した行程だった。ただひとつ記憶に残っているのは、風景の壮大さに圧倒されて、声をはりあげて力いっぱい叫んだことだ。空にとどくほど垂直にきりたつ岸壁を打つ波のごうごうという唸りが、わたしの声を呑みこんでいった。そして、いまここに若者になったわたしがいる。年端もゆかないうちに運命の重みを知ってしまい、人生をすでに生きすぎてしまったかのような若者。

ひどい眩暈をおこさせる、危険に満ちた個所にさしかかった。流れに加速されて、船は暗礁を避けるために、たえまなく右へ左へと舵を切らなければならない。ときおり、崩壊した小舟の破片が、渦を巻く流れに揺さぶられ、ひきちぎられていた。

デッキの上に集まっている他の大勢の乗客たちとともに、じっと視線をそそぎながら、わたしは、荒れ狂う川に魅了されるとともに、恐怖心をかきたてられた。川は自分の運命を象徴していると思わずにはいられなかった。みさかいのないこの激流にひきこまれ運ばれて、最後に砕け散る以外に、わたしになにができるのだろう。

もういっぽうでは、こう問いかけずにはいられなかった。この怒りくるった流れは、こともなげに無の中に飛び込みながら、宇宙の巨大な喪失を、尊大に告げているのではないか。かりに、すべてがただ失われるだけのものならば、どうして生は無よりましだと言えるのか。なんのために、これほど夢みて、望むのか。これほど苦しみ、執着するのか。ごうごうと音をたてながら昼となく夜となく続いてゆく水の流れが思いおこさせるのは、わたしの悪夢にしばしばあらわれる、ひとりの人物の姿だ。重傷をおった高校の同級生。止血バンドや包帯によっても出血は抑えられなかった。そのとき、誰かが口にした言葉が耳にこびりついている。「血がぜんぶ空になって、死んじまうよ」。実際、炎天下、遠く離れた診療所に運ばれてゆく途中で絶命した。

まわりの人びとは、叫んだり、声高に笑ったり、足の下で渦巻いている荒波の音に負けじとばかりに声をはりあげて話したりしている。それを見ているうちに、わたしはおそろしくなった。この人たちを揺さぶって、「危険だ！」、そう叫びたい気持になった。彼らは安全な場所に身を置いているつもりだろうが、時間は彼らなど相手にせず、つかのまの土台を一つまた一つと運び去ってゆく。オオシロアリよりずっと着実に。だが、自分はどうだ、はたしてこの人たちより慧眼だろうか。川と時間の狂ったような一方通行は、何を意味するのか。人びとがこうも安心していられるために、むかしの人びとはなにを悟り、何を説いていたのか。戀人《ラマント》を、変らない姿のまま、わたしの夢の姿のまま、ふたたび見ることがあるのだろうか。現実に反して、現実を超えて……、父や母にふたたび会うことがあるのだろうか。

北京に戻る大学教員の集団が乗っていた。船のなかは話しかけやすいので、わたしは彼らに近づき、誰かの気分を害するのは覚悟で、自分の疑問をぶつけた。いささかびくついているわたしに向って、厳粛な顔がほころんだ。「おもしろい質問だね、まちがいなく根本的な問いだ、根本的……」。F教授、名高い中国思想の専門家である。人びとが敬意と畏怖を抱いて接近するような存在だ。世間知らずのわたしは、とくに遠慮することもなく近づいた。耳を傾けたかっただけだからだ。

「うむ、時間を象徴するものとしての大河。それは何を意味するか。どう答えたらいいかな」。銀ぶちの眼鏡の奥で、教授は額に皺をよせた。「まず《道》《タオ》について考えたらどうだろう……。そうだ、ちょうどよかった！　あす、われらが老子の出生の地を通過することになっている。ご存知だろうが、道教の元祖で、《道》の思想をつくりあげた人だよ。道とは、原初の息吹がひきおこした抗しがたい宇宙の運動のことだ。この話はあすにしよう」

「道だがね……」、翌日になって教授は、あたかも昨夜の中断がなかったかのように、言葉をついだ。「銀河と平行線をなす、この豊穣な河から着想を得て（ごらん、いま川幅が広がってきた、すごいだろう）、老子が道という世界観を展開したことは、まちがいないだろう。大河とおなじように、道は時間とかかわりをもつ。《時の流れ》というじゃないか。そして、道は《復路のない往路は存在しえない》と説く。しかし、こうして河を眺めていると、まっしぐらに自滅に向かって突き進んでいるかのように見える。ところが、道士たちによれば、道は円を描いて動いている。現実がしめすものと、そこから導きだされた概念とは、矛盾しているじゃないか、と思う人たちもいるだろう。中国の地形の特徴を忘れているからだよ。中国はそれ自体としてまとまりをもつ大陸だ。西には聳え立つ高峰、東には広大な海、だから中国の地は傾斜していて、ふたつの大河、黄河と揚子江をはじめとして、すべての河川が同じように西から東へと流れている。ふたつの大河のうちひとつは粗野で男性的、これが儒教の揺籃となり、もうひとつは女性的で肥沃、道教の揺籃となったが、両者とも同じ源から発して、同じ方向に流れているので、中国人は、時の流れは同じところから発して同じ目的地に向かうと考えがちだ」

「逆行不可能なあらがいがたい時間の流れ。これを崩すにはどう考えればいいか？　ここで介入してくるのが、中心部の《空《くう》》で、それは《道》にとって本質的なものだ。空そのものが息吹であり、その律動と呼吸を道に刻みつける。それによって、ものごとの変遷と、源泉への回帰が可能になる。原初の息吹への回帰だ。河にとって、中心部の空《くう》は雲のかたちをとる。道を本質としているので、河は当然ながら天と地の秩序に関与している。水は蒸発し、凝結して雲を形成し、それが雨となって、河に流れこむ。この縦の循環をつうじて、河は天と地をむすび、みずからの激しい流れの宿命を断ち切る。さらに河は、その両端で、海と山とのあいだに同じたぐいの循環、「陰《イン》」と「陽《ヤン》」とを刻みつける。このふたつの概念は、河を介して、相互の変転の過程に入りこむ。海は蒸発して空にのぼり、雨になって山に落ち、山は絶え間なく水源を補給する。ここで、終わりが芽ばえに戻ってくる」

「つまり、時間は同心円をえがく、螺旋状に円をえがくと言ったほうがいいかもしれないな。でも、注意してほしい。その円というのは自己のまわりを回転するわけではない。インドの思想とはちがって、同じたぐいのもののまわりを回っているわけではないし、永遠の回帰と呼ばれるようなものでもない。雲が凝縮して雨になるとき、それはすでに河の水ではないし、同じ水流に落ちてゆくわけでもない。空《くう》と変容を経て、円がえがかれるのだよ。そう、変遷と転移という考え方は中国思想の本質をなしている。道の根幹だ。老子の説く回帰とは、結局のところ再出発のことだが、とりわけ、他のものに変ることなんだ。だから、つねに回帰があり、原初の息吹の示唆は尽きることがないので、回帰すればするほど、変遷の可能性が大きくなる。じつにこみいっていて、矛盾しているかもしれないが、まあ、そういうことだよ……」。眼鏡の奥でみせたF教授のいたずらっぽい笑みには、言葉をもって円について説明をなしえた満足感がこめられていた。

南京では予定どおり試験が実施された。予想したとおり、合格した。合格者はただちに国の給費生となった。留学にそなえた講義と、フランス語の集中講義をうけなければならなかった。故郷の南昌に帰って母の遺骨を父の墓に納めるつもりだったが、それは不可能となった。スーツケースの片隅に入れ、帰国したらかならず南昌に持っていこう、固くそう心に誓った。

フランスに向かう船に乗り込む前、胡風が編纂する文芸誌『希望』のなかに、まるで天の恵みのように、ハオランの詩を見つけて、胸をおどらせた。「あちら側」から地下のルートで送られてきた雑誌だった。といっても、友の運命を楽観視することはできなかった。内戦が勃発してから、二年がすぎていて、中国の北部一帯では戦闘は激しさをましていた。

第二部　回り道の記

1

一九四八年四月のある日、わたしは胸をどきどきさせながら、他の十数人の留学生たちとともに、パリに降りたった。三十日間の航海を終え、マルセイユ経由で到着したのだった。衝撃的だったのは、パリの街のくすんだ色が、想像のなかで美化していた光あふれる街とは似ても似つかなかったことだった。駅周辺の家のほとんどは、疲れた灰色で、数十年のあいだにこびりついた埃と煙で汚れていた。まだ薄ら寒い季節で、通行人たちは、終戦まもないこの年月に買い替えもままならなかったらしい古びた黒っぽいコートに首をうずめて、いかにもよそよそしく、憂鬱そうな風貌をしていた。セーヌの流れや、観光客をたちまちにして魅了する川辺の名高い遺跡を、知らずにいたわけではない。けれど、わたしは、だれでも考えることに同調することがどうしてもできない性質《たち》だった。すべての人が見ているものを前にすると、自分自身の目を疑ってしまう。パリの魅力は、のちに自分なりの仕方で発見することにしよう。

戦前フランスに留学しドイツ占領下できびしい歳月をおくった数人の中国人が、陰から抜け出して、汽車を降りる新参者たちを迎えてくれた。わたしたちの荷物を駅に預けるのを手伝ってくれ、ラテン街のホテルに案内する前に、駅から目と鼻の先にある薄暗い裏通りに連れていってくれた。その奥はいくつかの袋小路に分岐していて、そこはもっと狭くてもっと薄暗く、むっとする湿気がたちこめ、おんぼろな外見の低い建物がでこぼこの石畳をかこんでいる。小さな中国人集団がそこでレストランや商店をほそぼそと経営していた。そのなかでも比較的明るいレストランのひとつで、先人たちと新参者たちが昼食のテーブルをかこんで、はじめての出会いを祝った。

会話ははずみ、スープ麺から湯気がたちのぼり、船内で出されたひどくまずい食べ物とは比べものにならないスパイスの効いた色あざやかな料理が、うまそうな匂いを発散して、壁の隙間にこびりついた油のかび臭さを追い払い、つかのまの故郷の雰囲気に浸らせてくれた。

そうだ、これからしばらく自分の居住地となるこの国を愛することを、きっと学んでみせる。西欧の中心部に位置するこの国をきっと好きになってみせる。長い修業になるだろう。そこに至るのに通過しなければならない——予感しているし、もう承知でいる——のは、煉獄《れんごく》、さもなくば地獄だ。

地獄、それはよく知っているつもりでいた。あらがいがたく死を招く悪の現象にずっと以前から脅かされていたからだ。けれど、もっと巧妙で、うわべは苦しみとも悪とも無縁のように見えるもうひとつの地獄があり、わたしはそれを少しずつ発見してゆくことになる。中国にいたときは、そのことをあまり意識したことがなかった。慣れ親しんだ社会にいて、その言語にも風習にも細部にいたるまで通じていた。群集のなかで自分の顔が目立つことはない。生まれたときから、波のようにわたしをとりまいていた大勢の人びとのなかに溶けこんでいた。パリに来て、生まれてはじめて、自分が異質な存在であるという感情をいだいた。外国人というステイタスがこの感情をいっそう増幅した。生まれたばかりの赤ん坊のように、初歩の初歩をおずおずと、だが懸命に学ばなければならない世界に直面していたのである。

身分証明書の提示を求められるのを怖れたわけではない。法にまずまず則した滞在だった。わたしのからだにつきささっていたのは、きわめて根源的なものの欠如という感覚、いわば、存在の正当性がないという感覚だった。自分のアイデンティティをうけあってくれるものも、ここに滞在する必要性を裏づける根拠も、何ひとつないように思われた。のけ者にされるよりもっと過酷な感情をあじわった。切り離された存在という感情。他の人たちから、自分自身から、あらゆるものから切り離された存在。この国に来たのは、絵画を学ぶためであった。けれど、ぶちあたったのは、学ぶことのできない仕事、存在するという仕事だった。


目下のところ、にこやかな顔をした地獄を眼前にしていた。真の好意にしては、いささかにこやかすぎる。そう考えさせられるのだ。にこやかすぎて、なかに入ってゆけない。そう言うと、びっくりさせるかもしれない。たしかにふしぎな地獄で、罠みたいに誘いかけてくるのに、受け入れてはくれない。当時、フランス人が好んで口にしていたせりふのひとつは、「地獄、それは他の人たちのこと」。だがわたしは、自分の身をもって地獄を知った。自分ではない自分になり、ついには、どこにもいない存在になってしまうこと。

この一九四〇年代の末、生きるという強い欲求にとりつかれていた若者たちと同じく、裕福な階層の人たちの多くが、暗黒の歳月の埋め合わせをするかのように、パーティや軽薄な社交をむさぼるように味わっていた。

戦後パリにやってきた中国人芸術家はまださほど多くなかったので、開かれた精神を自慢にしているサロンのひとつから、ディナーの招待を受けるという恩恵に浴した。「はじめまして」、「とても光栄です」など、期待を含んだたくさんの言葉にかこまれ、自分もついに「パリの社会」を知ることになるのだと胸をふくらませた。けれど、人びとの関心ははやくも他に向かっていて、「やあきみ」、「まあなた」と彼ら同士でさかんに言葉を交わし合っていた。しばらくして、はっきり感じとったのは、サロンの片隅に置かれた明《みん》代の花瓶みたいに、自分が飾り物のひとつにされていることだった。テーブルで、わたしはいっとき周囲の何人かの注意を引くことに成功し、「へえ、そうなんですか」、「すごいですね」という反応までひきだすことができた。が、そのテーマをもうすこし深めるために、話題をひきのばそうとでもしようものなら、すぐさま、あくびを噛みしめているさまや、わたしの鈍さをからかうように同席者たちが視線を交わし合うさまを目撃せざるをえなかった。そこで思い出したのは、フランス語が金科玉条としていることのひとつ、「繰り返しは禁物」だった。活気と軽妙さがだいいちの社交的な会話の場合は、なおさらだ。そして、なににもまして噴出するのは、うまい言い回し、的を射た表現、ぎゃふんと言わせる言葉の数々！

くるくる変る話題についてゆくのに疲れきって、うとうとしはじめたとき、話が中国におよんだ。けれど、わたしが出る幕はあまりなかった。中国人はこうだ、または、こうあるべきだ、といったことを、同席者の多くがわたし以上によく知っていたからだ。実際、そのひとりが、わたしの言うことにちょっと耳を傾けてから、ずばりと言ってのけた。「ふしぎですね、あなたはあまり中国人らしくない！」他の教養人たちは事情通を気どり、わたしを前にして弁じたてた。中国思想とは、中国詩とは、中国芸術とは。聞いているうちに、中国人がどうあるはずだと彼らが思っているかを、理解するにいたった。中国人は超然としていて、苦悩を知らず疑問とは無縁で、つるつるした平べったい顔をして、ただただ微笑んでいる。血や肉とは別の物質でできているのだ。中国語は束縛がなく、自然で、労苦の蓄積も、構築された形もなく、いささか素朴な単純さをもち、その言説は、なにかのよい知恵へとゆきつく。つまり、原始的な人びと、生来の素朴さにとどまるべき人びと。野望をいだくこともなければ、変化を求める危険きわまりない冒険にのりだすこともない人びとなのだ。

ようやくパーティがおひらきになり、屋外の爽やかな空気を吸いこみながら、もう二度と招待されることはないだろうと思いつつも、これからは、彼らが想像するような中国人であるように努めよう、彼らの考えに自分を合わせることにしよう、そう自分に言い聞かせた。

2

パリのいろいろな界隈に気軽に出入りするようになる前に、やってきたばかりで経済的な余裕のない外国人たちは、他の外国人仲間をもとめる。

これら大勢の雑多な外国人たちは、地元の人たちの社会にくっついた接ぎ木のようなものを形成している。外国人どうしおぼつかないフランス語で意思疎通をはかり、あれこれ助け合い、複雑きわまりない行政手続をうまくきりぬけるための「つて」だの、安いレストランのアドレスだのの情報交換をし、みすぼらしい住まいを譲ったり譲られたりして、いちにん前の住人としてこの地にしっかり根づいているという幻想を共有しあっていた。

ぽかぽかと暖かい場所があった。たとえば、ぼろ屋に住み、入浴もままならないモンパルナスの芸術家たちは、冬、うすよごれたアトリエに集まって、煙を吐いてゴーゴーと音をたてる石炭ストーブのまわりで、青白い肌のモデルを前にして肩を寄せ合い、それでも、芸術のパラダイスに居ることのしあわせを味わっていた。

仕事を終えると、彼らはカフェに長々と居座って、やあ！　と声をかけ合ったり、肩を抱き合ったりする。親しげに元気づけ励まし合い、一個のクロワッサンを分け合い、できあがった作品に賛辞を発する。そんなふうにして、絶望の防波堤を築いていた。自殺者はこっそり命を絶っていた。何も告げずに逝ってしまうことで、仲間たちに動揺をあたえまいと心くばりをしていた。つまるところ、モジリアーニやファン・ゴッホのような人物を生みだすのに必要な条件とは、こんなものだったのかもしれない。

芸術家として、わたしもモンパルナスのちいさなアトリエにころげこんだ。以前いた芸術家たちがありあわせの資材でつくったアトリエで、暗い廊下の奥に位置していた。美術学校では壁画にかんする講義を受けるだけで、それ以外は、モンパルナス界隈のいくつかの「アカデミー」に足をはこんでいた。それらしく見せるために、パイプを買い、いっとき口ひげをたくわえた。だが、まもなく、たえまない喧騒や、雑然とした技巧的な影響から逃れたくなってきて、この界隈から去る機会をとらえた。帰国する中国人彫刻家がその住居をすすめてくれた。もっと広いアトリエがついているが、遠く離れていて、パリ東部のB街にある。道は上り坂になっていて、そのごつごつした石畳はふつうの人にはきついが、わたしの足には優しかった。重慶の街の通りと同じ懐かしい感触をあたえてくれるからだ。引っ越してからも、しかしながら、なじみの場所の多いモンパルナスで日中の大半を過ごしていた。安いレストランや居酒屋があり、カフェではときおり自分が描いた墨絵や水彩画や油絵を売ることができた。

一日が終わると、金銭的事情で、わたしは徒歩で帰宅した。夕方や夜中、パリの街をつっきって長い道のりを歩いたことで、この大都会に親しみを感じるようになったが、かといって、ここで生きてゆくことの不安が拭い去られたわけではなかった。わたしはパリと絆を結んだ自分を感じはじめていた。名門貴族のように、過去の栄光や、闇に葬られた犯罪を内に秘めたこの大都会は、わたしに有無を言わせぬ存在感をしめした。名門の家系だったわたしの親族たちは、家族の館の片隅や薄暗い便所や、古いベッドや、錠がかけられた箱や、他の秘密の場所に、世代から世代と溜っていった汚垢について何でも知っていたが、それでも家を離れようとはしなかった。香気と毒を含んだ名家の重々しい血が、彼ら同様、自分の血管にも流れていることを、いまやわたしははっきり意識していた。

わたしもまた、外者《よそもの》にたがわず、活路をひらくことはできないだろう。ぎりぎりの収入が入居や仕事の道具の購入に使われていたこの時期、外国旅行、いやフランス国内の旅さえ論外であった。例外的に、モネやファン・ゴッホの足跡を追って、シャトゥーやブージヴァルに足をのばした。そこでは、光に揺らめくポプラ並木、草の香りを発散する引船の通路、さまよう雲を集めながら流れるセーヌの水、そうしたものだけで、わたしは恍惚にひたることができた。檻に入れられた獣が自分の自然な姿を取り戻す瞬間であり、しじゅう枷をはめられている自分の技法が羽を伸ばすのを感じてくる。画布を前にして、目を光らせ、すばやい手の動きでもって、自分が目の当たりにした風景を、墨を含ませた筆で再現し、考えぬいて練り上げた色を添えてゆく……。それ以外のときは、都会の迷路という罠に捕らえられているような気持だった。毎日の通り道に、巨大な駅があり、大きく開いたその口が人びとを吸い込んでいた。最後の車輪の唸りが、相も変らぬ滑稽な別れの合図を運びさってゆくまで、熱をおびた発車の煙のにおいを吸いながら、わたしは自己満足にひたっていた。すると、駅はもはや荒れ果てた風景でしかなく、上方には、緑がかった亡霊のような光がゆらめいている。しばらく、そのまま立ちつくしていた。周囲にいるのは、けっして出発しない人びと、浮浪者、家のない人、物乞いをしながら放浪する人、潮が引いたあと、砂浜に残された海草や貝殻のように、そこにたどり着いた人たちである。

しかしときには、帰途、回り道をして川沿いをあるき、言いようのない母の腕の優しさが蘇ることがあった。セーヌ河の二つの腕に抱かれた島には、発祥以来、パリの心臓が鼓動している。いろいろな橋が流れる水に句点をしるしていて、ひとつの橋からもうひとつの橋へと、わたしの足が向かうとき、いつしか自分自身の心臓の脈動を感じるようになった。大聖堂や数々の宮殿の壮大な建造物の全景が目に入るとき、ふいに歓びがこみあげてくる。来たばかりのときのように、その一つひとつを詳細に観察することはもうなくなったが。過ぎ去った長い歳月のおりおりに積み上げられた石に、わたしはいつのまにか惹きつけられていた。一見無秩序のようだが、それは、威信あふれる王家の隊列が下す秘密の指令にしたがっている。石をたったひとつ加えても、除去しても、美をそこなわずにはすまされない。一つひとつの積み重ねで構築された雄大な人間の創造物のふしぎ。その時その時の緊急性におうじて、全体像の構想なしに、つくられたものなのに、後世の人びとには、たとえそれが廃墟と化そうが、絶対的な必要性につきうごかされてできた統一体のような存在感をしめしているのだ。いま、この調和のとれた堆積は、島の手のひらにのせられて、生きていて、空の明るさや水の反射を演出しながら、おどろくほど自在に呼吸している。内部からも、外部からも、そこに活気をあたえているのは、時間以外の何物でもない。刻一刻様相をかえる一日の時間は、石のなかに刻みこまれた秘められた時間と繋がっている。石がそこに積まれて以来、人間が嬉々としたり、悲しみに沈んだりして生きた時間と繋がっているのだ。日中はあわい薔薇色からやわらかな灰色までうつろい、日暮れになると真紅に染まる。石が反射する光は、リラの花や百合の花の色、グラジオラスや野薔薇の色を帯びてゆれうごく。光が流れこむようにみえる石の心臓部は、収縮と膨張をくり返し、夜がくると、川の水によって清められる。

活気に満ちた中心街から遠ざかり、川沿いに東に向かって足をはこんだ。川面をすべってゆく舟艇が、わたしが流れに逆らって進んでいることを、気づかせてくれた。一日が終わろうとしているとき、川の上流に向かって、その遠い最初の約束の地に向かってあるいているのだと考えると、悪い気はしなかった。地平線がより早く暗くなるところでは、移動しようかどうかとぐずぐずしている雲が、いきなり、まばたきや合図みたいに瞬間的に、西からきた夕日の最後の光線を捕らえる。

さらに遠くでは、川は置き去りにされたかのように、岸辺にそって藻草《もぐさ》と石油のにおいを漂わせていた。砂と鉄くずの山が、荒廃の印象をいっそう際立たせていた。心のなかに湧きあがってくる憂鬱を抑えつけるために、わたしは足をはやめる。憂鬱は自分のなかから消え去ったことは一度もなく、夜気《やき》にまぎれて目覚めるのに格好な機会を窺っていた。この瞬間、いつも頭にあるハオランとユーメイの姿が、このうえない現実味をもってうかびあがってくる。足がとまる。川に飛びこんで、分別のない鮭のように流れをさかのぼってゆきたい、東へ、ずっと東へと向かい、自分が出発した地点まで到達したいというおもいに胸がふさいだ。橋と同じ高さの道をあるきつづける気力がなくなって、左岸の道にきりかえた。陰になっている道の奥に、はやばやと顔を出した星をちりばめた空に寄りそってひっそり建っている教会が目に入ったからだ。人間から忘れ去られ、自分自身をも忘れ、何のために建立されかも知らずにいるその教会は、意図せずして自分のほうに足をむける人を、ただ待ちつづけていた……。

日によっては、わたしは嗅覚だけを頼りに、直線すぎるメインストリートを離れて、迷うことを覚悟で、未知の路地に足を踏みいれた。日常生活に身をすり減らし、閉じこもって生きる人びとが住む、名もない路地。黄ばんだ文具店、古びた裁縫用具店、閉店前に塩素水で清掃した商店、生焼けの肉や、湿ったパンや、凝結したミルクのにおいがしてくる場所。少し先に行くと、光が見え、音がする方向、とりわけにおいが流れてくる方向に、さまようイヌみたいに、本能的に足をむけた。焼肉や野菜のマリネや強いスパイスのにおいに混じって、ひどく訛りのある話し声や、かん高い女の笑い声。忘却からうかびあがったようでありながら、意表をつくほど現実的な街の中心部に自分が来ていたことに、やがて気づくのだ。遅い時間なのに、まだ仕事のざわめきや人びとの声がしていて、中国の路地にいるような錯覚にとらわれそうになった。子どもを呼ぶ女の声に、わたしは仰天して、胸が締めつけられる思いに襲われた。長いこと忘れていた母の声、日が暮れて、道端でわたしを呼んでいた声だった。

3

B街の界隈で生活してゆくうちに、大都市は大勢の孤独な人びとを擁していることを知った。慎みの気持がとくに強く、自分の孤独を顔に出さない人びとである。彼らを見分けるには、時間がかかるし、確かな目が必要だ。この点では、わたしは達人のうちに入るので、いまや、かなり遠くからでも嗅ぎつけることができる。自分のような人間は自分ひとりではなく、まわりには同類が大勢いることを知って、ほとんど慰められた。ときには、われながら失笑した。自分をたったひとりとは思わない孤独な人間、最高じゃないか！

わたしの部屋の隣に住む女。彼女の一日は、大きなげっぷの音とともにはじまる。長い時間をかけて、とても長い時間をかけて、咳をして、痰を吐く。気管支を病んでいるのか、タバコのせいか、酒のせいか。夜のあいだに詰まった喉を楽にしてやる必要があるのか。ともかくも、毎日の習慣として定着していて、誰にも聞かれていないと信じこんでいるのだろう、遠慮会釈なく、一種の苦しげな恍惚にいたるまで、つづけていた。彼女は激しく咳をして、猛烈に痰を吐く。ときには規則的に、ときには断続的に、まるで狂ったように、ますますスピードをあげる。積もり積もった恨みや欲求不満を自分のからだから一掃しようとでもしているのだろうか。といっても、長々とつづくので、そのあいだじゅう同じ激しさをたもっているわけではない。激しい咳きこみのあいまに、はっきり聞き取れる短い声をあげていた。優しいと言ってもいいほどの声で、それがときおり咳と痰の音をやわらげていた。そんなふうにして、もしかしたら歌をうたっているのかもしれない。とくに終わり近くなると、それが彼女にとっての歌となり、そうこうしているうちに、御しがたい咳き込みが和らぎ、しゃっくりと喘ぎ声に変わり、ついで、とぎれとぎれの物憂げで静かなため息となってゆく。そして、音はやむ。ようやくおさまった、わたしが心のなかでそう呟くと、なんとふしぎな以心伝心か、わたし自身このうえない心の安らぎを覚えるのだった。

自宅を出たときの彼女は、きまって穏やかな風貌をしていた。階段の踊り場や通りで顔を合わせるとき、耳で聞く彼女と眼で見る彼女のへだたりの大きさに驚かされた。実際、すぐ目の前にいる、寡黙で控えめで年齢不詳の女と、ついさきほどまで気がふれんばかりに咳きこんでいた女のイメージを、どうして重ね合わせることができようか。かつて家政婦をしていて、労働でくたびれ果てた女だった。人に尽くす人生をおくってきたことが染みついていて、たとえば、豚肉製品店の前で行列をつくっているときなど、すすんでうしろの人に自分の番をゆずりわたしていた。一歩しりぞいたところで、できるかぎり店のおかみさんの迷惑にならない時を待ちうけ、「このパテのきれはしでいいわ」だの、「レバーペーストをほんのちょっとだけ」などと言っていた。想像に難くないことだが、きっと彼女は、自分の部屋でそのパテのきれはしを取り出し、ていねいに切り、自分自身に語りかけながら、楽しみを長びかせるというよりも、一日が長すぎないようにするために、できるだけ時間をかけてゆっくり食べるのだろう。

時代の流れや風向きにおうじてユーラシア大陸のあちこちを渡りあるいた行商のアルメニア人がいた。いまは仕事道具をもっている。一種の荷車で、浜辺に打ち上げられた漂流物みたいに、中庭の薄暗い片隅におかれていた。朝、自分の商品——ピーナツ、ピスタチオ、ヌガ、その他の菓子類——をのせた車を引いて、道の一角に陣取る。中庭の石畳のうえを通るときの荷車のきしむ音は、幼いころ両親に連れられてはじめて盧山《ろざん》に行ったときのことをいやでも思いだささせた。行く道、ラバに引かれた二輪車に乗らなければならない所があった。わだちを車がこすってギーギーと強い音をたてていた。けれど、その騒音は、わたしの耳には心地よかった。土のにおいや、山のすがすがしさや、解放感と一体化していた。都会のうだるような暑さと、大家族の重々しい空気から逃れてきたところだったからだ。

「ああ、中国の方ですか！　中国ならよく知っていますよ」、アルメニア人はそう言うと、中国での旅の体験談を話し終えるまで、わたしを放してくれない。彼の言う中国とは、ウイグル人の住む新《しん》疆《きょう》の一部分だが、敦煌に滞在したわたしでも行ったことのないところだった。わたしは毎回アルメニア人につかまった。顔を合わすたびに、彼は前の話に何かの詳細をかならず付け加えた。そもそも、この男のおしゃべり願望には際限がなかった。わたしは中国の話を聞くという光栄にあずかったが、この男が行く道で出会うイラン人、レバノン人、ギリシア人もまた、それぞれイラン、レバノン、ギリシアでの冒険談を聞かされていた。

おしゃべりで馴れ馴れしかったが、彼は孤独だった。大陸を飛び回って「ありとあらゆる風俗を見てきた」このみすぼらしい旅人は、だれかに自分の人生を全体として語ることができず、したがって、自分自身にも語りえないという意味においてだ。旅の連続だった人生の端と端を繫ぎ合わせることが、彼にはどうしてもできなかった。彼の人生は切り刻まれて、貼りなおすことができないので、誰かと出会うたびに、その断片を打ち明けていた。だいいち、彼はマルコ・ポーロと同じ目に会っていた。彼の言うことを人はあまり信用していなかったのだ。「ウルグアイの話を聞かせてくださいよ、ウルグアイに行ったことがあるんでしょう」、あるとき誰かがそうけしかけた。彼はその国がどこにあるのか分からず、ウルグアイという名が中国とイランとのあいだの地帯に住む部族をぼんやりと思いおこさせたので、深く考えもせず、「うん、行ったことがあるよ」と答えた。大旅行家という彼の名声にたちまちにして傷がついた！ あれやこれやの異質な思い出がごちゃごちゃに重なっているだけで、そうしたものが彼を圧迫していた。つまるところ、寄生虫だらけの長い尻尾をひきずっている動物のように、自分の人生をひきずっていた。寄生虫を養うだけでくたくたになり、自分自身には養分が満足にまわっていなかった。

むかしの生活といまの生活を結びあわせることができない、自分の人生を全体として誰かに語りえず、自分自身にさえ語りえない、孤独とはそうしたものだ。孤独に窒息させられている人は少なくない。わたし自身その一角を占めていることを、わたしは心得ていた。

バイオリンひきのインド人もそのひとりであった。パリ東部のメトロの入り口でバイオリンを奏でていた。「庶民街の人のほうが気前がいい」、彼はそう言っていた。「慈善というよりも共感の気持でお金をくれるんだ」。庶民の耳が好む懐かしいメロディーを、彼はみごとに演奏していたので、なおさらだ。

ベッドがスペースの半分を占めるような屋根裏部屋に、彼は住んでいた。さいわいにして、天窓があった。ほっそりしていたので、椅子の上に立って、上半身を窓の外に出し、戸外の広々とした空間でバイオリンの練習をしていた。それだと、少なくとも隣人たちの迷惑にならないというメリットがあった。

いつでも興奮ぎみの情熱的な人物で、両手を大きく動かしながら、勢い込んで熱弁をふるっていた。いっしょに道をあるいているときは、その手振りが通行人の邪魔になるので、なるべく話をしないようにしていた。すれ違った女性の帽子を飛ばしてしまったような男だ。けれど、いったん、その仏陀のような顔に楽器をあてると、その手がえもいわれぬ優しいひびきを生みだした。

仕事に没入していた日々がずっとつづいて、一段落したとき、くだんの音楽家の姿をメトロでも近所のカフェでも長いあいだ見かけていないことに気づいた。彼の家にでかけてゆき、管理人の口から聞かされたのだが、車にはねられて病院に運びこまれ、退院してから荷物を取りに来て、住所も知らせずに出ていったという。ある夜、道端で彼と出会ったのは、それから数ヶ月後のことだった。ほとんど見る影もなかった。片方の目が見えなくなり、汚れた服は乞食同然の境遇をものがたっていた。左目をだめにしただけでなく、左腕が使えなくなり、そのうえ運転手がなんの痕跡も残さずに逃亡したので、補償金はびた一文ももらえなかった、彼はそう語った。バイオリンをひくことはもはや論外だ。どん底に追いやられたことを知って、わたしはお金を少しばかり融通することを申しでた。音楽家は頑としてうけつけなかったが、ときどき一緒に行ったことのある小さなレストランで、ディナーを共にすることには同意した。かつて熱をこめて語り合った事柄が無意味で虚しいものになった今となっては、わたしたちどちらにとっても、苦痛に満ちたディナーだったが、わたしは思い切って、いっそのこと帰国したほうがよくはないかと、尋ねてみた。「なにかに成功しないかぎり、国には帰れない。そうでなければ、もともと国を出るべきじゃなかった」、傷ついた男は、光を失っていない片方の目をギラギラさせて、そう答えた。「もし自分の家に帰ったら、恥ずかしくて生きてゆけない」

いつの日かモーツァルトやブラームスのようになりたいと夢みて暮らした、遠い故国に、結局彼は帰ったのだろうか。それとも、パリの奈落の底にしずみ、名もない存在となりながらも、なお異邦人でありつづけているのか。二度とふたたび会うことがなかったので、知るよしもなかった。

カフェの奥の隅っこに腰をかけて、陰のなかに溶けこんでいる男には、色も音もなく、あるのは、縁の太い眼鏡の奥でまばたいている二つの目だけだった。男がいる場所から、カフェ全体が見渡せる。彼はただそこにいて、カフェが活気づいたり、まどろんだりするのを眺めていた。どんなときも、彼はその陰のなかにいて、ただ眺めているだけだった。消えているのか点いているのか、役に立っているのかいないのかわからないが、それでもぶらさがっている古いランプのように、男の視線はカフェそのものの視線だった。なにかを観察しているのか。なにか考えごとをしているのか。その無表情でうつろな様子を見ていると、男がなにかの姿かたちを追い求めているというより、姿かたちがうかぶにまかせているようだった。男にとって肝要なことは、見つめること。なにを？ いわば、偶然にとらえた他の人たちの人生を。他の人びとの生きるさまを、ぼんやりした目で、あるいは無感覚な目で追う、それだって、生きるあり方のひとつではないか。

夜、モンパルナスや他の街のアトリエから戻ってくると、帰宅する前に、わたしはそのカフェによくながながと居座ったものだった。そこに漂うのんびりとした空気が気に入っていた。だが、ひっかかるものがひとつ、それが隅に座っている、かの男の視線であった。どこに席をとっても、その男の視線を背中に感じた。ごく稀に男が本を読みふけっているときだけは、視線から逃れられた。そこで気づいたのだが、男はひどい近視だった。目は紙にくっつかんばかりで、かなりせりだした鼻の先が、読み進むにつれて、ほんとうに行《ぎょう》をこすっていた。

ある日、いつもより長く居て、男と同時にカフェを出た。男のあとをつけていった。見知らぬ男のうしろについていくには、かなりの忍耐を要した。のろのろとした足どりで歩き、道路わきに置かれた紙くずかごの前にくると、かならず足を止めた。新聞や捨てられた雑誌をいちいちめくり、気に入ったものを拾いだす。しばらくすると、両腕いっぱいに雑誌を抱えていた。明かり取りのない建物の正前に、ようやくやってきた。小さなドアからなかに入ると、かび臭い空気がただよう廊下へと向かった。きっとベッドに寝そべって、印刷インキのきつい臭いをかぎながら、滑稽な話だの、ほろりとさせられる話だの、奇妙な話だの、身の毛もよだつ話だのを夜遅くまで読んでいるのだろう、そんな男の姿が容易に想像できた。

男のなかに真の孤独を見てとって、わたしは親しみをおぼえた。毎晩カフェのなかにその姿を見かけると安心した。南京や重慶にいたとき、学校から帰ってきて、いつも台所の同じ場所に母の姿をみつけたときと、似通った感情をいだいた。男のほうもわたしを待っているのだということが、少しずつ分かってきた。必然的にわたしたちは接近した。

男は独身で、ずっと母親と一緒に生活していたが、母親は他界した。退職まで保険会社で働いていた。最低のランクで雇用されたので、仕事は筆写することだった。一日じゅう、一年じゅう、あらゆるたぐいの事故やもめ事にかんする書類を筆写すること。会社で、誰かの代わりや時間外勤務をする人が必要になると、自由の身の独身者は重宝がられたが、こと昇進となると、つねに忘れられた。そうした奉仕生活をつづけたあげく、早期退職を余儀なくされた。近視がひどくなって、書き違いをするようになり、そのうえ、書類に鼻先が触れたり、よだれを落としたりして、同僚たちに不快感をあたえたからだ。不平はもらさなかった。生きてゆくのに、さほどのものを必要としていなかった。わずかばかりの家賃以外に、食事と毎日のコーヒーの出費があるだけだ。衣服は昔の上着をずっと身につけている。とくに、袖のひじの部分が抜けて、母親が当て布をしてくれた上着。医者に診てもらうこともなくなった、歯医者さえ。病気にかかると、むかし母親がやっていた古い治療法を記憶のなかからひっぱりだして、しのいだ。歯の痛みは我慢しつづけて、最後に抜歯する。

肉体的苦痛に対する男の忍耐力に、わたしは衝撃をうけた。他の人たちの仲介として生きてゆくなかで習得した忘我の境地から生まれた忍耐力なのだろう。職についていた時代に、自分を鍛えていた。当時、他の人たちとは、同僚であり、上司であり、書類にしるされている被害者たちだった。いまや、他の人たちとは、毎晩カフェで眺めている人たちであり、眠りにつく前にむさぼるように読みふけっている雑誌に登場する人たちだ。男の話を聞いているうちに、ある聖なる道士のことが頭をよぎった。「学問において追究することは、つねに加えることだが、道教では、日々削ぎとってゆこうとする。

削ぎとって削ぎとって、そしてついに無為の状態にいたる」、というのがこの道士の教えだ。男は、そんな無為の境地に、さほど意図せずして達した。それがすっかり身についていて、からだに生ずる痛みにも無関心になった。どこかの誰かのことのように受けとめてしまう。このひとはきっととても穏やかに最期をむかえるだろう、そう思った。すでに境界をこえ、忘我にいたってしまっているのだから。こんどは他の人たち、生涯をつうじて彼を無視しつづけた人たちが、あとしまつをしなければならないだろう。ほとんど無と化したその亡骸をどこかに安置せざるをえなくなるだろう。

4

「三層五点」の中国の画法はすでに習得していたので、美術学校では、西洋の肖像画の画法を集中的にまなんだ。そして、他の人たちにならって、思い切って自分の作品をカフェで売りあるいた。実入りはまずまずで、生活費の高騰につれて足りなくなってきた奨学金のたしになった。この期間をつうじて、人間の顔というものに、とりつかれたとまでは言わないが、すっかり夢中になっていた。通りでは、人びとのからだが視界に入らなくなるほどだった。目にとびこんでくるのは、空中に浮かんでいる無数の顔。筋肉をぴくっとうごかし、おどけ、ときにはにこにこして、挨拶し合ったり、避け合ったりしている顔また顔。

世のなかで目にするもののなかで、おそらくはもっとも可動性があり、もっとも不確かで、もっとも捉えがたい、このわずかな厚みのもの。これはいったい何なのだ。実際、画家の腕前はまず肖像画を画く能力でしめされるではないか。とどのつまり、顔とは何からできているのか。頭蓋と若干の骨と幾つかの孔を覆っている、たかだか数十平方センチメートルの皮膚。ところが、厚みも奥行きもさほどない、このとるに足らないものが、人間を特徴づけ、一人ひとりを一個の独立した存在にしている。人間をはっきり識別させているのが、顔だからだ。顔のおかげで――まちがいなく――自分のことを「わたし」と言うことができ、だからこそ、「あなた」「彼」と言える。そして、自分には心も魂もあることが認識できる。生まれたときから人間の顔をかたちづくるのに、さまざまな要因が重なり合う。抑制した願望、耐えた苦悩、でっちあげた話、声に出さなかった叫び、呑みこんだ涙、傷ついた誇り、燃やしつづけた復讐心、おしころした怒り、耐えしのんだ恥辱、こらえた爆笑、中断した独り言、裏切られた信頼、はやすぎた歓び、たちまち消えた陶酔……。それらが、皺の一つひとつに、樹木の年輪と同じくらいしっかり刻みつけられている。そうしたもののすべてが、隠そうとして日々どんなに超人的な努力をしようと、自分の知らないうちに、顔にあらわれるのだ。めいめいが肩の上にのっけているもののおかげで、その人間が識別され、名前がつけられ、少しばかりの愛情やひどい憎しみの対象になったりする。

それがすべてだろうか。それが、ひとつの顔を前にして、わたしが感じることのすべてだろうか。そうではないことくらい、ちゃんと心得ている。宇宙が、とるにたらないものから、まったく不定形のものから、あてずっぽうに何度も試行錯誤をして、ひとつの顔を生みだす。それを何度くり返しても、結果は毎回異なっているのだから、どこかに隠された秘密があるにちがいない。顔が、あらゆる基本的な音と意味を凝縮した容器になるためには、当初から、見る、聞く、感じる、言うことへのはかりしれない欲求、そしてとりわけ、それらすべてをひとつのマスクに合体したいという願望があったにちがいない。さもなければ、見る、聞く、感じる、言うが、ばらばらの断片になってしまうではないか。さらに、ときおりそこに「美」と呼ばれるものが、つけ加わって、その権力を行使する。

顔ではなく、まず足だけを見た女がいた。なりゆきの為せるわざだった。わたしはかなり混んでいる地下鉄の車両のなかほどにいた。補助席に腰かけていたが、立っている人びとにかこまれた向かい側の補助席の、みごとな輪郭をえがきだす二本の脚に目をとめた。それ自体がひとつのまとまりをなしていた。息を呑むほどの美しさをもった脚を見たのは、はじめてであった。絵画はなにごとについても枠組みの問題だ、というのはほんとうだ。わたしは心のなかで呟いた。中国では、先人たちが、一輪の花を、その内的な美をとらえるために、穴のなかに隔離することまでやってのけたではないか。いくつもの駅を通過し、その調和のとれた曲線と、その熟した果物のように充実したかたちを心ゆくまで観察した、いや、うっとりと見入っていた。二本の脚は見かけに反して対をなしてはいなかった。前のほうの膨らみもポーズも対照ではなく、相互に補完しあっていた。言葉なかばで理解しあい、どんな無遠慮な視線にも邪魔されることのない対話が成立しているかのようだった。

この生きた統一体は、完璧なプロポーションをもちながら、やや度をこしたもの、不遜とさえ言えるものを有し、それがかえって魅力を倍増させていた。何が原因なのか。たぶん、脚が少し長すぎること、足首の窪みが深すぎること、ひざがしらが目立ちすぎること。たいしたことではない！　微細な欠点こそが天才のあかしだ。完全のなかの不完全、完成のなかの未完成、どんなに多くの中国の書家たちがそうした混淆の隠れた魔力を知っていたことか！　この結果にゆきつくまでに、何百万年という生の冒険を要した。この魅力にいたるまで、女性にとって、人生をかけた手入れと心配りが必要だった。

美とは、女が所有しているものなのか。生涯、意のままに保持しつづけることのできる財産なのか。じつのところ、美とは、当の女の意思を超えたふかい謎であり、彼女は美という重荷をほんの短期間背負っているだけなのだ。背負っている、いやその重みに耐えているのかもしれないが、その仕方はおうおうにして不器用で、人びとはその餌食に殺到する。中国の故事に「佳人薄命」とあるではないか！　彼女は美を自分に役立てようとするが、美の掟もその行き着く先も、人間の意志を超えていることは知らずにいる。

わたしの至福のときは長くつづかなかった。地下鉄の重苦しい空気のなかで、天から降ってきた賜物みたいなものだった。胸が締めつけられる思いで、ついにその女の顔を見た。それは、顔の原型ともいうべきか。というのも、以後、わたしにとって、それがあらゆる女の顔を判断する尺度になってしまったからだ。消し去ることのできない傷を負っていて、視線が向けられるよりも、背けられる顔だった。かつて愛する人がみんなの前で永遠を誓った顔は、いまやどんな誓いも受けることがない。何がおこったのか。現代社会につきものの自動車事故なのか。人生をかけた心配りは、一瞬にして無に帰す。彼女の顔は、からだの残りの部分とあまりにも不釣合いだった。仮装なのか、グロテスクな仮面をつけたゲームなのか、無意識の残酷さで見ている人をそんな気持にさせる。だが、それはまぎれもない現実で、女はまちがいなくそこに座っている。もはや彼女は、自分自身にとっても、れっきとした一個の人間ではないのだろうか。その悲運によってではなく、人びとの視線によって彼女が二度目の傷を負う必要がはたしてあるのだろうか……。あからさまに目を向けないようにしてはいたものの、わたしの視線に彼女が気づかないはずはなかった。美しさの片鱗をうかがわせるその目——その美に気づくには努力を要するが——は、怒りにみちた光を発散し、「じろじろ見る」生意気な外国人に対する蔑視が、それをいっそう激しいものにしていた。「何も語りかけてこない」モナリザやラ・フォルナリーナよりも、自分の顔のほうがその外国人の心にはるかに「呼びかけている」のを彼女は知っていただろうか。他の状況では目にもとめないようなその外国人は、自分の鼻や唇などをじっと見つめているうちに、とても貴重なもののように愛着を抱くにいたるということを、彼女は知っていただろうか。パリンプセストを透視するように、最初のバージョンをとらえることこそが、この外国人の仕事なのである。薄紙のうえで美はまだはっきりしたかたちに固定されていないが、そこには美への飛躍がある。そうした飛躍は、元来色あせないものだ。人類には、いまなおそうした飛躍が可能だろうか。

5

オランダに旅をした。アムステルダムではレンブラントの作品、デン・ハーグではフェルメールの作品を見た。そこにわたしは西洋のふたつの頂点を認めた。いっぽうは、激しい情熱の炎、もういっぽうは、静かな音楽。

これほど小さくて平らで、空が低く、無色に近い銀の光に没したこの国で、どうしてこれほどの作品が生みだされたのだろう。春のおとずれを待たずして開花する、凝視できないほど眩い色のチューリップは別だが。穏やかで整然としたこの国の、長いねばり強いたたかいの到達点であることを、もちろん知らないわけではない。ちょうど、花は花なりに、抑えられた内なる激しさをあらわにしているのと似ている。海に脅かされる不毛の地、必要性が鍛えあげた人びと。

わたしは極限というものにつねに好奇心をおぼえる性質《たち》で、「締め切り大堤防」まで足をはこばずにはいられなかったが、そこで見たのは、自分以外に頼るもののない秘められたエネルギーの産物だった。「風と波に抗する」。敵意に満ちた海のただなかで、人びとが力をふりしぼって築きあげたこの堤防を形容するのに、これほどふさわしい表現があるだろうか。わたしが行った日、宇宙の狂乱としか言いようのない、猛烈な雨が堤防に襲いかかり、空も海も陸も、区別のつかない混淆のなかに没していた。夕方ちかくになって、雨に打たれながら、屋根もない停留所で、バスを待っていた。やってきたバスは、わたしに気づかずに通り過ぎた。つぎのバスはずっとあとで、日暮れがせまっていた。そこからさほど離れていないカフェまで、ようやく歩いていった。薄明かりがともったカフェ。誰もわたしには目もくれず、小声の会話はあちこちでそのままつづき、ときたま笑いが炸裂する。ずぶ濡れのわたしは、暖房のそばに席をとり、歯がガチガチするのを鎮めるためにホットワインを飲んでみた。わたしは最北の地で途方にくれている中国人、自分のからだの脆さという感情にふいにおそわれて、孤独感から嗚咽がこみあげてきそうになるのを必死でこらえた。

二時間して、つぎのバスに乗ったが、さきほどよりひどいずぶ濡れで、溺れて川からひきあげられた人のようだった。他の乗客たちを前にして、からだからとめどもなく滴り落ちる水が、バスの奥まで流れていった。髪の毛が顔にはりつき、困惑して、乗客たちのなかに、この窮状から救いだしてくれるような好意をしめす微笑をさがした。だが、誰も身動きひとつしなかった。どの顔も無表情で口を閉ざしていた。びしょびしょの服のまま座席につくのは気がひけ、立っていたかったが、それでも一番奥の席にすわった。わたしがあまり歯をがちがち鳴らすので、すぐ前の席の人が振り返った。そばかすの浮いた長い顔、するどい視線、けれど、そこには親しみの色がただよっていた。突然、ファン・ゴッホのことが、激しい勢いでどっと脳裏におしよせた。ゴッホが、その筆が描いた節くれだった裸木のように、わたしのすぐそばに見えていた。耳もとでささやいた。「くよくよするな、気に病むことはない。運命の打つ釘がきみの骨にとどくまで待っていればいい。そうしてはじめて、そこから意味あるものを引きだせる。人生は透視できないが、いろいろな意味に満ちあふれている。自分の目的を決め、到達できるかどうかなどあまり考えずに、まっすぐそこに向かってゆけ。なにごとにも時機があるではないか。苦しみのときもあれば、喜びのときもあり、激しいうごきのときもあれば、平穏なときもある。それらすべてを超えたところで、力のみなぎる生があらわれる。アルルの夜の星空があり、サント・マリーの家々の低い屋根の向こうで笑っている海がある」

力のみなぎる生、フランス・ハルスがその卓越した筆でえがきあげた晴れやかな表情の肖像画には、まさしくそれがあった。翌日、これらの肖像画をじっくり眺めた。けれど、この画家のみごとな筆さばきの傑作を前にして、それまで考えたことのなかった問いがひとつ頭をかすめた。「いま自分が称えているこれらの作品は、こんな状況にあるわたしにとって何かの救いになりうるだろうか？　恐れや渇きや傷心や孤独を癒してくれるだろうか」。言うまでもなく、問いを発したとたん、恥ずかしい気持におそわれた。助けや支えや慰めの観点から、芸術を評価するとはなにごとか。芸術の役割を治療薬におしこめるつもりか。だが、わたしはもちこたえ、問いかけることを断念しなかった。突如として、西洋の美術館めぐりをはじめたときから重くのしかかっていた束縛から、解放された。自分自身の価値基準をもたず、芸術史の教科書どおりに鑑賞し、押しつけられた価値の優劣にしたがうという束縛から。これからは自分自身の鍵を持とう。どんな作品を前にしても、自分自身の「病んでいる状態」を優先させて、そのつど自分の胸に聞いてみよう。この作品ははたして自分を癒してくれるだろうか、満たしてくれるだろうか、嫌悪感の縁から脱出させて、真の生と和解させてくれるだろうか。いまや、ワックスのにおいでむっとする展示場から展示場へと軽い足どりで渡りあるくことができた。これら数々の画家たちに共通するとりくみがあった。画布をすみからすみまで埋めつくすこと、うんざりさせられるほど色を塗りつけること、挿話や挿絵に対する欲求を際限なく満たすこと。それまで、そうしたものを追ってゆくのに、わたしは疲れ果てていた。だが、いまや、こうした古い作品を鑑賞するのに、構成がしっかりしすぎている中央の絵ではなく、芸術家の内なるビジョンが存分にたくされている下部の小画面に、目をむけるという贅沢が楽しめた。

しかし、レンブラントはどうだろう? かりに教科書がその重要性について語っていなかったとしたら、それでもわたしは、その作品に向かっていったであろうか。ただはっきり記憶しているのは、ルーヴル美術館でレンブラントの作品をはじめて見たとき、心のなかでつぶやいたことだ。「照らす光ではなく、輝きを放っている光をようやく見た。それがすべてだ」。当時、自分がどれほど中国絵画の影響下にあるかを知った。というのも、中国では、先人たちは光についてほとんど何も語っていなかったので(彼らが追究していたのは、まっさらな空間の、いわば平板な真髄だった)、あまりにも光の効果に執着する西洋の画家たちに、わたしは生理的な違和感をおぼえた。しかし、レンブラントにおいてわたしが見てとったのは、彼の神秘的なビジョンがたんなる明・暗の作用を超えていて、その光は、目に見えない存在にみちた原初の暗闇から発せられていることだった——画家が自分の内部にふかく取りこんだ光だ。真の炎は人間の深奥から発するものであることを、この画家は非常にはやくから知っていた。だから、人間という素材が入りこみ、かたちを変えてゆくのに十分なだけの大きさの孔を、自己のなかに穿たなければならなかった。レンブラントが母親の肖像画、ついで父親の肖像画を描いたとき、何歳だったのか。二十二歳? 二十三歳? 彼はすでに、人間性がにじみでている父母の顔をとおして、あらゆる生に秘められているものを探っていた。苦悩や歓喜、恐怖や慰め、生がつくる穏やかな空間、通過しなければならない深淵……。じつのところ、安定した裕福な暮らしが約束されていたはずの彼自身の人生は、幸福の絶頂と相次ぐ家族の死、華々しい成功と絶望的な失墜によって織りなされていった。世の人の目には、彼の人生は悲劇そのものに映るかもしれない。創造主にとっては、芸術家としての彼が、貧しい大地を、その奥に秘められた腐植土が発する光でもって照らしだすほどの、異色な存在になるために必要な人生の行程だったのかもしれない。

レンブラントについてさらに知り、そのひととなりについて認識をふかめ、以前にルーヴル美術館で見たものや、彼の存在を誇るこのアムステルダムで発見したものなど、その作品を見る目がとぎすまされていくにつれて、この画家とわたしとのあいだに、かつて感じたことのない何かが生まれた。まるで魂を吸いこまれてゆくようで、そのあまりの強烈さに、当初わたしはおよびごしになった。生活においても芸術においても元来懐疑的なわたしが、ここまで他者のビジョンにとりつかれたことがあっただろうか。この地にきたのは、ただ偉大な画家の作品を研究するためだったのに、風貌も習慣も自分とは似ても似つかないこのオランダ人が、わたしの扉を破って突入してきたのだ。レンブラントの内的世界に触れることが、自分自身の世界に入りこむことになるなど、思ってもいなかった。密かに、だが確実に、このオランダ人の創造した作品は、わたしの想想の世界に糧をあたえ、わたしの無意識のなかに棲む願望や夢のかたちを浮かびあがらせた。レンブラントの二番目の伴侶ヘンドリッキェにわたしがみたのは、わたし自身の母の不安げな優しさと、憂愁をおびた透明感であった。記憶のなかの母の姿は薄れてきていたので、ヘンドリッキェの肖像をとおしてしか、思いうかべることができないほどだった。そして、バテシバの裸像、女性に対するわたし自身の願望をこれほどみごとに表現してくれたものはなかった。そのからだの一つひとつの部分が、穏やかな官能に息づいていて、悔恨の影をうっすらと漂わせながらも、自己の存在の充実感をひかえめに堪能している。「夜警」の男たちのあいだに割りこんでいる少女の姿は、もはやわたしの妹（元宵節のとき、そのお月さまのような顔いっぱいに笑みをうかべていた）と切り離せないものになった。

そんなふうに自分の所有物をつぎつぎに「奪い去る」その吸引力に対する、わたしの最初の反応は拒絶だった。だがすぐさま同意し、抵抗をやめた。はっきりと目覚めたわたしの本能が悟らないはずはなかった。自分が西洋で出会うことのできるもっとも暖かい手を差しのべているのが、この偉大な芸術家なんだ、それは、自分の郷愁と悔恨の念を鎮めることのできる稀な治療者の手なんだ。

それからというものは、わたしは、熱い夜から生じる数々の眼差しと心をかよわせた。その一つひとつが、埋もれた自分の感受性、圧迫された自分の人間性の奥底の一角に光をあててくれたという意味で、すべてがわたしのものになった。この画家自身の眼差しはもちろんのこと。サウルの眼差し、キリストの眼差し、伝道師や陰謀家、自殺をこころみた直後のルクレティウス、盲目のホメロス。そして、うしろ姿か描かれていない放蕩息子の不在の眼差し。その息子はつねにより大きな欲望をもとめて背を向けつづけたために、誰の眼差しにも出会うことがなくなり、自分自身が眼そのものになった。真の生とは、結局、ただもとに戻ることであり、ただ向かい合うことであることを知らずにいたのだ。放蕩息子は、人間の愛の脆い輪を永久に破壊しかねないほど、遠くまで行こうとしたではないか。絵画のなかの息子は最後に父親のもとに戻ってくるが、わたしはさまよいあるく運命にある。あまりにもあちこちを駆けまわったので、帰り道を忘れてしまった。「まだまだ間に合う、戻ってこい、戻ってこい！」、わたしは生涯にわたって風のなかでそんな声を耳にするとき、こう答えることしかできなかった。「もう間に合わない……、遠くへ行きすぎた、遅すぎる……」

たしかに、フェルメールが見せてくれる平和な描写のなかに慰めを見いだすには、もう遅すぎた。安心しきった女たちが、手紙はよい知らせをはこんでくると信じていて、壁に屈折する午後の陽射しが、一つひとつのオブジェ、一つひとつの眼差しをダイアモンドに変える、そんななにげないものにたちもどるには、もう遅すぎた。生は何ひとつとして分散させず、逸することもなく、唇を半開きにした若い娘の顔のうえで、そのリボンや襟や瞳の色調——青、黄、白、茶——のすべてを、くもりのない夢のきらきらした一点、かろやかにひびく真珠に集中させてゆく。放浪する神が、人間の宝物を思いだし、心地よいデルフトの街の路地を無言で通り過ぎ、そこでは、レンガの壁とふんわりとした雲と明るい窓が、その色彩をリラの花の色に重ねあわせ、人びとはゆったりと仕事をし、それだけで人生は充分に満たされている。そんな信頼感をいだくには、もう遅すぎた。

6

イタリアに行った。わたしの経済状態では、短い滞在しかできないので、フィレンツェとローマだけにして、ルネサンス絵画の実質的な外観をつかみとろうと考えていた。見るもののあまりの豊富さ、とくに異なった傾向や「派」の多さに、わたしはパニックにおちいりそうになった。地方ごとに異なっていること、この絵画の冒険の期間が長かったことが、その要因だろう。この国のあちこちに散らばっていながらも、たがいに発明を競い合っていた幾つもの中心地における三百年あまりの熱にうかされたような創造。中国でこれに匹敵するのは、唐と宋くらいなものだろう。八世紀から十三世紀まで、六百年にわたって、たえまない創造が展開され、そこから生じる絵画の冒険が頂点をきわめた。自国の伝統と、敦煌でのわたしの体験にささえられて、このもうひとつの絵画と正面から向き合うことができた。そうでなければ、押しつぶされるような思いをしただろう。

予想もしなかった人種主義的またはファシスト的な敵意にみちた扱いを小さな町でうけたことも、ごくまれにはあったが、いたるところで出会ったのは、イタリア人の温かい親切心であった。この戦後のイタリアにおいて、わたしは中国の庶民街と同じ空気をみいだした。人びとは容易に話しかけてくる。わたしに声をかけてきて、ずばりこう尋ねる。

「中国人?」

「ええ」

「蔣介石それとも毛沢東?」

この質問がすぐ口から出ないことはまずなかった。中国に共産党支配の体制が確立されたばかりのときであった。選択を迫られるたびに、わたしは困惑した。すりぬけるために逆に質問し返した。「ガスペリ〔キリスト教民主主義〕それともトリアッティ〔共産党〕?」そんなとき、イタリア人の答えはたいていはっきりしていた。

ローマに向かう汽車のなかで、切符の検札のため車掌がわたしに近づいてきた。いつもながらの質問を発し合い、相手は堂々と答えた。「トリアッティ!」わたしのほうは蔣介石とも毛沢東とも答えなかったのに、ただ中国人というだけで、このイタリア人に好感をいだかせた。のろい夜行列車を利用すれば、追加料金を支払わなくても、目的地より遠くまで行ける、会話をつづけてゆくなかで彼はそう示唆した。車掌仲間が万事とりはからってくれるよ。そんなわけで、ろくに顔も洗わず、ひげも剃らない旅の果てに、ナポリまでやってきた。

この南部の大都市では、金色のかがやきが黒い陰を呼びよせる。通りの両側にたちならぶトラットリアやロスティチェリアで、郷土料理に舌づつみをうち、わたしをつつむにおいや音に酔いしれた。喧騒から逃れるため、いったん修道院の塀のなかに入って、噴水のまわりに整然と並べられた石の涼やかさに浸った。小道をつたって行くと小さな入り口の扉にゆきつき、そこに年配の僧侶が身動きもせずにつったったったまま、じっとこちらを見ていた。

「中国人？」

わたしは頷き、例の避けがたい質問「蔣介石それとも毛沢東？」を待ちうけた。だが、そんな気配は皆無だった。そのかわりに、僧侶の幅広い顔にふたすじの涙がきらりと光った。長年中国で生活したせいか、その切れ長の両眼から流れ出した涙が、アジア人のような不透明で蒼白な頰を濡らした。僧侶のおぼつかない中国語は、山東省北部特有のなまりを含み、悲壮感と愛嬌とをかもしだしていた。僧侶は宣教師として暮らした四十年ちかくの現地での生活を語った。突然中国から放逐されて、自分自身の国になじめず、異国の地で人生を終えなければならない運命におちいったような気持でいる。面会室の奥に自分自身でしつらえた小さな展示スペースに、わたしを案内してくれた。礼拝に用いるオブジェ、明代の銅製の香炉、かなり色あせた手製の刺繡による宗教画、農村地帯をかけまわるのに使用した杖……。

思い出話からわれに返ると、僧侶は言った。「ほんとうのイタリアを知りたければ、大都市ばかり見てはだめだ。プーリアに行くといい、わしの故郷でね。甥《おい》が農場をもっている。歓迎してくれるよ」

その地方まで旅して、見いだしたものは、果物や野菜――オリーブ、アーティチョーク、ピーマン――は香りゆたかな味わいがあって、中国のふるさとを思い出させた。人びとの素朴で温かいもてなしも、ふるさとを思い出させずにはおかなかった。中国と同じように、いや中国以上に、この南部地方は、豊かさも貧しさも、そのありのままの姿を飾らずにみせてくれ、それでいながら、まだどんな言葉でも表現されていない埋もれた部分を隠しもっていた。せっかくあたえられた機会なのだから、激変する時代の挑戦をうけて人間が創造した炎と壮大を象徴する建築のほうはわきにおいて、海と山にかこまれたこの地にどっぷり浸かってみようと思った。松の木立の濃い影にも、海から吹いてくる風にも、ほとんど和らげられない強い光線のなかで、生き物たちは、旅人の足をとめさせ、そのずっしりとした存在感をもって、内部に入りこんでくる。旅人はそこに何が秘められているのか問わずにはいられない。雲や風を捕らえ、傷ついた小鳥や疲れはてた動物を抱いて、樹齢不明のオリーブの木々が、雷に打たれた竜のように、いたるところに根をはっている。この地方の随所に見られるビザンチン様式の礼拝堂と同じくらい、力づよい本物の聖なる場所なのだ。何なのだろう、これらオリーブの木立は。この土地の象徴なのか。無限が掲げる旗なのか。胸のなかでそう問いかけてみても、解き明かすことはできない。これらの木々は、その無音のささやきを聞きとることのできる人たちだけに、何かをおしえようとしているようだ。人間世界と渾然一体化したその苦しみやおののきは、人間にとって何かの救いをもたらしているのか。なぜこれらの木々はかくも頑強にそこに根を張っているのか。なぜそのすぐ傍にいる人間たちが、この土地と和合しているようでいながら、これほど拠り所がなく、これほど悩みや期待に蝕まれているのか。都会をはじめて離れて、すべてから遠ざかり、西洋のはずれのこの土地に迷いこみ、人間の運命の虚しい欲望を正面から見すえようと自分に言い聞かせた。この地方ではまだところどころに封建時代の風習が残っていて、宴会に女が参加することは許されていなかった。といっても、彼女たちの瞳がなげかける光ははっきり見てとれた。彼女たちには、控えめな恥じらいと抑圧された夢が混在して、その眼差しは、驚きと好意をたたえて、異邦人の顔にまっすぐ向けられていた。ただの日常的話題という仮面のうしろに、わたしは、しあわせな情熱や悲劇的な情念、つかのまの愛や消しがたい怨念を探ろうとした。単調な日々のただなかで、歌うような言葉が女の眼差しに生気をあたえるときでさえ、隠された苦悩がひろがってゆくようにおもえた。湿り気をおびた裸体の欲望が、うだるような熱気にぐったりして、半開きのよろい戸ごしに透けて見えたかとおもえば、畑地の端に、ナイフで腹を引き裂かれ、目をえぐられて放置された猫がふいに目にとびこんできた。密生した草と筋をひく血痕のあいだに、断続的に照りつける太陽がルビーとヒスイの模様をつけようとしていた。結局、久しい以前から、すべては砕かれ、引き裂かれていて、陽気な叫びもささやきも、目に見えない傷口をふさぐことはなかったのだ。カラスが地面をかすするように飛ぶ時刻になると、旅人は宿に戻ってゆき、人間たちのおしゃべりの背後から無言の霧がたちこめてくるのを見る。入り口に座っている老人は、台座に固定された木像のように黙ったままで、口を開くのは、孤児院に帰る子どもたちの集団に声をかけるときだけだ。子どものひとりが何かにひっぱられたみたいに、集団から抜けだした。長すぎるシャツのすそを窮屈なズボンのなかに押し込もうとしながら、怯えたモグラのような目で、異邦人を見すえた。いや、子どもが見ていたのはむしろ、沈む太陽によってながながと伸びた異邦人がひきずっている影だったのかもしれない。もしかしたら、その影はもともと切り離されて、ずっと前からそこにあって、いまだに、いや永久に手でふれることができないのかもしれない。その瞬間、プーリアの薄れゆく光のなかで、わたしの耳にまたしても命令が聞こえてきた。こんどはきっぱりとしていた。「この地上において請い求める者になるな。すべてを、予測不可能なことさえも、受け入れる者になれ。おまえのなかに迎えいれたすべてのものを、おまえは最後まで背負うのだ。そうすれば、おまえに慰めを求める者は生きのびてゆけるだろう……」

ルネサンスの絵画については、わたしは何をつかみとったであろうか。何百年という歳月を経て、これほど遠方からやってきて、わたしがほんとうにルネサンスの画家たちの皮膚のなかに入りこみ、彼らがその執念のすべてをもって見たものを、見ることができたであろうか。無意味な問いだ、もちろん。ひとつだけ確実に言えることがある。その気になって見るものにとって、西洋絵画の特異性は明々白々ではあるが、伝統との決別がいかに大きなものであったか、その決別がいかなる時代にいかなる場所で生じたのかを認識するには、やはりイタリアまで来なければならなかったのだ。いつのことなのか。誰によるものなのか。時系列で追っていき、真に転換がおきたという気持をわたしにいだかせた最初の画家は誰だったのか。プレルネサンスのチマブーエやドゥッチョ・ディ・ブオニンセーニャやフラ・アンジェリコやロレンツェッティ、いや、これらの画家たちではない。かれらの絵画はまだ親しみを感じさせてくれる。祈りと物語をふくむ仏教芸術にわたしはかなり通じていたので、これらイタリアの画家がえがく人物像のなかに、同じ熱烈な信仰心、苦痛と恍惚が生みだす、同じように内面に向けられた視線をみとめることができた。チマブーエにあっては、そのフレスコ画が歳月によって色あせてくるにつれて純化され——たとえば、アッシジの「十字架のキリスト」——その弓のようにしなった姿は、いっそう敦煌の魏王朝時代の壁画を思わせる。では、ジョットはどうだろう。いや、この画家でもない。たしかに彼の時代、偉大な劇作がすでに胎動しはじめていた。だが、大胆に構成された空間はまだ不確かで、未知のものに繋がっている。

はじめて隊列から抜け出して、「これからの絵画は、完璧な遠近法にもとづく劇場の舞台で演じられることになるだろう」、高らかにそう宣言したのは、まちがいなくマサッチオだ。わたしはカルミネ教会の近くの修道院に宿泊することができたので、マサッチオの作品に近しく接した。毎夜、夕食の時間をつげる鐘がひびくと、礼拝堂の彼の壁画の陰にしばらくたたずんでいた。マサッチオの時代には、機は熟していて、この大胆な天才は、あまりにも短命ではあったが、ほんの数年で、古い構成の幕を引き裂き、聖書の人物像よりも、人間そのものを舞台の前面に押しだしてみせた。人間はまだ聖なるものに執着していたが、彼は、その若い力をはっきりと自覚していて、自己の表現へとつっぱしっていた。マサッチオとそれにつづく人びとによって、西洋人は熱にうかされたように「舞台にのぼり」はじめたと言えば、おおげさだろうか。客観的な宇宙を背景にして、いまや人間は主役を演じていた。宇宙は人間の活動に寄与しながらも、舞台装置の役割にとじこめられた。そして、人間とともに生きたすべてのものが、遠い郷愁にかえられてしまった（その王国を再建しようとして奮戦した画家たちの系譜、ジョルジョーネ、プッサン、ロラン、ターナー、セザンヌ、ゴーギャンといった流れを追っていったとき、わたしはどれほどの郷愁をおぼえたことか）。栄華のはじまりは、孤独のはじまりでもあった。のちになって、わたしは、なぜ西洋が鏡だのナルシスだのといったテーマにこれほど固執するのか理解するようになる。創造された世界から切り離された人間が、唯一の主題《シュジェ》として君臨するようになったとき、自分自身を鏡に映すようになった。ともかくも、いまやそれが自分を見つめるただひとつの方法なのだ。自己にみとれて、自己を賛美しつづけた視線が、それ以外のすべてを事物《オブジェ》に変えてしまった、もっと正確に言えば、征服すべき事物に変えてしまった。周囲に自分以外の主題がないため、人間には長いあいだ——意にかなって？　意に反して？——対話の相手や対等な相手がなかった。人間はほんとうに孤独と死という痛烈な意識から逃れることができたのであろうか。

フィレンツェやヴェネツィアの美術館にきてみて、わたしは、かつてなかったほど、宋《そう》や元《げん》の画家たちに共感をおぼえた。この画家たちは空《くう》の意義を認識していた。それは生きた息吹がとびまわる空間なのだ。彼らの宇宙観がそう告げていたので、臓腑の奥からそう信じていた。創造のもととなったのは、原初の空《くう》が生みだした息吹だと、その宇宙観は何百年にもわたってくり返してきたではないか――師の教えがいまでもわたしの耳元で響いている。その原初の息吹がこんどは、陰《イン》と陽《ヤン》という生命《いのち》の息吹に別れ、他の多くのものに分枝してゆき、「複数性」をつくりだした。このように繋げられているので、「ひとつ」と「複数」は連続している。こうした考え方の帰結として、画家たちは、創造された世界の無限の多様性を模倣するのではなく、創造という行為そのものにみずから加わろうとした。陰と陽のあいだに、五つの要素のあいだに、万物のあいだに、彼らはありとあらゆる工夫を凝らして、空《くう》を挿入しようとした。空だけが生きている息吹が動きまわるのを保障しているからだ。息吹が律動する響きに達したとき、霊となる。多くの中国人にとって、一枚の竹の葉のかぼそい美しさと彼方に舞う鶴の姿をひとつにした絵画の傑作とは、楽しみの対象というよりは、そこでそのまま生きてゆけるような、真の生命の場なのだ。中国にいたときには、わたしは芸術にそこまでの力を認めていなかったので、そうした人びとを嘲笑していた。けれどここにきて、自分でもびっくりしながら思ったのだが、かりにそうした絵画が存在しなかったとすれば、人類はもっとも軽やかでもっとも純化された夢の一部を失うことになっただろう。ともかく、わたし自身、息が詰まってしまっただろう。

「きみの言うとおりだ。このティツィアーノの作品のどれかを、郭熙《かくき》か米芾《べいふつ》の作品と取り替えてみたいね」、マリオはそう言った。

マリオは、ウフィツィ美術館で知り合った画家で、ドイツ人のハンスとともに複製画をかく仕事をしていた。ものすごい遺産にも圧倒されるようなことはなかった。そのなかで生まれたので、祖父の髭を平気でひっぱる孫みたいに、展示されている作品に特別な敬意を払うこともなしに手で触れていた。この「家族の息子」にとっては、祖先たちが遺してくれた作品は、自分の生活の手段のようなものだった。実際、マリオはリッピやデル・サルトといった系譜の絵画を模写していて、描きたてのみずみずしさを好む客たちにとっては、本物より傑作だった。

ハンスのほうはいささか心の迷いを感じていて、哲学的な問いを発していた。「結局のところ、どんなふうに描いてゆけばいいのだろう？　なぜ同じものを描く必要があるのだろう」。マリオは当たり前のように答えた。「生活があるからだよ！　スパゲッティを食べてゆかなくちゃならないし！」。そう言いながら、われわれ同業者ふたりを裏通りに連れていってくれた。パスタは美味で、キャンティワインは娘たちの笑い声のように澄んでいた。

食事の途中で、まじめな口調にもどり――ふいに悲壮感のこもった美しい顔になった――マリオはわたしに言った。「うろうろしないほうがいい。どこに首をつっこんだらいいのか分からないような、そんな顔するなよ。山のような作品が蓄積されているんだ。ひとつアドバイスをしよう、複製画家の言葉だ。きみの心をひいた何人かの画家にとどめておくほうがいい、二人か三人、四人くらいかな、そのくらいにしておいたほうがいい。その画家たちを系統的に追いかけるんだ。作品一つひとつを見ていくんだ。そうすれば、その内面まで入ってゆけるようになる。彼らの原動力や、動機や、技法まで把握できるだろう。誓って言うよ。自分自身は天才でなくても、天才をその内面から知ることができるんだ。そこに至れば、ダ・ヴィンチであろうと、ミケランジェロであろうと、きみを圧倒するような存在ではなくなる。ちょうど、ぼくたちが今友だちどうしで話しているのと同じように、きみは彼らと対話するようになるだろう」

なるほど、もっともなアドバイスだ。どうしてそう考えなかったのだろう。レンブラントについて実感したことを、これからは自分を「癒してくれる」芸術家だけに注目しようと決意したことをどうして忘れていたのだろう。

わたしが注意を向けたのは、何人かの画家だったが、彼らが構成や強調にあまりこだわっていなかった時代の作品だった。そこに見つけたのは、耳を傾け、交換しあっている空間だった。ジョルジョーネの絵画に見る、嵐のなかで稲妻が空を引き裂いて発する青と緑の光、それは脅威をしめしているのか、共鳴をしめしているのか。雲をふちどるその光のカーブは、女のふっくらとしたからだを思わせる。一瞬の筆のうごきでもって、画面の中央を占める橋と建物の固い幾何学性を超えたところに、天と地との目に見えない循環を再現してはいないだろうか。さらに、ヴェネツィア・アカデミーに見る、カルパッチョの絵の聖ウルスラの寝室にいる天使は闖入者なのか。整頓された日用品に庇護されているように、眠っている若い女を、天使は目覚めさせることも、怯えさせることもない。天使は一歩前に踏みだすことはなく、たったひとこと言葉をかけることもない。すべてはすでに完成されているにもかかわらず、天井の下の小さな丸い窓のように、時はうごきを止め、瞑想し、満ち足りている。

きわめて柔軟で表情ゆたかないろいろな顔がえがかれた、ピエロ・デッラ・フランチェスカの区切りのない世界は、わたしにとって、じょじょに親しみぶかいものになった。これらの尊大で厳しい顔は、互いにうやうやしく距離をおいていて、それぞれの特徴をきわだたせている。ふしぎなことに、この絵画は、范寛《はんかん》の山水画にえがかれた山を思いおこさせた。妙な比較。中国の画家は、十一世紀の隠遁所から抜け出して、信者たちのように聖ヒエロニムスと対話することを受け入れるであろうか。たぶん、こころよく受け入れるだろう。アカデミーの奥にあるこの絵画は通常の構成とは違っていて――背景が人物像より高い位置を占めているので、人物をいだき、人物に入りこんでいるような印象をあたえる――周囲の樹木や岩や丘が人びとの話し合いに能動的に参加しているからである。

このアレッツォの画家フランチェスカは、母親をえがいたときはじめて感情の抑制を投げ捨てた。夏の光と香気がむんむんするなかのひんやりとした避難所、モンテルキ墓地の礼拝所のなかで、わたしは「出産の聖母」の前でいつまでも立ちつづけていた。素朴で人間味あふれる女は――人間的すぎたために、ついに神の子を宿すことになったのだろうか――いたいたしい品格をそなえて立っている。片方の手が腹のうえにおかれ、その部分でドレスは半開きになっていて、捧げるしぐさとともに守るしぐさがつつしみぶかく表現されている。だが、彼女には選択の余地はない。天使たちはすでに帳《とばり》を開いている。すべての母親と同じように、彼女は産まなければならず、そのブルーの長いドレスと境界をなしているのは、もはや天幕だけである……。管理人が席をはずしている隙に、わたしはこのフレスコ画に近寄って、彼女のドレスにそっと手を触れた。ある日きっと自分のためにこんな絵を描こう――わたしの母親には墓がなかった。そうすれば、すべてをふたたび結び合わせることができるだろう。

7

共産党政権の到来、彼ら自身は「解放」と呼んでいたが、それは中国において根本的に新しい時代を告げるものであった。

この新しい時代を夢みながら、きわめて多数の若者を含む男たち女たちが、たぐいまれな献身と自己犠牲の精神から、革命家たちの隊列に加わった。彼らはどんな窮乏をも受けいれ、あらゆる試練に耐え、すべてをささげ、命さえも惜しまなかった。革命軍に入隊した何百万人という若い農民が、戦闘で命をおとした。八年間の日中戦争によって中断されながらも、長い年月にわたる内戦が残した廃墟のただなかで、だれもが渇望した社会を建設しようと、すべての人びとに対して大々的な呼びかけがなされた。

中国の歴史をつうじて、そんなふうに人びとが力を発揮したことは稀ではなかった。専制的支配と腐敗と侵略によって、国が奈落の底に沈みかけたとき、真実がことごとく蹂躙され、人間的価値が踏みにじられたとき、この古い民族を壊滅から救ったのは、人びとの力だった。そこには、笑いと涙と怒りで紡がれた長大なタピスリーを織りなす黄金の糸のように、殉教者たちの系譜が綴られている。殉教者たちの大多数は儒教倫理を信念としていた。儒教倫理は、人間の尊厳を至高のものとし、天と地の創造に第三の立役者として人間が参加する義務と権利をあたえている。道教の精神につきうごかされた人びともいた。この人たちはもともと秩序というものに抗する傾向がある。というのも、道教の思想では、人間が従うことができるのは、「道《タオ》」、つまり普遍的な真理のみだからだ。このふたつの思想は、少なくともひとつの基本的概念において重なり合う。清廉な息吹——つまり清廉な精神——が世界をうごかすという考えである。

二十世紀、孫文は、同時代のすぐれた資質をもつ男たち女たちに支えられて、腐敗した清朝を打倒し、一九一二年、中国におけるはじめての共和制を樹立したが、早世したために、中国全土を依然として支配し影響をおよぼしている封建的勢力に打ち勝つことはできず、その後継者たちもそれほどの力をもちえなかった。その二十年あまり後にあらわれたもうひとりの男は生来の革命家で、自覚した人びとの高まるエネルギーを捉え、導くことについに成功した。初期の分裂と紛争を克服すると、彼は、その理論的思想と、戦術的手腕でもって、他の多くの革命家のリーダーたちを配下においた。党の先頭に立って、長い戦いをすすめ、すべての人びとを結束させる主義を勝利させた。それは、膨大な犠牲者をともなうものではあったが。権力を奪取した後、新しい共和国樹立の宣言に際して、万人が認めるこのリーダーは、それまで知られていた風貌——このんで無造作な態度をとり、ときには羽目をはずした——とはまったく逆に、かちっとした制服に身を固め、首までボタンをはめ、厳粛でおごそかな、半ば「皇帝」のような姿であらわれた。旧体制で実証ずみの言語や理想的なすがたかたちの模範から脱却するのはなまやさしいことではないので——いわば無意識のうちに、その鋳型をつかった……。

革命が成就したのち、革命家たちが、新体制を長期にわたって維持させようとせずに、さっさと身をひくなどということが考えられるだろうか。新体制は必然的に硬直化し、厳格なものにならざるをえなかったのではないか。当然のことだった。彼らがとことん行動をつらぬき、権力への欲求にかられた人間ではなく、賢者たちだったとすれば話はべつだが。そんなわけで、新しい秩序はあらがいがたくゆきわたった。誰もが一様にその必要性を自分に言い聞かせた。これはまちがいなく革命なんだ。「反革命の残滓の一掃」は避けがたかった。「封建制度の根源を除去」しなければならなかった。あたかも、人びとがそう望んでいたかのように、先頭に立っていた革命の達人は、その尊大さを保持し、束縛されることがなく自由だった。歴史の重みに対しても自由であり、自分自身の執念に対しても自由だった。こうして、誕生した秩序はこれまで存在していたものとは異なっていた。人間の想像力は、これとは別のものを構想できるほど成熟していなかった。それに、歴史の現実があった。古い帝国のモデルのほかに、より現代的で、より「科学的」なモデルが、隣国の先達によって数十年前に建設されていた。そのうえ、三十年の長きにわたって武力闘争と組織固めをしてきたのだから、その体制が軽快さや柔軟性をもって機能するはずはなかった。そんなわけで、ひとつの大陸と言っていいほどの広大な国が、すみずみまで統制された。生産隊として再編されなかった村はひとつもなく、支部委員会に組みこまれなかった都市住民はひとりもなかった。定期的におこなわれる批判と自己批判の会合において、めいめいが自分の背負っている「思想の重荷」について自覚し、ありのままの姿をしめさなければならなかった。いまや、この国の住民たちは、いっさいの欲得を捨て、いつでも大義のために尽すことが求められる人びとなのだ。なにしろ百年ちかく無政府状態におちいっていた社会のことだから、かくまで厳格な秩序をゆきわたらせたのも、当然だったのかもしれない。けれど、その根底にある思想——西洋において合理主義が極限に達していた時代に生まれた絶対的な集団主義思想——は、なにが人間というものをかたちづくっているのかを考慮に入れていたであろうか。内的願望につきうごかされ、予測不可能な夢を志向するこの人間という存在を。しかしながら、中国のこの歴史的時期に居合わせた世代は、この老いた民族の腐敗の根源を断ち切るために、意を決して奮闘する覚悟をしていた。

一九五〇年、ハオランとユーメイからの手紙が届いた。かなり短いもので、やや紋切型の新しい文体で書かれていた。けれど、便りの主旨は、ふたりが上海で一緒に暮らしていることを、わたしに伝えることだった。すぐに返事を書いた。自分のことにはあまりふれずに、パリ滞在を終えて、再会することをほんとうに楽しみにしていると書いた。

といっても、わたしは心底そう思っていただろうか。今わたしがいるのは広漠たるユーラシア大陸のもういっぽうの端であり、おぼろげながら抱いていたのは、稠密な現実全体がしだいに未知のものになって、自分から遠ざかっていくような感じだった。自分にとっていちばん大切な人びとを乗せた船が、波を裂いて去ってゆくような。さまざまな事業が、歴史に例をみない、とてつもない重大な事業がすすめられつつあった。というのも、この現実に君臨している男は、並の人間ではなく、大陸規模での行動、いや地球規模の行動を視野におさめて意気込んでおり、平凡なくり返しに甘んじているはずがなかった。この男が執着している展望に向かって進むために、つぎからつぎへとたえまなく運動やキャンペーンが展開された——「苦い水を吐きだせ」、三反〔反汚職、反浪費、反官僚主義〕、五反

〔賄賂、脱税、国有資料の窃取、手抜き工事、国家情報の窃取に反対する〕、浄化や思想改造など。彼は巨大な数字をこのみ、数の大きさを主張の論拠にしていた。どれそれのキャンペーンには何百万人が参加した、人口の何パーセントがこれこれの運動に参加した……。

こうした大衆運動は、革命の論理から説明できるが、思考の分野に視線を向けてみると、最高指導者はみずからの矛盾にぶつかっていて、それは年を追うごとに目だってきた。彼はさほど高度な学業を修めていたわけではないが、その読書の幅はきわめて広かった。中国文化がになっているある種の価値の高さを知らずにいたわけではない。心の奥底で彼が夢みていたのは、才人たちが輝きを競い合い、不朽の作品をどっと生みだした唐や宋のような時代だったのだろう。けれど、もういっぽうでは、精神主義的な妄想家として、人間の本性や創造力を極端に単純化する傾向があった。自分の思想の絶対的な力を信じ、人類をみちびく先頭に立ちたいという思いにかられて、狭い路線、ただひとつの目的にむかう自分の路線を押しつけずにはいられなかった。ゆるぎない非妥協的態度をとらないわけにはゆかず、それは不可避的に他の人びとの思考を圧殺する結果をまねいた。

この歳月において、わたしは、おののきながら、イデオロギーの面で中国におこりつつあることを見守っていた。すでに一九四二年の延安時代、王実味《おうじつみ》批判につづいて、文学的芸術的創造にかんする「文芸講話」をもとに激しい思想闘争がおこなわれていた。一九五二年、映画「武訓伝」に対する批判運動がはじまった。それは知識人や芸術家集団を標的にしたものであった。一九五四年、こんどは胡風《こふう》が槍玉にあがった。胡風は名高い文芸評論家で、延安の「文芸講話」を批判してのけた。胡風はあくまでも大胆で、最高指導者に対して長い手紙を書いて、この国の文学的状況を説明し、真の創作が可能な条件を提案した。この手紙がもとで、痛いところをつかれた名宛人は行動にでた。作家、芸術家など、すべての知識人は、この張本人を糾弾する論文を書くよう促された。そして、批判運動はさらに激しさを増した。胡風の近親者たちは、彼の私信まで提出させられた。大作家魯迅《ろじん》に気に入られていたこの文芸評論家は、じつは一九三〇年代から反党分子であり、国民党の手先だったという筋書きがつくりあげられた。こうしたニュースに、わたしは愕然とした。ハオランに逃れるすべがないことはあきらかだった。胡風が主幹だった文芸誌に詩を発表していたのだから、その「一味」というレッテルが貼られているにちがいない。

一九五四年末、わたしのところに届いた封書にユーメイの筆跡を見て、とびあがって驚いた。仲介者をとおして香港から送られてきたもので、ハオランが「労働改造の収容所」に送られたことがしるされていた。場所はわたしの故郷江西省の北部の湿地帯だった。

8

この手紙を受取ってから数日間、わたしは、さまよえる魂のように、パリの街をほっつき歩いた。友と戀人《ラマント》があじわっている苦痛と汚辱が、自分の肉にぎりぎりとくいこんでくる。裁判も公的な判決もなかったのだから、彼らが耐え忍ばなければならない災難は、いつまでつづくのか分からないのだ。

ある朝、みすぼらしい部屋で目が覚めたとき、中国は自分に扉を閉ざしてしまった、もう帰ることはできないし、帰る気にもなれない、わたしははっきりそう自覚した。わたしは亡命者だ、生涯国を追われた身なんだ。

それまで一度も頭をかすめたことのない、そんな思いにとらわれたとき、わたしのなかに激震がはしった——不治の病にかかったことを唐突に告げられたときのように。一生亡命の身で、帰還は不可能であることを、ふいに悟るということは、その人にとっては、死を告げられるにひとしい。その瞬間、ひとつの人生が、その思い出とともに、そしてとりわけ、その約束とともに、その人から奪い去られ、手の届かないところにいってしまう。いまや何ひとつ同じではなくなった。以前、以後、それは別物なのだ。無数の日常の動作をうんざりしながらも、これまでどおりに続けている振りをし、会話をしながら、必要ならば、ほほえみさえうかべた。だが、いっしゅん鏡のなかに目にする自分の姿さえ、かつてのしあわせのわずかな追憶さえ、心にぐさりと突き刺さる。ここでの生活は、かの地でかつて生きたもうひとつの生活の透かし模様のように進行するのだが、そのかつての生活はどんどんぼやけて、遠ざかり、接近不可能になってゆく。気づいたときには、もう手遅れだ。そのもうひとつの環境、もうひとつの生活にたちもどることは、二度とふたたびかなわないのだ。

夢のなかだけは別だった。乾いた墨とつぶした蚤のにおいが染みついた机を並べてつくったベッドの上で、気持よく骨休めをしている、そんな夢をみることがあった。あるいは、揚子江の峡谷にそそりたつ岸壁のごつごつとした岩肌を、女のやわらかなわき腹に触れるように、そっとさすっている夢。そして、いとしい人たちの顔が、すっかり忘れてしまったはずの顔までが、なんの前ぶれもなく、ごく当たり前のように自分の奥深くに入りこんできた。父の顔、妹の顔。そしてとりわけ、ベッドから見える棚の上にその骨壺がおかれている母親の顔。親族の何人かの顔。ハオランの顔とユーメイの顔は、一緒だったり、別々だったりした。この期間をとおして、ふたりはほぼ定期的にわたしの夢のなかに忍び込んできた。それも、過去の生活ではなく、悲しいときも楽しいときも、現在の生活のなかに姿をあらわすのだ。いっしょにパリやその郊外を散歩していたり、中国語とフランス語をまぜこぜにして会話に興じていたり。あるいは、どちらかが薄汚い路地に分け入り、わたしの呼び声に耳を貸そうとせず、こちらを振り向いたとき、見知らぬ顔に変っている。死亡事故のまわりに人だかりがしていて、見ると、犠牲者はハオランとユーメイだった……。そんな幸福な瞬間や悲劇の瞬間は、深夜のとつぜんの目覚めで、中断されて、わたしを呆然とさせた。一度だけ、どうしても現実に思えたことがあった。わたしのなかに宿るふたりが、あるホテルから電話してきた。いまパリに着いたところだ、すぐ来てほしい。わたしは起き上がって服を着た。北部なまりの友の声がまだ耳に響いている。「スケッチブックを忘れるなよ！」。そしてユーメイの声。「あまり待たせないで。お腹がすいているの」。部屋を出ようとしたとき、わたしは上着のポケットに手を入れた。ホテルのアドレスをしるした紙を入れたはずだった。しかし、ポケットには何も入っていなかった。

この異国の地でどう生きてゆけるのだろう。ある担当者が理解をしめしてくれたおかげで、奨学金の支給は若干延長された。だが、いまや、それも終わった。資格もなければ、きまった職業もなかった。画家にはちがいないが、どこの画廊とも契約していなかったので、たまにしか絵を売ることができなかった。同胞のなかには、絵で稼ぐ戦術をみごとに習得して、名声を博した人たちも何人かいた。わたしは、まったくもって、遠くまでいきすぎていた。わたしは大きく回り道をした。それは、二、三回ぶんの人生に相当するくらいの計画だった。が、それ以外の道がありえただろうか。わたしが自分のうしろにひきずっていた人生は、消化しなければならない錯綜した無数の思い出と、解明すべき捉えどころのない意味という重荷をずっしりと背負っていた。芸術にかんしては、老いたわが師の教えにしたがい、敦煌での実践を経験し、フランスを見て、オランダに行き、イタリアを旅した。そんなふうに自分がこの目で見て蓄積したものを、きれいさっぱり投げ捨てて、ぽいと反故にしてしまうことができるだろうか。仮にそうして忘れ去ったとしても、大きな遠回りを避けることができるだろうか。たえず揺さぶられ、駆り立てられてきた二十世紀の中国人、わたしはそんな中国人のひとりだった。中国によって駆り立てられ、西洋によって駆り立てられ、人生によって駆り立てられてきた中国人。すべてを消化しようとすれば、そうとう頑丈な胃袋を要するが、やせこけていて、胃腸のトラブルが絶えないのが、わたしという人間だった！　結局、画家は画家でも、わたしは永久に疑問を発しつづける不適応人間なのか。とりあえず生活にぶらさがっていて、自分でつくったなにかの形や、混ぜ合わせた色彩や、内的な衝動が生みだす行為に一時的にしがみついているだけなのか。いつの日か、たぶん、自分に重くのしかかっているすべてから脱却できるのかもしれない。軽やかさ、いや無造作さえも自分のものになるかもしれない。そうすれば、ちょっと肩をうごかしただけで、障壁は砕け去り、わたしは「現代」の側に身を寄せることができるだろう。セザンヌやカンディンスキーやクレーに対してわたしがはぐくんできた親近感をもってすれば、速い変化にとりつかれ、新しいものにしか関心をしめさないこの西洋において、同時代人の仲間入りをはたすことは、さほど困難ではないだろう。だが、これらの画家たちの試みにせよ、さほど新しくは見えず、わたしにとっては、すでに先人たちの遺産に属していたことも事実だ。だが、そんなことはどうでもいい、これらの画家たちのおかげで、たぶん変身を遂げる道を、自分もまた見つけることができるだろう。いまはまだその段階ではない。ゆっくり、非常にゆっくりと、急がなければならない。たとえ、そのために餓死することになろうとも。

9

カフェで肖像画を描いたり、風景画を個人客に売ったりするだけでは、かつかつの生活をするにも不十分だった。出費は食料だけに制限しなければならなかった。パンひときれとワイン一杯ですまさなければならない日々もあった。めまいを起こさせるようなひもじさが、わたしを苦しめ、胃袋と肉体を蝕んだ。自分は、あのインドのバイオリンひきのような突然の身体的崩壊におちいるのだろうか。とりわけ、ぎりぎりの窮乏によって、精神的尊厳まで失ってしまうのだろうか。指のふるえをこらえながら懸命にデッサンを描いている居酒屋で、やまもりの皿が空になっていく音が、日ごとに耐えられなくなってゆき、分かち合いの気持などつゆほどもない満腹そうな人たちに向かって、大声をあげたくなるのを必死でおさえていた。ある日、ひとりの客が勘定を済ませたあと、財布をぞんざいにポケットに突っこんだ。わたしの前を通りすぎたとき、数枚の札が床に落ちた。このもうけものに頭がくらっときて、一瞬たじろいだが、つぎの瞬間、札を落としたことを客に告げた……。

ある期間、朝鮮人の友人に誘われて、卸売市場で、トラックから野菜や果物のかごをおろす作業に従事したことがあった。興奮と騒音との長い夜、かけ声と笑い声がとびかうなかでは、泣き言など通用しない。肩と肩が触れ合い、汗がまじり合う。濃密で男っぽい熱気のなかで、人びとは鍛えあげられ、そんな空気は女たちの存在によってもほとんど和らぐことはなかった。彼女たちもまた快活で力強く、なかには、自信にあふれた姿もあった。夜明けの薄明かりが見えてくるころになって、くたびれ果ててテーブルにつき、湯気のたつ肉のスープにありつく……。

その後、もう少し自分の体力に合った仕事をみつけた。ときおり食事をしていた学生食堂。戦後、改装工事がおこなわれなかった食堂のひとつであった。清掃の技術はおそまつで時代おくれ、おもな仕事は機械よりも手作業でなされていた。

まずはじめにすべきことは、何百というトレイから食べ残しを除去することだった。嚙んで吐き出した肉の破片、小骨や魚の骨、どろりとした汁や油……。トレイの冷たく硬い金属と、人間の口から出た生暖かいぐにゃぐにゃした物質との両方に同時に触れることは、どうしようもない不快感をひきおこさずにはおかなかった。それでも仕事は仕事だ。定刻になって、わたしたちの作業が終わると、大勢の学生たちがいっせいにがつがつもぐもぐ食べて、たいらげる。うまかろうが、まずかろうが、いったん胃袋に入ったものを消化するのは、彼らの仕事だ。わたしたちがなすべきことは、見苦しい食べかすの山を片づけることだ。仕事さがしをしていたとき、わたしがもとめていたのは日々のパンを得ることだけだった。自分のささやかな手段で、これほど大がかりな機構のなかにくわわるなど、思いもよらないことだった。この大都会のなかで、これもまた巨大な屠場をバックにして、かつては単純でゆったりしたものだった食べるという人間の行為が、醜悪な様相をおびた非道な規律と化していた。

くずやかすを除去し終えると、トレイをリフトにのせて、ぎいぎいと耳障りな騒音を立てながら、地下におろす。そこで、噴射する水をくぐらせてから、ジャベル水の入った大きな洗浄器のなかに入れる。洗うのは、うでっぷしの強い者にまかされ、わたしも含めたそうでない者たちは、拭くほうにまわる。それもけっして楽ではなかった。合金でできたトレイは重く、あつかうのに骨が折れた。拭きおわると、段々のワゴンに積みあげて、運ばなければならない。荷の重みに背中がたわみ、夜ごとからだのふしぶしが痛んだ。拭いていると、布巾はすぐにぐしょぐしょになり、アルミニウム色に染まって、油のにおいがしてくる。その冷たい湿気は、セメントの床からたちのぼり、空気やからだにまとわりつく蒸気の湿気をいっそう執拗なものにしていた。

一緒に働いているのは十二人ほどで、いろいろな国籍の人たちがいた。ハンガリー人、ポーランド人、チュニジア人、フランス人など。空気は陽気な騒々しさに支配され、野卑なジョークがとびかっていた。わたしは、学生言葉がなかなかおぼえられず、居心地の悪い思いをしていた。この作業チームにふたりのフランス人が加わっていたが、そのひとりは青白い顔に眼鏡をかけていて、わたしに好意をしめしていた。わたしの身体的能力をこえるような力仕事をさせないように、気をくばってくれた。共産党員で、それを隠していなかった。生真面目なところが少々うっとうしかったが、彼と話すのはいやではなかった。多方面のことがらに深い関心をもつ男であることはたしかなので、なおさらだった。いくどか言葉を交わすうちに、わたしはある話題を避けるようになった。中国における共産主義体制。相手は、その体制に限りない賞賛の念をいだいていて、人類の新しい希望と見なしていた。彼は、通常は熱心に耳を傾け、謙虚といえるほどの態度をしめしていたものの、わたしの話が彼の知らないことに及ぶと、もはやほとんど耳に入れようとしなかった。中国にかんする記事を頻繁に載せていた『ユマニテ』紙を読んでいたので、その方面については自分のほうがよく知っていると信じ込んでいたからだ。あれだけの革命を成し遂げたのだから、犠牲はやむをえない、そうわたしを説得しようとさえした。話しているうちに、その青白い顔はいっそう痩せこけた感じになり、逆に、頬には赤みがさして、眼鏡の奥の瞳は、まるで恍惚の恋人たちのように、きらきらとしてくるのだった。

これほど聡明で、これほど人類の問題について考えている人物が、かくまで無分別な情熱に凝り固まってしまうのはどうしてだろう。となると、おもてむきの正義にとりつかれた人びとと、正義を振りかざす人びとと、正義の名によって裁く人びととのあいだには、さほどの相違がないのだろうか。

くだんの共産党員の熱っぽい青白さがとうとうわたしにうつったのか。ある日、ふと見た鏡のなかの自分が、ほとんど血の気のない顔をしていた。地下でのきつい労働以上に、学生がやってくる前にわたしたちにふんだんにあたえられる食べ物が、いつも同じで、ときには非衛生的なことが、その原因であることはまちがいなかった。どんな衛生状態で調理されているかを知っていて、むっとする臭気に辟易しながら、無理に口のなかに押しこんでいた。その臭気は、だだっ広く殺風景な作業場のなかを徘徊し、壁やテーブルや調理器具や衣服や髪の毛に染みついていた。何十年も前から蓄積されてきた食べ物のにおい、鼻をつくジャベル水が懸命に洗いおとした食べかすの残臭。そうこうしているうちに、腹部がぽっこり膨らみ、多少ともしくしくする痛みをおぼえるようになった。夜、たったひとりになったとき、自分に言い聞かせた。「パリで病気になるなんて、とんでもない。ぜったいに、ぜったいに病気になんかなるものか」

けれど、いかんともしようがなかった。一九五四年冬、高熱と腹部の激痛におそわれた。翌日は日曜日だったので、世話ずきな隣人が代理の医師を連れてきてくれた。医者が入ってきたとき、救われたという気持よりも、魔の使者をみる思いがした。男の風貌は粗野で、みえみえの作り笑いのしすぎで歪んでしまったのか、しまりのない目鼻立ちをしていた。最初に交わした言葉は、無理解、さもなくば、無神経にもとづくもので、わたしの記憶にくっきりと刻みつけられている。

——ベトナム人かね？

——中国からきました。

——まあ、同じことだ……。インドシナならよく知っている。長いあいだ住んでいたからね。

——……

——ところで、どこが悪いのかね？

——熱があって、胃がひどく痛くて。

——おどろくことはないね、暖房もろくにしないで！　さあ服を脱いで、聴診してみよう。

あらわになったわたしの胸を見て、さらに言った。

——がりがりじゃないか。もっと食べなくちゃだめだよ。

そして、聴診しながら、とっぴょうしもない質問をしてきた。

——シルクのいいシャツだね、どこで見つけたのかね？

——中国から持ってきました（それは戀人《ラマント》からのプレゼントだった）

——おどろくことはないね、ここじゃ売っていない。震えはあるかね？

――ええ、悪寒のせいだと思いますが。

――これはマラリアだ、まちがいない。前にも罹ったことがあるでしょう?

――ええ、でも完治しています。もう長いこと症状が出たことはありません。

――このやっかいな病気が消えることはない。インドシナ人なら誰でも、いくらかはひきずっている病気だ。

――いいえ、そんなことは……。

――わたしの言うことを信じなさい。これはマラリアの再発です。キニーネを服用するといい。それでどこかが悪くなることはないし、きっと治るよ。

立ち去る前に来訪者は、アドバイスした。「もっと食べて、もっと暖かくするんだね」。そして、きゅうに頭にひらめいたように、言った。「リルケの詩のこの一節をご存じかね?《憎み合っている人間どうしが同じベッドで眠らなければならないのは、どんなときだろう?》」わたしの答えを待たずに、医者はドアの向こうに姿を消した。

疑念はあったものの、苦痛に耐えられず、ともかくもっと悪くなることはないだろう、そう自分に言い聞かせた。医者が処方した多量のキニーネを、そんなわけでわたしは呑みこんだ。結果。腹痛はやわらぐどころか、ますます激しくなり、歯茎がふくれあがって、口のなかに腫れものができた。もう何も口にすることができず、水を飲むのさえ、ひどい苦痛となった。救急で呼ばれた二人目の医者が、わたしを病院に運ばせた。

大病室は、この年おそった厳しい寒波のため倒れた患者たちで満員で、わたしのベッドは入り口近くの列の端に据えられた。この病室に出入りする人たちは、どうしてもわたしのベッドの脇をすり抜けてゆかなければならない。

わたしが強制的に投げこまれたこの世界では、すべての病める人たちが、自由を奪われ、入浴もままならず、悪臭を放つからだになりさがり、見知らぬ人の手にゆだねられていた。自分のからだが、自分にもよく分からない借り物のように感じられた。体温計や座薬を入れるといった、ごく単純な動作までが、手さぐりで、おぼつかなかった。口を大きく開けて、口内炎に薬を塗らなければならないときなど、舌の下のふにゃっとして紫がかった肉のかたまりや喉が、かけて歪んだ鏡に映っているさまを見るだけで、地獄の絵図そのもののようで、ぞっとさせられた。

看護士や医者、レントゲン検査を受ける患者をのせたストレッチャー、食事をはこんでくるワゴン、見舞いに来る家族などがひっきりなしに行き来するなかで、患者の一日はせわしなく過ぎてゆく。夕方、食後から就寝まで、いっとき平穏がおとずれる。看護士が交代する時間帯でもある。それは自由な時間で、比較的元気な患者たちはこの機にベッドを抜け出して、寄り集まっていた。大病室の奥のガラス戸の向こう側に隔離された重病人でさえ、水槽からとびだす魚のように、仕切りの外に出てくる。夜という恐るべき試練を前にして、誰もが、ほかの人たちと少しでもコミュニケーションをとりたいという欲求をいだく。なにがしかの共感をしめす微笑、ちょっとした励ましの言葉、そうしたものが望外の贈り物のように感じられるのだ。外の世界は、ほとんど現実ばなれした近づきがたい遠方にあり、その存在をうかがわせてくれるのは白衣の天使たちだけなのだから、もはや苦痛を分かち合う自分たち同士のなかにしか、慰めを見いだすことができないように思えるのだ。

夜中、誰にとっても難題は、どんぞこを渡りきるためのエネルギーを、さほど消耗せずに、いかにして自分からひきだすかだ。一分一分、一時間一時間をかぞえ、夜明けのうすあかりの兆しを待った。自分のなかに潜む魔物に打ち勝ち、他の患者たちの呻き声に耐えるためにも。というのも、死は夜をねらって襲いかかり、犠牲者には防御のすべも救いの手もないからだ。深夜、看護士たちがやってきて死者を霊安室にはこんでゆく。両足が完全に凍ってしまった浮浪者たち、臨終をむかえた重病人たち。看護士たちはわたしのベッドをかすってゆき、遺体はわたしの頭上をとおってはこばれる。

傷にむしばまれたからだで、考えもしなかったあのむかしの来訪者の姿が蘇った。間断なくおしよせる痛みに疲れはて、病状の悪化の怖れにさいなまれて、わたしは、いま目の前にあるものに立ち向かう状況にはなかった。結局、すがることができるのは、遠い彼方からうかびあがってくると同時に、自分自身の内部からわきあがってくるその姿だけだった。来訪者は、慰めをあたえる者としてあらわれ、魅惑するような視線をむけ、なにがなんでもこの奈落から抜けだせと、はげます。煙をあげる溶岩に皮膚を焼かれ、ようやく上までよじのぼったとき、かつてと同じように、来訪者は、手を貸すしぐさをしながら、まるでうっかりしたかのように、わたしをふたたび突き落とした。

この来訪者の燐光を放つ視線を別とすれば、その夜のただひとつの明かりは、白血病にかかった若い男が眠っている仕切りの天井で青い光を投げかけている終夜灯のみだった。付き添っている母親にとって、この若者はただひとりの家族だった。若者のことを考えると、自分が特権的存在のようにおもえてくる。少なくとも自分は、誰にも知られずに、誰も悲しませることなしに、この世を去ることができる。この大病室で、外国人はわたしひとりではないか。この喪失の空間で、わたしは自分の名前さえ失くして——ただ中国人とだけ呼ばれて——いた。となると、霊安室にはこばれるわたしの亡《なき》骸《がら》も、特別あつかいとなり、身元不明にされるだろう。そんな考えに、あの来訪者のような不気味な冷笑がおもわずうかんできて、わたしは夜明け近くに悪夢のなかに沈みこんだ。

それ以来、夜ごと、わたしはその青い光にすがって、恐怖心から脱却しようとした。苦しみを分かち合った相手には、いまや顔があった。熱っぽい目をし、頬のこけた若者と、そうこうしているうちに親しくなったのだった。何度もそれとなく仄めかしながら、若者がわたしに伝えたのは、女を知ることなしにこの世を去るのが、いちばん残念だということだった。若者をどう慰めればいいのか。どんな人間も、母親から生まれたのだから、すでに女を知っている。そう言ってあげられるだろうか。彼の母親が、もし息子の思いを知ったとすれば——知ることはないのだったが——自分からすすんでその役割を引き受けたことだろう、息子を生き返らせるために、自分の肉で息子を温めたことだろう。一夜、また一夜、わたしは、慰められることがないので、自分が慰める側になろうと懸命になっていた。若者は、亡くなる前に、彼なりの仕方で、合図をおくってきた。生命の合図《ヴァイタル・サイン》。

10

パリの午後のにぶい光につつまれて街路に立ち並ぶ染みだらけの壁は、夜陰にまぎれて歩道に捨て去られる使い古したマットレスをおもわせた。いろいろな分泌物が染みになり、熱に苦しめられたり、もがいたり、ぐったりしたり、転げまわったりしたからだや、放置された遺体や、長い通夜がおこなわれた遺体のせいで、変形して中心がへこんだマットレス。そんな壁にそって、わたしは病みあがりで、やせ細った影をひきずりながら歩をすすめていた。わたしが身を寄せた、もうひとつの壁は、もっと陰気でもっと寡黙で、どんな絵の具にもない灰色そのもの、絶望の灰色だった。現実のことがらが、ついに目に見えない波のなかに没してゆく決心をする、まさにその瞬間の色である。わたしの部屋の壁はじめじめし、隙間をふさいだ新聞紙のテープは黄ばんでいた。そのなかに立って、わたしは、黴のはえた木や変質した油のにおいを嗅ぎ、のこぎりや金槌の音、それに混じってときおり聞こえてくる子どもたちの歓声や、ガリガリとネズミがひっかく音に耳を傾けていた。

人を護るために、暖めるためにつくられているはずの部屋が、いまや、応答のない世界のただなかで、人間の孤独を映すのをもっぱらとする鏡となった。糧をあたえてはくれるが、他の天体からすれば微細な光の点にすぎず、なんの光ももたらさないこの大地になんとかしがみついている人類のただなかで。部屋は自分自身のなかから薄明かりを汲みあげているだけの存在になってしまった。

自分がさまよいあるく運命にあることは承知していた。中国で生活していたときには、ひとつの土地とひとつの言語に根をおろして、あらゆる難関をこえて存続してゆく生命の流れのなかにいるという幻想をいだいていた。いま、わたしを惹きつけながらも扉を閉ざしているこの西洋の地で、根なし草となった。収入源がない以上、滞在延長は不可能、国外退去、そんな脅しをかけてくる警視庁の職員たちの固い表情と同じように、閉ざされた地。わたしの存在は埒外どころか、違法なものとなった。

違法性。居住権の不在。夢の大きな部分をたくしていたヨーロッパは、自分にとって避難所でありえたのか。いま壁に寄りそって、この大陸を少しでも見つめようとすると、怖れがわたしを捉え、肉のなかに食いこんでくる。これほど自然に恵まれ、思索に専念し、数限りない創造を生みだしながらも、この大陸は、魔物の息の根をとめ、内部に恐怖の深淵が掘られるのを妨げるだけの厚みをもった防御壁を築くことができなかったというのか。

権力と支配の欲求が狂気のようにわきあがってきたとき、それはたいてい武力をともなうが、遠方の民族に力を行使できなければ、刃《やいば》は自分たち自身にむかう。戦争の極限においては、すべての人たちが互いに殺しあわなければならないところまで追いつめられる。組織された大量虐殺。ひとつの民族を冷徹に壊滅させるために、あらゆる技術的才能が動員され、人びとは灰と化し、あとには、剝ぎ取られた指輪や金の入れ歯や眼鏡の膨大な山だけが残される……。

冷戦の時代に入っていた。ふたたびほんのちょっとした紛争でも起ころうものなら、わたしは大勢の生贄のひとりにされるだろうし、たちまちにして足もとに落とし穴がぽっかりと口をあけるだろう。

非業の死という罠。枝も根もない落ち葉みたいに、わたしは、塵芥のなかで踏みつけられ、掃きだされ、焼却されるのか……。

自分の部屋の鏡のなかに見たのは、地上に誰もいなくなり、たったひとりになった自分の姿だった。画家の仲間たちは、亡命の悲哀をあじわってはいたものの、わたしほどあれやこれやの問いに苦しめられてはいなかった。アルゼンチン人やハンガリー人、オーストリア人やスペイン人やレバノン人。日本、朝鮮半島、インドネシアの出身の人たちもいた。「ひとつの国を知り、愛するためには、その国の女を知るのがいちばんだよ」、あるとき、彼らのひとりがわたしにそう言った。そうだろうか。ときたま付き合った女たちもいたが、連れ添いたいという気にはまったくなれなかった。生まれ故郷のような信頼にみちた無言の温かさをあたえてくれる女に出会うことはないと、きめこんでいた。アトリエやカフェの周辺では、女との関係はさほど難しいものではなく、ただ季節の気まぐれ次第だった。春と夏は、一種の興奮状態がゆきわたり、極限ちかくまでになる。突風が大通りを吹きぬける寒い季節になると、からだを暖めることが最大の欲求となる。すすけたカフェに逃げこんで、みんないっしょにカフェオレに浸したクロワッサンをほおばってから、それぞれの家に帰って、においの染みついた、くたびれたベッドにもぐりこむ。肉体はさびしく、言葉はふるえている。だが、もういっぽうでは、成り上がりの画家たちの家でおこなわれる乱痴気騒ぎにひきずりこまれずにはいられない。そこでは、仮装やはだかが付きもので、非情で無意味なゲームがいろいろ考案され、惨めなくらい短絡的な欲望は、たちまちにして毒気をおび、腐りはててゆく。

ある日、思いもよらず、警戒心をいだくまもなく、ひとりの女の顔が、わたしにとってかけがえのないものになった。このパリという地獄のなかで、わたしに微笑みかけてくれるような女がいたのだ。それは、チェロ奏者ピエール・フルニエのリサイタルでのことだった。

オーストリア人彫刻家の家で耳にしたレコードのおかげで、この奏者の名は聞いたことがあった。演奏される曲目のなかに、かつて深い感銘をうけた、あのドヴォルザークの協奏曲がしるされていた。赤貧と疲労とあすへの不安のその時代、ポスターにそのチェロ奏者の名を見たとき、ふいに文字どおり「ノスタルジー」の飢えをおぼえた。ちょうど、長期の病床にある患者が、小康状態あるいは好転にいたったとき、子どものころ好物だった平凡な食べ物が急に欲しくなるのと似ている。熱いココアだの、グレープジュースだの、マロングラッセだの。わたしに限って言えば、豆乳や、たけのこの漬物や、蓮の実の砂糖漬けである。

そのかわりに、あの重厚にして官能的な、物静かで軽やかなチェロに飢えを、肉体的な飢えをおぼえたのだった。あの音色が、催眠剤より確実に、自分の怖れや懊悩を鎮めてくれるだろうと、信じて疑わなかった。毎日むりやり呑みこんでいる食べ物では、胃袋のまんなかにいつも感じている空隙は満たされず、生命の源になる物質に飢えているのと同じように。窮乏状態にある自分にとって、コンサートに行くのは贅沢だった。そもそも治療のために行くのだから、そう考えることで、この出費を正当化しようとした。苦痛から逃れるために、酒やタバコにたよったり、占い師にアドバイスをもとめる人たちだっているじゃないか。

窓口の前のかなり長い行列のなかにいたとき、若い女がチケットを手にして、近づいてきた。

「チケットをおもとめですか？　来られなくなった人の分が一枚あるんですけれど」。わたしはちょっとたじろいだ。そのチケットの値段が、予定していた額をずっと上回っていたからだ。だが、すでに「承知しました」と答えてしまっていた。

自分の席の方にむかってゆきながら、舞台からからかなり近いことに気をよくした。奏者とも楽器ともじかに心をかよわせることができるんだ。若い女は私の席の隣に座っていた。そちらに顔を向けて目礼をし、そのあとは、コンサートの開始を待ちながら、両方ともそっと沈黙に閉じこもった。幕がおり、なりやまない拍手のなかで、「すばらしいわね！」、隣人は自然にわたしに話しかけた。

――ええ、なんてみごとな調和、なんて純粋な演奏だ！

――音楽をやっていらっしゃるの？

――いえ……、あなたは？

――クラリネット奏者なの。

――じゃあ、プロとしてリサイタルを評価しておられるのですね！

自分の返事が凡庸にすぎることに気づいて、わたしは付け加えた。

――クラリネットとチェロは似通った音色をだしますよね？

――そのとおりよ。

気兼ねして、それ以上の会話はさしひかえた。隣人が貸してくれたプログラムを読むのに気持を集中し、先ほど聴いた曲の位置づけについての解説をたのしんだ。バッハの組曲、シューベルトのソナタ、ブラームスのソナタ。

コンサートが終わって、帰途、わたしたちは途中まで一緒だった。別れ際に、彼女自身が奏者に名を連ねている室内音楽のチラシをわたしてくれた。

長い道のりを徒歩でたどりながら、ふとポケットに手をつっこんで、折りたたまれた紙に触れたとき、からだの奥からわきあがってくるようなやさしさに、ほとんどうっとりした。強烈な歓びが火花のように心のなかを突き抜けた。いや、もっと子どもっぽくて、宝くじに当たった男が、自分がそのくじを確かにもっていることを確認するために、ときどき手で触れてみているみたいなものだった。パリのこの夜、世界のこの夜、わたしはもはやひとりではなかった。すべてから切り離されて、アイデンティティを失った、よるべなき者ではなくなっていた。それが、たった一枚の少ししわくちゃの紙切れのおかげだなんて！ 真っ暗な夜の闇のなかでは、一本のマッチの火の粉、ゆれる炎、一匹のホタルの光だけで、宇宙全体が開かれるものなのだ。

夜、その女の顔を記憶に留めようとした。最初、その笑顔と視線だけが目に焼きついていた。もっと細部まで見きわめようとすると、求める顔の輪郭がぼやけてくる。道でばったり出会っても、見分けられないのではないかと思えてくる。怖れがわたしを捉えた。彼女が煙のように姿を消してしまうのではないかという怖れ。

起きあがって、上着のポケットをさぐった。紙切れはたしかにあった。

これから先を予見し、将来を先取りする。そんなことを絶え間なくつづけているのが自分の人生のようにおもえていた。数々の失敗をかさねたあげく、わたしは、荒涼とした場所を独りであるき、あとをつけてくる亡霊を見てしまうのが恐ろしくて、うしろを振り返ることさえできない人間のようになっていた。わたしを圧迫しているのは、誰もが想像の世界で再生させようとしている過去への郷愁の念ではなかった。わたしは自分が好きになれず、鏡に自分を映すのが嫌いだった。同じように、母に宛てて書いた手紙を読み返すのを避けていて、思い出を反芻することに楽しみを見いだす気にはなれなかった。死ぬほど恥ずかしく、やりきれない思いをするだけだということを知っていたからだ。この手に負えない悲観主義《ペシミスム》とは逆に、これもまた手に負えない信頼感が、わたしの奥深い願望のなかに潜んでいて、それが何であるかを知らずにいた。いつもずれていたわたしの人生は、それでも、わたしの意思にかかわりなく、わたしの知らないうちに、きっとまっとうすると信じていたのだった。

コンサートに行った。ふたたび目にしたクラリネット奏者の女――シューベルトの「岩の上の羊飼い」の伴奏を受け持っていた――は、記憶のなかの彼女とは異なっていた。だが、彼女はたしかにそこにいて、それはまちがいなく現実の姿だった。薄茶の髪の毛が光を浴びて金色に輝き、魅力をあたえている軽い近視眼は、内向的なためらいと天真爛漫な驚きを混在させ、鼻はすっきりとして細く、いくぶん青白い頬はちょっとした感情の高揚でバラ色に染まり、薄くデリケートな唇は音色のニュアンスを演じるためであるかのようだ。そのすらりとした肢体は、みごとに制御された深い息づかいとともに脈打つさまを感じとれなければ、かぼそいだけに見えるだろう。彼女はたしかにそこにいる、見失うことはない、わたしはきっとその内面に入ってゆける。挨拶をしようと舞台裏にいってみると、彼女はまるで待っていたかのように、自然な笑みで、わたしを迎えてくれた。それ以来、彼女のコンサートがあるたびにでかけてゆき、送って帰るのが習慣となった。

11

「あなたはとても遠いところからきた……、でも、あなたが誰なのかは聞かないわ」

ヴェロニクの口から出たこの自然な言葉は、信頼の笑みに満たされていて、それがわたしたちの愛と友情の礎となった。「あなたは誰？」という質問――かりに彼女がそう問いかけてきたとすれば――には、わたしはどう答えたらいいのか分からなかっただろう。ところが、ヴェロニクははじめから信頼してくれた。なぜだろう。チェロのリサイタルに居合わせたというだけで十分なのか？　はるか遠方からやってきたのに、ブラームスの曲について感動を分かち合えたからなのか。彼女の存在、その顔、そのからだを、わたしは贈り物のように受けとめた。ヴェロニクが発散するものには、忍耐強いやさしさと、ほとんど痛々しいほど張り詰めた意欲とが入り混じっていた。彼女がいることで、すべてが一変したのだろうか。それまで自分をとりまいていた息苦しい世界が、扉をひらき、意味をおび、こだまをひびかせていた。ヴェロニクの姿をとおして、はじめて見る世界のように。彼女とわたしはいつも一緒だったわけではないので、なおさらだった。彼女のシルエットが近づいてきたり、遠ざかっていったりするたびに、なにか特別の出会いのような新鮮な思いにとらわれた。

ヴェロニクは、L市を根拠地とする地方のオーケストラに所属していた。ときおり、フランスの国内や国外を旅回りすることがあった。職業上の必要性にくわえて、自立性を志向していて、わたしはそんな彼女の気持を尊重するすべを知ったが、といっても、そのために苦悩せずにはいられなかった。とくに交際しはじめたばかりのころ、散歩を終えたところで、または、コンサート会場を出たところで、「ひとりにしておいて、気を落ち着けたいの」、さらには、「二日後にお会いしましょう。もっと練習しなくちゃ。いま、自分に満足できないの」。待つことを知る、待つという苦悩を、ついにわたしは力に変えることができた。不安でもあり、味わいぶかくもあるその緊張感のなかで、仕事に精をだし、それはしばしば実り多いものとなった。ときには——思いがけない褒美——旅回りから帰ってきて、予告もなしにいきなりわたしの家にやってきて、「ただいま! スープ麵をつくってくださいな。いま、わたしの胃袋は中国人なの!」

少しして、彼女が新しい楽譜を初見で吹くためにおこなう、技術上の試行錯誤が、少しもこちらの迷惑にならないことを見届けると、わたしのアトリエに来て練習することが多くなった。隣の部屋で彼女のクラリネットが響いていて、わたしは画布にむかって筆を握っている。仲よく競争し合い、お互いに着想をあたえ合ったあの時間を、どうして忘れることができるだろうか。ヴェロニクに励まされて、ふたたび水墨画に集中した。彼女は墨に魅了されて、「ビロードの感触」と言っていた。墨は自在に濃縮することも薄めることもできて、光の効果ではなく、思いもよらなかった何かの真髄によって、生命を吹き込まれた風景を描きだすことができた。自分の声が聞こえてきて、自分の道が見えてきたのは、そのときからだったと思う。自分が生きた風景が、記憶によって純化されて、日ごとに画布のうえでかたちをなしてゆき、ヴェロニクが直感でもってそこに合流していた。というよりは、遠いわたしの出身地に合流していた。過去に遭遇したさまざまな出来事を少しずつ彼女に打ち明けてゆき、彼女はいっそう心をうごかした。

ある日、常になく穏やかな一連の絵画を前にして、「ねえ、これもらっていいかしら。とても心が静まって、慰められるの」。とくにどうということを口にしたわけではないのに、この彼女の言葉にわたしは驚かずにはいられなかった。彼女には心を静めたり、慰められたりする必要があるのだろうか。わたしがあゆんできた曲がりくねった道にくらべて、彼女にとてもよく似合っている布一枚で仕立てたドレスのように、その人生はなめらかで、直線をえがいているように思えていたからだ。音楽という、唯一の目的にむかって進んでいたのではなかったのか。あるいは、音のなかで音のために生きつづけたことで、緊張感にとりつかれてしまったのか。それとも、密かな苦悩にさいなまれているのか。親密な仲をつむいでいても、そのひとの何を知ることができるだろうか。一方が自分の人生を語るなどということがはたしてできるのだろうか。もう一方は、語られたことを聞くすべをもっているだろうか。性急な欲求にかられて、かなり利己的に、わたしは打ち明け話をしたが、ヴェロニクに耳を傾けようとしただろうか。そもそも彼女には自分のことをぶちまけたりはしない慎み深さがあった。「あなたが誰なのかは聞かないわ」、彼女はそう言った。けれども、少し時が過ぎると、わたしが彼女の人生について知っている以上に、彼女のほうがわたしの人生をよく知るようになった。彼女が生きた悲痛な時期のことを話してくれたのは、ある偶然のおかげであった。いまでも忘れられないが、あの日の午後、くつろいでいたとき、わたしがふと口にしたちょっとした話が、それまで彼女が語らなかった過去をうかびあがらせた。古代中国最大の音楽家のひとり伯牙《ボヤ》についての伝説を話してきかせた。伯牙は偉大な師成連《チョンリアン》について琴《きん》の奏法をまなんでいた。たぐいまれな才能にめぐまれ、伯牙は三年で奏法をマスターした。けれど、まだ楽器に密着しすぎていると、師からは批判されていた。楽器と距離がおけないから、自分の感情をぞんぶんに表現できないのだと。師と弟子が海の旅に出る日がおとずれた。ある島で一休止した。と、ふいに、師が姿を消した。あたりは海鳥の声と打ち寄せる波ばかり、ただひとり残された伯牙は、助けを求めるために、恐怖心と苦境をうったえるために、琴を鳴らした。楽器はすっかり頭から消えて、彼は真の歌に到達した。「いまの話、信じられない、だってわたしが体験したことですもの！」。感激に目をうるませながら、ヴェロニクが語ったのは、クラリネットをまなびはじめて三年たち、十九歳で、結核にかかったときのことだった。致命的な一撃。すべての夢は崩れ去って、死を待ちながらサナトリウムに何年もとじこもっていなければならないのだ。戦争が終焉をむかえようしていた時期だった。彼女が生きた時間はまだわずかだった、それも窮乏のなかで。結局彼女は助かり、それはまちがいなく医療の奇跡だった。けれど、彼女自身にとっては、剝奪に抗して、孤独と絶望に抗して、胸が張り裂けるような悲しみと郷愁のメロディーを、自分自身のなかで絶えまなく奏でつづけたためだったのだ。すべてを失ったとき、彼女は自分の病めるからだを楽器に変え、そのおかげで音楽を「考え」つづけることができたのだが、そのルールや技法はどれほど本格的で本格的だったことか。だから、いよいよ病から脱して、ふたたびクラリネットを手にしようとしたとき、中断があったという気がまったくしなかった。それどころか、その楽器をすでに超越したような陶酔感をあじわった。両親に反対され、医師のなかにも「肺に負担がかかりすぎる」……と懸念する意見があったが、音楽の勉強を断念するなど彼女にとっては論外だった。

その過去、人生におけるその不運を、ヴェロニクはもしかしたら忘れてしまいたかったのかもしれない。いわば、うっかりわたしに話してしまったのかもしれない。でも後悔などしてほしくない。おかげで、彼女がより近い存在に感じられるようになったのだから。かりに時間があったとすれば、わたしは彼女の内なる世界にもっと深く入りこんだかもしれない。しかし、確実にそう言えるだろうか。というのも、そのエピソードや、ふたりの共同生活の経験に照らしてみて、他者の真の奥底にふれることがいかに難しいことかを、おしはかっていたからだ。ましてや、その他者は女である。そう、彼女自身が奥底まで探ったことのない究極の願望に、男の自分が到達することができるだろうか。たしかに、限りない愛情は、男の先入観や幻想を、無用な埃のように吹き飛ばしてしまうことがある。男は有限にさいなまれて、なかなか女に合流することができず、女は無限を渇望しながら、けっして到達できない。彼は、海辺で泣いている捨てられた子どものままだ。男が平穏をえるのは、自分の内側でも外側でも響いている音楽に耳を傾けさえすればいい——懐かしすぎて接近できない歌になっている女につつましく耳をかたむけさえすればいいのだ。

12

ヴェロニクの旅に同伴して、わたしはいろいろな街や地方を発見し、自分を受け入れてくれたこの国の風景により親しみを感じるようになった。彼女は仕事のない時期を利用して、ロアール河のほとりにある自分の生地にわたしを連れてゆく計画をたてた。その一帯をよく知ってもらおうと、彼女はパリを出発する際、自転車を二台借りた。

都会でだけ生活してきたので、中国でしたように、徒歩で遠出をすることがどれほどからだに解放感をもたらすかを忘れてしまっていた。自転車での旅は、もちろんもっとスピードがあって、大地のリズムと共鳴しているような感覚が蘇ってきた。空気の爽やかさや、草の香が混ざった田舎道につきものの土埃のにおいに酔いしれた。

当然ながら、わたしたちはいろいろな城を見物した。ルネサンス期のイタリアのひらめきとフランスのエスプリとのしあわせな出会いが生みだした建造物だった。ときには、気取りすぎたり、控えめすぎたりする建築を魅力的なものにしているのは、その内的なハーモニーであり、風景や樹木や水の流れややさしい雲にふちどられた空がつくりだす完璧な和合である。中国の伝統的な技法、界面《チエフア》のことを思わずにはいられなかった。人間の建造物の幾何学的な線と、それをとりまく自然とのコントラストをうきぼりにしながらも、たぐいまれな合意のしるしのように、両者をみごとに調和させた風景を描きだすために、画家たちが才腕をふるう技法である。

わたしがいちばん嬉しかったのは、ヴェロニクがどれほど土地の人間であるかを知ったことだった。パリではふだん青白い彼女の顔が、ここに来ると、この地の色に染まる。ほんのりバラ色をおびて控えめに輝く顔にときおり青みがかった反射光がはしる。彼女の顔の造作やからだの線は、精巧に削られ、浮き彫りが華やぐ建造物としっくりマッチしている。つまるところ、これらの石がそこにあるのは、そこに生きる人びとの姿を美しくうきあがらせ、崩れたり、なげやりにされたりしないためなのだ。まるで、ある地域の人間たちが、ある建造物をつくりあげると、こんどは建造物のほうが、人間たちを自分に似せようとしているかのようだ。芸術は自然の模倣物ではないが、究極的に、自然のほうが芸術に似せるようにさせられてしまうのだ。ヴェロニクは、子ども時代や思春期が刻みこまれた、この馴れ親しんだ風景にとけこんでゆくにつれて、華やいできた。

森や畑地のなかを縫うようにはしる脇道や小道を、彼女はよく知っていた。畑地の向こうから、野草が生い茂り、靄につつまれた高台の向こうから、なにか特別なにおいが、見えない波のように押し寄せてくるのを感じた。

「河のにおいがする！」、わたしは叫んだ。ヴェロニクはがっかりしながらも、大喜びした。がっかりしたのは、わたしを驚かせるつもりだったからだ。喜んでくれたのは、わたしのなかに、水の流れが棲みついているこの地を愛することのできる通《つう》をみとめたからだ。

「あなたって、ほんとうに河のひとなのね！」

「あたりまえだよ、中国人だから」。わたしは、江蘇省と浙江省のあいだの揚子江下流域のことを話して聞かせた。

「さあロアール河を見に行こう！」

わたしたちは川幅がとくに広い場所から、大河の眺めを堪能した。遠くのほうで声がしていた。流れの真ん中では、水に映る流れる雲と同じくらいのんびりしている砂州に、いたずらや意地悪が好きな渦巻きがちょっかいをだしている。古代の画家たちがこのんで描きだしていた風景のなかにいるような錯覚にとらわれた。この奥地にそのままとりのこされ、時間によって忘れ去られた風景。わたしたちは、ふたりで、そこにいる。互いに相手を忘れ、それでいながら、かぎりなく相手になりきって。

ヴェロニクが生まれたちいさな町は、ロアール河を見下ろす丘に位置していた。自転車を下に駐めておき、野菜畑をつきぬける小道を徒歩でのぼっていった。坂道の途中で、岩にはめこまれた何軒かの家があらわれた。これらの家は、岩をくりぬいてつくられていて、彼女の両親はその一軒に住んでいた。職人気質で、その忍耐強い素朴さは、ロアールの流れと同調していた。

「ラ・ロアール」――女性名詞のこの河には、明るく澄んだ響きがある――が、その広大でゆったりとした流れでもってつくりあげたのは、淡い色の目をした品のよい顔立ちと穏健な精神をもつ人びとだった。やや穏健すぎて、ときには、ある種の無気力におちこむかもしれない。だが、河というものには、つねに警戒心が必要であることを、わたしは経験をつうじて知っていた。穏やかで、危害などあたえそうにない見かけの下に、危険な渦、不器用な泳者を捉えて水の底までひきずりこんでゆく恐るべき渦巻きが隠れているのだ。

わたしは、河の息子でありながら、水の流れが発散するものにこれほど浸りきったことがあっただろうか。土手のうえをさまよい、シェール川がロアールに合流する地点に、あるいは、もっと女性的なアンドル川が大河の力にひきこまれていく地点にいたったときほど、わきあがってくる穏やかな感動に身をゆだねたことがあっただろうか。野の草や樹木の陰に流れは隠されているが、ときおり広い川面が顔をだす。きらきらとして、慎ましやかで、世界の朝をそのままとどめた鏡のようなその川面には、飛びたつアオサギもほとんど跡をのこさない。

　師に同伴したときのように、ヴェロニクとともに、わたしは腰をかけ、風景に見入り、デッサンをした。河そのものというよりも、周囲の風景、樹木に覆われた小高い山や、石灰質の岩や、広々とした野原があって、石の橋やスレートの屋根がそこにしっくり調和している風景。その流れや、その反射光や、さまざまな要素をふくんで拡散するしぶきによって、河は、風景が単調になり、それ自体に閉じこもるのを妨げ、遠方の地平線まで風景をひきのばし、鷹揚に抱きかかえて、空と合体させるのだ。この地では、すべてのものがほどよい距離を保っていて、中国人であるわたしの目は、空《くう》が仲介者として調節する役割をはたしているのをわけなく見きわめたが、何か劇的な光景を期待することはまったくなかった。わたしはただたんに、観察眼を鍛え、感覚をとぎすまし、微細なニュアンスをとらえ、移りゆく時とともに川面や正面に連なる丘に生じる色調の変化をつかみとろうと試みていた。色調はためらいがちに、かすかに動いてゆき、そのおかげで、気がつかないうちに、しかも何ひとつ失うことなく、ひとつの状態がもうひとつの状態へと移行するのだ。お話を聞かせてもらっている子どもが、その話に没入しながらも、いつのまにか眠りのなかで話のつづきを聞いているのと似ている。

雨がしのび足でやってきても、近くにいる稀な釣り人のように、わたしはじっとしていて、くわっくわっという鴨の鳴き声がふいに響いて、静寂を破るだけだった。わたしはただ待っていた。フランスのこの地方では、河は、雲と協定を交わしていて、雨はけっして夜まで降りつづかないことを、わたしは心得ていた。実際、西の空に水と空をひとつにする広大な輝きを発しながら、夕日があらわれなかった日はなかったように思える。だが、一度だけ例外があった。嵐が、まるで何百年ものあいだ閉じ込められていたかのように、ありったけの怒りをぶつけて襲いかかり、木々をなぎ倒し、高波をおこし、無数の野獣を檻から解き放った。雷がすぐそばで、わたしの肩すれすれに落下した。避難できる場所はどこにもなく、わたしたちは身をすくめていた。オランダの大堤防でおきたこととは逆に、そのときは死ぬ覚悟ができていた、さほど思い残すこともなく。

やむにやまれぬ思いで、わたしたちは水源までロアール河をたどってゆく決心をした。ゆっくりした道程で、河はわたしたちのあゆみにけっして嫌な顔をせず、その秘密の迷路へとみちびいた。最終日、最後のカーブがあらわれる前、ジェルビエ・ド・ジョン山がその謎めいたシルエットを眼前にうかびあがらせる前、わたしたちは長いあいだ高みに立っていて――エメラルド色の流れがどこまでもつづいている――煌々たる夜の明かりに胸がしめつけられる思いがした。自分のなかで何ひとつ変わっていないことに気づいた。この広大な風景を眺めている亡命者は、父親の傍らで揚子江をみつめ、もうひとつの水源まで登っていったアジアの子どもそのものではないか。昔と同じように、ここにあったのは、同じ発見、これほど長く広大な河も、そのはじまりは、足を踏み入れることのできない草の茂みの下に隠されている細い水の筋にすぎないという発見だった。旅人の渇きを癒すために、ととのえられた岩から噴出する、透きとおった水を口に含んだとき、わたしは感謝の気持で胸がいっぱいになった。自分をむかえてくれたこの地に対して、そばにいて目を開かせてくれた女性に対して。

13

水源までさかのぼる。それは新しい生活のはじまりだったのか。それとも、もうひとつの生活の終焉だったのか。時は循環していて、あらたな周期が始動するとき、予感どおりでもあり、予想外でもある変化が生まれる。それは昔からわたしの世界観にしっかりと根づいていた考えで、その正当性に疑念をいだくことはなくなっていた。だとすれば、追憶と絆から解放された人間になることを望んでもいいのではないか。この異国の地では、まったくの新参者なのだから、過去の根を意識的に断ち切って、けっして解きほぐすことのできない絆をむすびなおすことができないだろうか？　根を断ち切る？　たぶん。人間は地球の表面をかすっている動物にすぎず、文化によって若干の古い処世訓をあたえられているだけなのに、ほんとうに移住が考えられないほどまでに、深い根をもっているのだろうか。試練はいろいろあったが、乗り越えたいという思いにかられて、いまやわたしは自分を納得させようとしていた。だが、心の絆をほどいてしまうとなれば……。

この旅から二年たって、ユーメイのもう一通の手紙が、これもまた香港から送られたものだが、そうとう遅れてわたしのもとに届いた。「ハオランは収容所で亡くなりました。通知によれば、病死だそうです。わたしたちは、いっさいの連絡を禁じられていて、消息を伝え合うことがまったくできませんでした。あなたも、わたしには手紙を書かないで。でも、ときにはわたしのことを思いだしてくださいね。あなたのユーメイ」。返事は待っていないと言いながらも、戀人《ラマント》はその手紙に住所を書きしるしていた。

最悪の事態を怖れてはいたものの、わたしが予測していたのは、強靭な抵抗力と不屈な生きる意志をもつハオランにとって、長い試練の年月になるだろうというだけのことで、唐突の死など想像もできないことであった。唯一の友、いっとき憎んだことはあってもつねに愛したきょうだい、あの力と光にあふれた顔が、もういない？　地上から消えた？　震える手で走り書きしたユーメイの短い手紙、それをわたしもまた震える手でにぎりしめながら、いまさらのように、パリの午後の運命の瞬間、自分がそこにいることに、いやむしろ、どこにもいないことに驚いていた。わたしという存在の土台がいっきょに崩れ去った。もっと正確に言えば、それまでの放浪の歳月にめぐりあるいた土地のすべてが、一つひとつ崩れおち、地平線上に残されたのは、唯一の地、あの遠い彼方の故郷の地だけだった。わたしは知っていた、その故郷の地で、あるひとが、ずっと前から自分を待ちつづけていることを。死者と生者を見守ることを使命としている池の辺のしだれ柳のように。不可思議にして親しみぶかい美しさをもつ、そのひとは、髪の房を手ではらいながら、涙のなかで笑顔を見せ、「戻ってきて！」、さらには、「帰ってきたのね、わたしたちは一緒なのね！」とさえ叫んでいるようだった。空っぽの地平線の向こうに、逃れえない運命の呼び声がふたたび聞こえてきた。耳に入ってきたのは、生命《いのち》そのもの、自分の生命そのものの優しい声、遠い昔からおこるべきことを予言していた声であった。

第三部　帰還の神話

1

一九五七年、わたしは中国に帰還した。二重の苦痛を乗り越えなければならなかった。ヴェロニクの愛情から、そして、ちょうど手がけたばかりのひとつの創作のかたちから、自分を切り離さなければならなかった。けれど、選択の余地はなく、したがって選択したわけではなかった。胸のうちにあったことは、それまで先送りにしてきたものに、自分はまっしぐらに向かっているという意識だった。戀人《ラマント》と再会するという自分の運命に向かって！　彼女は、生きて、そこにいるではないか。悲嘆のどん底におきざりにしておけるだろうか。すっかり変ってしまった、見覚えのない中国に戻ることは、自分にとって地獄にくだることであることは承知でいた。怖いと思っただろうか。それほどでもない。母が他界したときに、目蓮《ムーリャン》が地獄にくだったことを語る仏教伝説について考えたのと似ていた。もっとも、この伝説に、ヨーロッパでおそわったオルフェウス伝説が混在していたが。泥のなかに入りこむのに、必要とあらば、どんなに高い代償でも払うつもりでいた。感情の高まりも手伝って、無意識のうちに、ユーメイを探しだすことで偉業がなしとげられるような気持になっていた。いや、救いにいくなどという考えなど毛頭なかった。何も持たず、貧困と不安に疲れて、わたしは失格者以下の孤立した存在になりはてていた。救われなければならないのは、むしろわたしだ。言ってみれば、戀人《ラマント》とわたしが結ばれれば、わたしたちはともに救われる。もうどんな不運に襲われることもないのだ。少なくとも、そう信じたかった。愛、愛。この言葉は、歌をつうじて、ガソリンのにおいと同じくらい、辟易するほど西洋の空気を満たしていたが、自分は人生においてこの語を口に出して言ったことがあっただろうか。この語には、混乱した本能、直接的な欲求、自己満足、他者に対する要求、所有欲や支配欲といったものがあまりにもたくさん入り混じっていて、そこに何か実質的な内容を加える気になれない。けれども、決定的な時点には、やむをえず自分がいつも避けてきた、このきわめて強い情念と正面から向き合わなければならなくなる。それは、ほとんど人間ばなれした感情――身をゆだねる者の肉も骨も溶かしてしまう溶岩――で、一見到達不可能であるかのようにみえる。けれど、それが自分にできる唯一の善であることを、わたしはちゃんと心得ていた。だから、このほとんど人間ばなれした善でもって、非人間性に立ち向かわなければならないのだ。

パリの警視庁、いろいろな国の領事館、中国大使館などを駆けずり回る、うんざりする日々がつづいた。ヴェロニクは理解してくれ、毅然としていた。彼女の品性は、わたしもまた品性を保たなければならないことを強いていた。わたしの過去の話を聞いて、彼女はわたしの真髄に入り込んでいた。わたしの郷愁と希望を共有していた。ユーメイに会いたいとさえ思っていた。だが、彼女に激しい衝撃をあたえたのは、まだ生きているのに、「この地上ではふたたび会うことができない」という思いだった。何週間ものあいだ、クラリネットを正確に吹くことができずにいたほどだった。接近不可能なところなどありえない、しっかりと護られた空間のなかで生きてきたヴェロニクにとって、中国人ならよく遭遇する、この世での永久《とわ》の別れは、耐え難くもあり、現実ばなれしたものでもあった。

北京では、外国人と、外国から帰還した中国人専用の友愛ホテルに宿泊した。国籍も言語もまちまちな、ありとあらゆる人びとがホールで群をなしている。そこにみなぎる陽気な雰囲気はわざとらしくもあったが、寛容な親密感がつくりだしたものにはちがいなかった。

帰国した中国人のあいだでは、感激と疑念が交錯している。出身地に帰ってきて、西洋で学んだ専門を同胞たちと分かち合えることを心から喜んではいたが、それでも、ふたたび国外に出ることがほとんど不可能なこの国で暮らし、厳格で規律正しい生活様式のなかにおさまらなければならないことに怖れをいだいている。彼らの怖れは、役人たちとの話し合いがはじまったとき、現実的なものになる。役人たちは、愛想のよい外見のうしろで、ヒエラルキー体制が要求するあらゆることがらをにおわせている。もっとも、少したつと、その人たちはそれまで着ていた衣服を脱ぎすてて、「毛主席の制服」を身につけ、紋切型の言葉をつかうようになる。

わたしの要望は、当局側の意図と合致していて、杭州の美術学院に配属されることになる。ユーメイが住む上海から遠くない。その前に家族に会うために南昌に行きたいという要望にも、肯定的な回答を得る。中国では生まれ故郷に帰る権利はおかしがたいもので、当局もそれを奪うことまではできない。もっともそれは、中国人が少しばかり国内を旅する唯一の口実である。南昌に行くには、上海を通らなければならず、おそらくはそこに何日か滞在できるだろう——わたしにとって、帰国の目的となったひとに再会するチャンスだ。

汽車で上海に到着したとき、少しは自分の時間がもてることを期待した。見当違いだった。すぐさま市の文化部の配下におかれ、公的施設に宿泊し、ひとりの幹部と同室することになる。

2

街を見物したいという口実をもうけて、ユーメイの住所に赴く最初のチャンスをつかむ。フランスに出発する前、一ヶ月あまり滞在したので、このめちゃめちゃな都市計画の大都会を、わたしはよく知っている。残念ながら、彼女の住居は、中心街からそうとう離れた周辺部に位置していて、バスを何度も乗り換え、そのたびに、満員の車内にもぐりこむために奮闘しなければならない。ああ、中国人のからだの柔軟さ、わたしがヨーロッパで失ったものだが、そのおかげで、車内に信じがたいほどの人数を詰めこむことができるのだ。乗客たちは相互に重なり合い、水さえ通り抜けられないようなコンパクトなかたまりをなしている。これに比べれば、ラッシュアワーのパリの地下鉄など、快適そのものだ。息をはあはあさせ、疲労困憊して、たどりついたのは、うらぶれた地域で、ところどころひどく汚れている。大急ぎで建てた、セメントむき出しの住居がずっとつづいていて、荒れた感じをあたえている。建物の内壁は垢にまみれ、ありとあらゆる音が聞こえていて、たくさんの家族がひしめきあっている。

手足を震わせながら、封書の裏のアドレスがしめす三階までのぼりつめる。しるされているとおりの番号の戸をたたく。髪の乱れた、きんきん声の女が顔を出す。わたしが口にした名前に、「知らんね！」と首を振る。わたしが執拗にくいさがると、この住居は一年前にあてがわれたもので、前に住んでいた人のことは知らないと説明した。「支部委員長に聞いてください」、そう付け加えると、バタンと大きな音をたててドアを閉めた。あちこちのドアが一斉に開き、子どもたちの騒ぐ声や鍋の音がわっと聞こえてきて、すぐにまたドアが閉まる。途方にくれて、考えあぐねながら階段をおりる。支部委員長に会うことは、ぜったいに避けなければならない。西洋から来た、在外中国人が探していることが知れたときの危険性をおしはかる。ほんの少しでも思慮に欠ける行為にはしったら、ユーメイの立場をあやうくしかねない。「犯罪者」の連れ合いなのだから、厳しい監視下におかれていることはまちがいないだろう。その場から少し離れて、どうすればよいか考える。人通りの多い道をあるいてゆくと、バス停があり、その脇のベンチに腰をおろす。大勢の人が待っている。うしろで女の声がして、びくっとした。振り返ると、見知らぬ女がいる。立ち上がって、正面から見たとき、「あっ！支部委員長！」、わたしは心のなかで叫ぶ。彼女の視線には、さぐりをいれるようなところはまったくなく、むしろ心づかいが感じられた。わたしは、人びとの注意をひかないようにバスを待つ振りをしながら、見知らぬ女に近づいてゆき、わずかに間隔をおいて立ちどまる。

「以前、ユーメイの隣人だった者です。チャオ氏ではありませんか、フランスから帰国された」

「どうしてご存知なのですか」

「あなたの靴はここのものではありませんもの」。彼女は悲しげな笑みをうかべて、もっともな指摘をし、言葉をつぐ。「ユーメイを探すのはおよしなさい。どう言ったらいいのかしら。探さないで。彼女はもういませんから……」

わたしの目が驚愕するのを見て、彼女は声をつまらせる。

「ぜんぶお話しします。わたしは怖くありません、労働者だから。出身がしっかりしているので、わたしに対しては、誰も何もできないでしょう。ユーメイはずっと前からわたしたちの地域に住んでいたわけじゃないのよ。スン氏が受刑者になったあと、市の中心街の住居を奪われて、わたしたちの隣に部屋をあてがわれた。台所は共用でした。彼女の暮らしは容易ではなかった。地域の本部に行くたびにあれやこれやと嫌がらせをうけ、委員長にも難癖をつけられていた。でも、彼女はいつも美しく、毅然としていて、とても思いやりがあって……。彼女が四川の有名な女優だったことは、みんな知っていました。ときどき、わたしたちにせがまれて、役柄の説明をし、その歌をうたってくれた。すばらしかったわ！　それから、二部屋に台所がついたアパートが彼女にあたえられた。委員長はもう彼女をいじめなくなった。党支部の書記長が彼女に目をつけていたのよ。ある日、彼女はスン氏の死亡通知をうけとった。惨いことです。わたしたちは懸命になって彼女を慰め、ささえようとした。彼女はなんとか立ちなおった。けれど、例の書記長はあいかわらずで、ますますしつこく彼女に迫ってくる。むりやり自分と結婚させようとしていたのよ。ある日、彼女がこの小さな包みをわたしに手渡して、こう言ったの。《これあずかってください。わたしはどんな目に会うかしれないし、あなたの家のほうが安全だから。フランスに滞在しているチャオ氏っていう友人がいるの。もしその人が帰国——ありえないとは思うけれど——して、もしわたしがいなかったら、これを渡してほしいの》そのときは、なぜわたしにあずけるのか、わからなかった。ただ、彼女の家よりわたしの家のほうが安全なのは確かだから、同意しただけよ。あんなことになるなんて思いもしなかった……」。女はまた声を詰まらせる。そして、一息で、早口に言った。「それで、自殺したの。ええ、誰にも言わずにね。自殺は犯罪と見なされているんですもの。だから大急ぎで火葬された。そういうことだったの。悲しまないで、いま彼女はきっと安らかでしょうから。この包みを受取ってください。悲しまないで。さあ、わたしはもう行かなくちゃ……」

女はくるりと背をむけて、あるきだし、わたしがひきとめようとする間もなく、その背中は大勢の通行人のなかに没していた。足もとの地面がくずれる。わたしはどこにいるのだ。わたしは誰なのだ。この瞬間、この場所で、永遠のまっただなかで、何をしようというのだ。ことにベンチを眺めていたり、枯れ木みたいにつったっていてはいけない。飛んでゆく。蒸発する。一瞬にして、臭気を放つ埃から遠く離れて、忘却の雲になる。市の中心街に向かうバスがやってくる。狭い乗車口に殺到する人ごみに押されるままに、機械人形のように乗車する。終点で降りる。大通りを、乗り物と歩行者がごちゃごちゃに混じって、列をなしてゆく。どこにもベンチは見当たらない。数歩あるいて、自転車をくくりつけるために壁に固定されている金属バーにもたれかかる。そこにそのままじっとしていたら、あやしまれずにはすまないことは知っている。まだ若い男が——何歳ぐらい？　三十歳ちょっとくらいだろうに、くたびれきって——昼間から道路をほっつきあるいている。だが、そんなことはもうどうでもいい。胸を締めつける苦しみが、激昂にかわり、とてつもない茶番にとりこまれたような感覚にとってかわった。もうこんなペテンはたくさんだ。醜悪で奇怪なこの世界の面《つら》にむかって、自分にできるかぎりの荒々しい笑い声を吹っかけてやる。この生命《いのち》を終わりにしよう、でもどんな手段でもいいわけじゃない。自分の人生においてせめて一度——最後に一度——だけ、自分なりの仕方を選ぼう。そうでなければ、この醜い生がうみだした専制者たちの罠にはまるだけだ。怖れをいだかないこと、絶望に屈しないこと。絶望、それはもういやというほど味わった。ユーメイとハオランに決別したとき、わたしは夕暮れの橋の上にいた。師に別れを告げたとき、鉛色の空の下、道が枝分かれする地点にいた。あのころ、地平線の彼方にいつも母の姿があった。母の死の知らせをうけたときの絶望、敦煌から長い道を通ってかけつけた。セーヌの河岸で、悲嘆のどん底にあったとき、友と戀人《ラマント》の姿が目の前に立ちはだかった。あのころいつも地平線の彼方にいた戀人《ラマント》がのこしたものは、まだ開けていない、この小さな包みだけだ。

もっと静かな片隅がみつかるかもしれないと思いながら、黄浦江に沿った上海の外灘《バンド》にむかって足をはこぶ。この巨大な国は、体制がいたるところにはりめぐらせた監視の網にとりかこまれて、自分だけの場所はどこにもないことを思い知らされる。大都会はとくにそうだ。人間は生きるために陰を必要としている、そんな単純な真実に気づく。ヨーロッパの都市を散歩していると偶然に出くわす教会の存在が懐かしい。信者であろうとなかろうと、いつでも入ってゆける。滞在中、石づくりの厚い壁に護られた静寂を求めるのが習慣になっていた。そこでは、孤独を感じることなく、自分自身を正面から見つめ、自分のための自分になりえた。

錨地に停泊している何艘かの船が見える、バンドに立ち、わたしは思いきって、戀人《ラマント》が遺した小さな包みをポケットから取り出す。「許してください。わたしを忘れないで。わたしたちを忘れないで。わたしたちはあなたと共にいる、わたしはあなたのもとにいる、知っているわね」。手紙には、ほとばしる血のようにくっきりと梅の花が刺繡されたハンカチとともに、二つ折りにされた二枚の紙が添えられているが、一枚はすっかり黄ばんでいて、もう一枚はやや新しい。開いてすぐ分かったが、一枚は十五年前にはじめてえがいた戀人《ラマント》の肖像画で、もう一枚はN市に住んでいた時分にえがいた森の空地のデッサンだ。肖像画の裏に走り書きがある。「わたしが持っていたハオランの作品はぜんぶ押収され、焼き捨てられました。残っているのは、いつも手元においていた、あなたの二枚の絵だけ」

このわたしには、大切な人たちの、いったい何が残されているだろう。ささやかなリストが脳裏をかすめる。ユーメイからの何通かの手紙、この刺繡のほどこされたハンカチ、そらでおぼえているハオランの何篇もの詩、そして母の遺骨。けれど、死者は生者よりも生きていて、生者がなお地上にとどまることを強いている。たとえ、数日でも、数ヶ月でも。最終的な決断をする前に、自分には死者に対して果たさなければならない義務があることは心得ている。

いまは、食堂の時間帯に合わせて宿舎に戻らなければならない。この薄汚れた騒々しい街に、夜が重々しく腰をすえる。憂鬱がわたしに襲いかかる、からだから力が抜ける。昼のあいだ、わたしをささえていたもの、苦しみ、激しい怒り、悲劇や不条理に抗する意志の高まり、そうしたものがすべて崩れ去る。足がよろめき、悲しみが喉までこみあげてくる。ユーメイはもういない、ハオランはもういない、世界はもう存在しない。たったひとりで、どうして立ち向かっていけるだろう。一刻一刻やってくる時間、どこまでも続くでこぼこの車道、これらすべてに……。どこをどう行ったのかおぼえていないが、宿舎に戻っていて、同室の幹部が、鼻にかかった声にしゃがれた笑いをまじえて語るとめどもない話に耳を傾ける振りをする。日中なにをしていたか、適当にでっちあげなければならない。書店めぐりをして、美術館や魯迅の家に行って……。そして、わたしの「世話をする」役目をおったその人物の満足げないびきで、ときおり乱される長い夜を耐えしのばなければならない。

3

一九三五年に父が亡くなってから、親族との関係はほとんど途絶えていた。思ったとおり、新しい体制が導入した規制にしたがって、父の墓も、親族の墓の残滓といっしょにきれいさっぱり除去されていた。その土地は、貧弱な畑地に転用されていた。屋敷は押収され、出身地がまちまちの大勢の家族がそこで暮らしている。親族でまだそこに暮らしていたのは、家族全員を配下においていた、二番目の伯父とその子どもや孫たちだけだった。妻に先立たれて、伯父は視力を失っていた。かつて使用人や家庭教師たちの手をさんざん焼かせていた、ひとり息子とその妻、彼らの子どもふたり。この人たちは寒くて湿気の多い北側の一角に詰めこまれていた。むかし伯父がわたしの両親にあてがった場所である。

魔法の手を持ち、将棋だ麻雀だと遊びほうけていた伯父も亡くなっていた。たぶん、退屈と貧困のせいだろう。この伯父の妻は養子と一緒に暮らしていた。わたしの母が生前面倒をみていた男である。彼は連れ合いとともに工場で働いている。ふたりの子どもをもうけていた。

アヘン吸いの伯父、「災難ばかりおこしやがる」とみんなに言われていた人物は、収容所で苦しんで死んだ。その妻は精神錯乱におちいり、施設に臥せっている。

南昌の旅は、あちこちに散らばっている大勢のいとこたちのもとへと、わたしをみちびいた。誰のもとを訪ねても、似通っていて、なんの変哲もなかった。というのも、もろもろの事柄がタブー視されていて、話題の中心はいつも「食べること」だった。仕事と政治集会以外では、それが彼らの基本的な関心事である。そのために膨大な時間を割かなければならないので、なおさらだ。食材を入手するためにどこに行っても行列をつくり、台所を隣人たちと共同で使用し、粗末な設備で煮炊きをしなければならない。肉の供給はわずかなので、あまりぱっとしない野菜でがまんする。とはいえ、ときには、驚くべき腕前が発揮される。みごとにできた料理をかこんでわれを忘れ、スープや飯やソースを、喉をならしてがつがつむさぼる。これこそ、昼となく夜となく無言で耐え忍んでいるものに対する最高の酬いなのだ。彼らとの再会は、わたしを勇気づけるどころか、底なしの陰鬱におちこませた。誰もが見通しのない泥沼をはいずりまわっていたが、わたしのほうは、身をむしばむ悲痛な惨劇の重みで、ほんとうに泥のなかに没している。ここから脱して、もしかしたら、もっと過酷かもしれない運命に立ち向かうことなど、できるのだろうか。

異色の姿がひとつだけあった。結婚しなかった伯母。家族の家から追い出され、生活の手段もないので、施設で生活している。共同の大部屋で、寝そべり、縮こまって日々を過ごしている大勢の人びとのなかで、彼女の姿はきわだっていた。しゃんとして、すくっと、まっすぐ立ちあがり、堂々として、わたしの方にあるいてきた。

――まあ、久しぶりね、ほんとうに久しぶりね。ちゃんとおぼえているわよ、あなたは……。

――ティエンイです。

――かわいそうに、お父さんは戦前に亡くなったのね、一九三六年だったかしら。

――いえ、三五年です。

――お母さんも亡くなったって聞いたわ、重慶で。大好きだったわ。とってもやさしくて、誠実で、世話ずきなひとだったのに！　で、あなたは、あなたはどこから来たの？

――フランスから帰ってきました。

――フランスから？　まあ信じられない！　そこで何をしていたの？

――絵画の勉強をしていました。

――絵画？　あら、おもしろいこと。絵を見せてくださらない、フランスの風景の絵を。

彼女はよく響く声でなんでも話し、誰が聞いているかなどいっさい無頓着だったが、他の親族や知り合いたちは、わたしがフランスから帰ったことを知っていながら、何ひとつ聞こうとしなかった。興味がないわけではなく、その話題は危険すぎて、まきぞえを食いかねないからだ。わたしがはっきり分かるほど声をおとして答えたので、伯母もとうとう声を低くした。フランスから持ち帰ったわたしの絵はすべて、杭州の美術学院に直接送られていた。がっかりさせないために、伯母の肖像をデッサンしようと思いたった。醜いとさんざんと言われた彼女の顔は、年を重ねて、やわらかくなり、品位と威厳を増していた。

その目鼻立ちをデッサンしているあいだも、伯母はずっとしゃべりつづけている。伯母の能弁と率直な話し方は、かつての閉鎖的な親族の雰囲気とは当時すでに一線を画していたが、いまや、閉ざされたこの国の重苦しい空気のなかで、そのとっぴな話しぶりが意表をつく。彼女の言葉は、かびの生えた、孔だらけの壁に囲まれた大部屋のなかに、オアシスを現出させる。わたしに起こった悲劇を彼女に打ち明けてしまいたいという思いに、どれほど駆られたことか。だが、わたしはこらえた。伯母の一徹な性格からして、わたしの苦悩の迷路のなかに入りこめないことは分かっていたからだ。

肖像画をかき終えると、伯母は、皺がすっかり消えてしまうほど、顔をほころばせた。ひょいと頭にうかんだのか、もうひとりの伯母にも会ったのかどうか、わたしに尋ねた。夫と別れて、実家に戻り、家のない子どもたちのために学校を建てた伯母。わたしは、まごつきながらも正直に、いいえと答えた。その伯母にはまだ会っていなかった。

じつのところ、とても控えめだったこの異色な伯母の存在を忘れていた。彼女がまだ働いている学校に、足をはこんだ。長い時間待って、ようやく伯母と面会する。いろいろな仕事で手がいっぱいだったからだ。幼い子どもたちの面倒をみたり、掃除をしたり……。二人になったとき、伯母は自分の状況を説明してくれた。解放後、彼女の学校は地方当局の管轄下におかれた。女性党員が補佐してくれたが、教育の問題については何も知らなかった。その女性の唯一の役割は、イデオロギーの面で学校の運営を監視することだった。伯母は自分の教育法の原則を変えようとしなかったので、衝突は避けがたいものになった。あるキャンペーンに乗じて、女性党員は、同僚や子どもの親たちが伯母の考えを告発するようにしむけたうえで、伯母を激しく非難した。それが理由で伯母は校長という役職からおろされたが、それでも、雑用係として学校にとどめられることになった。伯母がそれを受けいれたのは、子どもたちと接するためであり、何があろうと、自分の知を子どもたちに無言で分けあたえようと思っているからだ。

こうしたことがらを、まるで自分とは直接かかわりのない外部の出来事をつたえるかのように、たんたんとして語る。その平静な表情のうしろに、ゆるぎない威厳と、たぐいまれな高邁な精神を見てとるのは、むずかしいことではない。突然、わたしははっきりと確信する。自分がこの国に帰ってきたのは、この伯母に会うためだったのだと。家族の家の中庭で伯母と顔を合わしていた、子ども時代の自分が見えた。伯母は、わたしの肩に手をのせて、無言ではあるが、たっぷりと愛情のこもった笑顔をむけた。ひとことも言葉を交わしたことがないのに、たくさんのことが、わたしたちのあいだで語られたように思えた。二十年あまりの歳月を経て、わたしはふたたび伯母と向き合っている。打ち明け話をする時がきたのだった。わたしは、心のなかで号泣しそうになりながら、自分におこったことを話した。伯母は何も言わずに、注意ぶかく耳を傾けていた。話し終えると、伯母はじっとしたまま、いつまでたっても口を開こうとしないので、関心がないのか、それとも、同意しかねているのか、と思った。とうとう口をきった、しっかりした、重みのある声で。

「わたしたちはすべてに逆らって生きてきた、もし命がゆるすのなら、これからも生きてゆくのです。わたしたちはすべてを奪われても、たったひとつだけ持っているものがある。どんな専制者も奪うことのできないもので、あなたが愛と呼び、わたしが好意と呼んでいるもの。それは、わたしたちの内部から発していて、わたしたちだけに属している。あなたは、いちばん大切な人をふたり失うという過酷な体験をした。でも、ほんとうに失ってしまったの？　わたしにとっては、真実の愛をいだかせてくれ、その愛が生命をあたえた人たちはけっして消えない、けっして不在ではありえない。もう生きる理由がなくなった、あなたはそう言ったわね。あなたのお母さんは亡くなった。あなたにとって、もう何でもない存在なの？　お母さんがなさった苦労、あれほど辛抱づよく、愛情をもってなされたことがら、それがすべて、あなたがここで命を絶つためのものだったの？……」

わたしたちが出会った翌日、伯母はわたしを、家族の墓があった場所に連れていってくれた。母の遺骨を土のうえにまくのを手伝ってくれた。生者を養いつづける土に。

4

杭州は、西側に湖があり、周囲に小高い山々が連なっていて、南部特有の魅力で評判の都市である。のどかな自然と、この一九五七年秋の人間社会とは、見たことがないほど鮮烈な対照をなしていた。熱にうかされた人間を、風景があざ笑っているかのようだ。人びとは反右派闘争のまっただなかにいた。百家斉放《ひゃっかせいほう》百家争鳴《ひゃっかそうめい》運動からでてきたものだった。主席は自分の権威を信じて疑わず、その前の整風運動の成果に確信をもっていたので、度量の大きさを見せることができると思い込んでいたが、そこには人びとの忠誠心をためそうという下心がなかったわけではない。このため、めいめいが率直に自分の考えを言うように仕向けられた。ところが、そんなふうにして間隙ができたため、人びとはすわとばかりに、もっと大きな表現の自由を要求し、権力のさまざまなレベルでなされている越権行為をかなり激しい口調で批判した。国ぜんたいが統制不可能になる危機におちいりかねなかった。それに加えて、ハンガリーで起こった暴動におそれをなし、主席はこの運動を唐突にストップさせて、社会のあらゆる分野で右派を狩りたてる運動の口火を切った。数字好みの性癖を前面にだして、基準値をおしあげ、知識人、芸術家、大学教員のあいだには四〇から五〇パーセントの「腐敗した」分子が巣食っていると宣言した。

直接かかわりをもつ美術学院は、熱狂の渦にひきこまれ、やがてそれは妄想へと変質していった。幹部たちは時間帯にはおかまいなしに、告発の集会や批判の会合を召集し、そこでは「標的」が全員の攻撃にさらされた。書家たちは壁のあいているところを「大字報《タージパオ》」で埋めつくすのに動員され、画家たちは巨大な風刺画をえがく役割をおわされた。キャンペーンのただなかでは、誰も自分がどうなるのか分からない。ともかくも、四〇パーセントという「割り当て」に達しなければならないのだ。「札つきの右派」のほかに、「うたがわしい者」さがしが企てられ、ねらいうちにされたのは、より「身軽な」独身者たちだった。彼らは、やむをえず、他の人たちに代わって自己を犠牲にすることを受け入れざるをえなかった。「自己改造」の努力をしさえすれば、かなり早く名誉回復ができる、という約束のもとで。はじめのころ、加熱した雰囲気のなかで、指さされるのはひとりではないため、恥辱に打ちひしがれる者は誰もいなかった。この一種の集団的な興奮に熱心に参加しているといってもいいほどだった。ユーモアが入りこむことさえあった。なるほど自分は右派に分類されるはずだ、ある彫刻家はそう言ってのけた。いまとりかかっている彫像の左半分をどうして失敗したのか、ようやく分かったと。その時点では、多くの人たちは右派のレッテルを貼られることが、どんな結果をもたらすのか、推し測ることができなかった。少しして「自己改造」には、一連の自己批判をはっきり表明するだけでは十分でないことが明らかになる。労働改造収容所で一定期間再教育をうけなければならない。それは、しばしば遠く離れた場所に位置している。それればかりか、「レッテル付き」はどこへ行っても、当局から屈辱と虐待をうける。その人物の周囲にただよう汚辱のにおいは、家族のメンバーすべてにふりかかり、友人や知人を遠ざける。仮に、さほど重くはないと見なされた人たちが、右派というレッテルをはがされたとしても、要注意人物だったことは記録されていて、消すことのできないマークのように付きまとう。場合によっては、ふたたび何かのキャンペーンがおこったとき、その汚点が取沙汰されることもありうるのだ。

こうしたことすべてを、目の当たりにしなければならなかったが、わたし自身はこのキャンペーンに直接のかかわりはなかった。帰国したばかりで、知っている人はだれもいなかったし、だれもわたしを知らなかったので、西洋に滞在していたということが落ち度と見なされるとしても、わたしを標的にするための材料がない。ほかの人たちは、だれもが目を赤くし、やつれた顔をして、胸の内を見透かされるのを怖れるあまり、もう何も考えない、何かを考えようという気にさえなれないほど、頭を空っぽにしていた。みんな当座の攻撃にそなえることで精一杯だった。ときおり外の世界に目をやっていたのは、ほとんどわたしひとりだ。朝、この季節に美をきわめる風景を眺めるという贅沢をすることもあった。小高い山々にかこまれた湖は、ふんわりと靄につつまれて、その見えない姿をくりひろげ、無限のにおいを発散して、郷愁をかきたてる。中央の防波堤は、乾いた墨のような、つつましやかなラインをみせている。小舟のシルエットがうかびあがり、悠久の中国の遠い追憶のなかに吸いこんでゆく。この横にひろがる風景のなかに、たったひとつだけ微細な縦の線を引いているものが視界に入ってきた。近づいてゆくと、わたしの足音が聞こえたのか、影はうごきはじめ、こちらのほうに向かってきた。美術学院に所属しているが、わたしとは個人的な付き合いのない人物だった。すれ違ったとき、相手は、こっそりと、目のふちを拭った。すぐにしゃんとなり、告発を怖れたのだろう、「冷たい靄は目にちくちくしますね」と言った。

5

この大騒動の期間の結末として、収容所に送られた人たちの分だけ教員が削減されながらも、美術学院は活動の再開をこころみていた。国が寒風に吹かれて、一種の自己検閲が人びとの心に居座っている。教育のカリキュラムはその影響で、いちじるしく縮小されている。西洋芸術にかんしては、社会的な内容をもつ、「確か」と思われる画家のみが教材となった。ル・ナンやミレー、革命という稀なテーマを扱ったドラクロワといった画家、パリ・コミューンに参加したクールベ……。伝統的な中国の絵画とともに、油絵も再開する。教室の外では、風景画を描きにゆくことも許されている。ただ、忘れてはならないことは、風景画のなかに仕事にいそしむ労働者の姿を挿入することである。学生たちとわたしは、きまって、杭州周辺の丘を覆っている茶畑のほうにでかけたものだった。そこにはいつも、両親とともに盧山のふもとに住んでいたころ、慣れ親しんでいた、空中いっぱいに広がる、あの芳しい香りがあった。

畑地の縁に立ってデッサンをしながら、わたしが目をとめたのは、茶摘みをする大勢の女たちに混ざっている老女で、ほかの女たちと同じように麦藁帽をかぶり、同じように小さな葉を摘んでいたが、その動作は目立ってのろく、不器用だった。その列のいちばん端を占めるその女が、わたしのすぐ傍までできたとき、監視者が気づかないように声をかけてみた。中国では、状況が状況なので、唇をうごかさずに発音する腹話術の技法を、ひとは容易にマスターする。

――きつい仕事ですね。手伝ってあげられれば、いいのですが。

――だめですよ。ここでは、めいめいが自分の仕事をするんですから。

それから、彼女はまた別の列に加わって、遠ざかっていった。けれど、近くにくるたびに、言葉を交わした。

――名高い龍井茶《ロンジン》を飲んでいるときには、そのお茶がたいへんな労力を要することを、考えないものですね。

――フランスの葡萄畑も同じよ。見ていると美しいけれど、収穫の労働っていったら!

――フランスにいらしたのですか?

――ええ、一九二〇年代に。

――ぼくは昨年フランスから帰国しました。

――まあなんてことでしょう! 老いた女はそう言ったみたいだった。

――お名前は?

――Cと申します。

名前を聞いて、わたしは胸が締めつけられる思いがした。むかし彼女の著作や翻訳を何冊か読んだことがあり、なじみぶかい名だった。のちに、精神的自立性をたもちながらも、彼女が革命の隊列に加わるために延安に合流したことは知っていた。さほど前のことではないが、党に対して批判的発言をすることをためらわなかった。となると、彼女も断罪されたんだ。たぶん、反右派闘争の前のことだろう。

「わたしの母に似ていらっしゃいますね」。女は答えず、一瞬感動の沈黙にひたった。それから言葉をついだ。

「わたしは、わたしに愛情をしめしてくれるすべての人たちの母親です。でも、こういう時期ですから、そんな人はほんのわずかですよ。娘がひとりいます。わたしのせいで、娘は中国の反対側のはずれに異動させられた。わたしはどこへ行っても、いまの立場が知れわたると、みんな疫病神でも見るようなこわばった顔をする。しばらくのあいだ、共同便所のそばの日のあたらない部屋があてがわれていた。病院に行くと、ほかの人の診察がぜんぶ終わるまで待っていなければならない。温情で、埃だらけの図書館での仕事があたえられ、カードの記入に携わることになった。喘息がひどくなった。それで、戸外での労働が許されたんです。そんなわけですよ。でも運がいいほうです。同じ年齢で、収容所に送られた人たちもいる。ここでは、少なくとも、むかしから好物だった龍井茶《ロンジン》が飲める！」

この最後の言葉を発したとき、彼女の顔に茶目っ気をふくんだ笑みがうかんだ。

一九五八年の秋、断続的にではあるが、C夫人に何度も出会った。病気のため、仕事を休むことが多くなった。九月末のある日、消息も告げずに、来なくなった。わたしが自分の絵の中心にえがいた姿だけを残して。不恰好に編みこまれた麦わら帽子をかぶって、茶畑のまんなかに立っている、かぼそい姿。鉈《なた》で払われて、葉を落とした枝をわずかに残す樹木のように。

年の瀬をむかえる前に、収容所に送られていた美術学院の教師や学生の一部が、帰ることをゆるされた。中国のシベリア、北大荒《ペイターファン》から戻った人たちもいた。その地で過ごした日々の話は、信じがたいほど厳しい生活条件にもっぱら集中していた。もちろん、寒さのせいだが、必要不可欠な最小限の設備もととのっていないためでもあった。気候の穏やかな杭州の住民が、いきなり開墾作業に投入されたのは、飢餓を逃れようとする近隣の人びとさえけっして近づかないような地帯なのだ。その地では少数の狩人たちが糊口を凌いでいるだけだ。どこまでもつづく湿地を覆いつくす丈の高い草は、ときには毒を含んでいて、秋も半ばをすぎると、シベリアから吹きつける寒風に一掃される。冬には、鼻を外気にさらすのは禁物、大地は雪でカチカチに固まり、衣服は鋼に変質したかと思わせるほどごわつき、吐く息も凍る。それでも、彼らは労働をつづけなければならない。教員のひとりは、唇の肉の剥離という災難にあったが、それは二重の不注意の結果であった。のこぎりに息を吹きかけようとしたため唇が鋼にくっつき、それを無理やりはがしたからだ。だれもが、ろくに準備をしていなかったので、凍傷にかかって、手や足に傷を負っていた。

そのかわり、遅い春のおとずれとともに、酷寒が異常な暑さに席をゆずり、恐ろしく単調な冬景色が一変し、自然の躍動がはじまる。多くは珍種に属する色鮮やかな野生の植物がいたるところで顔をだし、冬眠から覚めた種々様々の動物たちが自然の絵巻物をくりひろげる。雁、白鳥、鴨、鹿、猪、狼、狩人たちに歓喜をもたらす動物たちだ。狼のことだが、収容所の古株で、襲ってきた狼をねじ伏せて伝説的存在になった男のことを、教員のひとりが話してくれた。開墾の労働からの帰途でのことだった。その男は柄の長い鋤をひきずりながら、ほかの人たちの後部について小道を歩いていた。ふいに、首筋のうしろに獣の息を感じた。振り向いてはいけない、とっさにそう思った。喉を噛み切られてしまうからだ。肩の力をふりしぼって、狼を地面にたたきつけ、振り返りざま、鋤の一撃をくらわした。狼がウォーと唸り声をあげたときには、すでに駆けつけた仲間たちに抑えられてしまっていた。男の名は浩郎《ハオラン》（心の広い男）なので、同音漢字の語呂合わせにより、「嚎狼《ハオラン》」（吼える狼）の異名をとるようになった。

「ハオランだって？　詩人のハオランですか？」、わたしは尋ねた。

——そう、詩人です。まっさきに北大荒に送られて、とくに厳しい収容所にいる男です。

——詩人のハオラン。しかし、ありえない、その人なら南部の収容所で亡くなったはずだ！

——たしかに、南部の収容所で疫病が発生したとき、死んだとみなされたという話を聞いた。その後、北に送られたそうです。

6

なんという宿命！　なんという不条理！　現実というものが、かくも残酷で、かくも想像を絶する状況を生みだしうるものなのか。わたしが中国に戻ってきたのは、ハオランが死亡し、ユーメイが生存しているからだった。じつは、ハオランは生きていて、ユーメイは命を絶ったのだ。その死には理由がなかった。

友が生存しているのだから、わたしがこの世を去ることは当面考えられない。自分が生きているかぎり、この世にいるかぎり、自分の目的はただひとつ。彼に合流することだ。合流する？　自分がいるところから、巨大な機械に固定されたネジみたいに中国の南端にうずもれている自分の居場所から、もう一方の端に到達するために見つけださねばならない大陸縦断の方法は、どうしても現実ばなれしてくる。この突拍子もない考えは、夢物語以外でありうるだろうか。だが、この夢物語こそ、いまや、わたしに残されたただひとつの現実なのだ。

少し落ち着きをとり戻したとき、よく考えてみると、自分が撫でまわしている気ちがいじみた夢が、さほど実現不可能なものに思えなくなってくる。それどころか、ある日きっと目的を達してみせる、という確信にいたる。いまや日常的なメカニズムとなった、自分たちの共同生活のある種の機能のあり方を、ほかの人たちと同じように、わたしは理解しはじめていた。全員の意志にもとづくものでないことは確かだが、といっても、それは有無を言わせぬ事実であり、誰もが、やむを得ず、まるで自然の法則のように受けいれていた。そう、現実は現実、それはつぎの諺に要約できるようなものだ。「幸福は別離をもたらし、不幸は結合をもたらす」。

よくあることとして、同じ生産隊のなかでの若い恋人たちは、その「小ブルジョア的」感傷や、労働への忠誠心の欠如についての厳しい批判の矢面に立たされ、結婚したカップルは別々の場所に配属された。逆に、ひとつのキャンペーンが始動すると、ある朝、自分が同僚たちと「おなじ穴のムジナ」になったことを知っても、誰もおどろかない。これらの人びとを一括して扱うのに、ふたとおりの特別な場所が準備されていた。批判と自己批判の集会がえんえんと続けられる公共の広場と、長期の労働が科される農村、労働改造収容所などである。北大荒が、追放者を寄せ集めるのに最適な地帯となっていたことを、わたしは嬉しくおもった。ともかくも、決心はついていた。自分はそこに行くんだ。必要なのは、忍耐心をもってのぞむこと、どんな好機ものがさないことだけだ。

心に決めてはいても、焦る思いは禁じえなかった。すぎてゆく一週間、一ヶ月が、とてつもなく長い失われた時間に感じられる。

一九五九年、こんどこそは運命が自分に目配せをし、手まねきをしている、そんな気がした。主席の指示により、党はやや小規模なキャンペーンを開始した。その前の運動に前後して発見された「残りかす」を一掃するためだ。いまや矛先が向けられたのは、「右派の傾向をもつ日和見《ひよりみ》主義者」だった。すぐさま、わが内なる声が聞こえてきた。「われらふたりに幸いあれ！……。日和見主義者？

まさしく、自分のことだ。自分は好機に乗じようとしているではないか」

わたしは度胸をすえ、過度な絶望のせいで痛痒の感覚を失ったまま、行動に踏みきった。唯一のものになるかもしれないこの機会を逸してはならず、考える時間はほとんどなかった。このキャンペーンのなかで、わたしは自分の仮面をはぎ、そのあまりの力強さに、同僚や学生たちが無言の賞賛をおくらざるをえないほどだった。ふつうは目立たず、控えめなわたしが、自分でも信じられないほどの大胆さで主張したのだ。西洋の絵画には卓越したものがあるし、西洋絵画の偉大な伝統を象徴しているのは、ルネサンス期の画家たちや、古典時代の画家たちであり、さらには、近代の何人かの巨匠たちであると。反応があらわれるのに時間はかからなかった。たちまちにして「突出した人物」となり、大字報《タージパオ》の標的となり、批判と自己批判の集会で矢面に立たされるという栄誉に浴した。こうした集会で、わたしは作戦として、自分が道をふみはずしたことを徐々に認めてゆき、みんなが悲憤慷慨して投げつけた反論を、ついに受け入れた。この期間、わたしが不安に苛まれなかったと言えば、嘘になるだろう。だが、心の奥底では、ふてぶてしさとまでは言わないが、平静が根づよく居座っていた。議論のまっただなかにあって、ふいに歓喜にも似た感覚に捉われそうになった。わたしたち各自に、これでもかこれでもかと襲いかかる攻撃に、はじめてこれっぽっちも動じなかったという歓び。

予想どおり、わたしは有罪を宣告された。自己改造の真摯な意欲をしめすために、もっとも遠い地域、つまり北大荒行きを自分からすすんで申し出た。すぐさま、この態度は当局から好意的に受けとめられた。このことは、肯定的評価として、わたしの身上書にしるされた。

そんなわけで、すべてはほぼ予想どおりにはこんだ。ことさら驚くようなことはなかった。キャンペーンの呆れるほど単純な仕組みは心得ていた。だが、いざ北大荒に向かう列車の車中の人となると、それはまた別問題だ。昼夜を分かたず走りつづける長い陰気な列車は、まるで目的地もなしに走行するトンネルそのものだ。通路では、他人をまたぎながら歩き、車両と車両の連結部で、ほっと一息つく。避けがたい過酷な現実が、鋼鉄の手でわたしを捉え、ふいに悪夢と化す。そうだ、まちがいなく悪夢だ。同時に、すべてが馬鹿げているほど非現実的に見えてくるからだ。長い時間、これはぜんぶ、おのれの頭のなかだけでつくりあげた事柄の連鎖ではないのかと自問しながら、心を苛まれた。

気がつくと、空気に充満するひゅうひゅうという音と石炭とに急かされて、ぎしぎしときしむ律動音のなかに埋没している。まわりにいる不運な同行者たちは、いたるところからやってきた、ある程度年配の人たちだ。幹部たちを前にして、つとめて「ポジティヴ」な表情をみせようとしているが、落胆と狼狽は隠しおおせない。すぐそばには騒々しく威勢のよい若者たち。彼らは「志願者」と見なされていて――わたしは心のなかで笑わずにはいられない、ほんとうの志願者はわたしひとりなのだから――祖国の遠隔の地を開墾しに行くのだ。若者たちは、グループのリーダーたちにひっきりなしに気合を入れられ、大声で歌をうたい、あいまあいまに声を合わせてスローガンを発していた。しまいには疲れはて、てんでんばらばらに木製の座席で居眠りをしている。それと同じように、列車もまた東北地方に入ってゆくにつれて、動きが鈍くなり、ときには荒野のまっただなかで運行を停止し、何時間もそこにとまっている。最終の目的地に接近する恐れを、人間たちと分かち合ってでもいるかのように。

7

列車は、くたびれ果てて、ついに終着駅に到着した。仕切りのない工事現場のどまんなかに埋もれた駅で、クレーンだの、機材だの、大急ぎでつくられた建造物だのが、場所をふさいでいる。もう少し向こうにたち並んでいるのは、トラクターや、天井まで積まれたケースや箱を収めた倉庫。倉庫をかこむように、ありとあらゆるたぐいの乗り物がとめられている。この地域一帯の都市や、あちこちに分散している収容所に、物資や食糧の補給をしているのがここなのだ。

新参者たちは、何台ものトラックに分乗する。舗装されていない幅の広い道路を、トラックは数珠つなぎになって走行し、センターをなす町へと向かう。そこから幾つもの道路が枝分かれしていて、さらに遠くのさまざまな収容所にみちびくのだ。

北大荒《ペイターファン》！　この不気味な名称は、仮借のない自然、帰還のない追放、運命への挑戦の同義語のように耳に響きわたる。その地は、いまや新参者たちの眼前に、そのみにくい肌を露出させている。気が遠くなるほど広大な荒野。黒ずんだ湿地帯が、足を踏み入れることができない高い草にかこまれて、どこまでもつづく。その彼方に、起伏に富んだ耕作予定地が地平線まで延びていて、そこに、削りとられた跡が白い斑点をなす山肌が立ちはだかっている。この均質にして不調和な地表には、何かの異変でずたずたにされた無数の野獣の残骸がころがっていて、無頓着な空の下でその腐った肉とボロボロの皮を臆面もなく曝け出している。人跡未踏の原野のまっただなかをさらに走行するにつれて、どこか不釣合いな耕作地がぽつんぽつんと顔をだす。開墾者たちがどれほどの犠牲をはらい、どれほどの労働を成し遂げたかは、想像に難くない。民間人に戻った軍人たち、政治犯、犯罪者がそこに大量に送りこまれた。国家は、つぎつぎにうちだすキャンペーンと、収容所送りの政策によって、人的資源を確保し、絶え間なく補充する。

トラックは、でこぼこした土の道路をあえぎながら走り、全身をふるわせてぎしぎしと金属音をたてる。若者以外の乗員はみな黙りこくっている。誰もが自分の体力を考えながら未知の大地をおしはかっている。あれが収容所だ。見るからに急場しのぎにつくられた住居や建造物。徒刑囚のめいめいが命をつないでゆかなければならないのが、この場所なのだ。

どんな条件なのか。どんな労働をさせられるのか。これこそ彼らにとって最大の問いだ。唐突に家族と引き離されて、この土地に連れてこられ、それが何日間、何ヶ月間どころか、何年間つづくのか分からないのだから。「このくらいなら、贅沢さ！」、古参たちは口々に冗談をとばす。この人たちは、ほんの数年前のことだが、洞窟に生きる人たち以下の生活を体験した——彼らの言にしたがえばだが。前史時代のわれらが祖先たちは、できるかぎり心地よくて安全な場所を選択することができた。だが、これら現代の徒刑囚たちが投げこまれたのは、人間が見捨て、野生の動物だけが生息している厳しい寒さの極北の地、虫がはびこり悪臭がただよう草地のどまんなかであった。

どんな条件なのか。どんな労働なのか。収容所は、どの段階でも、政治委員の補佐をうけた軍人たちに指揮されていて、軍隊モデルで組織されている。そのベースをなす単位が生産隊、それぞれの生産隊は互いに適度の距離をおいて結成されていた。生産隊が集まって生産大隊を構成し、さらにそれらをひとつにまとめたものが国家農場であり、指揮官の指導のもとにおかれている。一九五五年から一九五六年にかけて、北大荒一帯には十数の国家農場があり、トータルで十万人あまりの人口を擁していた。正確を期するために言えば、その大部分は、収容所と呼ばれるものではない。そこに住んでいたのは、もと軍人、下士官や兵士たちで、部隊ごと送りこまれて、この地でのこりの人生を過ごすことになった。中国の他の農民とおなじように、彼らは家族とともに村に居住し、集団生活をいとなんでいる。だが、これとは別のたぐいの生産隊があり、それがまさしく労働改造収容所である。というのも、はやくも一九五〇年初頭、はるかに粗末な、数少ない国営農場がすでに機能していた。もっとも厳しい労働をさせられていたのが、「人間改造」を命じられた幹部たちや、「労働による改造」の判決が下された囚人たちだ。これらの幹部や囚人たちは当初保安省の管轄下におかれていたが、いまや軍隊の指揮のもとにあり、さまざまな生産大隊に分けられ、特別な収容所に組織されている。収容所は、当然ながら、その後ほかの政治犯や犯罪者が加わって、大きくなっていった。これらの収容所では男と女は別々にされていて、公的な序列にくわえて、他の上下関係があった。軍人は民間人より上、古参は新参より上、肉体労働者は知識人より上など――誰もが尊重しなければならず、さもなくば、ひどい目に合わされる。一般的に虚弱で不器用な知識人は、軍人たちにとって、相継いだ戦闘のなかで自分たちがうけた試練を想起させる格好の相手だ。おれたちの戦いのおかげで、平和な世でしあわせに暮らせて、毎日めしが食えるんだぞ。この粗野な男たちは、けたたましい声でしゃべり、

「特別メニュー」の料理をうまそうにほおばり、暖かいベッドでぐっすり眠り、感情のうえでも道義のうえでもよけいなことに悩まされず、その権利を当然のものと信じて、自分たちの指揮下にある人びとの運命をもてあそぶ特権を行使する――女性の弱さにつけこんで、こっそりとあるいは堂々と恩恵をふりまく男もいる。まっすぐ単純に考えればすむものを、ねじまがった複雑なものばかり求めたがる「筆使い」たちには、少しばかりの肉体的努力と規律がいい薬になる、彼らはそう信じ込んでいる。

つるはし使いに転身させられた筆使いたちにあたえられた宿舎は、材木に草を打ちつけ、土のブロックであちこちを補強しただけの粗末なものだった。絶えず厳しい気候にさらされているので、建てられてまだ少ししかたっていないのに、すでにおんぼろに見える。がたがきているのは、中に入るといっそう実感する。壁も屋根も、強風や大雨を防ぎきることができず、でこぼこの床に寒気と湿気がいつもにじみ出ている。壁際に並んでいるのは、床にじかに設置された炕《カン》（土の寝台なかに通るパイプで暖められる）。夜、その一台一台に十人ほどの人たちが横並びに眠る。個人の持ち物はぎりぎりに制限されているが、置くスペースもなく、部屋の片隅に積みかさねられている。日常生活の規律も、無秩序と不潔という印象を消しさるにはいたらない。きまった場所がなく床にころがっている、めいめいの洗面器は、室内で用を足すのにも、食べ物を温めるのにも使用される。まんなかのストーブのまわりには、水と汗でぐしょぐしょになったズボンだの、泥まみれの靴や靴下がごちゃごちゃに置かれている。

真夏の特別な日々を別にすれば、一人ひとりが清潔をたもつなど論外である。後方の室《へや》に置かれた水槽から冷水を取って、大急ぎでからだを洗わなければならず、その室の床は水びたしだ。水槽の水は井戸から汲みあげて、バケツで運んでくる。当然ながら、この水にはとてつもない労力がかけられた。真冬この地に居座っている突風のなかで汲みあげなければならないときは、ことさらだ。駄獣になりさがり、汚れに慣れてしまうしかない。垢が皮膚にこびりつき、かさぶたをなし、蚤を引きつけ、虱のえさになるのを受けいれる。垢のほかにも、さらに耐え難い屈辱がある。隊長たちの愚行の前で腰をひくくすること、自分個人の特質をすべて消し去って、まるで塵から生まれでたかのように、過去も願望もなく、愛情の絆も必然性ももたない、つまり、顔も名前もない人間のようにふるまうこと。自分だけの時間もなければ、ひとりでいられる場所もない――夢のなか以外は。だが、夜がきて、石油ランプの薄明かりが消されると、誰もが疲れはてて炕《カン》に倒れこみ、ほかの空っぽのからだ、死んだように眠っているからだのあいだにもぐりこむだけだ。

住居や物質的条件の改善は優先事項ではない。建設作業はもっぱら冬季にあてられ、果敢におこなわれたが、進行は遅々としている。水道や木製のベッドなどあとまわしだ。その前にやっておかなければならないことが、山ほどある。

8

時期によって休憩時間がとれることもあったものの、それを除けば、実際いつなんどきでも仕事があり、どんな仕事も「急を要する」と見なされる。あらかじめ定められた生産数値に達しなければならない、「上層部からよい目で見られるには」、その数値をこえなければならない。隊長たちが発する指令やスローガンにはかならず「戧《チアン》(時間とのたたかい)」という語がふくまれている。そうした行動はつねに根拠にもとづく適切なものだろうか？　あらかじめ調査されることも、計画されることもなく、無知な指揮官たちの意志だけで、建設された無数のダム、開墾された無数の土地が、何の役にも立たない使用不可能なものであることが白日のもとに曝け出された。それが、超人的な労力をついやし、たくさんの人たちの命を犠牲にした結果なのだ。疲れ果てて倒れて草のなかに埋まり、トラクターに押しつぶされた人たち、準備不足の爆薬でからだを引き裂かれた人たち。さらに多数にのぼるのは、顔がゆがんでしまったり、寒さで手足が萎縮した人たちや、生理ちゅうに冷水に長時間浸かっていたために病におかされた女たち。

自然の条件が過酷なだけ、労働はつねに荒々しく過剰な様相をおびる。北大荒では、春はしばしば冬の延長でしかない。顔やからだを突き刺すような風のなかで、何週間もかけて、土地を耕し、種を蒔く。麦畑、大豆畑、とうもろこし畑、いずれも向こうの端がみえないほどだだっぴろい。しもやけだらけの指——冬の名残——の素手で、つるはしや鋤を握って、凍結してこちこちになった土を砕き、そのうしろを、牛やトラクターに牽引された耕作機が通る。少しでも柔らかくするため上着の内側に押しこんでおいた蒸しパン《マントウ》をかじりながらも、手は一瞬も止めない。それから、寒気のため鉄のようにごわごわした布製の大きな種袋を、播種機のテンポに合わせてうごかす。ごうごうと鳴り響く、有無を言わせぬ播種機のテンポが、年のはじまりを告げるのだ。氷がすっかり解けると、もっと原始的でもっと困難な土地の開墾にのりだす。草や茨を焼きはらい、トラクターの通過を妨げるような、しぶとい根を腕の力をふりしぼって引っこ抜く。湿地帯に砂を埋め込み、稲田に変える。すると、もう夏がはじまっていて、過酷な暑さが唐突にやってくる。こんどは除草作業に追われる。延々とつづく畝溝や、ときには何里にもおよぶ畔《あぜ》にそって一歩一歩すすみ、たかってくる蚊や小咬《ぶよ》で頭と上半身を真っ黒にして、作物を傷めないよう注意しながら、土をうごかし毒草を引き抜く。ぶきっちょで動作の鈍い者に叱咤の声。ひっきりなしに隊長に怒鳴られて、男はますます苦しげにすすむ。「すすめ、すすめ、だが、なにひとつ傷つけるな！　さもないと……」。傷ついているのは、作業員のほうだ。休息することも、水を飲むこともできず、背中はすり傷だらけで、足は痙攣をおこしている。

秋の到来が迫ると、不安にとりつかれる。雨だ。運わるく、雨におそわれると、もうおしまいだ。空の泣き顔に、人間たちは苦渋の顔で応える。たえまなく降り続くべとべとした雨で、すべては泥と化す。機械が農地に入ることができなくなると、自分たちに何が待ち受けているのか、知らぬ者はいない。黒と緑の地獄のなかでの一ヶ月あまりの苦役。午前三時か四時から夜八時まで、黒ずんだ粘土のなかに脚をつっこんだまま作業する。びしょ濡れのからだで、鎌をにぎって、背骨を下までぐいと曲げる、その同じ動作を一日に何万回もくり返すのだ。麦の茎を腕いっぱいに束ねて、根もとから一気に刈り取り、傍の列にくわえる。過酷な作業がようやく終わって、湿気と汚れにくたくたになり、持病や事故で憔悴した人びとの群は、いっときの休養を望むことができるだろうか。できない。雨がやんでから寒気が到来するまで、わずかな期間しかない。好機がやってくると、一日たりとも待つことなく、夜も休まずに、大きな庭のなかで麦を脱穀し、篩《ふるい》にかけ、袋に詰め込み、納屋に運ばなければならない。実際、はやくも十月の半ば、冬は、山や平野にぶあつい白布をひろげ、寒気という恐るべき手段がその効力を失していないかどうか、確かめたくてうずうずしはじめる。冬は、その手段を自在にあやつりながら、一日一日、温度を下げ、その権勢がおよぶ範囲を遠くへ遠くへと拡張してゆく。気分次第で嵐や突風をおこして、天と地をひっかきまわし、彷徨する狼たちに唸り声をしぼり出させる。

生きているものが、冬の仮借ない掟にどれほど屈服させられているかを知るには、この閉ざされた巨大な空間を一瞥するだけでよい。目にみえるものは何ひとつとしてなくなるのだから。何ひとつ。だが、無謀な徒刑囚だけが、頭を帽子でおおい、首を肩までうずめ、何枚も重ね着したぼろの上着のうえから綱や紐をまわしてきつく引き締め、吹きだまりをかきわけて行く。というのも、隊長たちが、効率という、もうひとつの過酷な掟を適用するのが、この季節なのだ。「急を要する」仕事はいまや存在しないのだから、後まわしにされてきた作業に、心おきなく労働力を投入することができる。道路や住居の建設、水路や貯水池の掘削などだ。石もひび割れるほどの凍結のなかで作業などできるのだろうか。

石がひび割れる？　それどころではない。零下四〇度以下では、石と氷とが、コンクリートのように硬いひとつの塊となる、それが現実なのだ。北大荒の全域が、いわば「ブロック」をなして、人間の労苦に立ちはだかる。広大な工事現場で、骨の髄まで雪だるまになった作業員一人ひとりに、一区画があたえられる。ブロックを突き破るのは、その人間だ。鋼鉄のつるはしを握り、全身の力をこめて、凍てついた地面を打つ。つるはしの先は地面に傷跡ひとつ残すことさえできない。ダイアモンドを針で突いたのと変らない。彼はもう一度打つ。つるはしは跳ね返り、手や腕を振動させ、凍えた皮膚に割れ目が生じ、細い血の筋がはしる。それでも彼は手を休めない。ふりしぼった力はたちまちにして尽きてしまう。作業を放棄すべきか。許されないことだ。ほんとうに放棄したいとも思っていない。エネルギーを使うことで、たとえそれが何の結果を生まなくても、少なくとも、からだが温まる。刃物より鋭利なシベリアの風雪が露出された肉をひび割り、渦巻く雪があらゆるものを氷に変えるこの地では、動きを止めようものなら、からだの汗が上着の下で凍りつくことは必至である。肺うっ血をおこすか、死に至るか。もちろん、思いきって、工事現場のセンターまで足をひきずりながらたどり着けば、ストーブが燃えている。暖をとれば、北大荒にぴったりのこんな警句を実感するだろう。「胸には、燃える石炭、背中には、氷のブロック」。彼はまだ決心がつかず、つるはしを打ちつづける。こんどはもう少し頭をはたらかせて、つるはしの先端で集中的に同じポイントを攻撃する。三十回ほどの打数をかぞえたとき、痕跡があらわれた。それまでせせら笑っていたブロックに、わずかな割れ目ができる。割れ目は少し大きくなる。そして、氷は割れた。さあ、つぎの標的はその下に横たわる石だ。労働の長い一日がはじまる、いまやっと成し遂げたものより、はるかに厳しい労働の一日が。

けれど、手に血を流したのも無益ではなかったことに、彼は満足感をおぼえる。なにはともあれ、自分の血が勝ったのだ。

9

当面、同じ境遇におとしいれられた見知らぬ人たちのあいだで、じっと生きのびてゆかなければならない。大キャンペーンの期間には、受刑者たちは集団ごと収容所に送られていた。多少とも同じたぐいの人たちが寄り添っていた。今回のは、いわば前回のキャンペーンが引きずっていた尻尾のようなもので、その目的は、「残りかす」を集めてくることだった。あちこちから来た、てんでんばらばらな人たちの集団である。行き当たりばったりにあてがわれた宿舎では、古参たちのよどんだ水に、新参者たちがどっと加えられた。わたしの収容所は、当初は大学教員や芸術家周辺の人びとで構成されていたが、いまは、思いもよらない雑多な人びとを擁している。古参たちと新参たちがお互いに知り合う、手さぐりの期間、みんな日常生活や仕事のうえで必要なこと以外は口にしない。自分について本質的なことは何も語らず、ほかの人に質問を投げかけたりもしない。といっても、身を寄せ合うような生活だ。同じ炕《カン》の上に何人もがぎゅうぎゅう詰めになって就寝する。便壺と便壺とのあいだに仕切りのない、だだっぴろい便所を共用する。浴室では、各自が洗面器を手にして、押し合いへし合いしながら水槽や水桶に接近し、悲壮な即興バレエを演じる。

これほど密に接触していると、音やにおいや手ざわりから、お互いによく知り合っているような気がしてきてならない。腹のごろごろする音、屁、しゃっくり、くしゃみ、咳き込み、悪夢から洩れでる抑圧された言葉、尿と汗が混ざったにおい。皮膚と皮膚とが触れ合う。べたつく肌、ざらざらした肌、ときには、凝結した血液が点々としている包帯が巻かれた肌……。

醜いからだの外見は、一人ひとりの真の人格とほど遠いものであり、わたしはこの人たちを知るようになった。話に聞かされた「労改《ラオカイ》」(労働による人間改造)収容所に比べると、「労教《ラオチアオ》」(教育による人間改造)と呼ばれる、わたしの収容所や、その周辺の収容所は、言ってみれば、さほど過酷ではない。というのも、労改では、政治犯に犯罪者のならず者や密告者が入り混じっていて、ただでさえ過酷な「規律」をいっそう厳しくするのに、その人たちがときおり利用されていたからだ。わたしの収容所にせよ、同じタイプのほかの収容所にせよ、いかがわしい人物や密告者たちがかならず何人かはいるものの、ほかの「収容者」たちは中国における最良の人びとであることを、わたしは少しずつ知るようになった。正義感、誠実さといった、まさにその人間的資質ゆえに断罪された人たちであった。北大荒行きという最悪の代償を払っても、守るに値する価値なのだ。じつにぴったりするフランス語の表現が頭に浮かんだ。この人たちは社会の「精髄《クリーム》」なのだ。なぜこれほど躍起になって、中国のもっともすぐれた部分を徹底的に排除し、退けようとするのだろう。これほど無慈悲な労働のために、この人たちを長期にわたって収容することで、「人間改造」がほんとうにできるというのか。

仮に、万が一にも、彼らに共同生活をさせ、個々人の資質を活かしながら、共に労働させるだけにするとすれば、自由な交換を許すならば、どれほど生き生きした共同体が形成されることだろう。どれほど創造的なアトリエが生みだせるだろう。理想を追い求めたために運命の逆襲をうけたのだから、なんという不運か。彼らがいまここに寄せ集められているのは、自分の良心が命じる最低限のことをしたためだ。これらの作家や芸術家のなかでも、まだ若い人たちは創造への飛躍の途であまりにも早くたたき落とされてしまった。書道と太極拳をしていた物静かで誠実な、あの男が断罪されたのは、自分の居住地域の支部長の決定に反対したためだった。大学図書館の司書だった、あのおとなしくてなよなよした男は、おとなしすぎたので、リーダーや同僚たちが面白半分にからかうのにうってつけだった。彼は大字報を前にして首を振っていると思われてしまった。じつは、読みながら首をうごかすのはただの癖だった。中国文化に造詣がふかく、そのうえプラトンやカントについて語ることのできる、あの博識な哲学者は、観念論の価値観を部分的に擁護したことで、罪に問われた。古代中国の銅鏡や刺繡を専門とする、あの歴史家は、社会−経済的条件のみが、これらの芸術における形態の変遷の決定的要因だったという考えに異を唱えたことが原因だった。あの党員で、技師研修生だった長身瘦軀の男は、自分が働いている工場の管理のあり方を批判したためだった。彼はドン・キホーテと呼ばれていた。いちど、軒下につくられた蜂の巣の撤去をかってでたことがあったからだ。兜《かぶと》をかぶり、槍をかまえるかのごとく、顔をガーゼのマスクで覆い、長い竹の棒を手にしていた。有罪の判決をうけたとき、妻が去っていったことも、知られていた。そのそばには、当然ながら、サンチョ・パンサがいた。喜劇役者で、演じた戯曲が体制に対する風刺だと、当局が判断したためだ。中国という土壌の奥底からきている根っからの楽天主義と茶目っ気とでもって、収容所にひとすじの光を投げかける存在である。この男だけが、主席の言葉をたくみに引き合いにだしたり、反論したりして、統率者たちを黙らせるすべを心得ている。そんなふうに立ち向かうことができるのは、どんな試練にも耐えうる健康体の持ち主だからだ。水牛のように強靭で、過酷きわまりない労働を科せられようと、後ずさりはしない……

10

ふたりの男が、ひっそりとしていることで注目されていた。ほかの人たちより年をとっていて、いちばん奥の薄暗い片隅にある炕《カン》の上で寝ている。彼らがどんな作業をしているかが分かると、なるほどと納得がゆく。もっとも屈辱的で、誰もがいやがる仕事。便所を掃除し、かなりの量の糞尿を、肥溜めにはこぶ作業である。それでも、彼らにその仕事があてがわれたのは、手加減という配慮からだった。急かされることがまったくなく、逆に、彼らの筋力に見合った労働なのだ。肥桶にほどほどの量を汲んで運ぶことができるし、怒鳴り声をうしろから浴びせられることもなく、適度のスピードで歩をすすめることができる。毎日の割り当てを達成するのに、かなり長い一日をすごす。ただ、いかんともしがたいことがある。その特権ゆえに、彼らは「アンタッチャブル」になってしまっていた。からだをきれいに洗うことができず、加齢も手伝い、いつも周囲に便所の臭気を発散させていて、いわば、「垢がこびりついた」存在なのである。

ふたりとも、髪は白髪まじりで、額に皺が刻まれていたが、それでいながら、彼らの風貌は対照的だ。ひとりは、まるで表情をけっしてくずさない決意でもしているかのように、しかめっつらをしている。もうひとりは、穏やかな表情の持ち主で、ときおり、かすかな笑みをうかべる。しかめっつらは経済学者、不敬罪をおかした。国営企業がある種の私企業と競合するような、混合経済の制度を提案したのだ。そんなふうなマルサス主義的な政策は、「人手は多ければ多いほど、強力だ」と説く主席の政策とはまったく異なるものだった。穏やかなほう――というより、むしろ観念しているほう――は、収容所の古参だった。一九五〇年代初頭、河南省から連れてこられた最初の囚人たちに属していた。一緒だった人たちの多くは死亡したのに、まっさきに倒れてしまいそうだったこの男が生きのびたのだが、それなりの代償を払った。左手がすっかり萎縮して、ほとんど使えなくなり、鉱山のなかでの長期にわたる作業のため肺がおかされて、冬のあいだじゅう咳をしている。古参であり、健康状態が悪く、品行には問題がない。おそらくはそういった理由で、あちこちの収容所をたらいまわしにされた後に、規律がさほど厳しくないこの収容所に送られてきたのだろう。自分の過去については、めったに語らない。新参者たちがたまに彼の出身について尋ねることがあると、きまって「土地所有者」と答える。何の罪に問われたのか？　答えるかわりに、ただうっすらと笑いをうかべる。だが、誰もが知るところだった。自分の家に「反革命分子」をかくまうという、大胆不敵な行為をやってのけた。彼らとともに銃殺されなかったことは、奇跡ともいえる。そんな男がこの収容所にいるのは、場違いな感じをあたえる。けれど、その体臭に慣れるように、その人となりにも慣れてくるものだ。いささか鈍重で、いささか無垢な風貌のうしろに、かなり教養のある人物像が見え隠れしている。知識人たちのなかにあって「ひけをとらない」。「古参」であることをしめすものとして、その衣服は継ぎはぎだらけで、彼自身の手で布切れがていねいに縫いつけられていた。これらの当て布が思いださせてくれたのは、ヨーロッパで見た、車体のいたるところにワッペンが貼られた自動車で、どれほど旅をしてきたかを物語っていた。男はみんなから老《ラオ》ディンと呼ばれていた。それは当たり前のことだったが、その呼称に、いわば全員の同意がふくまれていた。ひとつの集団のなかに、あまり圧力を感じさせず、まったく邪魔にならない年長者がいるのは、よいことだろう。この男が控えめな威厳を保っていることを、みんながありがたく思っている。彼に比べれば、自分はまだ若いと思えるし、最後までさほどの傷を負わずにすむのではないかという希望をいだかせてくれる。

そのためだろうか、くだんの経済学者が生産隊の診療所に運ばれていったとき、その代役を務めないかと言われて、わたしが同意したのは。これまでの人生で、わたしは自分よりはるかに年上の人たちに接近したいという欲求にかられることが多かったようだ。衰えた体力が、逆に彼らに確固とした知恵をあたえているように思えるのだ。さもなくば、わたしは生来どうしようもないほど自虐性にとりつかれていて、自分でも嫌悪感をいだくようなことをしたい、どん底に触れてみたいという気持をいつももっているのかもしれない。そして、他の人たちの行動のなかに動機の根拠を見つけ出したいという執拗な欲求——弱者の特徴——があった。老ディンにはどんな動機があったのか。わたしが知りはじめた興味ぶかい人たちのなかで、この老人が、隅っこの居場所から、ときおりわたしに挨拶を送ってくるのはどうしてだろう。「どうして自分に関心をもつのだろう」、わたしは自問した。「新参者だからだろうか、画家だからだろうか、《外国帰り》のせいかな」。もっとも、外国帰りの話題はタブーだ。一度だけ、水汲み場で、その白髪まじりの男が、一見なんの理由もなしに、わたしに小声で話しかけてきた。「遠いね、海は！ 地中海のもっと先だね……」。もしかしたら、わたしはただ一歩しりぞいてみたかっただけなのか。ともかくも、わたしは「便所」の担当をかってでて、ほかの人たちをほっとさせた。隊長は、いつもなら憤然とし、怒鳴りちらし、罵倒するところだが、いずれにせよ、わたしは重労働にはあまり役に立たないと見なしているので、なにも言わずに、この申し出を承諾した。

息が詰まりそうな悪臭に対して、鼻をガーゼのマスクでおおい、この「汚い仕事」に慣れるのに何週間もかかる。そして、夜になると、いちばん奥の炕《カン》の上で、老ディンの傍らで眠る。労働の編成が変ったため、わたしたちは、この生産隊の領域のいちばん端に別個に建てられている宿舎にいる他の六人の労働者たちに合流した。これまでにも増して粗っぽく建てられている。悪天候の日には、みすぼらしい建造物は、強風に翻弄されてゆれうごく小舟でしかない。内部の壁のすそには、苔やキノコが生えていて、そんなものなど平気な鼠たちがいる。厳寒のまっただなかでは、薪ストーブは、壁のうえで層をなして光っている霜をようやく消し去るくらいしか用をなさない。この小さなスペースが、わたしたち八人の宿泊所だ。豚を飼育し、隣接する広々とした野菜畑の作業に加わるのが仕事だ。穀物の農場ほど過酷ではないが、それでも、きつい作業にはちがいない。広大な野菜畑で、季節が移ってゆくにつれて、つぎつぎに生産される作物の手入れを休む間もなくおこなわなければならないからだ。キウリ、トマト、ヒョウタン、ピーマン、インゲン、キャベツ、カブ、ニンジン。冬はなんの休息もあたえてくれない。野菜を保存するための地下の貯蔵庫の冷たい暗闇のなかに毎日降りてゆかなければならない。つねにくたくたになって動きまわらざるをえない作業のなかで、春から夏にかけて、ときおり、つかの間ではあるが、強烈な歓びが閃光のように駆け抜ける。汗だくになりながらも、数秒手を休めて、一個のトマト、一本のキウリにまるごとかぶりつく瞬間である。

おんぼろ宿舎に隣接して、豚小屋があり、そこで三十匹あまりを飼育している。気性の荒い種《しゅ》で、なかには、歯がとびでた、獰猛なつらがまえの豚もいる。泥まみれで寝そべっている、頑固で不機嫌なこの動物たちは、つねに手入れを必要とする。こびりついた汚れのため、敷き藁や給餌器、豚用のバケツや桶にブラシがけし、磨き、清掃しなければならない。どんどん肥えさせるために、餌にいろいろな変化をつけ、温めてあたえる。時間がゆるすときには、豚が好む草がはえている沼地の周辺に放してやる。とくに大切なのは、出産や疫病の発生の際に、獣医の手助けをすること。真冬の酷寒のなかでひと晩じゅう見守っていなければならない。

しじゅう豚のそばにいて、豚が好む餌を用意し、糞尿やこやしとほとんど変わらないくらい気持の悪い、ねばねばべとべとする素材をこねくりまわし、ザァーと餌を投入する音に混じって腹をすかせた豚のうなり声を耳にしているうちに、吐き気がするほどの悪臭が手足の骨の髄までしみこんでしまう。自分自身が食事する時間になると、のどが詰まりそうになるほどの、むかつきを覚え、呑み込むという単純な行為がきわめて困難になる。常に付きまとう吐き気のため、豚の飼育者は、豚と名のつくものすべてを忌み嫌うようになる。

忌み嫌う？　けれども、嫌悪感をこえたところで、ひとは、そのずっしりとした肉づきの生き物を受け入れるにいたるのだ。女を剥奪された男の手には、ごわごわした動物のからだが、しまいには柔らかになる。慰めの言葉を奪われた耳に、うなり声が、心をゆさぶるような、やさしい声になる。その男にとって、これら無垢な仲間たちが、自分の腕のなかで、自分の脚のあいだで、暴れまわるのを感じることは、なんという歓びだろう。だから、そのなかの十分に肥えた一匹が、屠殺の目的で、中庭の反対側に引っぱっていかれるとき、どれほど胸がひき裂かれるおもいをすることか。その狂ったようなうめき声は、裏切られた愛の叫びそのものだ。

秋、降りやまない雨。泥にはまりこむ機械に代わって、ほかの数多くの収容所と同じように、何百人という男や女が、手に鎌を持ち、背中を曲げて、助っ人収穫作業に専念する。一日につき十六時間から十七時間の作業。夜遅く、食堂では、茹でた麵の蒸気に、濡れた髪の毛やつんとくる汗のにおいが混ざり、疲労と苦痛でくたくたになった男たち、女たちのしゃがれ声が響きわたる。ぼんやりした明かりのなかで、もと図書館司書だった男がわたしに近づいてきた。以前にもまして、蒼白な顔をし、やせこけている。言いたいことがあるらしく、耳もとでささやく。「きみが沼地に豚をつれてゆくのを見た。みんな熱心に世話をしているんだね。扱いにくそうな豚だけれど、いい奴らだと思う……」

——たいへんな作業ですよ。

——ぼくにまわしてもらえれば、助かるんだけれど。一日だけでも。

——一日か二日、たぶんだいじょうぶだろうな。部隊長に話してみる。きみの代わりに、ぼくが農場の作業をするよ。

もと図書館司書は、豚というとても「いい奴ら」を愛撫する歓びをあじわうことはなかった。仕事を交代する前に、彼は農場のまっただなかで、ひとことも発せずに、麦のあいだにくずおれた。それでも、わたしだけが予定どおり収穫作業に「かりだされる」ことになった。

11

めいめいの皮膚の奥まで嫌悪感が入りこもうと、女性がいないのが――農場での作業とはちがって――さびしかろうと、だれも、たとえ万金を積まれても、便所と豚小屋の作業を、だだっぴろい宿舎での拘束された生活ととりかえる気にはなれない。点検や視察はしじゅう受けていたものの、少人数に割り当てられたこの付属宿舎がまぬがれていたのは、あちらで課せられている軍隊的な規律である。とくに長い冬の期間、外での仕事と、大部屋での政治集会はべつにすれば、だれもが上級や下級の隊長の威圧的な監視下におかれている。ここの宿舎は狭いだけでなく、夏は悪臭を放ち、冬は暖房がきいていないが、わたしたちは、ある種の自分の生活をもちうる「私的クラブ」に属しているような気持でいる。大宿舎の人たちのなかには、監視の目を盗んでは、わたしたちのところにやってくる者もいる。わたしたち自身と同じく、みすぼらしいこの場所に守られて分かち合う瞬間、理不尽からほんのちょっともぎとって得た瞬間！　歴史家が、この数人の聴衆を前に、画像なしでも、互いに共有しうる情熱をこめて語る。古代中国の鏡や布、その形や色彩や製作の質について、それらがどのように発見されたか、あれこれの女性の運命や歴史的な出来事に関わってどんな冒険をなしとげたか。若い作家や詩人たちは、過去の作品や最近の作品を朗読する。音楽家たちは「音のない音楽」のリサイタルをひらく。ピアノがないので、ピアニストは細長い紙の上に白と黒の鍵盤をえがく。鍵盤に指を這わせ、ハミングしながら、シューマンやショパンやラフマニノフを演奏する。最初の心の高まりが過ぎ去ると、その顔はすぐに涙でくしゃくしゃになる。力仕事で傷めたその手をもってしては、もう二度と真のピアニストにはなれないことを知っている。ときおり、ベートーベンの「アデライーデ」、シューベルトの「旅人の夜の歌」や「菩提樹」、シューマンの「アレグロ」といった、彼にとって親しみぶかいメロディーに、歌い手が同伴する。ピアニストのハミングと、声を極力おしころす歌い手とのおかしなハーモニーは、完璧な演奏よりもはるかに胸に迫るものがある。音をかきけした絶望の旋律。

それは、踏みにじられた男たちの運命が明るみに出される瞬間であり、そんなとき、存在感をしめすのが、「だんまりのチャン」である。チャンは、人間のかすれ声に、かぼそい竹の音をつなげてゆく。筆を奪われて以来、手にしている一種の竹笛を、彼はできるかぎり息をころして吹いている。笛は手のひらにおさまっていて、吹くという動作を伴わないので、どんな耳にも警戒心をおこさせない。生じる音は聞こえるか聞こえないかくらいで、潜在的な音というか、空想のなかの音のようなものだからだ。けれど、耳に響いている。響いている音は、内部と外部の仕切りを超越したところに位置し、非常に遠くから、風よりも、宿舎の周辺でうなり声をあげる熊よりも、ずっと遠くから聞こえてくる。人が足を踏み入れない浜辺をかすり、砂と葦をふるわせる、おだやかなそよ風。いまかいまかと待ちうけていると、水平線の見えない波の上に船が通り過ぎてゆく……。それから、もう何もない。長い沈黙のほかは、巨大な心臓の鼓動のほかは、何も。だんまりのチャンは、みんなのなかに静寂をゆきわたらせる、彼の無音のなかにわたしたちを導きいれる。無音のなかで、わたしたちは、これまで味わったことのない感動をもって、かぎりなく心を通わせ合う。美術学院の同僚なので、彼のことはよく知っている。学院では伝統絵画を教えていた。解放後、風景画のなかに赤旗や巨大なクレーンを挿入することを拒否し、自分自身の視覚にしたがって絵を描きつづける稀な画家のひとりだった。書道についても同じで、教訓になるような文言には無関心で、あくまでも神秘主義的な韻文を書いていた。つぎのようなものだ。

　ものごとの真髄は、内に秘められている。
　真髄を摑もうとすると、すでに言葉の外にある。

じつのところ、この男の件を重大なものにしてしまったのは、彼の沈黙だった。政治集会において、批判の矛先が向けられても、黙して語らず、罵詈雑言を投げつけられるままにし、びくりともせずに判決を受け入れた。収容所でも、「だんまり」のあだ名にふさわしい態度をとりつづけている。とはいえ、気難しい人間嫌いとはほど遠く、「クラブ」の常連だった。片隅にどっかり座り、何も言わないが、もっとも注意ぶかい、あるいは、もっとも鋭い耳となった。彼が口もとに笑みをうかべるとき、あるいは頷いて同意をしめすとき、それは、ほかの人たちにとって何物にも替えがたいものとなるのだ。

　ある日、収容所で働いている木工が、豚小屋の修繕のために、ふいにやってきた。議論の真っ最中だった、この小さな集団のなかに疑心暗鬼の気まずい沈黙が流れる。相手は何も気にかけていないようだ。仕事にかかり、口笛を吹いている。口笛を吹きながら働く、気楽さと自主性のしるし以外の何物でもない！　よい仕事をすること以外に関心のない自由な職人だけがもつ特権だ。一時間後、狭い部屋にぎゅうぎゅうづめになっている集団に別れを告げにきた。

「みなさんは知識分子《チシフェンツ》なんだね。本を読みたいですか」、ずばりと言った。

「……」。ふたたび沈黙が支配する。危険でもあり突飛でもある、この質問に少なからず驚かされていた。

「本、読みたいでしょう」、木工は愛嬌のこもった笑顔をうかべる。

「本？……　えっ、ええ、もちろん」

——本ならいくらでもあるよ。ここに来てからもう何年にもなるけれど、いろいろな世代の人たちがやってきて、しばらく住んで、また去ってゆくのを見とどけたよ。おれは本が好きなので、この地を離れてゆく人たちが、こっそり隠し持っていた本を、おれのところに置いていった。図書館みたいになっているけれど、残念ながら、おれには時間がない。ゆっくりようやく読めるくらいだし、いつもあちこちに仕事があるし……。

——図書館ほどだって！　どんな本をお持ちですか？

——タイトルをいくつかあげてください。おれのところにあるかどうか見てみるよ。

最初の日、三つの作品が雑多にあげられたのを、覚えている。トルストイの『復活』、杜甫《とほ》の詩、沈従文の短編集。翌日、木工があげられた作品を自慢げにわたしたちの前に並べたとき、誰もが自分の目を疑った。

それからというものは、木工がたえず本を持ってきてくれるおかげで、付属宿舎の小さな部屋は文字どおりアリババの洞窟となって、「クラブ」の特権的メンバーが宝物さがしにやってくる。

この望外のしあわせは、ある期間つづいた。ある日、しかしながら、もっとも怖れていた訪問者が戸口のところに立っている。権力をかさにきた黄《ファン》隊長が、激怒して、がらがら声でどなりちらす。この口やかましくて厳格な男に、わたしたちはときおり哀れみをおぼえる。他のリーダーたちほど意地が悪いわけではないが、上役の言いつけに、つねに何か上乗せしなければならないのだ。「なんだ、これは？　徒党を組もうっていうのか？　陰謀でもたくらんでいるのか！」誰も答えないので、語気はさらに強くなる。「そうか、これからどんな目に合うか見ていろ！」そのとき、名優サンチョ・パンサがきりかえす。「陰謀なんてとんでもない。わたくしたちは模範的な革命家になりたいのです。だからこうして学習しているのです」

——学習だって？　おまえたちは労働するためにここにいるんだ。

——けれど主席は言っています。学べ、さらに学べ、つねに学べと。

——ぬかしたな！　おまえたちは再教育の最中なのを忘れたか！

——わたしたちはまさしく自己を教育し、再教育することを望んでいます。主席が推奨するように、《赤であるとともに専門家》でありたいのです。

頭にきた。小役人はかんかんになって命じた。「黙れ、へらずぐち！　さあ、みんな出てゆくんだ。こんなまねは二度とするな。くり返したら、どうなるか分かっているな。牢屋ゆきだ！　大目に見てやろう。今回だけは報告しないでおく。罰として、二週間の昼寝禁止。へらずぐち、おまえは一ヶ月だ！」

サンチョ・パンサはかなりうまく切り抜けた。隊長は極端な手段は講じなかった。じつのところ、自分の不注意を上役から非難されるのを怖れているからだ。ひそひそとささやかれていることは本当だろうか。最近あいつはいつも上の空だ。女性の生産隊のなかのひとりに「手をつける」ことばかり考えている。もういっぽうでは、小役人は、この喜劇役者が集団のなかではたしている「ポジティブ」な役割をある程度みとめていた。おかげで、雰囲気が和らげられている。昼寝禁止などは、強靭な健康体のサンチョ・パンサにとってどうでもよかった。昼寝の時間はいつも退屈していたくらいだ。とはいえ、休憩時間に、炎天下で汗を流すとなると……。

12

自分が何のために北大荒《ペイターフアン》にきたのかを、わたしは一瞬たりとも忘れていない。友と再会するためだ。時が過ぎてゆくにつれて、不安感で弱気になってくる。ハオランはすぐ近くにいるのに、これほど遠くに感じたことはなかった——手の届かないところにいて、再会はありえないだろうと、信じかけていた。北大荒はそれ自体が、ひとつの大陸、いや、収容所という孤島をあちこちに浮かべた大洋なのだ。収容所と収容所とは、上下関係で構築された公的機関をとおして連絡しあっているだけである。もちろん、ハオランがいる収容所をつきとめるのに長い時間はかからなかった。北大荒では、「古参」としても、詩人としても、かなり知られた人物で、その作品のいくつかは若者たちのあいでまわし読みされている。センターとなる町からは、彼の収容所は、わたしの収容所よりはるかに離れている。わたしの推定では、わたしの収容所から町、そして町から彼の収容所までの距離は、百五十キロちかくある。百キロあまり……、たいした距離ではない。死と生を隔てる距離、大陸と大陸のあいだに横たわる海や、広大な中国のさまざまな地方の山脈と山脈、大河と大河の距離と比べてみればいい。だが、距離は短くても、わたしたちのあいだには超えがたい壁が聳えたっている。人間によって、行政の障壁によって、厳しい監視によって築かれた壁。わたしたちはそれぞれ異なった収容所で暮らしている。会う機会などありえないことは知っている。

不安に危機感がくわわる。おとろえてゆくこの健康状態では、予期せぬ結末まで持ちこたえられるだろうか。幾日となく幾夜となく泳ぎつづけ、ついに遠方に岸を見た遭難者の話が、頭にこびりついて離れない。遭難者はエネルギーのすべてを使いはたし、それ以上進むことはできず、最後の波が海岸に放り出したのは、彼の遺体だった。

貯蔵品調達のために町にでかけるグループに割り込んだことは、何度もある。もしかしたら、友は友で同様のグループに加わっていて、偶然出会うかもしれないという期待をいだきながら、店や協同組合に可能なかぎり長居をする。

彼と再会するという希望をほとんど失い、ましてや、北大荒に来る前に夢みたように、いっとき生活を共にすることなどできるはずがないと思ったとき、観念して、メッセージを送ることを考えはじめた。そのためにすら、どんな手段があるのか見当がつかない。かりに、例の木工に仲介をたのんではどうだろう。二度ほど、木工にその話をもちかけようとしたが、一歩ふみだすことはできなかった。

収容所の生活はつづく、その日その日に、その時間その時間になさなければならないことに追いまくられて、思考のためのゆとりは残されていない。夏が間近に迫ったとき、大豆畑の一角が水びたしになる。欠損した水路から水が溢れだしたのだ。労動力の大半が水路の修繕のために動員されているあいだ、同じ宿舎のふたりとわたしが、水をはきだし、倒れた苗をおこす農作業にかりだされた。酷熱の太陽の下で何時間もすごすなかで一服の清涼剤になるのは、かなり近いところに女性がいることだ。質素な格好をし、衣服の色も灰色で、華やかなところはまったくないが、すべてが剝奪されていることの地では、彼女たちはおどろくべき魅力を発揮する。わたしは別のことで頭がいっぱいで、彼女たちに引きつけられない稀な人間のひとりだ。

ある日、農場のまっただなかで、顔をあげると、汗まみれの額にたかり視界をさえぎる蚊の群のむこうに、集団作業を写生しようとしている注意ぶかい観察者の姿をみとめた。わたしたちに焦点を合わせる例の公的撮影者――わたしたちの風貌ではプロパガンダとして説得力がないだろうが――ではなくて、若い男で、大きなノートを手に、デッサンをしている。

「運命はどうしてこうもふしぎなんだ」、わたしは心のなかでつぶやく。「この世ではものごとがくり返され、それなのにけっして同じではない。杭州にいたとき、わたしは茶を摘む女たちをデッサンしていて、そのなかに作家、C夫人がいた。きょう、奈落の底につきおとされた人たちが汗だくになって働き、そのなかに自分がいる。クロッキーしていた画家がクロッキーされている。まさしく古人の言う循環する時間。ひとつのサイクルが終わると、もうひとつのサイクルがはじまる。まるで同じ回路をたどっているようでいて、ゆきつく先は違っている。じゃあ、どこにゆきつくのか……」

C夫人のときのように、作業の列のいちばん端にきたとき、わたしは若い男に小声で話しかけた。

――画家ですか？

――いえ、まだ。でも、絵を描くのがすきです。

――わたしは画家なんですが。

この言葉で、相手の目のなかにきらりとしたものが走り、あきらかに気まずそうな表情をし、わたしの労働の手助けができないことを詫びているように見えた。彼は、この地の掟を知っている。めいめいにそれぞれの仕事があること。

わたしが列の端にくるたびに、どうにかこうにか対話をつづけた。そんなこんなで、わたしは自分の隊の番号をおしえ、若い男は、豚小屋のわきのわたしの宿舎に訪ねてくると言いだした。

収容所の中も外もこんなに自由にあるきまわれるなんて、いったい誰なのだろう。

最初に訪ねてきたとき、彼は自分の素性をあかさざるをえなかった。なんと、収容所の指揮官の次男坊。わたしは絵の初心者の稚拙さを辛抱づよくなおしてやり、避けなければならないことを指摘する。こちらの助言は、彼にとってよほど貴重なものらしく、しまいには、わたしたちのあいだに友情の絆がむすばれた。友へのメッセージを彼に託したいという思いにかられるものの、裏切られる危険性は否めない。

老ディンに打ち明けた。友と戀人《ラマント》のことはずっと以前に内密に話してあった。老ディンは、わたしたちの宿舎でよく若者を見かけて、知っており、ただこう言った。「きみはわたしを信頼してくれた、なぜ彼に対しても同じようにしないのかね？」

警戒心と密告が支配するこの世界で、信頼？　しかしながら、年少者が目上の者を尊重し、弟子が師を敬うのは伝統であり、この伝統のおかげで、中国社会は、なにはともあれ、数千年ものあいだ持ちこたえたことを、わたしは忘れていない。この確信に意をつよくして、新米画家に話をもちかける決心をする。まださほど年老いてはいないが、いまここで年長者の役割をはたし、古人からうけとった、この種の人間の真実の松明を、これからの世代にうけわたすのだ。若い世代は、先達たちの運命が無に帰さないようにつとめるだけの理解力と感謝の気持を持ち合わせているだろうか。

つぎの回、指揮官の息子を迎えたとき、なにかしらの理想を志向するそのすべすべした額に視線を集中しながら、突然胸がときめく。自分はいま救いの道にいるという確信が生まれる。なんとしても到達したかった目的が、手の届く範囲にある。羽の生えた天使が、わたしの目の前に、豚小屋の隣のこのおんぼろ宿舎のなかにいる。わたしの直感は、すぐに事実の裏づけを得ることになる——ひょっとしたら、わたしの願望そのものが生みだした事実なのかもしれないが！　ハオランの名——その名のもつ魔力を確認する機会になった——を口にしたとたん、その詩を歌うように朗誦する声が耳に入ってきた。「われらは朝露をいっぱい口に含んだ　われらの血とひきかえに　なんども焼き尽くされた大地が　生きているわれらを祝福する……」

若者の特権的な立場からして、伝達者の役割は一見たやすくはたせるように思える。が、そうではない。収容所と収容所のあいだには定期的な交通手段はなく、トラックの運行の機会を待たなければならない。ひとつのメッセージを送り届けるには、彼にとって往復丸一日かかる。とりわけ、別の収容所では、彼がハオランに接近すれば、ほかの人たちの注意を引かずにいられないだろう。ハオランは、その特殊な立場ゆえに、その不屈な性格ゆえに、評判の高い男ではあるが、隊長たちにとっては「目のなかの釘」なのだ。

いまやわたしがここにいることをハオランは知った——どれほどの衝撃だっただろう！——のだから、わたしにとって根本的なことはほとんど成就した。思考による意思疎通は回復した。それがどれほどの力をもつかを、わたしは知っている。目には友が「見えている」。そのあいだにわたしに何かがおこったとしても、さほどの後悔なしに世を去ることができる。だが、あの若者がいるかぎり、ハオランとじかに会えると思えてならない。そうだ、きっと会える。このごろユーメイの顔が目の前にうかんでくるではないか。夜ごと、月明かりのなかで、忍び足で――いや白蛇のように――近づいてきて、大きく見開いたその瞳で、わたしをつつみこむ。日々、休息の時間、彼女はいつのまにかそこにいる、すぐ近くに、すぐそばに、わたしを打ちのめす絶望などおかまいなしに、陽気な声で言う。あのいつも好んで口にする言葉。「でも、まだ遅くないわ、もっとなにかしましょうよ!」。たしかに、すべきことは残されている。そこで、ハオランとの再会が可能になるような機会をあらんかぎり想像してみる。大集会のおり、新しい政治運動の機会、いろいろな収容所の人たちが一緒になって観劇する年末の催し物……。

13

五月半ば、古参たちが恐怖と諦めをこめて語る「呪い」がおそいかかる。「北大荒の叙事詩」の一遍をなす、大火。夏は草木がからからになり、ただでさえ発火しやすい自然環境だが、この災いはかなりの程度、人災である。その場しのぎにつくられた建造物のなかで、統率者たちをはじめとして、多くの人たちは、安全性について何の配慮もしていない。惨事が発生すると、「炎を怖れず、死を怖れず」のスローガンで、防災に対する訓練などほとんどうけていない人びとを動員するだけである。

知らせが飛び込んできたのは、午後の遅い時間である。全員出動。調理場で働いている人たち以外、すべての人が現場へ。トラック、トラクター、馬、徒歩、ありとあらゆる交通手段で、二十キロほど離れた火災現場にかけつけた。その途で、ほかの収容所のほかの集団とすれちがう。みんな同じようになりふりかまわず、同じようにあわてふためいている。悲痛な叫び声がとびかうなかで、誰もが緊張した面持ちで、短い仕草を交換し合い、現状を報告し合っている。火は、風にあおられて、周辺の収穫物を焼き尽くしてしまう怖れが出てきた。

体力のある者、「腕っ節の強い」者たちが、まっさきにトラックに乗せられて、動員された。わたしは徒歩でむかう集団に属している。四時間を要する。戻ってくるトラックが、途中でわたしたちを拾ってくれれば別だが。近づくにつれて、火は、雲を真っ赤に染め、おそるべき熱風が、その強大な支配力をつきつけてくる。

走らなければならない、なにも考えず、たけり狂う魔物に向かって。「炎を怖れず、死を怖れず！」農場を横切り、途中で靴が脱げても、そのまま走りつづける。多くの人たちが、ずたずたになった上着を畑の縁に投げ捨てて、パンツいっちょうになる。それもすでにびしょ濡れになっている。

夜の闇を背景にした惨劇の舞台。広大なキビ畑の向こうにひろがる草原はこんもりとした森に接していて、そこから火が押し寄せてくる。ともあれ、火をさえぎるため、農場と森を隔てる草地に長い溝が掘られた。無残な犠牲をともなって。悲劇がおこったのは、ちょうどわたしたちが到着したときだった。溝を掘りながら、男たちは、風が突然向きを変えたことに警戒しなかった。彼らのうちの十人あまりが、煙にまかれ、黒焦げになって死んだ。ひどい火傷をおった者もいる。いま、火事と対峙する数百人、いや千人ちかい人たちが、草や木の枝を束ねてこしらえた箒、大きさがまちまちの鍬やつるはし、といったありあわせの手段で懸命にたたかっている。水の入ったバケツが手から手へと渡される。にわかじたての手段と無秩序。何人かの隊長が目を血走らせ、あちらの隊からこちらの隊と駆けずりまわり、喉をからして怒鳴りながら命令を下している。だれもほとんど聞いていない。煤で真っ黒になった上半身、ぼろぼろになったパンツ、男たちは憤激と恐怖にかられて火にたちむかう。仲間たちの死が、彼らを手負いの獣にかえていた。もはや一歩もあとずさりはできない……。

火は専横をほしいままにする。穴倉から抜け出したメドゥーサは、おそろしい勢いと吸引力をもって、通り道にあるものをかたっぱしから呑みこんでゆく。火そのものが、名状しがたい欲求を満たす衝動に呑まれているからだ。その征服の戦略として、数しれない罠をはり、威嚇して反撃をはばみ、ずるがしこい攻撃をしかけてくる。獲物が手の届く範囲にくると、まず包囲し、目を眩ませ、幻惑し、さぐりを入れてなでまわし、それから、決然として摑みかかり、抱きついて息の根をとめると、そのからだをゆっくりと貪婪に嘗めまわす。獲物をすっかりとりこむと、一撃で引き裂き、こなごなにして、情け容赦なく呑みつくす。

都市における火事とは異なり、この野生の自然では、原初の溶岩に込められていた欲動は、いったん解き放たれると、もはや限界も終結も知らないかのようだ。生きているものの世界そのものが、狂気のなかに吸いこまれてゆく。苦痛と怒りに身をよじる樹木は、砕け去り、火花となって飛び散る。ねぐらから引きずり出された野うさぎや鹿や猪は、全速力で駆けてゆき、力の限度をこえた跳躍をこころみて、炎のなかに落ちこんでゆく。その肉をじりじりと焼く音は、いたるところから噴出するごうごうという火炎のうなりのなかに没する。人間たちのほうは、疲れはて、へとへとになりながらも、狂ったようにたたかいを挑む。もはや後退はできない。なにものも彼らを止めることはできない、火傷も、死も。攻撃する自由をはじめて得たのだから、彼らは、最期の痙攣の瞬間まで、攻撃しつづけるだろう。切っても切っても生えてくる水蛇《ヒドラ》や毒蛇の頭と尾にたちむかいながら、彼らは、日ごとに積もり積もった怒り、悲しみ、他の人たちの死、自分自身の死をぶつけているのだ。

この壮絶なたたかいのなかで、わたしは、自分の行動などほとんどなんの役にも立っていないと感じている。第二線にいて、水の入ったバケツをリレーしたり、粗末な箒で火のかけらを叩き消したりしているだけである。息の詰まるような熱気で朦朧とした頭は、それでも、火に染まったこの夜の無秩序は、友との再会の唯一の機会になりうる、と考えるだけの聡明さは保っていた。走りながら、「ハオランの隊は、きっとここにいる！」、心のなかでそう言いつづける。いまや、もう確実だ。その隊とともに、ハオランはすぐ近くにいる！　火がずたずたにした闇のなかを駈けずりまわらずにはいられない。陰と光を縫って、第一線で奮戦している、背の高い男たちの顔を見てまわる。煙で視界が遮られているだけに、困難をきわめる試みだ。しかも、なんと、子どもじみた願望か。これほど騒然とした群衆のなかで、特定の人物を見分けることがどうしてできるだろう。かりに、目の前にハオランがいたとしても、はたして彼だと分かるだろうか。わたしの頭にあるのは、二十代のままのハオランの姿だ！　わたしは探す、探しつづける。唯一のチャンス……。

夜が更けるにつれて、火はおさまりはじめ、わたしの希望は薄れてゆく。突然、負傷者のために設けられた場所を見に行こうという考えがひらめいた。その場所にきて、わたしの隊の三人が最初の犠牲者に含まれていることを知る。三人ともすでに搬出されていた。そのなかで、わたしがいちばんよく知っているのが、ドン・キホーテ。とくに危険なポジションに配置されていたのだという。かなり重度の火傷を負った人たちは、地面に直接おかれた担架の上に寝かされていて、まもなく運び出される。シーツをかぶせられていて、頭しか見えない人たちもいる。大急ぎで、担架から担架へとかけまわり、かたっぱしから顔を見たり、見まちがえたりする。ほとんど最後まできたとき、とびだしている顔が目に入った。北方の男のがっちりした顔は、見てすぐ分かった。顔も髪の毛もひどい火傷を負っている。からだの他の部分もたぶん同じなのだろう。唇をぎゅっと閉じて、痛みに堪え、火とのたたかいでまだ赤くなっている目で、周囲をせわしなく動きまわっている人びとを、まるでひとごとのように眺めている。まちがいではないことを確認するために、わたしは名前を呼ぶ。「ハオラン！」男の視線がこちらを向き、一瞬、わたしを凝視する。口からはひとことも発せられなかったが、腫れあがった顔に笑みがうかんだようだった。担架が運ばれてゆく前に、彼はふたたび頭をうごかして、わたしに合図をおくった。

14

ハオランの「英雄的勇気」は、当局の酌量にあたいした。さらに指揮官の息子が父親に口添えをしてくれた。夢のなかでさえ信じられなくなっていたことが、ふるえるこの手でじかに触れることのできる現実となる。このたったひとつの奇跡だけで、この生においても他の生においても、不幸や苦痛をこえて、なにひとつ無駄ではないことを信じることができた。

ある日、わたしの前に姿をあらわした、四十前の男は、十歳は老けてみえ、髪には白いものが混ざり、額に皺と火傷の跡がきざまれている。けれど、ほお骨と顎にみなぎる意志力は少しも変わらない——鋭い視線がその証拠だ。以前よりがっちりしていて、足どりはより重々しくなり、戸外での重労働で日焼けしている。石像や銅像が、風雪に侵食されて、本質的なものだけをとどめる固いブロックを形成したとでも言おうか。男は死を知り、死んだものと見なされた。彼のなかで、生きて、創造しようとする力が、自分自身を消滅させるという考えに打ち勝った。

男は屈辱をあじわい、仲間たちから卑劣な扱いをうけた。彼が送られた最初の収容所は、中国南部に位置していて、そこもまた湿地帯であり、夏になると、ひどい湿気と酷暑におそわれる。この土地を浄化する前は、いやその後も、土は悪臭のする蒸気を放っていた。かつて、死刑囚たちが生きたまま この地に放置され、たちまちにして、蚊やヒルや、他のもっと恐ろしい虫たちの餌食にされた。現代の収容所において、ある日、囚人たちは、腐敗して酸っぱくなった飯を農場に捨てた。国家の富の許しがたい浪費。軍人の隊長は、隊の全員に、焼けつくような太陽が照りつける水田で働かせ、腐敗した飯の残りを食べさせた。その結果発生した食中毒で、何人もの人たちが亡くなった。男は死者のなかに数えられていたが、あやういところで一命をとりとめ、その後、中国のもういっぽうの端に送られた。彼の出身地である。体質が北の気候によく合っているのだろう、彼はいままで生きのびることができた。罰としてみんな高価な代償をはらったが、他の人たちはさまざまな機会に功績をあげて、解放されたという。だが、男は自己批判を拒みつづけたため、重大なケースと見なされ、最高指導者の直接の指示によって断罪された――そういう人たちはほかにも大勢いた。「他の重要なことがら」に気をとられていたせいか、それともただ単に忘れてしまったせいか、最高指導者はそれ以後何も言ってこないので、誰も決断をくだすことができずにいた。鋼鉄のように強靭なこの男は、自分の意志をこえたところで、自分という人間のもっとも本質的なものにかかわる真実と正面から向き合うことができるだろうか。

そんなわけで、この一九六〇年という忘れがたい年の晩秋、隊長たちの申し合わせ――この国に飢饉が蔓延しつつあり、ともかくもさまざまな収容所が再編成されることを、彼らは知っていた――により、わたしが北の果てまで探しにきた男は、体制がよりゆるやかな、ここの収容所に移されたのだった。

再会して、こみあげてくる感動は、言葉にならない。自分たち自身、口にだす言葉を探そうともしない。長いあいだ、わたしたちはただとめどなく涙を流し、ふたりの涙が交じり合う。お互いにいつまでも相手のからだを探り、これがまちがいなく現実であることを確認し合う。そのあと、言葉は自然にわきだしてきて、双子の大河をかたちづくり、昼夜を分かたず流れつづけ、同じ海で合流するのだ。別れて以来、お互いに話したいことが山ほどあった。思考のなかで、わたしたちはいつも一緒に生きていたので、ひとつの出来事がきっかけで離れ離れになって、十五年の歳月が流れたことを、忘れてしまっている。

　言葉が自然にわきあがるままにしておく？　否。戀人《ラマント》の死を知らずにいる友に、そのことを伝える的確な言葉をいま探さなければならないのは、わたしである。的確な言葉、それを見つけ、口に出して言わなければならない。その言葉が友の耳にひびいた途端、彼の胸からあふれ出そうとしていた、離れ離れになっていた歳月の物語の大河は、唐突に流れをとめた。それから、ひとことも、彼の喉から出てこない。目が覚めるような弁舌の才をもつこの男が、茫然自失の沈黙に閉じこもる。苦痛と後悔と——戀人《ラマント》の人生とわたしの人生を破滅させてしまったという後悔——憤激にさいなまれて、何日間も自動人形のように暮らしていた。彼はすべてを破壊してしまいたいという気持に襲われる。彼自身も、彼をとりまく世界も。わたしの存在だけが、おそらくは、修復不可能な行為にはしるのを引きとめているのだろう。彼にとってこの世に残されたたったひとりの大切な人間をふたたび傷つけることができるだろうか。この世の生において、多くの人びとは、悲しいかな、根もとから繋がっていて、いったん織りなされた絆は断ち切ることができないことを、わたしは思い知らされた。人びとを結びつけているものは、異次元に属していて、恨みや後悔や憤慨といった、たわいのない事柄を超越し、個々人の善意にも、個々人におこった出来事にも左右されない。それは、人びとをみちびいて、思いもしなかったことを実現させ、選択しなかった場所へといざなう。わたし、ティエンイは、別の道をゆくことが自由だったのに、フランスに留まらず、なぜここにいるのか。なにゆえに？　無分別な宿命？　宿命、そうかもしれない。無分別、たぶんそうではないだろう。杭州の美術学院にいたときから、どれほど紆余曲折の道をたどったことか。とはいえ、わたしは飛び石から飛び石へとつたって、途方もない夢が目指した地点に近づいていった。いま、わたしは、ここに、この喪失の場にいる。ハオランが、ここに、この再会の場にいる。

絶望のせいなのか、それとも、戀人《ラマント》から遠く離れて暮らした歳月、味わわされた剝奪や、自己に課してきた規律――彼女にふさわしい人間でありつづけるために――の代償としてなのか、そのときから友はアルコールにひたり、ゆきずりの性的関係に身をゆだねている。驚くべきことに思えるかもしれないが、かくまで厳しく管理された場所で、大胆さと巧妙さを十分そなえた男なら、こっそり女と関係をもつことができる。男の隊と女の隊との共同作業の際に、トラクターや他の乗り物の上で、医務室で、さらには「指導階級」の側でも――究極の頽廃。これらの、いわゆる「指導者」こそ、自分たちの権力にものを言わせて、「同志たち」をもてあそぶとき、まさしく範を垂れているではないか。

専制的な世界は、憤激と恐怖と間隙に満ちている。ひとは、非人間性がなおざりにした、わずかな隙間に乗じて頭をもたげ羽をひろげる。

15

言わなければよかった――いや、どのように言うべきだった――のか、わたしもまた虚しさに打ちひしがれた。ハオランと再会するために必死の努力をするなかで、不安と絶望にしずみ、それから、目的のすぐそばまできた、ついに目的に達した、という言葉にならない興奮をあじわった。彼と再会し、ユーメイの死を伝えたのだから、わたしの役割はたぶん終わったのだろう。わたしたち三人が共にした運命は、そこで幕が引かれてもよかったのかもしれない。けれども、自分が触発した彼の動揺と錯乱を前にして、わたしは、どうにでもなれというような、へんな気持になっていた。生に対する願望は日ごとに薄れてゆく。ハオランの反応はたしかに予想できるものだった。そうはいっても。わたしたちの再会に意味があったのか、ふいに疑問がわいてくる。意味を求める必要などあるのか。一緒にいるだけで十分ではないのか。けれど、わたしたちは何をしようとしているのか。これから何がおころうとしているか。

友は憤激と後悔にしずみこんでいて、わたしは、彼が破滅の坂をころげおちるのを引きとめることができず、長い日々、自分の理解力をこえる入り組んだ思索にふけっていた。際限なく屈辱をうけながら、ふたりして、背を曲げつづけるのか。低劣きわまりない、こんな生に終止符を打つべきなのか。

だれかが、ものごとをはっきり見きわめる助けになってくれるだろうか。だれも。ユーメイが、もし生きていたとすれば、なにかをもたらしてくれただろう。だが、もし彼女が生きていれば、わたしはここには居なかったはずだ！　つまり、彼女のかわりに、ハオランだけがわたしに残されている。結局、彼は、わたしに対してどんな気持をいだいているのか。わたしは彼にとって何なのかまで、考えなければならないのか。それは、あんまりだ！　いま、わたしは自分たちの友情の証をさがそうとしている！　わたしたちは、当初から、ほぐし難い絆でむすばれていたのではなかったのか。四川省を横断する旅の途、わたしたちはひとつになっていたのではなかったのか。あの出来事のときでさえ、彼はわたしのためにユーメイから去ったではないか。いま、たしかにここにいるこの男は、生来の友、否定しがたい同伴者ではなかったのか。過去において現在において、何をしようと、彼はわたしと一体化していたのではなかったのか。ユーメイは彼を愛し、彼はユーメイをしあわせにしたのだから、ユーメイとも一体化していたのではなかったのか。そこにまだ嫉妬などありうるだろうか。わたしはユーメイを愛していて、だからこそ、いっそうハオランに愛情をいだいているのではないか。それは、錯綜としているようで、どうしようもないほど明白だ！　ハオランに会いたいと思いながら、わたしはただ崩壊したかけらを摑もうとしていただけなのか。わたしがふたたび会いたかったのは、それ以上のもの、かつてわたしを目覚めさせ、目を開かせ、つねに前に駆り立てた、彼が発するあの息吹ではなかったのか。その息吹はまだ生きているのか、それとも、永久に消えうせたのか。

声にならない数々のことがらを秘めて、抑圧されていた言葉が、突如として、ふたたび流れだしたのは、九月半ばのあの日だったと思う。きっかけは、老ディンが思いもよらない仕方できりだした話だった。そう、老ディン、つねに注意ぶかく、けれどふだんは非常に控えめな、あの同室の男（といっても、あとから考えてみると、それは当然だった。外部の声、第三の声を発する者があるとすれば、それは、わたしたちの物語を知っている唯一の――ほんとうに唯一の――人物でしかありえなかった）。九月半ば、収穫を完了し、あられと雪をまじえた突風が到来するまで、ほんの短い期間、すべてが中断され、空気は刀でそぎ落とされて、クリスタルのように硬く澄みきっている。動物たちは長い冬眠にそなえてからだを丸め、人間たちは力つき、悲しみに打ちひしがれて、ほんの少しの慰めを求め、ある者は記憶をさぐり、またある者は忘却のなかに逃げこむ。思いきって、真実を真正面からうけとめようとする人たちもいる。想像していたものとは、つねにずれている真実を。

その日の午後、すべての人に昼寝がゆるされている時間、ハオランはまったく眠る気になれず、わたしと、それに老ディンを、野菜畑の向こう側の小さな木立まで連れて行った。白樺がまばらに立っていて、少しばかりの陰とそよかぜを楽しみに来る人たちもいる。この時間帯には誰もいなかった。

ハオランは、あきらかに飲んでいた。酔いと、鬱積した内的憤激のため、朦朧としている。木立のなかに入りこむと、何度か大声をはりあげ、少し気持を落ち着ける。それから、黙ったまま、一本の木にからだを押しつける。いっときが過ぎ、老ディンは、ふだんの穏やかな口調とは似ても似つかない、きっぱりとした声で語りはじめる。

――われわれに起きたすべてのことについて、ゆるしを請おうじゃないか。

――ゆるしを請うだって？　憤激した男は言う。

――ゆるしを請い、そして、われわれに害をおよぼした人たちをゆるそう。
――ゆるす……？
――そうだ、ゆるすんだ。それが、われわれの所有している唯一の武器だと思っている。理不尽に対抗する唯一の武器。われわれはめいめい怖ろしいことがらを体験した。いま、ここに三人とも揃っている。自分たちに害をおよぼした人たちと同じように振舞うことは、われわれにはできない。ゆるしをもってすれば、憎しみと報復の連鎖を断ち切ることができる。世界には汚れのない息吹が存続していることが証明できる……。

老ディンにはまだ言いたいことが山ほどあることが、感じとれる。あまりに多すぎて、すぐに言葉をつぐことができないのだろう。けれど、彼が発した短い言葉は、ハオランの口を開かせるのに十分だった。

「ゆるし……、憎しみと報復の連鎖を断ち切る……。手遅れにならないうちに、その話をしよう。ぼくが共産党員たちに合流したのは、ゆるしを請うためだった、ユーメイをひとり残して……」、彼は声を詰まらせる。だが、後ずさりはしない。表情を引きしめて、必死で言葉を継ぐ。「われわれの地下集団は、十五人くらいからなっていた、正確にいえば、十七人、指揮していたのは、ひとりの共産党員。湖北省北部の解放区に到着する前に、とくに危険な地域を通過しなければならなかった。警戒心を怠らず、六日間休みなく歩きつづけた。洞穴や、《確かな》村に身を隠したりした。疲れきって、足をはこびながら眠っていた。最後の夜、森のなかで銃声がしたとき、何が起こったのか分からなかった。ふいに眠りをさまされて、たちの悪いいたずらかと思った。当然のことながら、われわれは裏切られた。誰が裏切ったのかは、あとになって発覚した。そいつは罰をうけた。顔をめった打ちにされて、絞首刑に処された。でも、そのときは、森の奥の月明かりのなかで、ちりぢりになって逃げた。弾丸がぼくのふくらはぎを貫通し、おまけに走りながら足首をくじいた。必死のおもいで、一本の木のところまでたどりついた。足もとに溝があるのに気づき、そのなかに身をよこたえ、上から落ち葉をかぶった。わめき声とともに、なんど足音が近づき、遠ざかり、また接近し、ぼくの上を通り過ぎたことか。ぼくはじっと息を殺していた。自分が死んだと思い込んだかもしれない。でも、血が流れてズボンが皮膚にくっつき、おそろしい苦痛がおそってくる。おそろしい苦痛？　そんなものは、夜をひき裂く悲鳴に比べれば、なんでもない。拷問をうけているからだが発する叫びは、執行人たちのわめき声とほとんど同じくらい強烈だった。あの若い女の悲鳴、人間の耳にはとうてい耐えられない、無限の時が過ぎても消し去ることができない。彼らは、中国の最良の息子たち娘たちだった。身をもって正義の信念をつらぬくために、やわらかいベッドを捨て去った。そんな人たちが、この世のもっとも低劣な野獣たちの餌食にされているんだ。復讐に狂った奴ら。明け方ちかく、ぼくは力をふりしぼって、村まで歩いた。だれも取り合ってはくれないだろうと思いながらも、この地帯にはゲリラが潜んでいるので民兵が常駐できるはずはないことに望みを託した。何軒もの家の扉をたたいた後、農民の老夫婦に迎えられた。密告されたらどんな目に合わされるかも知らず、介抱してくれ、自分たちの飯を分けあたえ、竈のうえに吊るしてある、ふつうなら一年かけて消費するわずかばかりの豚の燻製をふるまってくれた。寡黙で粗野な外見に隠された、なんという慈悲深さ、なんという思いやり。ベッドをもう一台おくだけの場所がないので、ぼくは夫妻のベッドで一緒に寝た。夜、ぼくの傍らにからだを横たえると、ふたりとも身動きできない。穏やかな寝息だけが聞こえている。夫妻のなかに、ぼくは、自分がもちえなかった両親を見た。ふたたび歩けるようになって、接触を探りつづけた。この不信感と残酷の世で、どうすれは、友情のサインを見つけ出せるのか。といっても、どうということはなく、ある日、歩いていたとき、市場の売り台の向こうで、品のいい顔がほほ笑んでいた。その人がずっと前からぼくを観察していたことは、言うまでもない。経験豊富な男で、ぼくが部隊に合流しようとしている迷子であることを見抜くのは、難しくなかった。三人の仲間を得て、世の果てに向かう長い行進。川のほとりの風にざわめく葦のなかで、ひとりの船頭がぼくらを待っていた。激流に抗してすすむ、厳しい横断だった。けれど、向こう岸に渡れば、ついに約束の地だ！　ついに《われらが同志》の仲間入りを果たせる！　これほどの犠牲を払うだけの価値があったのか。そう信じる心構えでいた。これらすべての目覚めた勤勉な人たちが、道路を新しく建設して縦横にはしらせ、土地を新しく獲得して耕作する。きょうだい愛がゆきわたっている。中国はかつてそんな経験をしたことはない。しかし、革命は、手のとどくところにある素朴なしあわせに安んじることができるだろうか。自分が生みだした犠牲者の数に見合うほどの野望をいだかずにいられるだろうか。まだ、戦争はつづいていたけれど、もうあちこちで人民裁判が組織されていた。すでに、ぼく自身、歯車にとりこまれていた。従軍記者に指名されて、河南省や山東省の前線をかけまわった。一瞬の猶予もない戦闘、容赦のないたたかい。みんな英雄的でしかも残酷にならざるをえなかった。殺されないために殺す。捕虜を虐待しなかったことは、確かだ。けれど、その前に、《敵の主要な勢力を削ぐために》大量に抹殺した。なぜあなたたちにこんな話をするのだろう。ぼくは、より遠い、より広大な目的を追求することで、自責の念をはらそうとしていた。その結果、愛するひとを死に追いやってしまった……。憎しみと復讐の連鎖、そうだよ。われわれのなかの、いったい誰がゆるす権利など主張できるんだ。老ディン、あなたは、何を根拠に、だれの名において、そう言うのですか」

「だれの名において……孔子、たとえば。孔子はよく《許《シュ》》、寛容を説いていたじゃないか。けれど、わたしの場合はまた別だ……」

それから、重苦しく沈黙し……、また口を開く。「かなり長い話だ。まあ、ほんとうはごく単純なことなのだが、その話をするのは禁止されている。破ったら死刑だ。しかし、きみたちふたりには打ち明けよう」

「わたしはのんきな若者だった。出身は安徽《あんき》省の文人と土地所有者たちの家族で、一九三〇年代のはじめ、わたしは法律の勉強をした。ひとの言う《輝かしい将来》が約束されていた。その地域は戦火からまぬがれていて、わたしは、多少とも穏やかな名士の生活をおくるつもりでいたんだ。学業のため、結婚は先送りにしていた。結局、破談にしてしまってね、自分の家族からも、そのことでひどい屈辱をなめた娘の家族からも、そうとう非難された。それが、《変人》の人生のはじまりだったんだ。何がおこったのか？　いわば、ものすごい衝撃をうけて、それがもとで、嫌悪感にとらわれたからだよ。どんな衝撃か？　その地方の中心都市、H市で、ある朝、地方裁判所の裏通りを歩いていて、拷問の現場にでくわした。囚人は釘がたくさん刺さった鞭で打たれていて、ちぎれた肉の塊がわたしの顔まで飛んできた。それから少しして、同じ都市で、その地をかこむ河のなかに、密通した男女が板戸にはりつけにされてゆらゆら流されているのを見た。どこのけだものが、こんなことをしたんだ？　あわれな人びとのなかに、人間のなかに、悪が入りこんでしまったことを、わたしは知った。自分の周囲で展開される生活は、ありとあらゆる濫用、意図的または無意識の残酷にみちていて、わたしには耐えられないものになっていた。義侠の徒もしくは革命家になることもできたかもしれない。そうではなく、わたしは仏教徒になった……。おどろいただろう？　わたしをつきうごかしていたのは、憐憫だった。暴力をもって暴力に抗するのは、わたしの性格には合わない。そのときから、その地方で、わたしは《居士《チュシ》》で通るようになった。慈善活動に奉仕する、かなり敬意をはらわれる人物。その敬意に悪い気はしなかったが、わたしはそれを「買った」、安くね。家族の財産のおかげでできたんだよ。だが、家族の財産といってもね。わたしが井戸や橋や寺院の修繕に関わっているうちは、家族は大目に見ていた。多額の散財をして、貧民を助けたり、経文を配布するために印刷所を買収しようとしたとき、家族から待ったがかかったんだ。わたしにどうしても結婚の意志がないと見て、出家したらどうかとまで言われたよ。自分でも、それを考えていたけれどね。そうはしなかった。そうこうしているうちに、別の出来事がおこった」

「コレラが流行していた時期だった。プロテスタントの宣教師たちが、ワクチンを提供してくれたり、わたしの家族の者をもふくむ患者の治療の手助けをしてくれて、彼らと知り合いになった。おかげで大勢の人たちの命が救えた。わたしたちは親しくなった。といっても、基本的な問いにかんしては、議論が噴出した。あんなに遠くからきた宗教に、彼らがどうして溶けこむことができたのか、知りたかった。仏教だって外国の宗教じゃないか、彼らはそう指摘した。彼らの信仰の内容だが、苦悩や死や愛や生命と向き合う仕方が、理解しがたかったし、非妥協的すぎた。そうしたことすべてが、キリストという人物とむすびついている。わたしのなかに、信じられないという思いとともに、いろいろな疑問がふつふつとわきあがっていた。ある朝……。忘れられないよ、その前夜まで、まだ興奮で顔を真っ赤にしながら論拠をぶつけ合っていたんだから。しまいには、気を鎮めるために、議論はもうやめにして、信仰はそれぞれの気質によることを受け入れようじゃないか、ということになった。儒者や道士になる者もいれば、仏教徒やキリスト教徒になる者もいるではないか。そんなわけで、ある朝、ホン牧師をたずねると、牧師はかなり驚いたようすで、わたしを迎え入れた。わたしが申し入れたのは、ただ、《福音》を告げる小さなパンフレットを街頭で人びとに配る手伝いをすることだった。たくさんの人たちの憤激を買ったし、ほとんどみんなの笑いぐさにされてね。《あのディンのちぐはぐときたら。精進料理を食べる（吃斎《チーチャイ》）だけではあきたらずに、宗教食い（吃教《チーチアオ》）になった》とうしろ指をさされた。わたしは持ちこたえた。吐きかけられた唾を拭うのは、どうということはない。不可欠な試練のひとつに思えた。少しして、べつの都市に配属されて英国人宣教師の手伝いをすることになり、わたしの教育水準からして牧師になるのがいいと、英国人宣教師は考えた。けれど、することが山ほどあった。戦争の影が地平線を飛びかい、わたしたちの教会は雑多な人たちの避難所のようになった。だれかれの区別なしに迎え入れ、食物をあたえ、治療し、慰めた。ありとあらゆる人たち、貧民も罪人も、民間人も兵士もやってきた。行きずりの共産党の兵士まで（だいいち、それが理由で、解放後の裁判で、わたしは命を助けられた）。片づけなければならない難題が、どれほど山積していたことか。解決しなければならないことがどれほどあったことか。物質的困窮、身体的惨状、いさかい、紛争、死の悲しみ……。だからといって、労働だけに埋没している駄馬のような生活だったろうか。そうじゃない。あらゆる困難や障害をかかえながら、わたしたちは歓喜のなかにいた、ごつごつした、しぶとい歓喜。日々、生活に新しい工夫をこらした。見くだされたり、見放されたりしたと感じた者は、結局、ひとりもいなかった。仕事に身も心も捧げていて、わたしには自分個人の人生を考える時間などなかった。でも、それが視野のなかに入ってきたんだよ。人間的すぎるほど人間的な顔、夫に先立たれた女の顔のかたちをとって。ある日の午後、ふたつの廊下を隔てて、視線を交わし合った。結婚することになった。解放のため、できなくなった。それでよかった、でなければ、彼女も汚辱の枷をはめられて、生涯を過ごさなければならなかっただろう。《掃討》作戦が開始されるずっと前に、わたしたち信者は裁判にかけられた。外国人宣教師は国外追放になった。わたしと、ほかの何人かが有罪の判決をうけたのは、うかつにも唯物論に反対するビラを印刷した同宗の者ふたりをかくまったせいだった。彼らは即座に数千人の人たちの目前で銃殺された。わたしたちは三年間の禁固刑に処され――どんな状況か、ハオラン、きみなら知っているだろう。八人用の房に十五人が詰めこまれて、床の上にじかに寝ていた。ただひとつの糞尿桶のそばで、悪臭のする飯を食べていた

――その後、《労働による人間改造》のため、あちこちの収容所に送られ、《土地所有者》という以外は、出自を明かすことが禁じられた。山西省では鉱山、河南省ではダム。ある日、軍隊の要請で、わたしたちはここに連れてこられた。天と地のあいだの、生い茂る草のまっただなかで、へとへとになりながら、ゼロからはじめなければならなかった。間に合わせのテントのなかで寝泊りし、つぎに、編んだ草と木の枝でつくった小屋、それから、もう少ししっかりした建物。けが、切り傷、発熱、下

痢、最初の冬のひどい寒さが、たくさんの人たちの息の根をとめた。ホン牧師もそのひとりだ。穴を掘って、遺体を布でくるむこともせずに、埋葬した。氷が厚すぎるときは、戸外の離れた場所の一角に積まれた遺体は、たちまち雪に埋まってしまう。雪解けの季節がきて、そこに見つかるのは、腐って解きほぐせなくなった遺体のかたまり……」

「誰にも打ち明けたことのない、こんなことを、どうして話す気になったのか。わたしは、ゆるしと言った。正義感に燃えていた革命家たちは、裁き手になり、どんどん容赦なくなっていった。誰がいまなおこの憎しみと暴力の連鎖を断ち切ることができるのか。わたしたちにはできない。神だけができる。中国の歴史は、善良にして公正で、徳と神聖とを追い求める人たちを輩出した。その多くは殉死した。文人の理想のために、宇宙をつきうごかす清廉な息吹の名において。それは偉大なことがらであり、この国の誇りだ。高邁な精神をもつ、そうした人たち、殉死者たちがいなかったとすれば、中国は存続しえなかっただろう。しかし、この国は、外からやってきて、愛とゆるしのために命をささげる人を迎え入れることができるだろうか……」

突然、老ディンは言葉をとめた。あまりにも多くを語りすぎた。見るからに、相手はもう聞いていない。というより、むしろ、自分の話についてゆくのが難しくなっている。宗教家の教訓じみた言説は、同じ信仰を共有しない者の耳には、《的はずれ》か《場ちがい》なひびきをもつものなのだ。ハオランは中国の生活のそうした側面を、もちろん知らないわけではない。けれど、宗教的な考察はほとんど彼の頭上をとおりすぎる。一度も跪いたことのない世代に属している彼には。わたしにはさほど「違和感」はない、母の例や、あのアヘン吸いの伯父の例を知っているし、そのうえ、西洋をまわってきた。

ハオランは虚脱状態から脱して、すっくと起きあがる。あなたの神に対するのと同じくらい、われわれふたりを信頼していいんだよ、そう言うかのように、老ディンの肩に腕をまわした。

16

大火は、自然のはかりしれなさと、人間の先見の明のなさに起因しており、おとずれようとしていた食糧難の時代の前触れであった。それは、まもなく正真正銘の飢饉へと移行していく。二、三年のあいだ、飢饉は中国全土を荒廃させ、数百万の死者をだすのだ。

これほど長期にわたる、これほどの規模の災害を、天災だけのせいにすることができるだろうか。慧眼な党指導者たちは、歴史家や経済学者たちとともに、のちに認めることになるのだが、直接的な原因となったのは、最高指導者の指揮に従って党がおかした、とてつもない失策だった。最高指導者は、ことのなりゆきで、自分でも知らないうちに、歯止めのかからない一種の魔物に変身してしまっていた。反右派闘争の後、あきらかな失敗を前にして、自分の野心を追求することにますます性急になった。たとえ鉄と血をもってしても、歴史に自分の足跡をしるすこと。人間の本性にかんする法則についても、経済の法則についても無知なまま、彼がうちだした途方もなく大がかりな方策は、発作的で、性的衝動にも似ていて、突然の脱力をもって終焉するしかなかった。二年、あるいは三年ごとに、彼はつぎからつぎへと運動をおこし、いずれも、法外な行き過ぎを特徴としていた。大躍進は到達不可能な目標を設定していた。農村では、「人民公社」の名のもとに集団化が極限までおしすすめられて、農民は自分の家で料理する権利まで奪われてしまう。中国ぜんたいが手工業的方法での鋼鉄生産にかりだされて、農作業はおろそかにされ、できあがった鋼鉄のほうは使いものにならない。そんな状態では、ひとつの国がわずかの期間に信じがたいほどの杜撰《ずさん》におちいったとしても、おどろくにはあたらない。

北大荒も例外ではない。三つの季節にわたって、農作業の不可欠な部分をそっちのけにして、鋼鉄の鋳造と、機械類の手工業的な製造に専念しなければならなかった。ただでさえ減少した農業生産物から、そうとうな量が接収されて、とくにひどい飢饉にみまわれた地方へと輸送された。

すべての人びとの不幸は、一部の人びとの幸福をもたらす。飢饉のため、収容所の生活は、可能なかぎりではあるが、より「楽」になった。手はじめに、収容所生活で償いを終えた人たちが送り返されることになる。原則として、わたしもそのひとりだ。収容所にとどまるために、わたしはあらゆる手段を講じる。友の件がいつまでたっても宙ぶらりんになっているからだ。だれも決定をくだすことができない。収容所で生活をつづけている人たちは、自分たちを縛りつけていた鉄の規律が少しずつ緩くなってゆくのを見てとる。食料供給の激減で、全員が飢えにあえぎ、必要な労働を遂行できなくなっているのは、当局側もみとめていた。肉体の衰えがもたらした結果は、すでに最初の冬から目に見えていた。達成すべき仕事は最小限にとどめられた——より頑丈な宿舎の建設——にもかかわらず、成し遂げることができない。カロリー不足で、木材や石材の重みにへたばった人たちは、荒れ狂う風雪にたちまちにして吹き飛ばされ、凍りつき、雪の窪みのなかで動かなくなる。隊長たちのほうも、体力が減退し、めいめいが集団作業以外のところで自分の食物をさがすのを放っておくしかなくなる。

生産性の低い農場がいくつか放置され、それ以外の土地の開墾が中止となったため、年間の労働が少しばかり軽減される。機転のきく者が、いろいろな方法をあみだすのには好都合だ。畑に取り残されたキビや小麦の粒を拾いにゆく。ありあわせの手段をつかって、魚を釣ったり、平時なら食用にすることなど想像もできないような虫や小動物を捕らえたりする。他の人たち、あまり頭のはたらかない者は、おちこぼれになる。食堂でときおり気前よく分配される食べ物に依存するか、あるいは、自分自身の体力にたよって、生きのびようとする。

この飢饉の最中、ハオランは、特殊な連中と近づきになった。狩人たちである。ハオランは、彼らと同じ満州里出身であり、同じような体格と、独特なお国なまりをもち、狼を殺したという評判も手伝って、消滅しつつあった遊牧民たちに迎え入れられた。もしかしたら、ハオラン自身が遊牧民たちと接触したかったのかもしれない。ともかくも、彼らのおかげで、ハオランは、ある期間、新鮮な肉を入手することができ、とりわけ、久しい以前から眠りこんでいた不屈な生命力を自分のなかに蘇らせた。髪も髭ももじゃもじゃで、酒と獣のにおいをぷんぷんさせた、この男たちは、石ころのようなごつごつした短い言葉を吐き出す。まるで野生人の伝説から直接抜け出してきたような人たちだ。すべてを語り尽せないほど古い伝説から。毛皮を身にまとい、草で編んだ履物をつけ、手足にはぼろ布をしっかり巻きつけていて、犬の群をしたがえている。犬たちは有能で人間の助けとなり、冬には橇《そり》を引く。

鉄の規律に支配される、わたしたちの世界に、彼らが姿をあらわしはじめたとき、その本能をむきだしにした自由な態度は、収容所の人びとを仰天させた。くびきをはめられた人びとは、草のあいだから顔を出した闖入者たちの誇らしげな風貌を見て、どれほど強烈に、どれほどの羨望をもって、原初の生活に想像をはせたことだろう。闖入者？　だが、彼らは闖入者だろうか。これら狩人たちは、ほかにだれもいなかったときには、この呪われた地の主《ぬし》だった。自分たちの地方をおそった飢饉から逃れ、彼らは――彼ら自身または彼らの父親――自分たちのやせた小さな農地を捨て去り、親族の屍を道端におきざりにした。木の幹や苔で腹を満たし、ずっと以前から死に瀕していたこの地にたどりついた。ゆっくりした動作の農民が荒々しい戦士に変身し、槍、短剣、弓、石などありあわせの武器を手に獰猛な野獣を捕らえなければならなかった。飢えや寒さ、獣の嚙み傷や毒の犠牲になった人たちや、沼地に足をとられて生き埋めになり、蟻や猛禽に肉を食いちぎられ、死によってようやく解放された人たちがどれほどいたことか。あるいは、どれほどの人たちが雪に閉ざされた山で方角を見失って、氷塊と化し、その孤独な冷笑を長いあいだそのまま残したことだろう。生きのびた人びとは、もはや何も怖れない部族となった。灰色の狼も、黒熊も、あらゆるものを剝ぎ取る嵐も怖れない。何が奪い去られ、埋めこまれても、彼らの小屋と洞窟はそこにあり、住処としてそれだけで十分だ。その太い笑い声は、彼らがりっぱに生きていて、生命にさえ挑んでいることの証拠だ。この地の地理と気候を知りつくし、神と悪魔をあがめ、いまや愚痴ひとつこぼさずに、自分たちの運命を受けとめている。打ち倒した獣を、こともなげにナイフを振るって解体してしまうのと同じように。

季節がゆるすかぎり、彼らは休みなく狩をする。季節が命令をくだすと、すべては止まり、彼らは服従する。いや、むしろ、いっときの楽しみにひたる機会だ。自分たちも人間の仲間だということをふいに思いだす。山の別の斜面を下り、国境近くの町や村におりてゆく。数週間、数ヶ月かけて、肉や毛皮、骨や植物とひきかえに、塩や酒、鉄砲や弾薬といった必要不可欠なものを入手する。あまったエネルギーは賭博場や娼家でついやす。家庭の魅力に引きずり込まれる者もいる。つまり人間的な情もあるのだ。やさしさと荒々しさは渾然一体となっている。男たちは、法の埒外で生き、息抜きをするのにも性急で、ときには動物界も人間界もいっしょくたになる。一匹の動物を殺すことは必要だと認められているが、嫉妬や利害から一人の男や一人の女を殺すのは、犯罪と呼ばれる、ということが頭から消えてしまうような連中もいる。そんなわけで、この不定形で未組織の部族——だが部族は、縄張り争いの調停のためにせよ、権威として存在している——のなかで、乱闘や復讐の手柄話が飛びかい、小屋や洞窟での長すぎる夜にうんざりしている人たちを嬉々とさせる。酒にひたり犯罪に手をそめる、この強力な部族は、消滅の危機にさらされているのだろうか。そうではない。狩人たちは本能的に限度をわきまえている。動物たちと接触するなかで、均衡を尊重することを学んでいるではないか。踏み荒らす？　やむをえない。だが、ゆきすぎはだめだ。自然がみずからを再生産するのを待たなければならない。人間にかんしても、同じことで、彼らはそれをちゃんと心得ている。隊列の人数が減ったり、勢力が衰退したりしたとき、かならず冒険好きの若者があらたに加わってくるだけに、なおさらだ。いや、危険は、彼ら自身からではなく、外部からきている。兵士たちがこの地に足を踏み入れ、つぎつぎに収容所が建設されるのを見たとき、自分たちの二度目の消滅のゆっくりとした過程がはじまったことを、彼らはおぼろげながら感じとった。大規模な開墾は、とてつもない冒瀆であり、言語道断の縄張り荒しだ。自分たちも、もとは農民であったことを否定するまでにいたっている。草原から草原へ、湿地から湿地へ、彼らはどんどん山岳地帯へと退却していた。

17

ひもじさにあえぎ、這うほどに腰をかがめ、地面に鼻をくっつけるようにして、キビの粒を拾いあつめ、バッタやネズミを追いかける。ハオランとわたしは、遠方の大山へとつづく道に沿う放棄された農場にいて、鉄砲を背中に負い、短剣を腰にさげた髭もじゃの男たち数人が、向こうからやってくるのが目に入らない。そのうちのひとり、威風堂々とした片目の頭領が――傷を負い、傷に打ち勝って生きのびた者だけが頭領になる――ハオランに北方の男を見て、尋ねる。

――どこから来た？

――ハルビン。

――名前は？

――ハオラン、孫浩郎《スンハオラン》。

――ハオラン、ああ、おまえか！　嗥狼《ハオラン》っていうのは。悪くないね、気に入ったよ！

遊牧民のきらきらした歯を前にして、ハオランはやっとくつろいだ表情をみせた。暗い顔をしていた友がはじめて笑うのを目にした。すると、狩人はかごのなかから小鳥を二羽とりだして、「持ってゆけ。羽はむしらなくていい。土をかぶせて焼くんだ。それから、土を割れば、羽もいっしょに取れる。あとは、肉を食べるだけだ」。

　このシンプルな料理法だけで、やがて、草原に一条の煙がたちのぼる。焼けた肉のにおいをとおして、わたしはふたたび人生の稀なしあわせの瞬間を吸いこむ。世を去った人びとのささやきや、ほほ笑みの瞬間——彼らはほんとうに存在したのだろうか——が、線香のにおいやアヘンのにおい、あるいは、ある夜、一日中あるきつづけてぐったりして、小道の脇で焼いた芋のにおい、そうしたにおいとともにゆっくりとうかんでくる。

　その日から、いつも山の側でだが、出会うたびに、狩人たちはハオランに獲物や焼いた肉の分け前を渡してくれ、ハオランはそれを、わたしだけでなく、近くにいる仲間たちにもこころよく分けあたえた。ときには、狩人たちといっときを過ごし、ハオランは銃を何発か撃たせてもらい、そのたびに彼らは自分たちの技《わざ》を披露するのを忘れなかった。鋭い口笛で、雁がいっせいに飛び立つようにしむけ、両手にそれぞれ鉄砲を持ち、ふたつの標的に同時に狙いを定めて撃つ……。それから、みんな輪になって座り、酒を満たした水筒を手から手へと渡し、荒っぽい言葉を交わし合う。そんなとき、ハオランはすっかりくつろぎ、晴れやかにさえみえる。その日焼けした褐色の顔は、まわりの男たちとよく調和していながら、ひときわ抜きんでている。ハオランの複雑な人間性の一端をかいまみる思いがする。わたしは心のなかでつぶやく。「両親を失い、おじの庇護から逃げ出したあと、彼は冒険家になっていたかもしれない、アウトローにさえなっていたかもしれない。当初は、あれほど開かれた精神の持ち主だったこの男に、ほかでもない、このひとつの道を選ばせたのは、なんだったのか。あらゆる可能性をそなえていた、あのハオランが、こんな狭い道にどうして落ち込んでしまったのか」。

広大な荒れ野のまっただなかで、毛皮とぼろ布を巻きつけた男たちのなかにいるハオランを見ながら、ばかげた非現実的な感覚におそわれる。すぐに、それはひとつの確信になる。この極限の風景のなかでは、風によって永遠に苛まれる草の一本一本、岩のひとつひとつが、飢えと渇きをいやし、流れを止めた血や、墓のない死者や、中断した誓いや、成就しなかった愛をなぐさめる。この場所こそが、永久の誓いがあたえられながら、ずっと裏切られてきた太古の約束の地なのではないのか。何世紀も前にうずめられた叙事詩は、受け継ぐ者を求めている。誰が受け継ぐのか。蹴落とされた神のように、傷ついた高貴な顔をもつ彼こそが、その人物ではあるまいか。そう、ハオランをつきうごかしているものは、非常に遠くから、彼自身が考えるよりはるか遠くからきているにちがいない、そんな信念にわたしはとりつかれる。どこかで、命を得る前の息吹が、歌声にかかわろうとしている。そのために息吹が必要としているのは、そのおそるべき重圧に耐えうる抵抗力をもち、みずからを超えてつき進むしぶとさを持つ人間たちだ。ハオランは確かに息吹を断ったことも、歌声を拒絶したこともない。古い大地が待ちこがれている叙事詩をつくりだす者は、ハオランにほかならない。そう考えたとき、わたしはふいに指令をうけたかのように、身震いした。このことを、ただちに友に話さずにいられようか！　わたしは自分をおさえる。詩人は忘却にひたり、熊の足の特性についての、狩人たちの説明に耳を傾けている……。

夕暮れになり、山の影が荒野をとらえる。ふいに背中を押されたように、男たちは立ちあがり、別れを告げて、去ってゆく。すこし離れたところで、彼らは、横たわる石の上に椀をふたつ置く。そのいっぽうに、肉の塊を入れ、もういっぽうに、酒を少々そそぎ、絞めたばかりの雁の生温かい血を加える。無言で、全員が西に向かってひれ伏す。夕日が炎のように風にゆらぎ、頭領は太い声をはりあげて、ごつごつとした祈りの言葉を発し、他の者たちは声をそろえて、同じ言葉をくり返す。ほんの一瞬がすぎ、広大な草原は、もはや孤独とおののきの悲痛な叫びでしかない。

その夜のことだったと思うが、低木地帯でふたりっきりになったとき、ハオランはこんなことを言わずにいられなかった。「もしぼくがひとりだったとしたら、あの人たちと一緒に行ってしまっただろうな」。この唐突な言葉に、わたしは呆然とした。どう答えればよいのか。なににもまして、彼の天分がこれほどまでに否定されたことに対する憤激を、分かちあわずにいられるだろうか。かつて李白や杜甫やホイットマンやジャック・ロンドンにかぎりない親近感をいだいた、その天分。それは、生のすべてをその独特な多様性のままつつみこみ、人間の体験を高らかな歌声にかえる。狩人たちとともに立ち去ったとすれば、野生の生活とそれ相応の激烈なたたかい、そんな非凡な体験をすることは、まちがいないだろう。けれど、いつまで？　追っ手はたやすく彼を見つけだすにちがいない。追い詰められ、包囲されるだろう。彼はおそらく最後まで抵抗するだろう、銃を手にして、挑戦の言葉を投げつけ、あるいは、からからと笑いながら……。「もしぼくがひとりだったら……」、彼はそう言った。わたしたちが再会したときから、たえず頭にこびりついていた疑問が、かつてないほどぐさりと突き刺さる。「わたしは彼にとって足かせになっているのか、わたしたちはお互いに相手の足かせなのか」。口ごもりながら何か言おうとしたとき、ハオランはさっとわたしを制した。「いま、きみの頭をよぎっている考えは分かっているよ。それは違っているし、意味がない。ぼくはひとりじゃない。

きみもひとりじゃない。ふたりとも、ひとりじゃない……」。彼はまっすぐにわたしの目を見る。沈みゆく太陽の最後の光のなかで、その顔の火傷の痕がきらきら輝く。わたしは何も言わない。友ははじめてこの主題に触れる決心をし、わたしは、彼の話を遮るまいと心に決める。「なにか怖ろしいことが、この地上におこった。なにか怖ろしいことが、ぼくたちにもおこった。どうして、よりにもよって、ぼくたちに？　分からない。じゃあ、どうすればいいのか？　分からない。ひとつだけはっきりしているのは、ここ、地の果てでぼくたちは再会した、それは奇跡に属するということだ。きみはぼくにそう言った。老ディンもいちど同じことを言った。奇跡というよりは、せずにはいられないことに属していると、ぼくは言いたい。これからも、ぼくたちにできることは、せずにはいられないことをすることだ。それはなんだろう。もう一度いうが、分からない、いまはまだ……」

「老ディン――ああ、あの老ディンのやつめ、いつもあいつだ――が言うには、この地上でぼくたち三人が生きながらえるかどうかは、人知をこえていて、われわれの先人たちは陰《イン》と陽《ヤン》とのあいだに空《くう》をおくことをちゃんと心得ていた。ユーメイの不在については、存在以上の存在だと言った。その不在が埋められる日がやってくると。彼はどうしてそう信じられるのだろう。どう受けとめればいいのか、天というものを信じないぼくには。ひとつだけ確実なことを言おう、それはぼく次第なのだから。きみがいるかぎり、ぼくたち二人のものでないことを、ぼくはけっしてしない。ぼくたち三人と言ったっていい。ここにいるかぎり、ぼくはものごとをはっきり見きわめたい、ほんの一瞬でもいいから……」

狩人たちとの冒険は無傷のままではつづけてゆけなくなる。彼らはしだいに姿を見せなくなっていった。翌年の夏には、もう見かけることがなくなった。六月に出会ったのが最後だった。馬に乗って通り過ぎてゆくところだった。「もうここには来ない。軍人はいまいましい奴らだ。狩をするのに機関銃を使い、手榴弾を投げる。ぜんぶめちゃくちゃにされた、草原も、川も……。仲間のひとりがうっかりしていて、負傷した……。さあ、少しだけれど鹿の肉だ。傷みかけているけれど、まだだいじょうぶだ。水煮にして、そのへんあるものをほうりこめばいいさ」。彼らは背を向けて、世の終わりを告げる騎士たちのように、遠ざかっていく。片目の頭領がふいにこちらに向き直って、ふたりの「同志」に叫ぶ。「気候がおかしくなれば、もうどうしようもない。飢饉、おれたちは慣れっこだ。死ぬやつは死ぬ」。まず、わたしを見て、それからハオランに目を移して、つけくわえる。「こいつは、どうか分からないな、なんとか、がんばるんだ。おまえ、おまえは死なないだろう！」

18

「こいつは、どうか分からないな！」けれど、わたしは分かっている。災禍がやってきたとき、死ぬひとは死ぬ。わたしがそのなかに含まれないことは、ほとんどありえない。わたしの弱りきった胃袋と、飢饉が呑みこむことを強要するひどい食べ物とは、とうてい相容れないもので、そのことを自分のからだの空隙で感じとっていた。共同食堂では、食べ物の割り当てがますます少なくなってゆく。米がないので、野菜に添えて、トウモロコシやキビの皮と、あら引きした他の穀物とでつくったダンゴが供給される。この硬く詰まったダンゴは、しまいには、どんな便秘薬も効かないほど、しぶとい便秘をひきおこす。おたがいに相手の肛門に棒かなにかを突っ込んで、固まった便をひとつずつかきだすしかないのだが、その痛さはなみたいていではない。そうしたことがらが栄養不足とかさなって、大勢の病人がでる。「自然死」の死者は多数にのぼった。この二年目、はやすぎる寒波の到来に倒れた人たちもいた。はやくも十月はじめ、白い覆いが地表をつつみ、扉や窓を塞ぐ。目が眩むような純白の残酷な魔物が、毎日人間の肉の分け前を要求してくる。わたしは、友があれこれ手をつくしてはくれたが、試練に屈服するしかなかった。はげしい咳が、内臓や腸をもちあげ、胃腸の激痛がひきおこす出血は止めようがない。他の大勢の人たちとともに、状況に対応して拡大された診療所をもつ農園にはこびこまれ、そして一命をとりとめたのは、ひとりの看護婦の献身のおかげだった。中国に帰国してから、女性のやさしさに歓びをおぼえたのは、それがはじめてだった（ずらりとならんだベッドの呻吟、汚れた包帯、吐瀉物、そんななかに、もちろん、歓びなどない。だが、わずかな沈静のとき、人がふたたびしがみつこうとするのは、その言葉だけなのだ）。もっとも激烈な苦痛にもだえているとき、その看護婦は、四〇歳くらいの女性だが、薬がないので、わたしの腹をさするか、または腹の上にじっと手をのせているしかない。からだの宝をすべて集中させた、ふくよかで、がっしりした手。いっとき痛みを抑える効果があった。高熱にうかされながら、わたしは発作がおこってほしいと思うまでに、いや、その振りをするまでになった。それは、ひそかな出会いをもたらすからだ。彼女の手がそばにあって、その脈動を感じとるとき、わたしは、粘りつく重々しさから脱している。わたしの感謝の視線に対して、安らぎをもたらす女は悲しげなほほえみでもって答える。わたしも気持が楽になったのよ、そう語りかけているかのようであった。

死者たちは診療所からこっそり運び去られて、即座に火葬される。ある日、謎めいたメモがわたしのところに届く。「きみも、死んだりはしない」。走り書きした紙きれは、隣室からきたものだった。老ディンの筆跡。何を言おうとしているのか。「きみも」とは、どういう意味なんだ。老ディンは、あの狩人が言ったことを知っているのだろうか。でなければ、彼自身を引き合いにだしているのか。彼自身！　あのくたびれ果てた老人が診療所にいるとすれば、最悪の事態が予想される。ともかくも、ほかの誰よりも危険は大きい。彼が肺うっ血にかかっていて、治癒の見込みがないことは知っている。飢饉の進行とともに衰弱してゆくしかない。多めに食べ物をあたえようとしても、彼はけっして受けつけない。咳の発作で体力が消耗しても、どうしても他の患者より余分に食べようとせず、周囲の人たちに分かちあたえていた。実際、彼は死ぬためにきたのだった。彼が自分の最期を選ぶことに固執したのは、疑いない。それこそ、老ディンに残された唯一の自由、尊大にして至高の自由。彼の死は、人目につかないものではあったが、そこには、骨の髄まで自分を剝奪した人たちに対する無言の軽蔑が刻みこまれていた。わたしが力をふりしぼって彼のところに行くより先に、看護婦が、ある夜――よくあることだが、風がひどい唸り声をあげ、屋内にいても、声をはりあげて話さなければならないような夜――彼の最後のメッセージをもってきた。それは封筒で、なかには、平たいブリキの小箱と、掌におさまるくらいの大きさの薄いパンフレットが入っていた。老ディンがそこから針と糸を取り出すのを何度も目にしていたので、見慣れた箱だった。このかぼそい道具で、自分の上着に当て布をし、仲間たちのために数えきれないほどのボタンつけをしてやっていた。パンフレットのほうも見覚えのないものではない。幼いころ、南昌の通りで宣教師たちが配っていたパンフレットのひとつにちがいない。通りがかりに、色ちがいを幾つかもらって、当時まだ読むことを知らなかったので、おもちゃにしていた。おそらく、老人は隠しもっていたのだろう。収容所から収容所へと送られていたとき、上着のなかに縫い付けていたのだろう。表紙にしるされている四文字は、「ヨハネによる福音書」を意味している。そう言えば、この福音書は、部分的に読んだことがあったんだ。フランスにいたとき、アンドレ・ジッドの『一粒の麦もし死なずば』や、モーリアックの幾つかの作品のなかで。いまそれを、毛布のなかに隠れて、中国語で目をとおしている。ふいに別の世界に投げこまれたように思えて、少なからず当惑する。とてつもない新語をちりばめた、ぎこちない構文と、ぎくしゃくしたリズムをもつ、中国語であって中国語でない、この奇妙な言葉に翻訳された文面から、何かのメッセージを読みとることができるのだろうか。母のために書き写していた仏教の経典のことを思いだす。やはり、当惑と眩暈を覚えるような表現に満ちていたが、中国人はそれを消化するのに何百年もかけた。どんなふうにして、まったく異質な言葉が人のなかに入りこみ、強い吸引力をおよぼし、電撃の一打をくわえるのだろう。その言葉がどうして人の心を奪い、ふいに深奥まで押し入って分離しがたいものにまでなり、ついには、その人の声になり動作になり、血肉と化していくのだろう。こうして、老ディンは、ある日、絶対的信仰をもって、とうてい信じがたい断言をするまでになった。「命に執着する者は命を失い、この世の命を失う者は永遠の命をえるだろう」

19

飢饉から脱したとき、ハオランもわたしも、ほかの人たちと同じように、老けこんでいたが、生きながらえた。長すぎた飢えが臓器を痛めつけ、長すぎた寒気が骨髄を凍えさせ、骨をむしばんだ。皮膚はたるんで弾力を失い、黒ずんでいた。なにかひとつの動作をするにも、積もり積もった痛みにおそわれる。それでいながら、なにかひとつの動作でさえ、強烈な再生の欲求に駆られていないものはない。わたしたちは、宿命的にむすばれたこの大地にも似て、なかば野生人と化していた。独裁制がもっと強固にゆきわたっている他の地方で生活することは、もはや考えられない。北大荒の地に縛りつけられ、ほかにはどこにも絆をもたず、ついにこの地と心を通わせるまでになり、その鉱物的な硬質さが、わたしたちの目には、壮大さと純粋さの象徴のように見えてきたではないか。収容所の隊長たちも、苦難を体験し、飢饉以前の鉄の規律にあえて戻ろうとはしない。収容所はいまや「集団農場」という、なんの変哲もない名前でよばれていた。わたしたちはひとつの部屋を共有していた。豚小屋は、牧畜にたずさわる組織にくみこまれ、べつの隊の担当となった。わたしたちの仕事は、ときおりの集団作業の場合は別として、野菜畑……、そして、悲しいかな、あいからず糞尿の汲み取り。はるかに改善されてはいたが。わたしたちの自立性が支払わなければならない代償だ。義務的な労働以外は、めいめいが自分の時間をもち、「正しい」と判断された活動をおこなうことができる。収容所からあまり遠くない、町の周辺のあちこちに村が形成されてゆき、退役軍人や職人の家族たち、さらには、あたらしくこの地方にやってきた人たちが居住している。開拓者たちの血と汗により、肥沃な土地になり、厳しい気候にもかかわらず、耕作は容易になっていた。

一九六二年春、中国の極北の地では、長い冬にしびれをきらした自然が、氷を割り、抑圧されていたエネルギーのすべてをいっきょに爆発させる。地平線はひろがり、境界線をうしろへうしろへと押しやって、空を飛ぶ雁の群をこえ、さらには、幸先よくつろいでいる雲さえ超えて延びてゆく。いたるところで、残雪のあいだから花が顔をだし、それに応えて、動物たちが勢いよく飛び跳ねる。けれども、わたしたちは、この最初の季節をはじめて生きるような、なにかの優しさにふるえる二人の春をはじめて生きるような感覚にとらわれている。わたしたちふたりだけ？　わたしたちは、お互いにかたときも離れなかった。どちらかがいなければ、お互いに存在しえなかった。どちらかがいなければ、同じからだの右手と左手のような結びつきはなりたたない。さらに、愛と同じ本質の――そう信じたい――かけがえのない友情で満たされていた。戀人《ラマント》にしてきょうだいの、そのひとのことは、生きのびるためのたたかいの年月、あまり口にださなかった。忘れていたからでも、なおざりにしていたからでもなく、ただ、そのひとは、わたしたちのいちばん奥深い、命の真髄の一部となっていて、もはや三人称では語りえないからだ。わたしたちの外に、そのひとを見ることも、いや、向かい合うことさえなくなった。そのひとはここにいる。わたしたち以上の存在感をもって、わたしたちの意識のいちばん奥のくぼみのなかに、わたしたちの睡眠のなかに、目覚めのなかにいる。わたしたちの思考となり、視線となり、声となった。わたしたちのひとり言は対話であり、沈黙は途切れることのない歌声なのだ。そのひとは、もうわたしたちの欲求の対象ではなく、欲求そのものだ。乳でふくらんだ乳房のように、重く充実していて、それでいながら、靄よりも露よりも軽やかな、現実の存在。

冬が長く春が短いのは、いかんともしがたい。目下のところ、へとへとになりながら片づけなければならないのは、つぎからつぎへと休みなく迫ってくる作業で、それはどんどんスピードをあげる。耕作、播種、農場周辺と宿舎の補修。春がいきなり夏に移りかわるとき、除草をすませてしまえば、ようやく少しばかりの休息がとれる。わたしたちは、強烈な「脱出」の欲求におそわれる。規則がゆるす限度をわきまえてのことだが。飢饉のさなかに北京に行ってしまった指揮官の息子が残した画材のおかげで、わたしはふたたびデッサンにとりくむ。「テーマにもとづく写生をする」必要性は、外出を正当づける十分な理由になりえた。わたしの水彩の風景画は、上官やその妻たちの眼鏡にかない、彼らは好んで事務机のうしろや、自宅の壁にその絵を掛けていただけに、なおさらである。そうした外出に対する許可の出し渋りは、しだいに少なくなっていった。かくして、わたしたちの四川省横断が記憶によみがえってくる。機会さえ得られれば、わたしたちはあちらこちらの方角に長い道のりを歩いた。

人生においてめったに遭遇しない至福を、これほど強烈に感じとった人がほかにいるだろうか。かつて味わった喜悦と充実の感覚を、いま、そっくりそのまま感じとる。記憶の努力によってではなく、血と肉でもって、からだのあらゆる繊維でもって、自分自身の深奥に刻まれた襞《ひだ》でもって、感じとる。冴えわたった意識のなかで、というよりむしろ、深い感謝をこめて、ふたたび味わっている。一歩一歩が、一休止一休止が、喉の渇きが、空腹感が、そして、弱った足にたちまちにして忍びこむ疲労感までもが、あのときを再現させる。それは、永遠に過去のものでありながら、永遠に現在でありつづける。なかば人間の手が加わり、なかば未開のこの地方は、一見単調なようだが、この地の動物相や植物相にも似て、思いのほか多種多様で、信じられないほどゆたかな地形を見せてくれる。耕作地帯をいったん抜けてしまうと、迫ってくる荒野はところどころ非常に起伏にとんでいて、ふさふさした草の茂みや、気まぐれな水流が顔を出すかと思えば、針葉樹におおわれた丘や、岩肌をなかばむき出しにした峡谷があらわれたりする。そうしたものすべての土台となっているのが、黒い粘土質の土壌で、そこにあちこちで群をなして咲いている多種多様な花が陽気な色をそえる。道がないところは、沼地を大きく迂回して、ひとつの地点からもうひとつの地点へと渡ってゆく。ザワザワとひっきりなしに音をたてる風のなかで、キーッという鳥の鋭い鳴き声と、いっせいに走りだす動物たちだけが自然にとけこんでいる。人間の声のほうは、場違いの感じがし、距離によってかき消されて、砂のなかに消えてしまう。しかし、この無限のただなかにあっては、純然たる喪失という思いも悪くはない。影がうすれてゆく時間になり、少しでも高いところにいると、疲れきったからだが巨大な空《くう》のなかに吸いこまれ、一瞬、自分たちが、宇宙の静寂と不動の極限と一体化するような感覚をおぼえる。

ある日、わたしたちは、以前に狩人たちが口にしていた場所に向かった。夜明け前に出発し、強行軍で歩をすすめて、見知らぬ地帯に到着する。水の涸れた川を渡って、木立のなかに分け入り、大木のあいだに足を踏み入れる。あたりの空気は、ブンブンという虫の羽音や、樹脂と苔のにおいで満たされている。原初の自然が、隠しもっていた秘密を、わたしたちの眼前にさらけだす。中国の極北では、ひとはすでに世界の外にいる。ここでは、その外の世界のさらに外側にいるような気持になる。わずかに道らしい道をたどってゆく。おそらくは、ときたま猟をする人たちが、息苦しいほど密生した木々をかきわけて、その先の出口まで行き着こうとして、踏みしめた跡なのだろう。わたしたちが通るたびに、太い枝が折れて、落ちてくる。動物が、太陽光線がかたちづくる仕切りをこえて逃げてゆく。水溜りでは、雁の群がキーッと鋭い鳴き声を発し、羽ばたきながら飛びたつ。そして、すべての音がぴたりとやみ、静寂がもどる。と、そのとき、さっと微風がとおり抜けて、空気が青みをおびる。わたしは、そこに、まぎれもなく、かの生地とかの存在をみとめた。「ユーメイ！」臓腑に響きわたる音にならない呼び声。前を歩いていた友が、振り返って、立ちすくむ。彼も見たのだ。すこしも変わらない笑顔をうかべた、くっきりとしたかたち。悲壮なまでに恍惚とした表情と、無限にむけられた視線……。無限とは一瞬？　生命《いのち》？　だが、すでに、まばゆい空気はもとの透明感をとりもどしている。いきなり、ハオランは猛烈な勢いで駆け出す——顔面に一撃をくらった大鹿のごとく。悲しみに捕まらないように、郷愁に捕まらないように、全力で疾走する。走りながら、荒々しい叫び声をあげる。あたかも、儀礼の踊りをおどりながら、神がかりの状態になった野生人のように。息が切れて、数歩よろめくと、落ち葉の上に倒れこみ、両手をひろげて、顔を空にむけた。わたしも彼のところまで行って、すぐそばに寝ころんで、その手をにぎった。激しい息づかいと、十年あまりの苦役で重みを増した友のからだの力強い脈動がつたわってくる。わたしの記憶の奥底から、むかし暗《そら》でおぼえた彼の詩が、自然に口から出てくる。

望郷がきみを襲ってきたら
地平の果てまで追い払え
野鴨は雲を引き裂く
きみは厳冬を背負う
葦は凍てつき、木は枯れはて
強風に枝をたわめる
野鴨はすみかから解き放たれ
飛び立つも死にゆくも、いまや自由
生まれた地と、迎える空とのはざまで
きみの王国はただひとつ、きみ自身の叫び

ハオランはひとことも言わずに聞いている。わたしの手を、痛いほどに、骨が砕けるほど強く握りしめる、その力だけを感じている。長い時がすぎる。わたしは起きあがり、友のからだを起こすと、その顔は涙でくしゃくしゃになり、泥でよごれていた。けがをした左足が血に染まっている。

それが決定的な日となる。もうその夜には、もとの豚小屋に隣接する部屋で、ハオランは眠るのを忘れて、指先に押し寄せてくる言葉をものすごい勢いで書きつけている。消えかかっているランプを補うために点されたろうそくの明かりのもと、一晩中書きつづける。わたしの眠りはとぎれがちだった。目が覚めるたびに、鉛筆が紙の上できしむ音が聞こえてきて、むかし高校時代によくかいだ懐しいにおいがした。疲れて、頭がたれたとき、ろうそくの火が髪の毛を焼くにおい。明け方、テーブルの上には、文章や詩の断片が書かれた紙の山ができていた。それらに目を通しながら、わたしは、彼があゆんだ地獄の旅を、文字どおり彼とともにしていた。波乱に満ちた彼の人生の突出した瞬間や、親密な瞬間のすべてが見てとれた。なにひとつはぐらかしていない。ときほぐしがたい友情と愛、それらすべてを受けとめ、運命の謎として称揚している。終わりのほうで、一枚の紙の上に、他よりきちんとした、太い文字で、二行の詩がしるされていた。

だが、記憶も忘却も超えて、その日はきた
透明な木立のなかで、彼らは、愛するひとのもとに戻る。

20

まちがいなく、わたしたちに残されていることは、書くことである。もっとも厳しい抑圧のさなかにあっても、人びとは、大急ぎで書きつけたものだった。ふいに浮かんできた言葉を捉える者、頭にこびりついて離れない考えを書く者、遺言を書くもの……。鎖につながれた者が、無駄にされたすべてのものを生の瞬間に変えようとするとき、ほかに道があるだろうか。その人がまだそこに存在するかぎり、手のとどくところにあるのはそれだけだ。だがなにを書くのか。いちばん簡単なのは、日常生活の詳細を綴ることではないだろうか。が、そんなに簡単だろうか。高邁な夢をはぐくんできた人たちのなかには、唐突に断罪されて、呆然とし、そこで起こっていることを表現する力さえ失う人もいる。少なくとも、それと同じくらい強烈な出来事がおこらないかぎり、力は取りもどせない……。

その日以来、ハオランは書きつづける。まだほんの端緒だ。紙のうえに書きなぐった素描の一行一行に手を加えてゆく。それこそ紛れもないたたかい。その姿は感動的だ。もちろん、彼には、憤激も憎しみもなく、それどころか、ときおり無頓着を装うために故意にひけらかす、あのふてぶてしい態度さえない。きつく引き締まり、急きこむように集中したその表情は、ただたんに、破滅に直面して、自分が成し遂げなければならないことを突然さとった人間の顔であり、尊厳をとり戻した表情だ。ハオランをみつめながら——これほど長いあいだじっと静かに彼をみつめたことはほとんどなかった——、その外見に反して、屈服していないなにかが彼のなかで成熟を遂げていたことを、わたしは見てとった。傷跡だらけだが毅然としたその顔のうしろに、長い歴史のなかで自己の意志を貫徹した大勢の不屈な人びとの顔が、透けてみえてくるようだ。そんな彼を黙らせようとする人たちはもはや存在しない。彼らは消え去るだけだ。その人たちは、彼の行く手を遮った醜悪な障害物でしかなく、彼をぎりぎりまで追いつめた、つまり真髄にいたらせた。彼らは消え去るだけだ。そう、ハオランの雪辱は、そこいらの小ボスの背中にナイフを突き刺すことでもなければ、未開の地に逃亡することでもない。彼はいままさしく自分自身と向き合っているのだ。

だが、彼をみつめていると、わたしのなかでも、いろいろな問いがつぎからつぎへとわきあがってくる。友は今いったいなにをしているのか。密接に絡み合っている三人の物語を、詩《うた》によって、生き返らせようというのか。それは、なにゆえに、たぐいまれな物語なのか。おそらくは、彼自身にかかっているのだろう。これまでの失敗のくり返しを、発見の連続に変えられるのか、同時に償いでもあるような発見に変えられるのかどうかは、おそらくは彼自身にかかっているのだろう。なんの発見? たぶん、詩人本人にも分かるまい。ただ彼が知っているのは、彼自身がよく言うように、多くのことを生き、語ったようでいて、現実には、なにかを生きたわけでも、語ったわけでもないということである。生の高らかな歌い手になったはずの彼が、「ちいさな物語」を語るだけになってしまったのか。「ちいさな物語」なんてあるのか? すべての物語は、たとえちいさくても、一国の歴史とむすびついているではないか。彼自身の物語は、国の歴史とあまりにもふかく関わっていて、そのなかに没してしまっていた。生き延びるためのたたかいのなかで、「書く」という、自分が持っていた唯一の武器を彼は忘れてしまっていた。いま、ふたたびとり戻している。黴の生えた壁に囲まれ、ロウソクのかたわらにいるかぎり、この強大な武器は彼のものだ。だれも――低劣きわまりない専制君主でさえ――もはや彼がすべてを語るのをさまたげることはできない。だれも、最後まで語りつくすのをさまたげることはできない。最後まで語りつくす？　ここでもまた、つぎからつぎへと問いが頭をもたげてくる。最後までとは、どこまでなのか。それははたして存在しうるのか。語ること、それは詩人の領分だが、真実を語ることは、まだ広がりをおしはかることも、終着点を見きわめることもできない探求ではなかろうか。

一般的な意見や、具体的なことがらに関する質問をべつとすれば、どこまで筆をすすめたかについては、ハオランは口をつぐんでいる。簡単な言葉では説明が不可能なせいなのか、それとも、遠慮しているのか。彼が語ることの多くは、そばにいる友人にもかかわることなのだから。わたしは彼の沈黙を尊重する。協力という口実のもとで、介入するようなことは絶対にしたくない。ほんとうにふしぎなことなのだが、その日その日のきびしい労働が終了すると、わたしはじっとしている、ただじっと彼のそばにいる。霊感をえて、緊張している友のからだが発散する波動の求心力のなかに吸いこまれて、なにもせずにいる。彼から離れてはいけない、そう感じている。声が聞こえている。とても近くて、とても遠い声が、わたしたちふたりに話しかけている。その声が響きわたり、完璧に聞きとれるものになるためには、まちがいなく、わたし自身も耳を傾けなければならないのだ。といっても、必死の思いで救命具にしがみついている、これらの時間に、ハオランとわたしは、ほんとうに同じものを聞きとっているのだろうか。

思うに、わたしたちはどれほどお互いに違っていて、どれほどお互いに補い合っていることだろうか。ハオランは、つねに、自分の血肉と一体化している地から、自分自身を切り離し、まっしぐらに突き進もうとする、もしくは、自由な空気の高みに舞いあがろうとする人間でありつづける。どんな犠牲を払っても、どんな難関につきあたっても、自分にも他の人たちにも、残酷な傷を負わせることになっても。いっぽう、わたしのほうは、そとからきた人間であり、この地上があたえてくれるものにつねに違和感をおぼえている。これまでの試練にもかかわらず、驚嘆し感激する能力をわたしが少しも失っていないのは、どこからともなくやってくる、非常に遠い郷愁のこだまにつねに導かれているからである。心を惹きつけて離さない、その声が、いまわたしたちふたりをつつみこんでいる。当然、それはユーメイの声でしかありえない。彼女はわたしたちのどちらをも心の底から愛していたが、それは、まさしく、ハオランとわたしが相互に異なり相互に補完しあっていて、両方とも彼女にとってかけがえのないものだからだ。けれど、わたしたちは同じようにその声を聞いているのだろうか。同じものをうけとめているのだろうか。そんな疑問がまた頭をよぎる。たぶん、ハオランが聞いているのは、ふしぎにも地上の存在からの呼びかけであり、わたしは地のそとからくる何かが共鳴している音に心を揺さぶられているのだろう。

わたしの耳にひびいているのは、かすかな春の地響きであり、そのなかで、愛するひとの声に重なりあって、他の無数の声が自分たちの真実をささやきつづけている。そんなふうに、ひとつに合流した声は、未知の土壌、本質的に「神話」の地からわきあがってくる女人《にょにん》の声である。この至高の内的対話の瞬間にあって、この「神話」という言葉に、わたしは戸惑いをおぼえるだろうか。そんなことはない。敦煌《とんこう》に滞在してからというもの、ピサのカンポサントの壁画を見てからというもの、ユーメイが自分たち自身の接近不可能な内面に入りこんでからというもの、わたしがいっそうつよく確信するようになったことは、人間が言葉で表現しきれないことを、ひきうけてくれるのは、神話的な視覚だけだということである。真の生の輪郭をとらえ、それがどこまで根をはり、枝をのばしているかを知ることができる、などと言い切れるひとがどこにいるだろう。せいぜい自分が体験したと信じるもの、耳にしたと信じるものの断片を表現しているだけではないか。この世に生をうけ、産声《うぶごえ》をあげた瞬間から、生は必然的にこだまからこだまへと響きわたって、ひとつの大きな叫びに合流してゆくが、その叫びは、その生が発したものなのに、それをはるかに凌駕する。それをどう言いあらわせるだろうか？　はっきりした確実な表現法などというものが存在しうるだろうか。言葉で言いつくせないものを補うには、神話の人物像にたよるほかはないではないか。探求の対象は女人――というより、女人の謎といったほうがよいかもしれない――この謎の存在、とりわけ、彼女自身にとって謎の存在。どこからやってこようと、狐や白蛇からであろうと、雲や蓮からであろうと、この世において、あるいは他の世において、永久にそのままの姿にとどまることに、彼女は同意するだろうか。きっと、そうならないことを望むだろう。「成就し得ない運命をもつ女人よ、あなたがどこに行こうと、わたしはあなたについてゆく。ひとつの生からもうひとつの生へと、あなたの不確かな足どりは、じつのところ、もっとも確かな道をしるしている」、わたしは心のなかでそうつぶやく。むかし子どものころ、家族の屋敷で、首つり自殺をした女の部屋に入ったときから、彷徨の道は自己の内部に入りこんでいて、破滅を怖れることはないことを、わたしは忘れていない。

「でも、まだ遅すぎないわ、もっとなにかしましょうよ！」、夕暮れが近づくと、ユーメイがたのしげにいっていたこの言葉が、耳のなかでふたたび至高の指示のようにこだましている。わたしにとっても、飛躍のときがきているのだ。この恥ずべき堕落の奥から、わたしの手が何かを生みだす。ひとつの顔、最愛の顔、可能なかぎり彼女自身の顔でありながら、可能なかぎり他者の顔。

21

ユーメイの肖像を描く、それがまだわたしにできるだろうか。鉛筆を握る前から、すでに分かっていたことだが、とぼしい画材と修練不足――フランスから帰国して以来、人間の顔を描いたことはほとんどなかった――とがかさなって、知性の目には見えている彼女の造作の一つひとつが、捉えようとしたとたんに消えてしまい、かおかたちは台無しになるだろう。

人間の顔、いちどヴェロニクの顔を捉えてみようという気持にかられたことがある。野菜畑の向こうの白樺林、老ディンの遺骨を撒いた場所でのことだった。薄緑や淡い灰色の葉がやさしい風にきらきら光り、まわりの空気をざわつかせていて、そんな木々をぬって歩いていたとき、わたしの目にとまったのは、すらりとしたかたちの幹だった。銀色の樹皮の細い割れ目から、内部の樹液がみてとれる。ふいに脳裏をよぎったのは、ヴェロニクの姿、彼女が気取った恥じらいも性急さもなしに肌を覆っているものを取りさるたびに、おどろいているわたしの目の前にさらされる、その乳白色のからだだった。何年間もの窮乏と粗末な食べ物のせいで、ひからびて衰弱した、わたしのからだに突然欲求がわきおこる。その木にだきついて、体力がつづくかぎり、ふくよかな幹にからだをこすりつけ、残っていたわずかばかりの精液をからにした。木の根もとの落ち葉の薄いクッションのうえにへたりこんだ。自分にはまだときめきがあるんだ、生命《いのち》の液がわくこともあるんだ、そんな気持に慰められながらも、われながら自分が滑稽におもえてくる。翌日、犯行現場に舞いもどってくる殺人犯みたいに、また林にやってきて、少しばかりうろつきまわった。樹木のあいだに透けてみえた女の顔をたよりに、前日の幻影をもういちど捉えようとする。顔はあらわれず、人間を介在させるという考えを捨てて、白樺の木そのものに注意を集中して、わたしの想像力を燃えあがらせたものをそこに見つけだそうとする。奮闘の結果できあがったのは、若干の控えめな色で引きたてられた水墨画である。堂々と立っている白樺と、そのうしろにもう一本の白樺をえがいた。これでもって、わたしは自分が感じていることをすべて表現しえただろうか。同じように、ファン・ゴッホは、糸杉やオリーブの木をつうじてすべてを語ったであろうか。

イタリアで感じたのと同じジレンマに、いままた直面する。中国の先達たちは、人間の顔をえがくのを避けて、風景——あるいは、樹木、岩石、水源などの風景の構成要素——にたくして、自分の内的世界や、精神の躍動や、肉体の沸きたちを表現しようとしてきた。ひとりの人物だけを、ましてや、ひとりの女だけをえがくことは、彼らの目にはつねに人為的で、深い意味をもたないものだった。西洋はこの問題にはさほどの疑問をいだかなかったらしく、女の肖像、とくにあらゆる象徴性が込められた聖母マリアの肖像をえがく長い伝統をもっている。万人が認めるこの蓄積にささえられて、芸術家は、身近にいる愛する人のかおかたちを、数々の意味を含む理想のかたちに高めて、描きだすことができた。そのことによって、たんなる肖像画という目的を凌駕した。

だから、リッピやラファエロのような画家は、自分の愛する人の顔をとおして、デッラ・フランチェスカは母親の顔をとおして、マドンナの肖像をかきあげたのだ。

デッラ・フランチェスカを思いだしたとたん、わたしはハッとして、瞬時にジレンマから抜けだす。あの光がゆらめくモンテルキの墓地にたっていた、白い壁の小さな礼拝堂へといざなわれる。その涼しい陰を照らしだす唯一の存在は、生き物の世界をすべてつつみこめるほど、ゆったりしたスカートをはいた、穏やかな顔の聖母マリアだった。わたしの自身の聖母マリアの肖像画をかきたいという、抑えがたい欲求が心のなかに根をおろす。妹と母親と戀人《ラマント》である。彼女たちこそ、もっとも遠く、けっして癒されることのないわたしのたったひとつの郷愁だ。いつ描くのか。いますぐ。どこで。悲しいかな、場所などどこにもない……。なにもかも奪われ、いたるところで監視の目が光っているこの地には、なにかをしるすことのできるような開かれた空間は皆無だ。

自分の意図をハオランにつたえたところ、ハオランはたちまち有頂天になった。場所さがしのために、わたしたちは可能な場所をかたっぱしから考えた。当局の目をかすめておこなうのは、なにはともあれ困難なことは承知でいたが。もう使われていないあの納屋、ある日森のなかで見つけた岩場、狩人たちが言っていた洞窟。ほとんど諦めかけていたとき、ふと思いうかんだ。あの木工に聞いてみてはどうだろう。運命のサイコロ遊びによって、この地獄に投げこまれた人びとにとって、彼はまぎれもない守護天使であり、ちょっとやそっとではない妙案を出してくる。わたしたち二人の訪問者は、その顔に、逞しい職人のにこやかな笑みがうかぶのを見た。

——おれの家。

——あなたの家って。でもどうやって？

——おれの仕事場に来ればいい。うしろにもうひとつ作業場を建て増したんだ。奥のほうには本を全部かたづけ、前のほうには、大型の道具や完成品を置くつもりだ。だから、そのあいだに、可動式の仕切りをつけるだけでいい。あんたは、奥の壁に絵をかけばいい。高いところに小さな窓がついているから、光線も入ってくる。仕切りの裏側で、ゆっくり仕事をすればいいさ。だがな、そのためには、この村で寝泊りしなければならんな。

わたしを励ますために、木工は、それに合った絵の具まで提案してくれた。木工によれば、そうとう薄める方法があるので、思う存分使うことができるという。

木工の家を訪ねてからというもの、わたしは、その白い三面の壁のことで頭がいっぱいになった。宝物を約束してくれる洞窟のように思えてくる。ただ、宝物はわたし自身が持っていかなければならないのだ。ある日、ふと記憶によみがえったのがラヴェンナで見た霊廟、とりわけガッラ・プラチーディア廟。その内部はモザイク壁画でおおわれていて、ひときわ目立つきらきらした緑と濃い青が、その閉じた空間に星空のような明るさをあたえていた。思いだしただけで、わたしのなかに創作意欲の炎がめらめらと燃えあがった。自分自身の手で霊廟をつくろう。それが墓であろうと、礼拝堂であろうと、いつか野ざらしの廃墟になろうと、かまうものか。ハオランはすでにそうとう筆をすすめていて、この秘密の場所に壁画がかかれるという期待にも興奮している。わたしの手と感受性から生まれる画像は、きっと自分に着想をあたえ、自分自身の展望をいっそう深めるにちがいないと、彼は確信している。

党幹部の監視の目がゆるいわけではけっしてない村なのだが、それでも、約束の地のように地平線上にうかびあがってくる。その土地の生活に貢献しながら村に滞在することは、許容される方式のうちに入ることを、わたしたちは知っていた。けれど、確実に許可をえるため、許可の申請を収穫期まで待ち、農民の生活を絵と文でもって表現するという、補足的な理由もつけ加えることにした。

そのあいだにも、わたしは水彩画の準備に懸命にとりくむ。種々さまざまなクロッキーをつぎつぎに描きながら、自然を、そのもっとも謎めいた片隅のなかに、追い求める。それは、鉱物と植物の世界のさまざまな要素が、可視から不可視へと行き来する間隙なのだ。少しずつ、個々の断片をこえたところに、壁画の構想が頭のなかでかたちをなしてゆく。動物も植物もふくめた生き物たちが、春と秋、夜と昼の色調に彩られた背景から姿をあらわすという構想だ。そこでは、すべてが、現実と非現実との境界、意識的に受けとめた出来事と予想外の出来事との境界にある。全体図の一つひとつの要素が、それぞれ固有の空間をもちながらも、同じ流れにはこばれて、中心に位置するひとりの人間像へとむかう。その中心像は、あらゆるものに抗して、わたしの生の核となり、どれほど錯綜した願望も、どれほどとほうもない夢も、そこに結晶される。それがユーメイの像なのだ。

だが、その肖像に接近しようとすると、このうえなく親密で、自分の内面と一体化しているはずなのに、もしかしたら親密すぎて内面化しすぎているせいかもしれないが、彼女は紙の上に固定されるのを拒む。いやむしろ、わたしのほうが、彼女を裏切ることも、窒息させることもなしに、紙の上にとどめることができないのかもしれない。

ある朝、わたしは思いきって、彼女が遺してくれた肖像画をとりだしてみた。長い年月を経て、紙は黄ばんで折り目がつき、細かい線を消し去って、大きな輪郭だけを残している。まだおぼつかない筆でえがかれた楕円形の輪郭――けれども、なんという正確さ。十七歳のわたしに可能なかぎりの愛情をこめて、強烈に感じとり、いとおしんだものなのだ。こんなにささやかな素描が、どうしてこれほどの試練に耐えて生き長らえたのだろう。だが、この肖像画をささえにして、ユーメイは必死の思いで、地上の生の深淵を寒ぐ覆いを紡ごうとしていたのだ。薄れた線はまだ見てとることができ、あらゆる潜在性をとどめているだけに、心をゆさぶる。はっと、戀人《ラマント》が語りかけていることが理解できた。わたしの顔かたちを固定しないではしい、たったひとつの表情に閉じこめないでほしい。そう言っている。ぎりぎりまで削ぎ落とした線でもって、きわめて「簡潔に」彼女の顔とからだを描く、本質的なものだけを、本質的な正確さでもって描く。そうすれば、その姿は、あくまでも生きていて変遷を遂げてゆき、体験したこと夢みたことを内部から湧きあがらせ、息吹に託されてはこばれてゆく。

ふたりの「共犯者」が村に滞在するときが、ついにやってきた。ハオランには、農民の生活がはっきり感じとれるような作品を何篇かひねり出すという厄介な義務が負わされた。彼は、自分の魂をあまり売るようなことをせずに、一人ひとりの奥に隠された人間の資質を見つけだそうと奮闘する。その暖かい人格と根っからの人のよさでもって、彼が村びとたちとの絆をつくりあげるのに時間はかからなかった。戦士のような赤銅色のからだが、ひとりならずの若い娘の眠りを乱したことは、いうまでもない。

例外的に性根の悪い人や、偏狭な人や狂信的な人もいるにはいたが、住民たちのなかにむかしながらの馴染み深い農民の姿が見てとれる。けれど、大部分は、飢饉におそわれて、故郷を離れ、この極北の地に移住してきた人たちで、気性はおだやかにあらあらしい。この人たちを絵にえがくのに、わたしがなかでもとくに心を惹かれたのは、いちばん年配の人たちと、いちばん若い人たちだった。若い娘たちの多くは、その顔に淡い夢をただよわせている。深い皺がきざまれた老いた女たちの多くは、無言のうちに抵抗し、堪え忍んでいる。男の側だが、若者の大多数は筋骨逞しい動物の本能をもち、四足獣、爬虫類、猛禽などありとあらゆる動物が生息するこの地で、自然に発達する野生の力をほとんどむき出しにしている。棒、つるはし、斧、石、綱、鉤などの原始的な道具でもって、遊びや挑戦から、狩にのりだし、恐怖と快楽をまじえて動物を打ちのめし、刃物のひとふりで頭部を切断し、骨を砕いて首を折り、眼球をえぐりとる。植物界のおかしがたい法則だけが、若者たちをしずめ、したがわせる。そして、年をとるにつれ、父親や祖父に似てきて、動作が緩慢になり、手足が、ひねこびた木の幹のように節くれだってくる。樹木は、地中に根をはり、太陽や風、雷や氷結に先端をさらしながら、忍耐づよく生長してゆくことを、父や祖父たちはよく心得ている。その限りない脆弱さこそが、生の奇跡を再生させているのだ。死をまき散らす厳しい気候や天災を熟知していながらも、老いた農夫たちは自分たちの信心を守り、年を経るにつれて、生きた土壌に自分の肉体をいっそう親密に重ね合わせてゆく。その姿が思いおこさせるのは、理解しがたい試練をどれほど神によってあたえられても、ゆるぎない信仰をもちつづけたイスラエルの預言者たちである。

こうした農民たちのなかにあって、わたしは仕切りの後に隠れ、三面の壁と向きあって、わが生涯の作品にとりかかる。

当初のためらいをのりこえ、つぎに絵筆のはこびのおぼつかなさを克服すると、創作はたしかにすすみ、神々や霊たちの暗黙の了解をうけはじめた、という実感をおぼえる。心のなかで見えていたのと、ほぼ同じように、少しずつかたちがあらわれ、しかも、それはあくまでも変化してゆく可能性を完璧に内在させている。室内の暑苦しさを少しばかり忘れてしまうほど、創作に没入した。ときには、はだかの上半身もひたいも汗でびしょ濡れになるが、そんなことはどうでもいい。絵筆がすすみ、作品がかたちをなしさえすれば。けれど、信頼感にたよりきって、つづけていくだけでいいのか。ないがしろにできない細部に力を集中すれば、包括的なうごきを乱してしまって、全体としての統一性が失われかねないことは、承知している。最後の最後まで、怖れをまじえた緊張の苦悩から解放されることはないだろう。

ある日、常にもまして張りつめた気持で、隠れ家に入る。今日こそ、無数の試みの後に、ようやく見つけた特別な青の色を、戀人《ラマント》の肖像のまわりに入れる日だ。透明で深々とした青、敦煌の仏陀をあがめる壁画にも、シモーネ・マルティーニの作品にも見ることができた青である。その青を入れると、わたしの壁画は仕上がるのだが、この身がすくむような決定的な動作にふみきるのに、長いあいだ躊躇した。そして、少し震える手でもって、じっくりと練りあげた青をユーメイの顔のまわりに刷いた。さっと筆をひいたとき、青が微細な間隙に入りこんで筋をつくった――流れ星？ 空を切るひばり？――消さないほうがいい。筆をおいて、緊張が少しほぐれるが、やってのけたという深い確信があった。ユーメイの顔はようやくかたちをなしているだけなのに、ふしぎな立体感をもち、血肉をそなえているかのようだ。引かれているのかいないのか判然としない線にかたどられながらも、くっきりとした輪郭をもつその顔は、顔として完成していないようでいて、顔というものをこえている。他のすべての人たちの顔が本能的にそちらを向いているからだ。中心に位置するユーメイはその存在を誇示せず、いつなんどきでも姿を消す気でいるだけに、いっそう全体のうごきの結び目をなしている。だから、自由で、動的で、固定されたものはなにもない。その顔は真剣にみえたり微笑んでみえたりし、苦悩にみちていたり恍惚としていたりする。

その日の午後に予定されている政治集会では、地域の党書記長が秋の収穫にかんする作業計画を発表することになっていた。ハオランはわたしに会うために一時間早くやってきた。彼が隠れ家に入ってきた、ちょうどそのとき、上方の窓のよろい戸から、まるで剣が布地をつきさすように、一筋の強い太陽光線がさしこんだ。ふだんなら、わたしがとりくんでいる作品について、ごく自然に感想を口にだして言う彼が、陰のなかに黙ったまま立ちつくした。壁画の全体像とついに向き合ったのだった。いっしょに部屋を出たとき、彼はあきらかに感動していた。こう言っただけだった。「そっくりだ」

22

機が熟すのを待て、ひとりでに熟すのを待て。そんな格言を知っている。人間が努力した後は、果実や植物がみずから熟してゆくのを待つのだ。手仕事や曲芸の技が、それを実践する者のからだを鍛えあげるのを待つ。はたらきかけないということは、なにもしないことではなく、なすべきことをすべてしたうえで、それ以上の「介入」を控えることだ。そう、介入するな、介入するな！　そんな知恵を盾にして、少なくともある期間、出来ばえを見にゆかないことにした。失望して、つづけてゆく気力を失うことが怖かったからだ。「そっくりだ」という友の言葉にささえられて、わたしの直感が耳もとでささやく。壁画はすっかり完成したわけではないにしても、脆いながらも十分な均衡に達しているのだと。ちょっとしたへまや、ちょっとした過剰な動作でも、すべてを台無しにしてしまいかねない。

母は、野菜八種を入れた雑炊を得意としていて、その料理法を戀人《ラマント》に根気よくおしえていた。繊細な味わいで、口のなかでとろけそうだった……。キクラゲ、根菜、竹の子、白菜、葱、蓮根、菱の実など、雑炊の個々の素材がとけあって全体の調和をなし、それでいながら、それぞれ固有の味をたもっている。成功の秘訣は、野菜を別々に、それに合ったちょうどよい瞬間に加えて、そして、煮えるまでは、土鍋のふたを一秒でもけっしてあけないことだ。加熱時間はかなり短いが、火をとめたあとも、煮えつづける。まるで、野菜たちがお互いに知り合い、調整しあうのに信頼をたくすかのように、外部の介入をうけずに、その技を成し遂げるままにさせるのだ。その雑炊は故郷の土のにおいをそっくりそのまま凝縮していて、わたしのとくに好きな食べ物だった。皮膚を保護する軟膏のように、胃の内壁をおおってくれるかのようだった。母はこの雑炊を、わたしが病気のときや体調が悪いときに、よくつくってくれた。ユーメイも時間があるときにはいつもつくってくれた。壁画との格闘でへとへとになったとき、雑炊のことを考えて、郷愁の念にかられる。その料理法の「介入しない」を実行すれば、おなじようにして、離れていながら、壁画がひとりでに完成されるよう導けるという子どもじみた考えを、無意識のうちにいだいていただけになおさらだ。それでも、自分の不安感をしずめるために、作品を放置しているあいだ、ハオランに協力してもらって、わたしたちを泊めてくれている農民の家族にふるまうために、雑炊をつくるのに必要な食材をあつめにかかる。北部の農民たちは、この種の料理を知らない。この地方には生育しない野菜もあり、代用になる植物を見つけださなければならない。芳香がする地点をさがして駆けずり回ったことで、わたしたちは、この広大な植物の世界との和解にいたったといってもよいくらいだ。わたしたちにさんざん汗を流させ、傷を負わせた世界なのだが、雑草をひき抜き、焼却し、どんな天候でも野菜の手入れをし、ひとかかえ、またひとかかえと穀物を刈り取り、一袋また一袋と運搬した……。そんな格好な状況にあって、雑炊が成功しないはずはなかった。日に焼け、歯の抜けた顔、顔。そのあいだに立ちのぼる湯気に、長いこと抑圧されていた歓声と笑いがおこる。

秋の収穫期がさしせまり、もう待っている余裕はなくなった。自分の作品との対面を決心する。三面の壁をさっとみまわしたとき、これ以上手を加えてはいけない、このままにしておくべきだ、未完成こそがこの絵の完成のかたちなのだ、わたしはそう確信した。失望し、気まずい思いをする覚悟でいたのだが、逆に、壁画の奥深くから発散される一見単純な何かに強い感動をおぼえた。飛翔というか輝きというか、そんなものが自分自身のつくったものからあふれてくるようだ。作品に集中していたときには、疑念にさいなまれながらも、わたしは恵みをうけていたのだと、つくづく思った。そんな状態にいたることは、もう二度とないだろう。

壁画の空間では、自然の要素のなかにとけこんだ人間の顔は、霊感をうけた様相で、律動する息吹にはこばれ、見えない舞を舞っている。その舞こそが、季節のめぐり、昼夜の交代、回転する宇宙のなかでの天体の交差をあらわしている。その舞は、それぞれの境遇に囲いこまれている人びとを分かつ距離も、彼らを閉じこめている地上の重みをも超越している。

ハオランの文から着想を得てえがいたこの壁画は、こんどは詩人の仕事にどれほどの影響をあたえることができるだろうか。わからない。ハオランはいまだに羞恥心から、わたしがその作品を読むかどうかを、わたし自身の意志にゆだねている。それほど深くわたしたちふたりにかかわっているからだ。とはいえ、友はふたたび新しい情熱をこめて、その長い詩にとりくんでいる。地域新聞に載せなければならない報告書をないがしろにしてまで。その想像の世界への二度目の旅を終えたとき、彼はようやく筆をおく気になった。その歌が未完成の道をあゆむままにしたほうがいい、彼もまたそう思ったのだ。その歌、その探求が無限のひびきをもつのは、最後の部分に神話と呼べる、新しいおくゆきを導入したためだと、わたしは信じて疑わない。

地が洪水を呑みつくしたとき
虹から矢がとびだして
雌鹿の額《ひたい》に達する

万物をしたがえ、ふたつの森の牡鹿をしたがえ
雌鹿はゆっくり塚にわけいる
けがれなき捧げもの、それは血の泉

壁画はどうなったのだろう。わたしたちには分からない。もうわたしたちの手を離れ、見ることさえできなくなった。わたしたちが村を去ったあと、かの大工はその絵を内緒で何人かの村人たちに見せずにはいられなくなった。彼らはその絵に共鳴して、深い愛着をいだいた。まもなく、必然のなりゆきとして、壁画のことが党幹部たちに密告された。だが、幹部たちは壁画の破壊にまではふみきらなかった。密告者は短気で狂信的な男で、わたしたちを毛嫌いしていて、自分の妻や娘たちがわたしたちのことを褒めるのが我慢ならなかった。収容所の幹部たちは、ふたりの地下の創作者に村への立ち入りを禁じた。

23

飢饉の年月、開墾した土地をそのまま放置せざるをえなかったので、すべてがやりなおしだ。もっと深刻なのは、膨大な数の木を暖房や他の目的で伐採してしまい、まったく植林をしなかったことだ。森林地帯の責任者たちが必要な作業にとりかかるまで、彼らとの合意のうえで、大山のまだ手つかずの場所をさぐるための探検隊が収容所から送られることになった。はやくも秋からとりかかる。というのも、ふつうは冬を待って、樹木の伐採のために山に入っていたからだ。厳しく劣悪な生活と労働の条件など考慮に入れられない。時間的余裕があるのは冬だけである。もうひとつの利点として、冬なら木材の運搬に、橇《そり》を牛や馬に引かせて用いることができる。

先遣隊として、二十人ほどのチームが結成された。その役割は、そこにベースキャンプをつくり、あらゆる基本的な設備——テント、暖房、調理器具、木材の置き場——をととのえて、冬の直前にやってくる大部隊を迎える準備をすることである。伐採の仕事にもただちにとりかかる。先遣隊のチーフの役割は、みんなが少しばかり予測していたことだが、ハオランにあたえられた。その生来の威厳と実直さに、幹部たちは全幅の信頼をよせた。彼はもっとも経験を積んだ人物のひとりであることはまちがいない。北大荒にきたばかりのとき、まる一年を山中ですごし、のこぎりで木を切り、石を除去して、過酷さで知られている重労働をなしとげたではないか。そればかりか、彼は狩にたけていて、その能力はその地で生きのびるのに不可欠だ。

わたしは先遣隊に加わるわけにはゆかない。この体力では、そんなことはできるはずがない。けれど、わたしの要望がうけいれられて、物資食糧担当の小さなチームに配属された。食事の支度、水の確保、テントの管理などだ。厳しさの点では他の仕事と変わりないことを、身をもってまなぶことになるだろう。「仕事に違いはあっても、過酷でない仕事などない」という、北大荒の語りつたえが事実かどうかも知ることになるだろう。トラックが山中に先遣隊を降ろした瞬間から、牽引車が必要な物資をはこんでくるまでのあいだ、微力な物資食糧担当は、仲間たちと同じ苦難に直面しなければならない。人跡未踏の木立のなかで、斧を振るいながら小道を切りひらき、大きな藪蚊や、負けず劣らず大きな蟻の攻撃をうけ、あたりを徘徊する蛇や狼から身を守り、日中は冷えた食べ物と水で腹を満たし、傷だらけのからだを奮い立たせて、粗末なテントを張るために最後の力をふりしぼる……。いったんベースキャンプができあがると、原始的な生活に適応し、未開人の生き方をまなぶ。髭も髪ものび放題、火が燃えているときはテント内を裸であるきまわり、一日中雨にうたれ、腐った木の味がする泥水を飲み、血がまだ生温かい鳥の羽をむしって、解体する……。そして、重傷を負った二人の仲間の代わりに、伐採した木をのこぎりで引く。

木を切り倒す。粗暴な力に変貌した男たちにとっては、あたりまえのことである。強い芳香を放ちながらも、黙して語らない木々には、一歩もあとに引かない強い意志が秘められていることを、彼らは心得ている。情け容赦のない斧の攻撃をうけながらも、樹木は最後の瞬間までその尊厳をたもつ。

そして、背筋をぴんと伸ばしたまま、一挙にどっと倒れる。傷だらけの樹皮、血の滲む木肌は、地中深くのびた根、天に向かう力とともに、生への強い執着をあらわしている。これらの樹木は、目に見えない寺院の支柱であり、威厳にみちた創造の掟の守護神であることは確かだ。根もとから切られた木が、まずゆっくりと傾き、ついでものすごい勢いで、轟音とともに倒れるたびに、聖なるものが踏みにじられた思いがする。だが、樹木に立ち向かう男たちは動じない。彼らは彼らで、破壊を命じる別の掟にしばられている。彼ら自身、身も心も破壊されている。自分たちに残されているわずかな生命力を、絶対的な指令にしたがうために用いなければならない。破壊せよという指令。

なぜなのか。破壊は、建設と同じように、仕事なのだ。ハオランをはじめとする数人をのぞけば、他の新米の樵《きこり》たちはすべてをゼロから学ばなければならない。斧を打つ角度や、木を押す方向についての指示を守らなかったことで、仲間のふたりが、倒れて、はねかえってきた太い幹にあたり、おおけがをした。一命をとりとめたのは、通りがかった狩人が教えてくれた治療法のおかげであった。ごく初歩的なところから、謙虚にまなんでゆく。整備した空き地に、木材を結わえつけておく方法、のこを引くときの動作やリズム。だが、そうした動作やリズムも、擦り傷や切り傷を負わせずにはおかない。

それは拘束のない生活かもしれないが、制約はついてまわる。ハオランは、チーフとして、いやがおうでも、全体に規律を課さなければならない立場にある。数ヶ所の収容所の隊長たちが共同で定めた木材の数値を、冬がくるまでに達成しなければならないからだ。朝はやくからはじめて、夜遅く終わったときには、初秋の寒気がすでに身にしみる。日中は食事と短い昼寝によって区切られているだけだ。泥にまみれた厳しい生活だが、肉体労働をする者たちにとっては、畑仕事から免除されるという利点がある。多くの人たちは、できるかぎり長い期間山中にとどまりたいと願っている。無意識のうちに、中国の先人たちがつねに山によせていたのと同じ信頼感をいだくのである。山こそ、帝政の専制的支配や社会的束縛から逃れることのできる唯一の場であり、隠者たちは山——天と地の息吹が交わる場——についての深い洞察力をもっていて、そこに安住の地をもとめた。

日がたつにつれて、政治犯と犯罪者で構成される先遣隊は、さほどの軋轢なしに結束していった。いちばん手をやかせたのは、ならず者のヤン、もと兵士で、犯罪——窃盗と婦女暴行——に手をそめて収容所に送られた人物である。粗暴で怒りっぽく、ハオランの権威をみとめようとせず、ハオランに対しても、ほかの人たちに対しても、しじゅう喧嘩をうろうとする。グルになりかねないような、ほかの犯罪者たちでさえ、この男と距離をおいていた。「売女の子め」、「ばかたれ」……。そうした罵声をことあるごとに吐きだしては、もと兵士は自分の優位をひけらかしたつもりでいる。その日、男は不機嫌で、自分の丸木材をわざと斜めに置いて、みんなの行き来の邪魔をしていた。男は、ほかの人たちとののしりあい、ハオランが割って入る。

「木材はちゃんと置け、まあちょっと落ち着け」

——落ち着けだって、この売女の子め！

——新しい社会では、そんな下卑た言葉は使わないんだ、同志！

——新しい社会、新しい社会だって！　それをつくったのは、おれたちだ。ちょっとやそっとじゃへこたれない、おれたちが、鉄砲でたたかったんだ、このやろう。新しい社会はな、おれたちのものだ！

——いまは、ぼくがリーダーだ。ぼくの前で下卑た言葉をつかうのを禁止する。

——禁止？　おい、言葉に気をつけろ、ばかたれ！　どうすれば、おれに禁止できるか、おしえてやるぜ……。

男は自分のそばに積まれた丸木材をバンと足で蹴った。先端が二股になった太い棒をひろいあげ、振りまわして、威嚇する。

「それを置くんだ」、ハオランは言う。「男なら、素手でかかってこい」。

くんずほぐれつの大乱闘。拳と拳の激しい応酬。ハオランのほうが、相手の額や肩や胸に的確に命中しているようだ。抑制された憤激がつもりにつもって、確実さにみがきがかかったのか。相手は、みんなが見ている前では、さすがに得意技の下半身ねらい——性器のねらい打ち——にでるわけにはゆかない。ハオランがこのへんにしておこうと思った、ちょうどそのとき、足蹴りの一発が、あごを直撃した。ハオランの唇に血がにじむ。よろめきながら反撃にでると、もう一発とんできた。こんどは、警戒していたので、ならず者ヤンの足をがっちりつかみとった。ありったけの力で押し返した。相手は吹っ飛んで、あお向けに地面に倒れた。左手に負ったすり傷から血が流れている。ハオランは前に出て、手を差しのべる。「さあ、今回のところはぼくの勝ちだ。このつぎは、きみが勝つかもしれない」。打ち負かされた兵士は、その手を拒むことができない。起きあがり、平静をよそおいながら、口をもぐもぐさせる。「うん、このつぎは……」

「わかった！　わかった！　一杯やろう！」。かつての立役者は、あいかわらず愉快そうに、テントに駆けてゆき、酒の瓶と野うさぎの腿肉をとりだす。山のなかでは、鉄の枷《かせ》から解放されて、男たちは思いのままに暴力の欲求を発散する。そのあと、ただたんに、彼らの怒鳴り合いが、爆笑にかわっただけだった。男たちをとりまく木々だけが沈黙を守り、彼らの気まぐれなゲームにかすかにからだを震わした。

晴れた日は、労働が終わると、傷と虫さされだらけのからだで、ある者は洞穴に水を汲みに行き、ある者は焚き火のまわりで料理する。ただ木立の窪みにからだを丸めているだけの人たちもいて、彼らが眺めている遠方の太陽は、天と地の中間にぶらさがっているようで、沈みゆく前のほんのわずかのあいだ、まだ靄と戯れている。上空で筋をえがいているのは、音もなく飛びかう鶩と烏だけだ。だれもが本物の山人になってしまい、もう他の場所での生活は考えられない。ある夜、心おだやかなハオランの口から王維《おうい》の詩がとびした。そして彼は朗誦しはじめる。

中年になって　道を求め
晩年、終南山の麓に　居をかまえる
興がわけば　ひとり旅立つ
おのずと知る、素晴らしき空《くう》

水湧きいづるところに至り、
座して見る、湧きあがる雲

思いがけず木こりと出会う
帰るのを忘れ、ともに語りともに笑う

朗誦のあと、長い沈黙が支配した。詩の内容は、思想的にきわめて「疑わしく」、収容所では口にできるようなものではないが、たちまちのうちにグループの「賛歌」になった。寝る前に子守唄をねだる子どものように、みんなハオランに何度も朗誦をせがんだものだった。

24

日は過ぎてゆき、にわか仕込みの樵《きこり》たちは、しだいに疲労とからだの不調をうったえるようになったが、季節の変化は意識していなかった。ある朝、テントのなかで目を覚ますと、山地でははやくもこの季節に吹きはじめる北風の寒気がおしよせるなか、霧氷でおおわれた腐植土や伐採した木材のにおいに混ざって、長いこと忘れていたが自分の奥深くにこびりついている、遠いにおいを嗅ぎとった。何か巨大な存在が発する名状しがたいにおい。子ども時代をハルビンで過ごした北の男、ハオランも気づいていた。ふたりとも、ほとんど同時に言った。「河のにおいだ!」

このひどく気がかりな事実を、解明せずにいられるだろうか。なんとしても、山頂までいって、いったい何が隠されているのか、確認せずにはいられない。準備に二日かけ、ハオランが茨や藪をかきわけて登頂するのに不可欠な道具を集め、わたしたちは難しい山登りにふみだした。ふたりだけで、おまけに、わたしは頼りがいのある助っ人ではないだけに、困難をきわめた。出発に先立って、ハオランは、今後の作業場になりうる地帯の探索という口実をもうけて、いつも自分のささえになってくれたメンバーのひとりに、チームの責任をゆだねた。山中で迷ったときに備え、若干の食糧を携えて、夜明け前に出発する。顔も手足も傷だらけにして、八時間から九時間ねばりにねばったすえ、へとへとになって、頂上にたどりつく。野生の草木におおわれた巨大な岩の上に立ったとき、その先にそびえる山が、やや低いとはいえ、視界を遮っているのを見て、がっくりする。すでに時間はそうとう過ぎ、午後三時ちかくになっている。どうすればよいのか、ながいあいだ躊躇した。ベースキャンプに戻るべきか、さらに冒険をつづけるべきか。岩の上にすわり、しばらく目を凝らしていると、南側の斜面の麓に、もうひとつの山、狩人たちの小さな避難所があるのに気づいた。その存在は、砂漠の地平線にうかびあがる青い影のように、わたしたちを惹きつける。あそこまで行かないという法があるだろうか。先に進む決心をすることで、収容所の仲間たちに心配をかけ、おまけに、非難やいやがらせをうける危険をおかすことくらいは承知している。ならず者ヤンにせよ、ほかの誰かにせよ、わたしたちを告発するにはもってこいだ。どうでもよかった。ちょっとしたことで、しじゅう叱責をうけてきたので、慣れっこになり、容易に動じなくなっていた。ほかの収容所員と同様、わたしたちの頭にある俗諺は、「収容所では、最悪とは、すでにいま居る最悪より悪いわけではない」

手っ取り早くビバークの準備をし、すぐに谷間へとくだっていった。くだりは、朝の登りとほとんどかわらないほど骨が折れる。藪をかきわけたり、しがみついたり、スリップしたりしながら、際限なくつづく坂道が、こちら側ではより切り立っていることを、自分たちの惨めなからだでもって思いしらされる。ただでさえひりひりする傷に、もっとひどい傷がくわわる。この肉体的苦痛とともに、禁制と未知に直面する人びとに付きまとう怖れがあった。怒りに燃える主人の前からこそこそ逃げ出す家来のように、太陽は大急ぎで身を隠そうとしているかのようであった。向き合って聳え立つ尊大な山たちは、闖入者がわりこんでくるのを容認しない。

夜、わたしたちはようやく小屋までたどりつく。ふたりとも板のベッドにどっところがりこむ。壁にぶらさがっていた毛皮にくるまれて、その山の南斜面の比較的穏やかな夜をすごす。

からだの疲労が、頭を眠らせてくれなかったことは確かだろう。真夜中を少しすぎたころ、夜が呼ぶ声が聞こえてきた。わたしは目を覚ましていたのだろうか。夢を見ていたのだろうか。そんなことを知って何になる？　夜の深奥では、すべてが繋がりあい、区別がつかなくなる。夜はわたしの腐植土であり、わたしの揺りかごだ。このうえなくやさしく、このうえなく悲痛な夜の呼び声は、これまでの人生をつうじて、いつも耳にひびいていた。死んだ夫の魂を呼ぶ女の声を聞いた夜以来、盧山の高みで父と一緒に過ごした夜も、沐浴のあと眠りについた戀人《ラマント》をこっそり見つめた夜も、敦煌への道程での星空の夜も、疲労と孤独感にぐったりしながらも、地上の美しさに満たされて、月がわずかな涼気をあたえた石の上で一瞬まどろんだ夜も、大火の日、死とたたかって倒れた人たちのなかに友を見つけた夜も……。

窓のかわりの換気口をとおして、ときおり野鳥の声がはしる空間の彼方に、不変にして変貌する星たちが見えている。星たちはどんどん近づいてきて、原初の透明な深い青をみせてくれ、白檀やミルラの森に巨人が宿っていることをおしえてくれる。本能的に、わたしのからだは際限なくひらき、神聖な怖れと裸の親密さでもって、わたしを捉えるそのもうひとつのからだを受けいれる。ゆっくりと少しずつ、母体から流れ出る乳を飲む。

そしてふたたび眠りに落ち、数時間後に目を覚ました。眠りは浅いので、ぐっすり眠りこんでいるハオランを起こすのは、わたしの役割だ。高校時代、四川を横断する旅の途でも、早朝出発の決心をするたびに、わたしがその役割をはたしていた。暑かろうが寒かろうが、蚤や南京虫に刺されようが、ハオランのほうは、彫像のようにびくりともせずに熟睡する。そのからだを、睡眠の深みから、一部分ずつひっぱりださなければならないのだ……。

起きあがると、おたがいにからだを擦ったり、たたいたりして、暖め合う。それから、魔法瓶に残っているなまぬるい茶でもって、蒸しパン《マントウ》を喉に流しこむ。

小屋につながる小道のおかげで、二番目の登り坂はさほどきつくなかったが、その道もしばしば茨や雑草に呑みこまれている。朝のわりに早い時間に頂上にたどり着き、ほっとする。一瞥して、ふたたび失望。遠方にさらに三番目の山が立ちはだかり、またしてもわたしたちをからかっている、というわけではない。もっと悪いことに、何もない。一面に白っぽいものが漂っているだけだ。靄なのか。霧なのか。煙なのか。この世のもとは思えないような、触れることのできない物質の混交。小高い場所にすわり、肌を刺す寒風にさらされると、自分たちはたしかに地上にいるのだと思わずにはいられない。そのとき、地の奥底から、記憶の奥底からわきあがってくる、あのにおいが、波のようにおし寄せてきて、わたしたちの頬を打つ。嵐の前の木の葉や、雨水を飲むひび割れた地面のにおい、濡れた髪の毛や、乾きつつある下着のにおい、あのなじみぶかい血肉をそなえた存在のにおい。待ちつづけて石像になってしまった寡婦のように、わたしたちはじっとそこにいる。

汽笛の音が、視界をさえぎる不透明な空間を引き裂き、わたしたちは飛びあがる。そのうなり声は、松花江《しょうかこう》流域のハルビンの子と、揚子江に縁どられた廬山の子の血を沸きたたせる。過ぎし日、わたしたちふたりは重慶の港を前にして胸を熱くしていた。その鋭い音はゆっくりと消えてゆき、バックにあるもうひとつの音、とうとうとした流水の音をうかびあがらせた。こうしたにおいを発する空中につねに響いている音なのだが、とてもかぼそくて、自分のそばで眠っている女の呼吸のように、最初は耳に入ってこない。その息は、自分が吸っている空気そのものなので、知覚できないのである。

いまはもう待っているだけでいい。風が霧をひきちぎり、大河がはだかのまま、わたしたちの眼前にあらわれるのを待つのだ。そんじょそこらの河ではない。黒竜江! アムール河! 愛の河! その瞬間に立ち合うためなら、生涯をかけてもいい。これほどの出会いを期待しないままに、一生涯を見つづけてもいい。

落ちぶれはてたふたりの孤独な男が、無我夢中で、この地の果て、空の際《きわ》で、名もない高みに立ち、名もない時に居合わせる。「あれが河だ! 河だ!」、ふたりは同時に叫ぶが、喉は声を発しない。視界に入ってきた光景は現実のものでありうるのか。自分たち自身、現実の存在なのか。心神喪失状態にあるのか、認知症にかかった老人が現在のことを忘れてしまい、遠い過去に生きているみたいに。過ぎ去ったあの時代、戦争のまっただなか、四川の熱い土壌にいだかれて、トルストイやドストエフスキーなどの作品にふれて、シベリアの極北をけんめいに頭にえがこうとしていたではないか……。

だが、河はますますくっきりとしてくる。船があらわれると、追うようにして霧笛がひびく。かもめが列をなして河をよこぎる。そこには、東にむかう紺色の広大な流れがある。いまや、ふたりの視線はますます遠くへとんでゆき、向こう岸まで達する。点在する丸太小屋、人の目をひくかのように背のびをして建っている木造のロシア教会、そのうしろのもっと先には、灰色や茶色をおびた土が盛りあがっていて、そこかしこに古い氷塊や新しい氷塊が横たわり、そのあいだには監視小屋がたっている……。

わたしたちの最初の衝動は、あの四川の旅のときのように、どんな障害も排して山を駆けくだり、手と顔を水にひたすことではなかったのか。いやそればかりか、河に飛びこんで、向こう岸まで泳いでいく。わたしたちを魅了しつづけた「向こう岸」があるではないか。そして、その「向こう岸」とは、いまや、青春の夢そのものなのだ。だが、わたしたちは動かない。もう時間はない。風がはこぶ寒気が肌につきささり、霧氷におおわれた山頂にわたしたちを釘づけにしている。大切なのは、この光景をそのまま脳裏にきざみつけることで、それだけにしておかなければならないことが分かっているから、わたしたちは動かない。そうだ、もし、あと一歩のところで止まっていたとしたら、見ることができなかったものなのだ。いま、山頂に立つわたしたちにあたえられた究極の情景が、人生の最初の情景とかさなりあう。

知らず知らずのうちに追いつめられて、この地の際《きわ》までたどりつくのに、わたしたちはどれほど、運命と災いと苦悩に打たれつづけたことか！　地獄に落とされたわれわれふたりは、ここで、他のすべての地獄の亡者たちと合流する。アムール河の両岸――悪の霊が実験場として選んだ土地のひとつ――で、屈辱され、足げにされた者が、人間の地獄の底にふれた。ここで、わたしたちは地の果てに到達した。北極ではなく、人間の苦しみの極地、個々人の苦しみが万人の苦しみと交わる場所である。ここから先へは行くまでもない。河から河へとわたりあるいて、この究極の河で、わたしたちの運命の環は、まちがいなく、一巡を終えたのだ。

もっと大きな循環はといえば、もはやわたしたちのあずかり知るところではない。原初のむかしから河に流れこんでいた人間の汗や涙や血やその他の分泌物は、蒸発して雲になるのだろうか。そして、空にとどまったあと、雨となってまた地上に落ちてきて、ほかの土地に養分をあたえるのだろうか。それと同じように、さまよい、浮遊し、散り散りにされた魂たちも、いつの日か、ひとつに統合されたからだに居場所をみつけることができるのだろうか。そして旅立ち、あらゆる旅立ち——強いられた出立やみずから望んだ出立、歓喜にみちた門出や、胸がはりさけるような別れ、災難に急かされた出発や、愛する人のために遅らせた出発、おぞましい霧《ガス》のなかへの集団移送や、薄汚れた地下倉への孤独な転落——そんなふうに旅立っていった人たちが、循環する息吹にのせられ、すべてに抗して、究極の帰還をはたせるのだろうか……。

ともかくも、目下のところ、大急ぎでベースキャンプに戻らなければならない。まもなくやってくる「同志たち」の集団を迎えいれる準備をするためにも、そして、不測の事態をおこしかねない雪の季節の到来にそなえるためにも。

25

まだここに居ることが、ふしぎでならない。わたしたちは、いったいどんな場所にいるのだろう。現実のなかに首まで浸かりきっているのか。それとも、まったくの非現実の空間に浮遊しているのか。物質的世界は、獰猛でしぶとい猪みたいに、頑としてそこに居坐っている。人間と気候の掟によって支配されたその世界は、やすみなきたたかいを強いてくる。

そこに存在するからだは、腐植土や動物の排泄物のにおいがしみこんでいて、ヒルやアブや藪蚊の刺し傷だらけだ。苦役と寒気で内部から骨をおかされている。とことん痛めつけられ、苦痛に喘ぐからだの、その先に、ほんのわずかでも希望や息吹があるとすれば、なにかが起こらなければならない。なにかは、確かに起こっている。わずかなそよ風がちょうどよく吹いてくるだけで、根まで凍りついた木のてっぺんから、うっすらと靄がたちのぼる。線香の煙ほどの、うっすらとした靄ではあるが。

中国の辺境の地、この北大荒《ペイターファン》のように、ぎりぎりの縁《ふち》に追いやられても、そこからなお呼び声が聞こえてきさえすれば、恐るべき現実から離れて、思考をこえた世界に入ってゆけるではないか。その世界こそが、現実よりもっと確かに実存しているのだ。

地獄に落とされたふたりの男は、意図してさがしもとめたのではないので命名はできなくても、そんな状態を知っている。性行為のあと、からっぽになってぐったりしたからだのような、なかばまどろんでいる状態。地上の世界とはなんのかかわりもない状態。なにひとつ達成されていないがすべては完結したと、ほとんど信じられる空《から》の状態。息吹は仕切りのない空間を行き来しつづけて、時間の尺度を超え、願望のすべてが統合されている、どんな要求も期待も無意味なほど、ひとつに統合されていると、信じられるような状態。まだあちこちに後悔や郷愁の断片が漂っている。だが、そのなかに入ってゆこうとすると、ひとつの存在の中心に迷いこむ。光や水のように確実に感知できる存在。そのなかに暖かくつつみこまれると、もう何も見えない。その一部になってしまう。その存在はそこにいて、きみがいて、わたしがいる。その中核は不可分で、つねに躍動している。三人はひとりになる。ひとりは三人になる。「ユーメイ—ハオラン—ティエンイ」、「ティエンイ—ユーメイ—ハオラン」、「ハオラン—ティエンイ—ユーメイ」。滝のなかにひびくヒバリのこだま。煙のなかにヒバリの炎。いつだ？　どこだ？　ここ！　ここ！　ここ！　ついにむすばれる。ついにたったひとつに……。

ふたりの友は、命名しようのない至福のときをえる。いっとき、永遠に、道士たちの言う「雲を食べ、霞のなかに眠る」人たちになった。

下のほうでは、時間の止まった空間のはるか下方では、黒い雲が人びとの頭上にむらがりつつあったが、満ちたりたふたりには、まだその到来がみえていない。

26

一九六六年、中国は前代未聞のひろがりをもつ激変のなかに投げこまれていた。何千万人という人びとの運命を操作することに人生をかけてきて、その強大な権力を奪われるのに耐えられない男が復帰したとき、起こったことだ。いっぽう、大飢饉ののち、党の幹部たちは恐れをなして、その男を決定権の中心から遠ざけ、実際の権限はないが、きわめて名誉ある肩書きでかざりたてるのに成功していた。歴史の推移や自分自身の思想についてじっくり考えをめぐらす時間を得て、ふたたび姿をあらわしたとき、その顔はなじみぶかくもあり、新しくもあった。彼のなかで、根源的な急変が進行していたことはまちがいないだろう。この推測は根拠のないものではない。自分の最後のたたかいとして、彼は人間の文化の根本的な革命をとなえているではないか。その文化大革命が本物であるならば、どれほどすばらしいことだろう。それこそ、世界が待ちうけているものではないか。こちらには傲慢な富、あちらには言語道断な貧困があって、窒息状態にある世界が。倫理感にかられ、その革命を信じて隊列に加わった人びとには敬意を表する。だが、それほど完璧な夢は、まだ人類の手のとどくところにはないことも知らなければならない。時間がすぎるとともに現実は堕落して、異質のものになってゆく。容赦のない闘争と、十年にわたる激変の連鎖をとおして、まのあたりにするのは、悲劇的な権力の再征服であり、それが国全体を狂気――人間の本能的な残忍さや下劣さがあますことなく利用された――のなかに引きずり込んでゆくさまである。何百万人という犠牲者を生み、その主導者の死によってようやく終止符が打たれたのだ。

主導者が当初考えていた運動は、規模は大きいが、期間が限定されたものだった。そうすることで、まったく抑制のきかない歯車を始動させてしまうことになるとは、予期していなかった。自分の行動が、なお封建的伝統に根ざした社会にひそむ専横と差別のありとあらゆる魔物を目覚めさせることになるとは。そんなわけで、最初の計画として、まず軍隊の一部の支持を、その最高責任者としての立場から、秘密裏にとりつける。表面上は、十五、六歳以上のあらゆる若者から構成される紅衛兵たちを媒介にして、彼はうごく。若者たちは学業を中断し、なにもかも転覆させる権限をただちにあたえられた。その途方もない裁量権に有頂天になり、自分たちの気に入らない人たちを嬉々として攻撃した。手はじめは、直接の師たち、我慢ならないあの監視官や試験官たちだ。大部隊をなして、特別な列車で移動し、いたるところで新しい征服者のように迎えられた。赤い記章をつけ、スローガンを口にしながら、歴史や現実の状況を知るための労をとることもなく、行く手に横たわるものを、過去の貴重な遺産さえをも、かたっぱしから打ち壊した。ねらった人たちに対して、そのひとたちのほんとうの過去も知らずに、審判者をもって自認し、わがもの顔で、しばしば目にあまるような罰をあたえた。西洋音楽ばかり演奏していることを非難して、偉大なピアニストの指を折り、老いた革命家が戦争で負った傷にねらいをさだめて、足を殴打した……。ぎりぎりまで追いつめられて自殺した人たちもいる。そうした行為のなかで透けてみえているのは、小ボスや正義の味方を気取る人たちの顔である。だが、その威力も短命なものにすぎない。というのも、若者たちを牛耳り、あやつっているのは隠れた権力者たちで、その権力者たちを配下にしている最高指導者は、つねに状況を自分の手のうちにおさめておこうとしているからだ。ある一派が強力になりすぎると、別の一派と対抗させることで、その力を削ぐ。さまざまな分派がつぎつぎにうまれ、対立や紛争がおこり、分裂をくりかえし、ついには大量に排除しあうまでになる。もういっぽうでは、無数の若者たちが、遠く離れた地方の労働改造収容所をいっぱいにする。この北大荒の収容所も同様だ。こうして、当初は純粋な理想に燃えていた若者たちは、非常に脆くて、手なづけられやすく、大人に成長する前に、無意味な闘争と犠牲へとひきずりこまれていったのだった。

弁舌と論戦の才を武器とする、その男の戦略において、紅衛兵のなかでおこなわれることは、上層部でも有効だった。彼と手をくんだ軍の指導者は、権力を占有しかねないほどの力をえるにいたる。となると、その指導者を打倒する助けになる、もうひとつの集団が必要だ。うまくいった。だが、そのもうひとつの集団のトップの座にあるのは、往年の部隊の権威ある人物で、全幅の信頼をよせるわけにはゆかず、早晩ほかの勢力に依拠しなければならなくなる。

十年ちかい歳月がすぎたとき、男はひとりで地平線をうかがっていて、そこはもう人影もまばら、というより、からっぽだった。かつて彼と戦いをともにした盟友たちは、つぎからつぎへと排除され、断罪されたり追放されたりした。パーキンソン病にかかって、手足が萎え、顎がさがって、口からよだれが流れるまでになり、もう頼れるのは妻——妻のことも警戒はしていたのだが——それに、どんなことにでも服従する若い下っ端の二、三人だけだった。彼の妻は絶対的な権力を手中に収め、思うままに紅衛兵をあやつって、投獄や処刑をばらまいた。彼女の個人的な恨みをはらすのにも、格好の機会だった。きわめて多数にのぼった。延安の時代、主席が自分と再婚することに異をとなえた党幹部たちに対する復讐。主席が、長征をともにした最初の妻を離縁して、上海で成功できずに冒険をもとめて延安にやってきた元女優と結婚するのはまちがっている、彼らはそう主張していた。まさにその上海の演劇界や映画界にも一矢報いる必要があった。それにはむかしの愛人たちも含まれていて、そうした痕跡を消し去って、彼女は真新しい自分をつくりださなければならなかった。日中戦争の時期に結成された数百人の芸術家たちによるさまざまな集団は、彼女のコントロール外にあり、全国の芸術活動を支配したいという彼女の野望の桎梏となっていたので、これら芸術家たちもそのままにしてはおけない。不幸にも主席の「おめがねにかなって」、いっときやむなく主席の秘密の愛人になった女たちもゆるせない……。

標的とする人びととその家族の長いブラックリストが作成される。その人たちを国じゅうから探しだして、捕らえよ、という密かな指令がくだされる。公的に死刑の判決をくだす必要などない。休むまもなく、執拗に追及しつづけるだけでよい。あとは、自殺だの、治療のほどこされない病だの、牢獄での衰弱死が決着をつけてくれる。

これらが重なって、終わりなき悪夢へと増幅してゆく。いまはまだ初期の段階で、わたしたちは北大荒にいる。この流刑地は、おしよせる狂気の圏外にながくとどまることができるだろうか。

27

一九六八年、紅衛兵たちは到来し、収容所の生活を一変させ、司令部の座につく。軍人以外の指導者たちは役職を剝奪され、こんどは彼ら自身が被告にされかねない状況になる。

支配権をめいっぱい行使するために、すべての「同志」たちを宿舎からひっぱりだし、大部屋に集結させた。戦争ちゅう避難民をうけいれるためにに大急ぎでつくられた施設をおもいださせるような場所だ。

新参者たちによってぎゅうぎゅうづめの日程が課せられ、いつなんどきくだされるかわからない指令に、そなえていなければならない。洗面や食事はてっとりばやくすませる。家畜の世話や農作業はつづけているが、こそこそとやるしかない。残りの時間は、際限なくつづく政治集会に割かれる。赤い小さな本〔毛沢東語録〕を学習し、「一万年、一万年、千年の十倍の命を、主席に！」、そう叫びながら「忠誠」を実践するのだ。ときには、満月の真夜中、スピーカーの音に睡眠を中断されて、ただちに広場に集結し、北京からきた新しい指令に耳をかたむけなければならない。

北大荒に住む呪われた人びとの書類をしらべたとき、新米革命家たちは、ハオランという男のなかに、またとない逸物をみいだして、狂喜する。「もっとも頑迷固陋な右派」、胡風《こふう》事件の時代には、まだ二、三歳で、この作家の作品など一行も読んだことのない若者たちが、ハオランにそんな仰々しいレッテルを貼りつけた。ハオランは、「牛小屋」と呼ばれる区画に入れられた人たちのひとりとなった。広場の反対側に位置し、厳しく監視されている場所である。

細部については不明だが、といってもどんな目に合わされているかは知られている。一人ひとりが自分の「牛小屋」に隔離されていて、唯一のぜいたくは、藁でできたベッドを別にすれば、一脚のテーブル。テーブルにはその役割がある。「ひとり部屋の人たち」は、「テーブルでひとをもてなす」ことが義務づけられている。つまり、一日のいつなんどきでも、そこで尋問をうけなければならない。自分の過去と「犯したあやまち」を口頭で語り、それから、書きしるすよう指示される。しかも、異なった班がつぎつぎにやってくるので、同じことを何度もくり返さなければならない。なかにはひどく暴力的な集団もある。そのひとつのリーダーは、金属をはめ込んだ太いベルトをしめていて、荒々しさと残忍さで知られている。そうした尋問は、しだいに白日のもと大集会のなかでおこなわれることが多くなった。そして、広場は、人間性を失った人びとが、残忍なコメディーを演じる舞台と化すのだ。一日の労働を終えると、人びとは大部屋におしこめられ、そこで展開されることを見物するという気晴らしがあたえられ、見たくなくても見なければならないものを目の当たりにする。

わたしも見た。見たものは、いつまでも眼前にうかびあがってくる。地上での自分の生が終焉しても、なにもかわらないだろう。のこりの人生は、怖れと後悔をのりこえるために、この世の醜さを、せめて一度直視するためにすごしてきた。ティエンイというわたし自身もふくめて、直視してきた。

目の前で演じられているのは、広場での集団的尋問。被告たちは長いベンチに一列にすわり、向かい側には紅衛兵たちの集団全員が結集している。彼らは興奮の極にあり、リーダーたちが被告に投げつける糾弾に合わせて、いっせいにスローガンを叫ぶ。ときおり、立ち上がって、腕をあげると、高くかかげられた赤い本が、花壇のように波うつ。その長身ゆえに、他の被告たちのなかで抜きんでているのは、ハオラン。彼だけが、頭をたれていない。屈強な若者たちがよってたかって肩や首をさげさせようとしても、動じない。激昂した彼らはついにハオランの髪の毛をひっつかんだ。文化大革命の最初の犠牲者、呉晗《ごかん》の死をおもいおこさせずにはおかない行為だ。呉晗は暴行をうけたが、とりわけ髪の毛が毛根ごと引き抜かれていた……。

友は、草の根革命家たちのえりぬきの標的となり、そのつぎの集会では、彼ひとりが群集の前に立たされる。髪の毛はぼさぼさで、髭もろくに剃っておらず、見るからに睡眠不足だったが、それでも彼は毅然として、よくとおる声で、なげつけられた質問のすべてに答えていたが、じつのところ、答えるということそのものが許しがたいことだった。結果として、告訴人たちの怒りはますます激化する。集会が終わって、外に出ようとしたとき、リーダーのひとりが皮のベルトでもってうしろから彼の脚部をなんども打ちつけた。彼は倒れ、起きあがろうとするが、起きあがれない。ついに、その牛小屋までひきずられていった。そのつぎからは、足をひきずりながら審判者たちの前にあらわれた。いつも立ったままで、ズボンのあちこちにできた裂け目は毎回大きくなって、彼はもう口を開かない。頭をやや前にのめらせ、嘲笑するような表情をみせている。

広場に焚かれた火のなかに、紅衛兵たちは、宿舎のすみずみから押収した書籍や草稿やその他の書類を、狂ったように投げこむ。火はいきおいを増し、燃えた紙のきれはしを舞いあがらせる。あのなかには、友の書いたものも、まちがいなく含まれている（いまとなっては、彼の詩を人びとにつたえることができるのは、そらでおぼえている人だけなのだ）。残虐な宴はまっさかり、よそからきた者たちの乱痴気騒ぎはエスカレートしてゆく。本の山にくわえて、だめおしをするかのように、ひとまわり大きなサイズのボール紙が投げこまれる。そのなかにはわたしの絵も入っていることは、遠くからでも、ひとめで分かった。ただの肖像画と風景画だ。だが、赤い小冊子の薬効がききすぎたこれら魔法使いの弟子たちにとっては、背中をかがめた農民がえがかれていない風景は風景画ではない。眉をあげ、鋼鉄の瞳をかがやかせた肖像でなければ、肖像画ではない。長持ちするようにと、ボール紙にえがいた絵だった。ところが、それは藁よりもかんたんに無に帰しただけだった。

この地域一帯での襲撃に一日をついやした紅衛兵の部隊がトラックでもどってくるのが、わたしの目に入る。夕食前に、小ボスたちに率いられた狂信者たちの集団は、酒と権力に酔いしれて、あまったエネルギーを、手の届く範囲内のしぶとい敵にぶつけようとしていた。「牛小屋」のほうに、勇み立つ足をふみだす。そのとき、なかから姿をあらわしたのは、長い鋤を手にした友だった。先端に、北大荒の凍った土を砕くのに使われる幅の広い刃がついた鋤で、まわりの十人の頭を一度に切り落とすくらいのパワーがある（かつて狼を打ち倒したのも、こうした鋤でもってだ）。足をひきずりながら数歩前にでて、負傷していないほうの足をしっかりと地面にすえ、満州男の長身がすっくと立っている。追いつめられた野獣の長い叫び声が、周囲の建物全体にひびきわたり、集団の足をぴたりと止める。仰天の瞬間。それから、投石の雨が、友の肩を直撃する。友は少しよろめきながらも、鋤を楯に応戦する。投石はなおもつづく。額から赤いしぶきが噴出し、左のこめかみからも血が流れだす。

重いからだがくずおれる。何人もの紅衛兵が集団からとびだし、そのからだに襲いかかろうとする。もうひとつの集団が割ってはいり、ゆきすぎないよう制止する(のちにこれらの集団は相互に殺し合いをするまでになるが、いまのところは平然と人を殺すという発想にはいたっていない)。わずかのあいだに広場は空っぽになる。この幻の世界が、めったにない静寂につつまれる。

わたしはティエンイを見ている、自分自身を見ている、広場のほうに自分が――けれど、それはほんとうに自分自身なのか――亡霊のなかの亡霊が、あるいてゆく、血の海に横たわっているその人のほうにあるいてゆくのを見る。ほかの何人かの亡霊が合流する。勇気のある仲間たち、看護士たち。にわかづくりの担架にからだをのせて、診療所にはこぶ。大急ぎで汚れを拭い、頭に包帯をまく。すぐに血がにじみだす。肉を引き裂かれた獣のおしころした呻き声は、少しずつより規則的な重い呼吸にかわってゆく。夜おそく、血にふさがれていない片方の目をあけ、友の顔をみとめ、かすかな笑みをうかべる。あの大火の夜のときのように。羽を焼かれて、地に落ちた天使の笑み。その瞬間に、さびに侵食された赤銅色の顔の輪郭がさだまったのだろう。最期のあえぎ声と、最期の吐血も、そのしっかりとしたかたちをゆがめることはなかった。

ティエンイが胃腸の激痛に身をよじらせ、村の診療所にはこばれてゆくのを、わたしは見ている。数日すると、ことあるごとに、病室や廊下から抜けだして、息が切れるまで野原を走っているその姿を見ている。発見されると、別人のようで、馬糞をポケットいっぱいに詰めこんでいる。診療所にもどされても、すぐにまた逃げだし、外に出てポケットに馬糞を詰めこむ。その黄色がかったまるいかたまりに、どうしてそれほどに魅せられるのか。口に入れて呑みこんでしまいたくなるほどに。絵を描くのに使っていたボール紙をおもいおこさせるからだろうか。まさしくボール紙は「馬糞紙《マフェンチ》」の名で呼ばれているではないか……。

そして、ティエンイが軍のトラックに乗せられて、ばかでかい醜い建物にはこばれてゆくのを、わたしは見ている。精神病患者や身体障害者たちの施設のようなもので、S市に位置している。そのときから、彼は名前を失う。思考をにぶらせるような投薬以外、治療はほどこされない。そっとしておいてくれる。そっとしておく、そういう言い方もできる。彼は、おちぶれはてた人間たちのなかに容赦なく投げこまれた。打ちのめされ、かわりはて、不快感をあたえるほど垢まみれで、それでいながら、ふしぎなほど自由な人たち。大声をだそうが、壁に頭をぶつけようが、衝動にまかせて行動しようが、一日中ひきこもっていようが、自由なのだ。溺れたものが浮き板につかまるみたいに、彼がぶあつい巻紙にしがみついているさまを、わたしは見ている。土と草のにおいがする粗末な紙のうえに、彼は書きはじめる、昼となく夜となく、その手が際限なくひろげてゆく巻紙は、はてしなく流れる大河のようで、「一万里の揚子江」と題した昔の絵画をおもわせる。彼が文字でもってあらわそうとしているのは、この地上において生きたこと、見たことのすべてだ。とてつもなく貧しく、とてつもなく豊かなこの地上において。

そうすれば、幾度となく待ちわび、幾度となく体験した奇跡が、最後にまたおこるかもしれない。最後の奇跡がおこらないはずはない。ひとつの人生の出来事を一つひとつ復元させることで、ティエンイという名をもつ、このきわめて平凡にしてきわめて特異な人間が、実際はひと続きなのに、ばらばらに分散された生きた水の流れを、つなぎ合わせることができるのだろうか。息吹に、錯綜した迷路をふたたび見つけださせることができるだろうか。その迷路はひとすじの道のはずなのだ。書きすみながら、ふいにひとつの確信が彼をとらえる。あらゆることにもかかわらず、真の生は、無傷のまま、ここにあるという確信。すべての極限まできてしまったのだから、真の生はこれからはじまるしかないではないか。ティエンイという男は、借りもののからだで人生をまなんだのだが、いまや自分自身でまなぶときがきた。苦しみはつねにより力強い飛躍をうみ、歓びはつねにより濃密な歓びをうみ、おこりうることは、実際におこったことと同じくらい現実なのではないだろうか。

実際におこったことと？　いまとなっては、だれがそう言いきれるのか。あまりにも多くのことがらが折にふれ縺れあっているのに。現実とおもえるものには、じつのところ、かずかずの夢や希望や恐怖や追憶がくわわってはいないだろうか……。結局、ずっと前から、すべてを失った無頓着なこの放浪する男は、なんの裏づけもなんの証明ももっていない。自分自身についてさえ、いったいなにを知っているというのだ。もともと、三人の出会いがなかったとすれば、運命はおとずれなかったとおもっているのか。だが、彼はなんど自問したことか。この三人は出会ってから、離れがたい存在になってしまったのかどうかと――ティエンイはほんとうに去ってゆき戻ってきたのか？　ユーメイはほんとうにこの世を去ったのか？　ハオランはほんとうに極北の地で果ててしまったのか？　それはみんな想像上のことかもしれないよ、だれかが耳もとでそうささやいてくれるのを、待ちうけてはいないだろうか？　帰するところ、そうしたことすべては、べつのかたちをとって再生するかもしれないと、ささやいてくれることを。ユーメイの名を呼ぶたびに、いまでも、そして永遠にあの陽気な声が聞こえてくるだろう。「でも、まだ遅すぎないわ。もっとなにかしましょうよ!」ハオランという名だけで、いまでも、そして永遠に、力と熱にみちた足音がひびき、あたりの風景が旋律にかわるだろう。なにかちょっとしたことで、熱い赤土とかぎりない輝きを発する香しい草を、ふたたび素足でふみつけることだろう。循環から循環へと、時間は太古のリズムをまちがいなく刻みつづけるだろう。地平線にはかならずや青い靄がたちこめ、沈みゆく太陽は、その座を月にゆずりわたすだろう。夜の大地は済みきった明るみに吸いこまれて、いつ始まるともしれない新しい循環を待ちつづけるだろう。願望の木がふたたび生えてくるためには、永遠も長すぎはしない。木は生えてくる、かならず生えてくるだろう。でなければ、なぜこんなにもはげしい飢えと、慰めのない悲しみに苛まれながら、ここに生きたのか? おそらく、待つことを知りさえすればいいのだ。

待ちながら、失うものはすでになにもたず、ありったけの涙を呑みこんでしまった証言者は、けっして筆を離さず、大河の流れを止めないでいるだけでいい。目に見えない息吹は、それが生命から出ているものならば、彼がこの地上で生きたすべてのことを、憤激もふかい味わいをも混ぜあわせて、けっして忘れないだろう。彼もまた、いつなんどきでも、どこにいても、回帰できるだけの、郷愁を内に秘めているのだ。

訳者あとがき

『ティエンイの物語』(*Le Dit de Tian-yi*)は、一九三〇年から一九六八年まで、中国が深部から激しくゆさぶられた時代を生きた人間の物語である。

著者フランソワ・チェンは、故国の中国を訪問して、戦後まもないパリで知り合ったティエンイと二十六年ぶりの再会をはたす。ティエンイは長い歳月のあいだ内に秘めていた苦難の人生のすべてを著者に打ち明ける。フランソワ・チェンは、ティエンイの語ったことをフランス語で綴った。この小説はそうしたかたちをとって書かれている。

だが、読みすすんでゆくうちに、語り手ティエンイは、聞き手フランソワ・チェンと重なり合い一体化してゆくような感覚にとらわれる。実際、ティエンイの人生は多くの点で、フランソワ・チェンと共通している。著者は自分を聞き手の立場におくという文学的手法を用いることで、「羞恥心」から解放されて、自分自身の内面を吐露することに成功したのではないかと、考えずにはいられない。

日中戦争から、内戦を経て共産党政権の樹立、中華人民共和国の大躍進政策とそれにつづく大飢饉の時代、そして文化大革命……。一国の歴史的惨劇と解きほぐしがたく絡まりあいながら、三人の男女の人生、その渇望と悲劇とが壮大な叙事詩のように展開される。語り手＝主人公のティエンイ(天一)、彼が「戀人《ラマント》」と呼ぶユーメイ（玉梅）、「友」と呼ぶハオラン（浩郎）。愛と友情はひとつになって運命のように三人の絆を紡ぎ、誰かひとりが欠けても、他のふたりの人生はありえないほどに強固な結合をなしている。

物語は中国西方の敦煌《とんこう》に飛んだかとおもえば、上海、杭州へと移ってゆき、そして極北の地、北大荒《ペイターファン》に至り、読者はこの広大な大地を放浪しているような気持になる。さらに、異郷ヨーロッパが舞台にくわわる。西洋という異文化との出会いと葛藤が、この作品のもうひとつの支柱をなしているのである。それなしには、若き日の彼らの血をたぎらせた理想への渇望も、奈落の底に彼らを突き落とした運命の過酷もありえなかっただろう。

「ひとりの人生のすべてがこめられた本は稀である。もっと稀なのは、さまざまな人たちの人生を奥深いところで結び合わせた本だ。稀ななかでも、さらに稀なのは、異質なふたつの世界をひとつに繋ぎ、それらのあいだに、不可思議にして普遍的な意思疎通を魔術のように紡いでいるものは何か、それを感じとらせてくれる本である。これこそが、フランソワ・チェンが、このみごとな作品において成し遂げたことである」と、フランスの作家・評論家ジャン・マンブリノはこの小説を評している。

『ティエンイの物語』は一九九八年に出版されるやいなや、あらゆる文芸批評家に絶賛され、フランスにおいてもっとも権威ある文学賞のひとつ、フェミナ賞を受賞する。「新人作家」は七十歳になろうとしていた。本書は、ドイツ語、スペイン語、イタリア語など、多くの言語に翻訳されている。

フランソワ・チェンは一九二九年、中国江西省の南昌に生まれた。中国名は、程抱一《チョンパオイ》。南京大学で学業を修めた後、父親がユネスコにポストを得たため、一九四八年、両親とともにパリに渡った。中国において内戦が激しさを増してゆくなか、両親はアメリカへの亡命を決心したが、当時二十歳《はたち》そこそこだったフランソワ・チェンはフランス文化に魅せられて、ひとりフランスに留まった。当初はフランス語がまったく話せなかった。窮乏生活と孤独のなかでフランス語とフランス文学を学ぶという厳しい試練を経て、一九六〇年、パリの東洋語学校にポストを得た。ついで、詩の翻訳にのりだし、まずフランス語の詩を中国語に訳すことからはじめて、次第に中国の詩をフランス語で紹介するようになる。本格的にフランス語で執筆活動をはじめたのは、五十歳近くになってからである。中国の詩や書道や絵画についても、数多くの評論やエッセイを書いている。

それからさらに二十年して、はじめて書いた小説がこの『ティエンイの物語』である。詩情あふれる文章は、多くの読者を魅了した。べつの見方をすれば、中国語を母語とするフランソワ・チェンが、フランス語を文学的表現の手段とするまでに、それだけの年月を要したのかもしれない。私がフランスの友人たちに『ティエンイの物語』を翻訳していることを告げたとき、「えっ、あの本、まだ日本語に訳されていなかったの！」、誰もが一様に驚いた顔をした。

フランソワ・チェンは一九七一年にフランス国籍を取得し、二〇〇二年、アカデミー・フランセーズの会員に選出された。アジア出身者初のアカデミー会員の誕生だった。ちなみに、現在フランスにおける第一線の中国思想研究者アンヌ・チェンは、彼の娘である。

『ティエンイの物語』は三部から成っている。第一部の舞台は、日中戦争前夜から終戦を経て、内戦が激化する中国、第二部は、一九四八年から一九五七年までのヨーロッパ（フランス、オランダ、イタリア）、第三部は反右派闘争から文化大革命へと突入していった中国、とくに極北の地、北大荒《ペイターファン》の労働改造収容所。

ティエンイは江西省の名山として知られる盧山《ろざん》の麓の小さな村で、少年時代を過ごす。幼いころから「放浪する魂」という意識にとりつかれているが、盧山の高峰と空に浮かぶ雲が、少年ティエンイの自然にたいする感受性をはぐくんだ。書家で古典詩に造詣が深かった父親から、筆による芸術の手ほどきを受けた。

一九三七年、十三歳のとき、日中戦争が勃発。日本軍の攻撃を逃れて集団移動する人びとに混じって、西へ西へと避難しつづけ、四川省の奥地にたどりつく。そこで、ユーメイと出会う。はじめて出会った瞬間、心の中で、彼女のことを「戀人《ラマント》」と呼んだ。だが、数ヶ月後、ユーメイはティエンイの前から姿を消す。

長引く戦争で学校生活はすさんでいたが、そこで生涯の友となるハオランと出会う。ふたりは意気投合して西洋文学の発見に没頭する。戦時下の中国は政治的には混乱をきわめていたが、文化的には外に開かれていて、翻訳によって大量に入ってきていた。ふたりはロマン・ロランやジッドの作品に胸を熱くした。ベートーベンやドヴォルザークのコンサートに行くためなら、敵機の空襲の危険をかえりみず、何十キロもの道のりを歩くことも苦にならなかった。ハオランは詩に、ティエンイは絵画に自己表現の道をみいだす。

ユーメイから便りが届き、彼女が四川省のある都市の劇団で女優として活躍していることを知る。ティエンイはハオランと共に徒歩で四川省を横断し、ユーメイのもとにたどりつく。このときから、三人は運命を共有する深い絆で結ばれる。いっとき支流に分岐しても、あらがいがたく合流する河のように。

日中戦争が終結し、中国が内戦のまっただなかにあった一九四八年、ティエンイは絵画を学ぶためにフランスに留学する。そこでは、異文化になじみ、そのなかで生活してゆくための厳しいたたかいが待ちうけていた。ようやく異国の地で生きる道がみえはじめたとき、中国にいる友と戀人《ラマント》に起こった悲劇を知る。ティエンイはすべてを投げ出して、中国に帰還しようと決心した。それによって、この世の地獄とも言える労働改造収容所への道に一歩を踏み出したことを、彼は知るよしもなかったが……。

『ティエンイの物語』は波乱にとんだ三人の人生を綴るとともに、きわめて多種多様な人物を登場させている。中国の伝統的な文化や思想を説明している部分も興味ぶかい。それは中国文化の形成に大河がどれほど大きな役割を果たしてきたかを理解させてくれる。これだけの内容をもつ小説を書こうとすれば、ふつうなら二巻か三巻くらいのボリュームを要するだろう。それが四百ページあまりの本に収められているのは、著者フランソワ・チェンが詩人であり、そぎ落とし、凝縮した言葉で多くを語るすべを知っているせいではないかと思われる。この小説には、詩的なページ、記述的なページ、やや抽象的な思索の雰囲気をただよわせたページもあるのだが、その全体が微妙な調和をなして、フランソワ・チェンならではの世界をつくりだしている。

ティエンイのパリでの生活のくだりは、私自身の個人的な経験と重なり合う。とくに外国人どうしが肩を寄せ合い、同じカフェで顔をあわせ、おぼつかないフランス語で、励ましあったり、異国で生きてゆくための情報を交換しあったりしているさまは、そっくりそのまま私の体験である。亡命者も多かった。ポーランドや、当時軍事政権下にあったポルトガルから亡命してきた人たちと、私は近しく接していた。彼らはフランスに来て自由は得たものの、つねに生活苦につきまとわれていた。私もまた、フランス語の学校を卒業して通訳になるまでは、事務所や商店の掃除だの、ベトナム料理店の皿洗いだの、えり好みをせずにどんな仕事でもした。『ティエンイの物語』のこの部分を訳しながら、懐かしさがこみあげてきた。

『ティエンイの物語』は、最近フランス語でよんだ小説のなかで、私がもっとも感動した小説でした。なににもまして、この作品を発見させてくださった、みすず書房の尾方邦雄氏に心からお礼を申しあげます。

著者フランソワ・チェン氏は、人名や地名や植物名に関する私の質問にこころよく応じてくださった。回答の手紙には震災に苦しんでいる日本人に対する連帯を表明する言葉までそえられていました。ほんとうにありがとうございました。

二〇一一年八月

辻由美

著者略歴

(François Cheng)

程抱一．フランスの作家・詩人・書家．1929年，中国江西省南昌に生まれる．南京大学で学業を修めた後，1948年，渡仏．1960年代からパリ東洋語学校で教えるかたわら，フランス詩の中国語訳，中国詩のフランス語訳をおこなう．1977年，『中国の詩的言語』により，フランスの読書界に現れる．以降，詩集のほか，詩論，書論，画論など著書多数があり，多くの言語に翻訳されている．初めての小説である本書『ティエンイの物語』は高く評価され，フェミナ賞を受けた．2002年，アジア人として初のアカデミー・フランセーズ会員に選出されている．

訳者略歴

辻由美〈つじ・ゆみ〉翻訳家・作家．著書『翻訳史のプロムナード』(1993，みすず書房)『世界の翻訳家たち』(1995，新評論，日本エッセイストクラブ賞)『カルト教団太陽寺院事件』(1998，みすず書房)『図書館で遊ぼう』(1999，講談社現代新書)『若き祖父と老いた孫の物語——東京・ストラスブール・マルセイユ』(2002，新評論)『火の女シャトレ侯爵夫人——18世紀フランス，希代の科学者の生涯』(2004，新評論)『街のサンドイッチマン——作詞家宮川哲夫の夢』(2005，筑摩書房)『読書教育』(2008，みすず書房) ほか．訳書 ジャコブ『内なる肖像』(1989，みすず書房) ヴァカン『メアリ・シェリーとフランケンシュタイン』(1991，パピルス) メイエール『中国女性の歴史』(1995，白水社) ジェルマン『マグヌス』(2006，みすず書房) ポンタリス『彼女たち』(2008) アラミシェル『フランスの公共図書館 60のアニマシオン』(2010，教育史料出版会)，ほか．

フランソワ・チェン
ティエンイの物語
辻 由美訳

2011年 8月29日 印刷
2011年 9月 9日 発行

発行所 株式会社 みすず書房
〒113-0033 東京都文京区本郷5丁目 32-21
電話 03-3814-0131(営業) 03-3815-9181(編集)
http://www.msz.co.jp

本文組版 キャップス
本文印刷・製本所 中央精版印刷
扉・表紙・カバー印刷所 栗田印刷

ISBN 978-4-622-07636-0
[ティエンイのものがたり]